Das Nichts gehörte jetzt ihm.

Ulrike Damm

Kulp und warum er zum Fall wurde

Roman

Ulrike Damm

Kulp und warum er zum Fall wurde

Drava

Drava

DRAVA VERLAG · ZALOŽBA DRAVA GMBH
9020 Klagenfurt / Celovec
8.-Mai-Straße 12
Telefon +43 463 50 10 99
office@drava.at
www.drava.at

Lektorat: Ingrid Kaech
Korrektorat: Marianne Kreuels
Gestaltung: Ulrike Damm
Satz: Achim Bodewig
Abbildungen S. 229 – 232: Ulrike Damm,
Zeichnung (Ausschnitte), 2020.
Bleistift auf Seidenpapier,
100 cm × 1300 cm

ISBN 978-3-85435-958-6

Für Fabian

**Einem glücklichen Umstand zufolge war er jetzt blind. Ein Autounfall vor zehn Jahren, lange nachdem sie sich das letzte Mal gesehen hatten.
So fügen sich die Dinge manchmal und man muss selbst nichts tun. Nur warten.**

Teil 1

1

Was auch immer er mit dem sicheren Abgang gemeint hatte: Es war schiefgegangen. *Schief* war kein Ausdruck, denn dieser Abgang entpuppte sich als beschissener Anfang von einem neuen Leben, das Kulp sich so nie vorgestellt, geschweige denn gewünscht hatte.

Der Unfall hatte ihn über das Ziel hinausgeschossen.
Weit war er geflogen und dann mit dem Kopf aufgeprallt. Hart auf steinige Erde.

Es geschah am frühen Morgen, einen Tag nachdem Gabriele ihn verlassen hatte. Kulp befand sich mit dem Auto auf dem Weg in die Stadt.
Nichts war wie sonst. Er war müde, es regnete stark, die Sicht war schlecht, die Laune auch, Gabriele verschwunden und das Schlimmste daran: die Ahnung, dass es für immer war.
Er fuhr über die Landstraße und kurz hinter Langenselbold klingelte das Handy. Der Ton veranlasste ihn zu einem Impuls.
Er nahm das Gespräch an und gab Gas. Jemand sprach leise ins Telefon, er hörte die Stimme kaum, irgendetwas von einer Mappe mit Unterlagen.

Kulp trat das Pedal ganz nach unten und hielt das Handy weiter in der Hand, obwohl der Anrufer bereits aufgelegt hatte. Die andere Hand konnte das Steuer nicht halten, der Wagen kam von der Straße ab und überschlug sich mehrfach.

Im Krankenhaus wachte er auf. Er sah ein schwarzes Bild.
Oder war es weiß? Im Bild enthalten: das Alles und das Nichts. Das Nichts gehörte jetzt ihm.

2

Tage waren vergangen, vielleicht Wochen. Der Kopf war verbunden, beide Arme gebrochen, ein Bein auch, alles schmerzte.
Der Arzt sprach über einen schwierigen Prozess und dass man mit dem Schlimmsten rechnen müsste, was nach Monaten des Bangens, Abwägens und Hoffens auch eintrat.
Kulp wurde blind und Gabriele kam nicht zurück.

„Lassen Sie es langsam angehen“, sagte der Arzt.
Was für ein saudummer Spruch, dachte Kulp.
So langsam ist noch nie etwas angegangen.

Er saß auf dem Bett. Seine Füße berührten den Boden. Kalt war er. Stein oder Linoleum?
Weil er nichts sah, fraß die Kälte jedes Gespür.
Kulp beugte sich nach unten, um mit den Fingerspitzen auf den Boden zu fassen. Er war glatt … ein paar Sandkörner …

Auch das Laken, auf dem er saß, war kalt wie der Boden, wie das Metallgestänge des Bettes, wie der Nachttisch mit kaltem Apfel auf kaltem Teller.
Kulp tastete über Wangen, Stirn und Haare.
Bloß nicht die Augenpartie anfassen! Irgendwann würde er in die Löcher greifen, vermutlich im Halbschlaf; würde sich kratzen und merken, dass die Löcher keine Löcher sind, nur Haut und Gewebe

ohne Aufgabe. Irgendwann, wenn er ganz mutig wäre, würde er die toten Augen berühren. Wie sahen sie überhaupt aus? Wie sah sein Gesicht aus? Ohne Augen konnte es keinen Ausdruck geben, nur Händedruck.
Die Hände würden jetzt alles erfassen müssen.

„Ist das Fenster auf?“ fragte er in den Raum.
Wo war die Schwester?
Vielleicht hatte er zu leise gefragt. Aber warum sollte seine Stimme plötzlich leise sein.
Die Stimme des Arztes hatte vor der Operation auch anders geklungen. Jetzt taten er, Schwestern und Pfleger alles unter vorgehaltener Hand, alles geschah unter abgemilderten Vorzeichen, den neuen Bedingungen eines Versehrten folgend, denen es sich anzupassen galt. Verständnis- und rücksichtsvoll schafften sie eine Atmosphäre der Künstlichkeit und Kulp dachte an eine Glasglocke. Er hörte Stimmen durch sie hindurch, verhalten und wie aus dem Totenreich.
Sein plötzliches Husten kam ihm vor wie der Einbruch in die eigene Totenruhe und er erschrak vor sich selbst.
Wie sich der Arzt ausgedrückt hatte nach der Operation. Sicher hatte auch er irgendetwas zu verdauen, einen Schreck, ein Versagen, eine Angst und dann war er gekommen, hatte sich auf Kulps Bett gesetzt und vorsichtig die Hand auf seine gelegt.
Kaum vernehmliche Worte des Bedauerns hatte er herausgebracht. Eingeschüchtert wirkte er, dachte Kulp, von ihm und seinem Leidensweg, den er sich vielleicht vorstellte, und dessen Ursache er als behandelnder Arzt zwar nicht zu verantworten hatte, aber auch nicht hatte verhindern können. Mit entsprechend verklemmter Zunge hatte er Kulp zu verstehen gegeben, dass sein Augenlicht für immer erloschen sei, anstatt schlicht zu sagen, dass er ab jetzt blind war und nie wieder würde sehen können. Kulp hatte sich über die Formulierung geärgert und erst nach Stunden begriffen, dass es nicht mehr um Formulierungen ging.

„Der Schock wird anhalten“, hatte der Arzt noch gesagt.
Das stimmte wohl.

„Hallo?“
Es fehlen aber doch nur die Augen … nur die Augen, du Idiot!, dachte Kulp und wusste nicht, ob er tatsächlich gesprochen oder sich nur im Stillen beschimpft hatte.
Eben war die Schwester noch hier.
„Bitte sehr“, hatte sie gesagt, „die Socken sind in den Schuhen, ich stelle sie Ihnen neben die Füße.“ Und dann hat sie gefragt, wie er nach Hause käme.
Kulp dachte darüber nach, wie es ihn so kalt hatte erwischen können, so wahnsinnig kalt! Aber er hatte die Frage der Schwester sehr wohl gehört, sie als grotesk empfunden, und dann hatte er die Frau mit irgendwelchen Gegenständen klappern hören, mit Geschirr und Schranktüren … wahrscheinlich gab es bald schon wieder Essen, es roch danach, seltsamerweise stank Essen nur in Krankenhäusern und Altenheimen … wieviel Uhr war es überhaupt … war es noch Tag?
Die Kälte war ihm in die Kleidung gekrochen und er fror und weil seine Frage mit dem Fenster nicht beantwortet wurde, fragte er noch einmal: „Hören Sie, ist das Fenster auf?“
Anscheinend hatte sie den Raum verlassen.
Aber vorher wollte sie wissen, wie er gedachte, nach Hause zu kommen.

Der Drang zurückzukehren in das Haus, in dem er seit über vierzig Jahren lebte, hielt sich in Grenzen. Noch nicht einmal in der Vorstellung zeichneten sich schärfere Linien ab, die zur Orientierung taugten. Die Blindheit schien einen schaurigen Nebel über seine Erinnerung gelegt zu haben und weil Kulp darüber nachdachte, was in seinem Haus noch Bedeutung haben würde, was übrig sein würde, wenn er das, was ihm vertraut war, nicht mehr würde sehen können, schüttelte er wortlos den Kopf.

Er hatte keine Antwort.
Sein Zuhause gab es von nun an nur noch in der Vorstellung. Überhaupt würde ab jetzt alles nur noch im Kopf passieren. Tatsachen gegen Fantasie, und der würde er glauben müssen.
„Haben Sie keine Angehörigen, die Sie abholen können?"
Die Schwester war wieder da.
Kulp fuhr zusammen und er spürte, dass sie direkt vor ihm stand.
„Sie müssen sich aber jetzt fertig machen. Kommt nun jemand oder nicht?" Kulp stellte sich kurz die Frage, was ihm in Zukunft lieber sein würde: Die schroffe Art von Ignoranten oder die erschütterte Zugewandtheit der Mitleidigen.
„Nun, Herr Kulp?"
„Es kommt niemand. Ich lebe allein."
Dieser Satz, von ihm selbst so kühl gesprochen, versetzte ihm einen Schlag. Er lebte allein. Auch das war neu. *Ich lebe allein.*
Bis vor Kurzem war er noch ahnungsloser Ehemann. Ahnungslos in Bezug auf das, was kommen würde, auf das, was man eine tragische Wendung im Leben eines Menschen nannte.
„Geben Sie mir Ihren Arm, ich bringe Sie in ein Zimmer, wo Sie warten können. Trinken Sie in Ruhe noch einen Kaffee."
Ihre Stimme klang jetzt weich.
„Es wird Sie gleich jemand abholen, der Sie nach Hause begleitet."
Inzwischen hatte sie Kulp auf den Gang gebracht.
„Lassen Sie mich bitte hier warten, hier vor der Tür. Ich will nicht in ein anderes Zimmer. Ist das möglich?"
„Ich weiß nicht … gut. Es kann aber einen Moment dauern. Warten Sie hier. Viel Glück für Sie, Herr Kulp." Sie griff nach seiner Hand und drückte sie kurz zum Abschied. „Halten Sie sich hier fest", sagte sie.
Nun legte sie seine Hand auf einem kalten Gestänge ab, und Kulp überlegte, warum die Schwester fand, dass er sich unbedingt festhalten musste. Es ging um Verortung, dachte er, darum, dass er einen sicheren Platz hatte. Man musste bei ihm jetzt immer mit einer Gefährdung rechnen, musste auf alles gefasst sein. Er war nicht mehr

Herr all seiner Sinne, war schwach, lädiert, behindert, von Unerwartetem ständig bedroht. Die Schwester wusste das und sorgte vor.

Auf dem Gang ging es ruhelos zu. Kulp hörte Schritte, Klappern, Klopfen, Stimmen, dann spürte er ein leises Vibrieren unter seiner Hand. Er fuhr an der Rundung des Metalls entlang, bis er Bettwäsche ertastete. Offensichtlich stand er an einem Krankenbett und etwas bewegte sich. Kulp zog seine Hand zurück. Lag da jemand drin? In Schlafanzug oder Nachthemd …
„Mein Teddy, mein Teddy ist rausgefallen! Hallo, Hallo! Mein Teddy!“
Kulp sprang zur Seite. Das Schreien war aus dem Bett gekommen.
„Der Mann da, der Mann da, der hat meinen Teddy genommen, Hilfe, Hilfe!“ Eine männliche Stimme gellte über den Gang, so laut und durchdringend, dass Kulp mehrere Schritte nahm, um sich springend zu entfernen und in irgendeine Richtung zu stürzen.
Jetzt wimmerte der Mann im Bett und beruhigende Worte einer Schwester waren zu hören. Kulp tastete sich bis zur Wand vor und stützte sich ab. Der Schreck war ihm in den Magen gefahren.
Wie soll das gehen, wie soll das alles gehen, dachte er und ließ sich langsam mit dem Rücken zur Wand nach unten gleiten. Kauernd saß er auf dem Boden und umfasste seine Knie.
Während er wartete und den blinden Schreck als neuen Begleiter in seinem Leben wahrnahm, der ihn ab jetzt mit jedem überraschenden Laut, mit jeder kurzen Verwirrung aus der Fassung zu bringen in der Lage war, zitterte er noch. Immer wieder würde jedes unerwartete Geräusch ihn dazu veranlassen, augen- und kopflos das Weite zu suchen und sich dabei erneut oder erst recht in Gefahr zu bringen. Nie mehr würde er derjenige sein, der zu einer Klärung etwas beitragen könnte, dazu fehlte ihm die Übersicht, im wahrsten Sinne.
Jetzt saß er im Gang des Krankenhauses auf dem Boden. Ein abgeschlossener Raum wäre wahrscheinlich doch besser gewesen. Die Schwester hatte recht und wollte ihm genau das hier erspart haben.

War er denn tatsächlich behindert? War er das? War das jetzt sein Leben? Konnte es denn nicht normal weitergehen, konnte er das nicht mit Tapferkeit erzwingen? Mit Durchhaltevermögen, Kraft, Anstrengung oder Genialität?

Sicher würde es nicht nur um ihn selbst gehen. Wahrscheinlich würde er sich in Zukunft auch gegen die geballte Zuwendung all der Mitleidigen schützen müssen. Wie eine Riesenwelle würde sie ihn verschlucken und er drohte dagegen wehrloser zu sein, als seine Behinderung ihn je würde machen können.
Er würde stur werden müssen und *Nein* sagen, um seine Bedürfnisse noch durchzusetzen; Hilfe abschlagen, unbedingt abschlagen.
Das Wort *Behinderung* mit all der Schwere der damit verbundenen Konsequenzen war die Behinderung selbst: es schürte Ängste und Vorurteile und verlangte von beiden Seiten so viel Einvernehmen, dass Kulp bei dem Gedanken daran um sein selbstbestimmtes Leben bangte.

3

„Sind Sie Kulp? Ich soll Sie nach Hause begleiten."
Kulp fuhr wieder zusammen. Früher hatte er sich nie erschrocken, im Gegenteil. Mit Vergnügen hatte er andere erschreckt, besonders Vera. Ein gemeiner Bruder ist er gewesen, machte sich hinterher noch über sie lustig, weil sie so zimperlich war, das kleine Vögelchen.
Jemand half ihm hoch. Bis an sein Lebensende wäre er gern dort unten sitzen geblieben.
Der Mann hatte sich mit „Charlie" vorgestellt und führte ihn am Arm nach draußen. Kulp ließ sich leiten und lief neben ihm her, wie ein Roboter.
Sie stiegen ins Auto. Ein großer Wagen, die Stufen schwer zu erklimmen. Als er endlich saß, beugte sich Charlie über ihn, schnallte ihn fest und stellte den Sitz für ihn bequem. Es geschah alles ohne sein Zutun.

„Erblindung ist keine Krankheit", hatte ihm die Psychologin noch gesagt. Auch sie hatte Kulps Hand genommen. Alle grapschten jetzt danach. Wissen Sie, hätte er ihr gern entgegnet, es ist mir so was von egal, ob Sie die Blindheit als *Krankheit* oder *Behinderung* bezeichnen, die Folge ist das, was zählt. Nichts weiter. Und die Scheißfolge ist: dass ich nichts sehe!

Es war unangenehm, sich fortzubewegen ohne zu sehen, wohin sie fuhren. Kulp hatte den Eindruck, entführt worden zu sein und mit verbundenen Augen an irgendeinen Ort verfrachtet zu werden wie ein Stück Vieh – immerhin ohne Lebensbedrohung und Angst. Ein Entführter aber hätte zumindest irgendwann auf das Abnehmen der Augenbinde hoffen können.

Charlie fuhr ruhig. Kulp konnte nur am Klang des Motors erkennen, ob er schnell oder langsam fuhr. Er spürte es nicht. Wahrscheinlich gab es keine Beziehung zu Geschwindigkeit, wenn man ohne Augen war.

Kulp hatte seinen Kopf zur Seite gedreht, zum Fenster hin. Wie würde man das nennen, was er jetzt tat: Er starrte in eine Richtung, er richtete seinen Blick nach draußen. Nur: weder starrte er noch hatte er einen Blick.

War es schon dunkel? Hatte das Fenster eine verdunkelte Scheibe? Gab es Lichter?

Er nahm seine Brille ab, aber es änderte sich nichts. Keinen Schatten, keinen Lichtschein, keinen Farbschimmer. Mit oder ohne Brille: er sah nichts.

Wie oft wohl würde er in der nächsten Zeit morgens noch aufwachen und, bevor er die Augen geöffnet hatte, hoffen, dass sie vielleicht über Nacht eine Wiederherstellung erfahren haben könnten, die ihn zunächst ein paar unscharfe Umrisse erkennen ließen, unerwartet und zur großen Überraschung aller Ärzte, ganz entgegen jeder Voraussage, einem medizinischen Wunder gleich.

Man hätte sich ja auch unterhalten können, dachte Kulp, aber er sah sich nicht in der Lage, mit dem Gespräch zu beginnen, er sah überhaupt nichts.
Wer saß da neben ihm? Dass er Krankenpfleger sei, der auch im Vogelsberg wohne und ihn jetzt zum Feierabend gut mitnehmen könne, hatte Charlie gesagt. Ja, das allerdings war überaus praktisch, auch, dass er, Kulp, auf diese Weise die Fliege einer Klappe war.
Der Charlie. Ein Name wie ein guter Freund. Nur hatte Charlie sich durch nichts ausgezeichnet, war nicht Freund, nicht Bekannter, nicht Bezahlter, nicht Bestellter, jedenfalls nicht von ihm, von Kulp. Unter sehenden Umständen hätten sich die beiden nie getroffen und diese Gegebenheit verunsicherte Kulp derart, dass die Blindheit auch noch die Sprache fraß. Und so wurde in den ungefähr hundert Minuten, die sie zusammen fuhren, kaum ein Wort gewechselt.

Ohne mein Zutun, dachte Kulp.
Aber welches Zutun hatte er vorher gelebt, das es jetzt zu beweinen galt, was hatte er denn Famoses geleistet, das von nun an unerledigt würde bleiben müssen? Ein treibendes Zutun hatte es nie gegeben, seine Maßgeblichkeit war keine und musste jetzt nicht beweint werden. Immerhin hatte es seine Tränen erwirkt. Seltsam, dass sie ihm geblieben waren.
Es gab kein Taschentuch. Reiß dich am Riemen, du Memme!, dachte er und wieder wusste er nicht: Hatte er gerade gesprochen? Charlie sagte immer noch nichts, hatte aber das Fenster geöffnet, obwohl es regnete. Kulp hörte jetzt auf der Straße andere Fahrzeuge fahren, ab und zu hupte es oder es quietschte. Er berührte die Fensterscheibe, um festzustellen, dass sie nur einen Spalt weit geöffnet war. Der Fahrtwind trieb den Regen in den Innenraum des Wagens und seine Hose wurde nass. Manchmal bremste Charlie und sie warteten an Ampel oder Kreuzung, dann hörte das Reintropfen auf.

Am Westend-Krankenhaus in Frankfurt waren sie losgefahren und Kulp sah vor sich, was er nicht sah, und ließ mit sich geschehen, dass irgendetwas geschah, von dem er nicht wusste, was es war: Die Fantasie, die sich aus seinen bis zum heutigen Tag gemachten Beobachtungen und Erfahrungen speiste, würde sich mit bloßen Vorstellungen verbinden müssen. Damit hatte er sich ab jetzt zu begnügen, weil ihm die Augen keinen eigenen Beleg mehr lieferten. Wieder hielt der Wagen und Kulp wusste nicht, wo sie sich befanden. Um es zu erfahren, würde er in Zukunft fragen müssen. Fragen, warten, fragen, vermuten, sich bedanken, tasten, ahnen, fragen, warten, sich bedanken.
Durch mehrere Filter gejagt würde seine Wahrnehmung von jetzt an durch fremde Augen gesehen und mit fremden Worten beschrieben. Kulp würde selbst nichts mehr unmittelbar wahrnehmen, ein zweiter, dritter Aufguss würde es sein, mehrfach gebrochen durch die Sinne der anderen und die würden ihm die Welt so erläutern, wie es ihrer eigenen Fantasie entspräche und nicht seiner. Und das könnte er noch nicht einmal jemandem übel nehmen.
Diese Frage! „Wie kommen Sie nach Hause?"
Wie kommen Sie ab jetzt durchs Leben? Das ist doch die verdammte Frage!

„Entschuldigung?" Kulp hatte nicht verstanden und war zusammengefahren.
„Ein typisches Straßendorf hier bei Ihnen. Wahrscheinlich kommen die Raffinessen dort, wo man sie nicht vermutet."
„Das haben Raffinessen so an sich", sagte Kulp.
Das erste Mal in seinem Leben fühlte er sich bemüßigt, diesen Ort zu verteidigen: „Der erste Blick reicht hier nicht aus. Man muss zwei, drei Ebenen tiefer gucken, um Schönheiten zu entdecken, die es tatsächlich gibt."
„Welcher Art?"
Kulp, von der Frage überrascht, suchte selbst eine Antwort. „Man kann jedem Ort etwas abgewinnen, wenn man …"

„Ist es hier?“ Das Auto kam zum Stehen.
„Wenn es die Adresse ist, die man Ihnen gegeben hat.“
„Die Straße jedenfalls hört hier auf und wir stehen vor einem Gartenzaun. Ein Haus sehe ich nicht“, sagte Charlie.
„Aber einen Baum.“
„Ja, eine hohe Tanne.“
„Das klingt richtig.“ Kulp hatte immer gemocht, dass man zuerst den Baum sah. Eine der vermeintlichen Schönheiten, die er vielleicht gemeint hatte vorhin, dachte er.
Sie standen in einer kleinen Sackgasse, die man erreichte, wenn man dem Straßenverlauf nicht folgte, sondern die Kurve bis zum Ende fuhr. Auf der linken Seite verhinderte eine hohe dunkelgrüne Hecke den Blick auf den Garten. Die rechte Seite war mit einem schmalen Vorgartenstreifen versehen, wo sich ein Einfamilienhaus befand, in dem man lieber nicht wohnen wollte. Der dunkelgelbe Anstrich machte es nicht besser und jetzt, als der Krankenwagen vorgefahren war und Charlie versuchte, Kulp beim Aussteigen zu helfen, bewegte sich dort der Vorhang.
„Jemand beobachtet uns am Fenster“, sagte Charlie.
Er half Kulp aus dem Wagen, nahm dessen Hand und legte sie auf seinen eigenen Arm.
Im nächsten Moment wurde die Haustüre geöffnet, und eine etwa siebzigjährige Frau kam in kleinen, schnellen Schritten auf Kulp zu. Er wirkte wie eine Puppe, wandte sich ihr nicht entgegen und bewegte auch seinen Kopf nicht. Mit leiser Stimme sagte sie: „Herr Kulp! Da sind Sie ja wieder! Was ist denn nur passiert, um Gottes Willen?“
„Ah, Frau Litzinger, ja, ich bin wieder da.“ Er sprach in die falsche Richtung, drehte sich dann aber langsam zu ihr.
„Wir haben ja alle nichts gewusst“, sagte sie und Kulp fand, es klang wie eine Rechtfertigung und wedelte mit der Hand, um sie zu beschwichtigen.
„Sorgen haben wir uns gemacht, Herr Kulp. Und dann das mit dem Auto … Die Polizei war ja deshalb sogar bei mir, aber das ist ja schon wieder so lange her.“

„Es tut mir leid, liebe Frau Litzinger. Ja. Ich hatte einen Unfall. Er hat mir die Erblindung eingebracht."
„Die Erblindung?"
„Ja."
„Für immer?", entfuhr es ihr.
„Ja." – „Ach, liebe Frau Litzinger. Wir sehen zwar alle nichts, aber ich muss es ja wieder übertreiben." Kulp versuchte ein Lächeln.
„Ja, der Junge will immer zu viel, hat Ihre Mutter gesagt. Ich weiß es noch, Ihre arme Mutter ."
Kulp dachte, dass er von jetzt an mit Leuten sprechen würde, von denen er nicht wusste, ob sie wirklich da waren. Ebensogut könnten ihre Stimmen vom Band kommen.
Die Dame stöhnte kurz auf. Dann ging sie auf Kulp zu. Seit Monaten hatte er keine Umarmung mehr erfahren.
„Entschuldigen Sie, Entschuldigen Sie … Aber …"
„Nein, es ist gut, Frau Litzinger, ich bitte Sie."
„Wie gut, dass Sie nicht allein sind. Ihre Frau ist ja eine so reizende Person … Ich habe sie lange nicht gesehen. Niemand hat sie gesehen. Sie ist sicher ganz …"
„Ja, alles gut, ich danke Ihnen. Ich weiß ja, an wen ich mich wenden kann, wenn ich Hilfe brauche!"
„Ja, kommen Sie nur. Kommen Sie. Jederzeit! Es ist so schrecklich, Herr Kulp. Und bitte grüßen Sie Ihre Frau!"
Ich bin allein, durchfuhr es Kulp in diesem Moment.
Ich bin allein.

Charlie ging voran, Kulps Hand lag auf dessen Schulter und er tippelte hinterher wie ein altes Männchen.
Das Entsetzen der Nachbarin lag in der Luft, und Kulp hatte selbst den Eindruck, dass ihm ab jetzt nichts mehr gelingen wollte. Die Beine konnten nicht ohne die Augen, die Ohren nicht, die Stimme nicht, nichts mehr war intakt, und er fühlte sich wie ein durch und durch behinderter Mensch. Und Gabriele? Kein einziges Mal

hatte sie ihn im Krankenhaus besucht, nicht ein Mal sich nach ihm erkundigt. Was hatte er ihr angetan? Was war zwischen ihnen passiert?
Es lag alles so weit zurück, so wahnsinnig weit …

4
Charlie hatte das Holztor geöffnet und sie betraten den Garten.
November.
Der Regen hatte aufgehört, es roch nach Erde und Laub und sie gingen durch den etwa 1200 Quadratmeter großen Garten, der mit mehreren alten Bäumen bestückt war. Einen Moment lang fühlte sich Kulp froh, hier zu sein. Die Blätter waren nicht zusammengekehrt und er schob mit seinen Schuhen das Laub beiseite. Dieses Rascheln hatte er immer gemocht. Manche Dinge bleiben, dachte er.
„Sind sie bunt?"
„Was?"
„Die Blätter."
„Ja. Sie sind bunt."
„Der Garten mag den Herbst. Es ist seine Jahreszeit."
„Ihre auch?"
„Ja, meine auch. Ich hoffe, er ist ein bisschen verrottet. Er hatte ja genug Zeit."
„Ja, das ist er. Hilft Ihnen jemand?"
„Tomasz, der Mann von Agata, aber er war jetzt die ganze Zeit nicht hier. Er macht das gut und nur das Nötigste. Aber jetzt muss ich sehen. Ich muss so vieles sehen."
Eine seltsame Formulierung, dachte Kulp.
„Sie müssen vor allem gerade gehen, auch wenn Sie nichts sehen. Sonst haben Sie bald einen kaputten Rücken oder einen Buckel. Aufrecht müssen Sie gehen."
„Ich habe den Eindruck, ab jetzt haben alle Leute das Recht, mir zu sagen, was ich zu tun habe. Ich muss alles neu lernen."
„Das ist falsch. Sie wissen doch alles. Nur anders anwenden, darum geht es, glaube ich."

Es war Nachmittag.
„Sie lieben die Natur, ja?"
„Ich weiß nicht." sagte Kulp. „Bäume und Blätter mag ich. Regen und Nebel. Erde. Pilze. Aber nicht den Geschmack, nur den Geruch."
Sie wateten über die Rasenfläche, die kein Rasen mehr war, sondern kniehohes Gewächs. Charlie war vorausgegangen und Kulp hatte seine Hand nach wie vor auf dessen Schulter gelegt.
„Passen Sie auf", sagte er, „dass Sie sich nicht verletzen. Manches Pflanzenzeug sticht und piekt. Ich mag ja, wenn es möglichst wirr ist und der artige Rasen darunter sich nicht so wichtig macht."
Charlie ging langsam und Kulp stellte sich vor, wie sie beide jetzt aussahen. In Zukunft würde er sicher oft ein lächerliches Bild abgeben.

Er dachte über Charlie nach. Bis vor wenigen Stunden war ihm dieser Mann vollkommen unbekannt gewesen. Fast zwei Stunden hatten sie nebeneinander im Wagen gesessen ohne ein Wort zu wechseln. Inzwischen nannten sie sich beim Vornamen, Kulp berührte Charlies Hände und Schulter, er ließ sich von ihm durch seinen eigenen Garten führen und sie sprachen miteinander in fremder Vertrautheit.
„Haben Sie Pickel?"
Charlie blieb stehen. „Wie bitte?"
„Ich übe mich in Fragen, die nur ein Blinder stellen darf."
„Darf er nicht."
„Sie haben recht. Da fällt mir ein, kennen Sie diesen Film mit Doris Day? Ein zugegeben dämlicher Film mit dem größten Filmspießer aller Zeiten, Cary Grant. Die beiden sitzen im Auto mit offenem Dach in seinem Sportwagen. Der Wind weht durch ihr frisiertes Haar und sie sitzt adrett auf dem Beifahrersitz und er weltmännisch am Steuer. Sie findet ihn natürlich toll und ihre Stimme aus dem Off lässt uns an ihren Gedanken teilhaben und daran, wie sie sich Sätze zurechtlegt, um mit diesem umwerfenden Mann eine

halbwegs intelligente Unterhaltung anzufangen. Dabei schießen ihr nur nichtssagende Formeln durch den Kopf und sie beschimpft sich selbst, weil ihr nichts Kluges einfällt. *Sind Sie verheiratet?* Da war es raus. Alle Überlegungen zu einem gepflegten Gespräch waren dahin und das Einzige, was sie eigentlich interessiert hatte, brach sich Bahn."

Sie waren beide stehengeblieben.

„Und das Einzige, was Sie an mir interessiert ist, ob ich Pickel habe?"

„Ja. Wie Sie aussehen, darüber habe ich nachgedacht." Kulp lachte.

„Aber Pickel? Warum nicht die Haarfarbe, die Körperfülle."

„Entschuldigen Sie, da Sie mir angenehm sind, dachte ich, wenn Sie Pickel hätten, wäre ich vielleicht anders auf Sie zugegangen, wobei Sie ja auf mich zugegangen sind."

„Sie meinen, jemandem mit Pickeln begegnet man anders."

„Ja, natürlich. Glauben Sie das nicht?"

„Doch, schon."

„Eben. Und da mir eine Begutachtung im Vorfeld ja nicht mehr möglich ist, habe ich überlegt, auf welcher Annahme ich ab jetzt Menschen vertrauen werde oder eben nicht. Es kann ja nicht nur die Stimme sein oder der Händedruck."

„Vielleicht ist es ein Vorteil, wenn man nicht mehr so viel nach dem Äußeren geht."

„Gehen kann."

„Gehen kann, ja. Sie werden Ihre Anhaltspunkte finden, nein, natürlich haben Sie sie schon. Wahrscheinlich wird es nur darum gehen, ihnen zu vertrauen."

„Klingt ganz wundervoll. Welche Wahl habe ich überhaupt?"

„Sich einzukapseln, sich zu bedauern, zu vereinsamen."

Sie gingen weiter. An der großen Eiche angekommen, legte Kulp seine Hand auf die Rinde und ließ sie dort einen Moment ruhen.

„Habe ich kurze Haare oder habe ich einen Haarschnitt?", fragte er plötzlich.

„Wenn Sie auf diesen Unterschied bestehen: Ihre Haare wurden kurz geschnitten."

„Man hatte mich nicht gefragt."
„Was meinen Sie?"
„Man hat mir die Haare einfach abgeschnitten irgendwie."

„Es ist kein Modellschnitt, wenn Sie das meinen."
Charlie klang verächtlich und Kulp ärgerte sich. Dass es albern war, jetzt eitel zu sein, war Teil des Problems. Diese Eigenschaft stand ihm nicht mehr zu, sie wurde ihm geradezu verwehrt und er überlegte, wie dicht Erblindung und Entmündigung beieinanderlagen. Wenn er Pech hatte, war es dasselbe.

5

Ich kann mir nie mehr ein Bild machen, dachte Kulp. Oder doch, aber es wird immer erst im Nachhinein kommen, und entstehen wird es nicht vor den Augen, sondern dahinter.
Die Reihenfolge, in der seine Sinne ab jetzt abgerufen würden, wird die Folgende sein: hören fühlen verstehen.
Das Bild kommt zuletzt, gespeist einzig aus bereits Erlebtem, aus dessen Erinnerungsresten man sich etwas Neues kaum vorstellen kann, dessen war sich Kulp sicher, während er mit seiner Hand auf der Rinde des Baumes entlangfuhr. Es schien ihm dabei gewiss, dass er sich all diesen Fragen nicht mehr würde widmen müssen. Die Bilder, die er in Zukunft sehen würde, entstünden nur in seinem eigenen Kopf, sie würden sich nicht mehr messen lassen mit einer allgemeinen Übereinstimmung.
Das klang verlockend.
Er konnte also sehen, was immer er wollte, es war in keinem Fall mit Bildern von anderen vergleichbar, austauschbar, verhandelbar.
Das Sehen würde eine einsame Sache werden.
Also doch nicht verlockend.

„Trinken wir noch Kaffee?"
Kulp zuckte zusammen, als sei er geweckt worden.

„Wenn Sie möchten. Ich habe aber keine Milch und der Kaffee dürfte auch nicht mehr schmecken. Wieviel Uhr ist es?"
„Es ist gleich vier."
„Essen Sie Kuchen?"
„Ja, gern sogar. Ich werde uns etwas holen."
Sie liefen zum Haus und erst jetzt bemerkte Kulp, dass es wieder angefangen hatte zu regnen. Charlie zog ihn ein bisschen und schnaufte dabei. Vielleicht war er übergewichtig.
Kulp stellte sich immer wieder einen anderen Charlie vor, je nachdem, was der gerade tat oder sagte.
„Gibt es einen Schlüssel?"
„Ich schließe nie ab. Wir können hinein." Ein offenes Haus: eine weitere Schönheit dieses Ortes, vorher hatte Kulp nie darüber nachgedacht.
„Ab jetzt sollten Sie sich angewöhnen abzuschließen. Es ist gefährlich sonst."
„Was soll passieren? Wenn mich einer erschlagen will, kann er das tun. Das Gute daran wäre, es geschähe ohne jede Vorwarnung für mich."
„Hören Sie auf. Ich bitte Sie."
Sie gingen die Steintreppe nach oben, wo Kulp einen Moment überlegte, ob er nicht einfach abhauen sollte. Im nächsten Moment aber hatte er der Haustüre mit dem Fuß einen Stoß versetzt, weil sie klemmte.
Sie betraten einen mittelgroßen Vorraum mit vier Türen und einem Treppenaufgang.
„Wir hatten noch gestrichen. Vorher war es vergilbt, die Treppe dunkelbraun."
Jetzt war alles weiß, auch Treppe und Geländer.
Kulp blieb stehen und ließ seine Hand kurz auf dem Treppenknauf nieder. Sofort zog er sie zurück, als habe er sich verbrannt.
„Was ist los?"
„Nichts. Ich hatte die Hoffnung … Ich dachte, ich könne in meiner eigenen Umgebung wenigstens irgendetwas erkennen."

Er ging in Richtung Tür und stieß dabei mit dem Fuß an ein Tischchen unter der Garderobe.
„Scheiße! Ich bin wirklich blind!"
„Sie müssen Geduld haben."
„Habe ich nicht."
Er öffnete die linke Tür zur Küche.
Es war kalt. Die Uhr schlug jetzt vier Mal.
„Ein düsteres Haus, oder?"
„Um ehrlich zu sein: Ja. Gerade im Vergleich zu dem hellen Vorraum." Kulp hörte, wie Charlie auf- und abging, hörte ihn glotzen. „Sie haben viele Erbstücke."
„Ja. Lauter Teile, die mit mir nichts mehr zu tun haben."
„Warum sind sie dann noch hier?"
„Ich brauche sie noch."
„Verstehe …"
„Wir alle machen das doch so. Erst nehmen wir den Kram auf, und in der Vertrautheit nehmen wir noch mal Abschied. Dann merken wir, dass es alles Dinge sind, die aus dem Leben anderer stammen, meist von den Eltern, und wir schmeißen das Zeug raus. Ganz selbstverständlich, ohne Schmerz. Aber so weit war ich bisher nicht, nur jetzt kommt mir der ganze Kram absolut zwecklos vor. Wenn es nicht so bitter wäre, würde ich sagen: Welche Erleichterung, dass ich ihn nicht sehen muss!"
Charlie setzte sich neben ihn.
„Ich frage mich, was ich, um Gottes Willen, mit all den Dingen machen soll, die hier gestapelt, gesammelt, gehortet sind. Keines dieser Bücher werde ich je wieder lesen können, keinen dieser Zeitungsartikel oder Schnipsel je zuordnen in dem Chaos, das hier herrscht."
„Geben Sie sich Zeit."
„Dieser Rat erwächst reiner Einfallslosigkeit. Aber ich verstehe, dass Sie auch keine Ahnung haben, wie ich diesen intellektuellen Müllberg jemals werde abtragen können; geschweige denn werde ich in der Lage sein, für mich daraus noch einen Sinn zu gewinnen, einen Nutzen, ein Wohlbefinden, einen Spaß, was auch immer."

„Waren Sie nicht verheiratet? Wo haben Sie sich als Paar zusammen aufgehalten, wo Ihren normalen Alltag gelebt, so vollgestellt wie die Räume hier sind?“

„Das Haus war groß genug für zwei.“ Kulp bemerkte selbst, wie trotzig das klang.

Von der Küche gingen zwei Zimmer ab, ein größeres mit Sofa und Fernseher und ein zweites mit großem Tisch und mehreren Stühlen. Es war einmal als Esszimmer gedacht, inzwischen aber, so wie das andere auch, zu einer großen Halde für Papier- und Bücherstapel geworden. Wohn- und Esszimmer waren ihres Zweckes vollständig beraubt, denn wohnen konnte man hier nicht. Essen auch nicht. Schon gar nicht zu zweit.

Zwischen Erbstücken und Gedrucktem gab es behelfsmäßige Arbeitsplätze, Lese- und Schreibecken mit provisorisch angebrachten Lampen unterschiedlicher Art.

„Sie werden versuchen müssen, wieder Ihren Ort zu finden. Auf andere Weise.“

„Auf andere Weise“, wiederholte Kulp und tastete sich zum Fenster, um es aufzureißen. „Zum Ersticken hier!“, sagte er, und weil er beim Öffnen einen Bücherstapel heruntergerissen hatte, kam Charlie zu Hilfe. Dann setzte er sich auf die Kante des Sofas, das auch als Ablage von Gedrucktem diente und kaum noch Sitzfläche bot.

„Ich glaube, ich habe noch nie in meinem Leben so viele Bücher in einem Privathaushalt gesehen. Nein, ganz sicher nicht.“

„Ich sammle sie.“

„Das brauchen Sie nicht zu sagen. Man sieht’s.“

Kulp ging in die Küche und setzte sich an den Tisch.

Ein paar Minuten später kam Charlie nach. Er hielt ein Papier in der Hand. „Haben Sie das geschrieben?“

„Was meinen Sie?“

„Hier ist ein Zettel, da steht: *Ich bereite meinen sicheren Abgang vor.* Ist das von Ihnen?“

„Ja. Das habe ich geschrieben irgendwann.“

„Ich nehme ihn mit."
„Was?"
„Den Zettel. Da Sie nicht sehen, wenn ich ihn in meiner Tasche verschwinden lasse, sage ich es Ihnen."
„Wofür? Was wollen Sie damit?"
„Ich weiß nicht. Ich dachte nur, wenn er hier raus ist …"
„Keine Angst. Ich werde es nicht wieder versuchen."
„Essen Sie ihn auf!", sagte Charlie.
„Was?"
„Ja, essen Sie ihn auf! Oder ich esse ihn auf. Ich esse ihn!"
„Sind Sie irre?" Kulp lachte und machte eine ausladende Armbewegung, als wolle er etwas wegwischen, das in der Luft lag.
„Und jetzt?", fragte er. „Haben Sie oder haben Sie nicht?"

6

Kulp beschrieb Charlie den Weg. Ein halbes Stündchen würde es dauern, sagte er.

Allein am Tisch sitzend, schlug Kulps Stimmung um. Alle Bücher kann er aufessen, wenn er will, alle Bücher, dachte er. Das ganze Zeitungsarchiv, die tausend Zettelchen, dieser Charlie darf sie alle fressen, bevor es die Würmer tun oder die Mäuse oder wer auch immer.
Kulp ertastete jetzt auf dem Tisch das Buch, das Gabriele vergessen hatte, am Tag vor dem Unfall, am letzten Tag seines Lebens, an dem das Lesen noch eine seiner für ihn wichtigsten Tätigkeiten war, abgesehen von der schlichten Fähigkeit, es überhaupt tun zu können.
Er nahm das Buch in die Hände, das Papier war weich und ein bisschen zu schwer.
Von nun an würde er sich erinnern müssen: an die Papierfarbe, an die Schönheit einer gedruckten Seite, an den Satzspiegel und die weißen Ränder, an die Position der Seitenzahlen, an die Schrift mit oder ohne Serifen, an die Art der Lesbarkeit. Oft hat er Bücher danach ausgewählt, er mochte es, wenn sie schön waren, schön im Sinne des Zwecks, den sie zu erfüllen hatten.

Adalbert Stifter; ein betulich gemachtes Buch. Fast aufdringlich forderte es vom Leser sein Lob. Zu viel des Guten, wie man so sagt. Wenn Kulp gewusst hätte, dass dieses Buch ihm den letzten unbeschwerten Lesevorgang seines Lebens bescheren würde: er hätte ganz sicher ein anderes genommen.
Der Text hatte ihn damals schon geärgert. Stifter schrieb über die schlimmsten Zerstörungen der Erde, die *keine große Sache* seien, allenfalls *Wirkungen viel höherer Gesetze.*
Was für ein Wichtigtuer dieser Stifter gewesen ist! Der war am Schreibpult seinen philosophischen Eingebungen erlegen, so wohlfeil gesetzt wie falsch. Er selbst, Kulp, war doch ein lebendes Beispiel dafür, dass die Zerstörung beispielsweise des Augenlichts die viel größere Wirkung einer viel kleineren Ursache war!
Das Buch flog vom Tisch. Mit ausgestrecktem Arm schlug Kulp in blinder Geste Buch und Frühstücksgeschirr zu Boden. Wie laut das war!

Seine große Gestalt nach vorne gebeugt, saß Kulp mit herabhängendem Kopf, und hätte er Augen gehabt, hätte er auf die Tischplatte gestarrt und in der Holzmaserung nach Tierköpfen gesucht. So aber dachte er darüber nach, wie er die nächsten Stunden verbringen sollte. Die nächsten Stunden und Tage. Wer sollte das alles bearbeiten, auf-, oder wegräumen? Er würde ertrinken in all dem! Und wie überflüssig das alles jetzt schien, hatte er für sich doch ein ganz, ganz anderes Leben gedacht.
Die Zeit war lang und wurde immer länger.
Wie ein geschlagener Riese sah er sich selbst dort sitzen. Er dachte daran, wie es war, den Überblick zu haben.
Das war jetzt vorbei. Da halfen ihm auch seine Einsneunzig nicht.
Was sollte er tun?
Wie seinen Beruf ausüben?
Seltsam, dass er plötzlich dachte, er habe einen Beruf. Noch nie hatte er einen Beruf gehabt, noch nie in seinem ganzen Leben einen einzigen Cent selbst verdient. Was auch hätte er anbieten sollen?

Aber jetzt saß er da und dachte zum ersten Mal in seinem Leben: Ich bin Schriftsteller.
Die Blindheit gab Einsicht und Kulp lächelte.
Dann nicht mehr.
Wie sollte er ab jetzt schreiben? Alles, was er in Kladden notiert hatte, war zu keinem fertigen Text geworden. Und all diese Versuche würde er nie wieder finden! Ein Schriftsteller ohne Texte. Vor allem er selbst würde sie nie mehr lesen können.
Vielleicht war das sein Segen, sein Glück, vielleicht die Chance, sich nicht weiter an Versuche zu klammern, auf bereits Angefangenes beziehen zu müssen, auf erklärte Absichten und höchste Ansprüche.
Jahrelang hatte er all diesen Wust angehäuft aus Angst, Dinge zu verlieren, die sonst unwiederbringlich verschwunden wären, oder auch aus der verzweifelten Einsicht heraus, dass die Dinge schon längst verloren waren.
Er hatte sich mit Buchstaben zuschütten müssen, mit Gedanken, mit Thesen und Geschichten, mit Abhandlungen und Formulierungen, die er verurteilte und bewunderte und die nicht seine waren.
Er hatte sich mit Material befasst, das andere ihm lieferten. Er füllte sich damit ab und wollte immer mehr.

7

Am späten Abend des 8. August 1983 war Karl noch einmal nach unten gegangen.
Dann kam der harte Schlag auf den Kopf und die Milch, die er trinken wollte, sickerte in den Teppich, und auch sein Blut.
Die schreiende Tochter stand dabei, der Sohn nicht weit entfernt.
Es war alles schnell gegangen, der Mann über die Terrasse verschwunden. Gestohlen hatte er nichts.
Der Raum war dunkel, das Gesicht des Fremden nicht zu erkennen.
Von hinten hatten sie ihn gesehen, nur von hinten.

1983 war Edgar 19 Jahre alt und er lebte immer noch hier.

Der Vater war in dieser Nacht ermordet worden, die Mutter kurz darauf gestorben und die Schwester hatte das Elternhaus für immer verlassen.
Sie war nie wieder gekommen.
Edgar war der Sohn der Familie, die sich am Abend eine gute Nacht gewünscht hatte und am Morgen nicht mehr existierte.
Er war geblieben. Die Leere des Hauses machte sich in seinem Innern breit und er begann zu sammeln. Er fraß Buchstaben und las den Verlust seiner Geschichte in sich hinein. Jahrelang dachte und fühlte er mit der Seele derer, die über sich und ihre Anliegen schrieben und er versuchte, sie zu seinen zu machen.
Sein Modell war nicht aufgegangen. Nie waren die Texte der anderen zu seinen geworden und jetzt, da er sich ihrer nicht mehr bediente, fühlte er sich leerer als je zuvor.

Wie eine Strafe hatte der Vater Kulps Geschichte mit ins Grab genommen und auch das Sammeln anderer konnte den Verlust nicht aufhalten. Es bediente allenfalls das kurzfristige Verlangen, den Augenblick zu erfassen. Das Jetzt durfte nicht vorbei sein, um keinen Preis durfte es jemals vorbei sein!
Was stand dem Jetzt gegenüber?
Kulps Geschichte war, wie jede andere Geschichte auch, ein Wandern zwischen Vergangenheit, Gegenwart und Zukunft. Für meine Vergangenheit und Zukunft war ich blind, dachte Kulp.
Jetzt schlug die Uhr fünf und er erschrak.
Ich, dachte Kulp, habe den Tod in mein Leben geholt. Und immer wieder aufs Neue will er mir zeigen, wie mächtig er ist.

Ich laufe jeden Morgen eine Stunde lang aus dem Dorf, über Feldwege rüber zum nächsten und zurück.

8

Kulp hörte jetzt Charlies Stimme im Hausflur. Er war am Telefon. Nein, er würde nicht mehr zurückkommen heute, erst morgen wieder. Er habe den blinden Mann zu betreuen, den er nach Hause gebracht hatte und der versorgt werden musste. Ja, alles gut, alles sehr gut.

Das Wort *betreuen* versetzte Kulp einen Stich. Ein Pflegefall war er jetzt. Aber froh war er, dass Charlie wieder da war.

Dann kochten sie. Kulp schnitt im Dunkeln Zwiebeln und Tomaten. Tasten. Wo war die Klinge? Ab jetzt würde er alles im Dunkeln tun. Er machte Witze darüber und lachte allein.

Sie aßen zusammen, der Wein schmeckte und sie sprachen über das Blindsein. Charlie kannte sich aus. Er hatte einige blinde Patienten, die er *betreute*. An dieses Wort würde sich Kulp gewöhnen müssen.

„Die meisten kommen zurecht“, sagte er. „Manche sind zufrieden geradezu.“

„Zufrieden?“

„Ja. Zufrieden. Eine Frau, sie ist jetzt vierzig, war vor zehn Jahren in unserer Klinik, weil sie eine Augenentzündung hatte. Sie saß schon im Krankenzimmer, um zur Operation abgeholt zu werden. Damals hatte sie einen Freund, der sie begleitet hatte und mit ihr im Zimmer wartete. Sie saß auf dem Bett und plötzlich sagte sie: Warum machst du es denn so dunkel hier, ich sehe ja gar nichts mehr! Der Freund stand an der Tür, der Raum war so hell wie eh, aber für die Frau war er schwarz. Die Operation konnte nichts mehr ausrichten und sie blieb blind. Bis heute.“

„Warum erzählen Sie mir das?“

„Der Frau geht es gut. Sie sagt, sie würde heute mehr wahrnehmen als früher. Die Augen …“

„Ich bitte Sie! Sie müssen mich nicht ermutigen. Das funktioniert so nicht.“

„Die Augen seien der Oberflächlichste aller Sinne, sagt sie heute.“

„Ach, und ich soll dankbar sein, dass es nur die Augen sind, die ich verloren habe!“

„Ich dachte, es sei eine Idee, Ihnen diesen Gedanken mitzuteilen. Ich fand ihn damals auch verwegen, fast anmaßend, um ehrlich zu sein. Aber er ist nicht mehr als eine Anregung und hilft Ihnen vielleicht, wenn Sie Zweifel haben."
„Zweifel an was?"
„Ich dachte, es könnte helfen, ab und zu daran zu denken, dass es Leute gibt, die mit ihrer Erfahrung inzwischen ganz gut damit leben und …" Die Erfahrung anderer sei nie etwas, womit man überzeugen könne, das wisse er doch sicher, befand Kulp und öffnete eine zweite Flasche.
„Das gelingt nur, wenn man mir Korkenzieher und Flasche direkt vor die Nase stellt", sagte er. „Und Sie wollen mir erzählen, dass es …"
„Es war zu früh, Sie damit zu konfrontieren, entschuldigen Sie."

9

Es waren etwa zwei Wochen vergangen.
Kulp lag auf dem Bett, die Arme hinter seinem Kopf verschränkt starrte er an die Decke. Wären seine Augen nicht tot gewesen, hätte er die Zeichnung gesehen, die nicht mehr feinen Risse, die sich in das Gemäuer gefressen hatten.
„Ich muss mir eine Pistole besorgen. Und dann werde ich mir in den Kopf schießen. Morgen", dachte er, „morgen wird alles ein Ende haben."
Kulp dachte an den letzten Satz in Dostojevskijs Spieler und wusste, nichts, aber auch nichts würde ein Ende haben.
„Sie sind nicht krank", hatte Charlie gesagt.
Er kam ab und zu und sie tranken Wein.
Nur zu diesem Zweck bewegte sich Kulp überhaupt aus dem Bett.
Die anderen Tage blieb er liegen, stand nur auf, um sich zu waschen und wenn er Hunger hatte.
Eine Genesung war tatsächlich nicht in Sicht. Seitdem er aus dem Krankenhaus gekommen war, gab es nur noch Blindsein.
Für Kulp unfassbar, dass das jetzt so bleiben sollte, dass er so geschädigt war, so untauglich. Um diese Versehrtheit als normal anzusehen, musste er sie annehmen. Wie sollte er?

„Ich kann Ihnen da nicht helfen. Sie müssen es wollen!"
„Was wollen?"
„Sie müssen leben wollen, auch ohne Augen. Es wird sich daran nichts ändern, das müssen Sie einsehen, sonst wird das nichts."
„Was soll nichts werden?", fragte Kulp und wusste selbst die Antwort.
„Was wollen Sie machen, wenn es Ihnen nicht passt, ohne Augen zu leben? Was wollen Sie tun? Wollen Sie erleben, wie Sie unglücklich werden, weil Sie Ihr Schicksal nicht annehmen?"
„Ich habe versucht einzugreifen und habe versagt. Nicht nur ein Mal bin ich mit dieser Idee gescheitert."
„Welcher Idee?"
„Mit der Idee mein Schicksal zu drehen. Es zu verändern, zu manipulieren, was auch immer. Das passt dem da oben nicht."
„Sie haben Gott gespielt."
„Das hat meine Frau auch gesagt. Ja. Ich habe Gott gespielt."
„Dann nehmen Sie jetzt die Herausforderung an und führen Sie ein Leben!"
„Ich habe mein Leben buchstäblich an den Baum gefahren."
„Noch sitzen Sie hier. Lebendig und gesund."
„Sind Sie noch bei Trost? Diese Unterscheidung zwischen Krankheit und Behinderung ist reine Wortklauberei und kann nur jemandem einfallen, der weder das eine noch das andere hat. Meine Erblindung könnte man ebenso gut als chronische Krankheit bezeichnen."
„Wenn Sie zornig werden, hilft Ihnen das gar nicht."
„Wenn ich keinen Zorn mehr habe, ist es ganz vorbei. So ist das!"
Kulp stand vom Tisch auf, um sich nach wenigen Sekunden wieder zu setzen. Die Wut wusste nicht wohin, nur mit Worten war sie noch zu fassen. Aber dann griff Kulp nach der Tischdecke und riss mit einem kräftigen Ruck alles, was sich auf dem Tisch befand, zu Boden. Der Lärm übernahm das Schreien.
Charlie war aufgesprungen und machte sich am Boden zu schaffen.
„Ist viel kaputt?"

„Sie haben recht“, kam es von unten. „Sie haben mit allem recht. Und trotzdem hilft es Ihnen nicht. Ich glaube, Sie müssen den Blickwinkel ändern.“

„Ja, allerdings. So kann man es nennen.“

Kulp kroch jetzt auch unter den Tisch.

Als sie beide wieder saßen, ertastete Kulp die Tischdecke, die an manchen Stellen feucht war.

„Was ist das für eine Decke?“

„Sie ist beige mit bestickten Blumen. Sicher schon alt.“

„Ich will sie nicht mehr haben. All der Kram muss weg, alles, was überflüssigen Aufwand bedeutet wie Waschen, Bügeln und Pflegen.“

„Aber Sie wollen ab jetzt nicht nur noch in Jogginghosen rumlaufen, oder?“

„Es geht um kritische Distanz. Wie sich die Bedeutung normaler Worte plötzlich dreht. Das Wort *Distanz* nimmt sich plötzlich doch eher lächerlich aus.“

„Ich glaube, Sie müssen für alles eine neue Form finden. Krankheit, Behinderung hin oder her. Sie müssen sich neu erfinden, sich und Ihre Umgebung.“

Als Charlie gegangen war, legte sich Kulp wieder ins Bett.

Charlie macht sich keine Vorstellung, dachte er. Wenn einer schon Charlie heißt, wie sollte er es wissen.

Er schlief zwei Tage, bis ein anderer Pfleger kam.

„Wo ist Charlie?“

„Heute habe ich Dienst. Ich heiße Herbert.“

„Haben Sie keinen Nachnamen?“

„Doch. Siebert.“

„Also, Herr Siebert.“ Distanz, dachte Kulp: Distanz.

Und dann fragte Herr Siebert: „Haben Sie keine Familie?“

Kulp hatte sie alle gelesen. Die Literatur war voll mit Abhandlungen über Familien und deren schauerlichste Konstellationen, und irgendwann, es war noch gar nicht so lange her, war ihm

aufgefallen, dass er keine hatte. Überhaupt keine. Der Wink kam damals von Gabriele und da wurde es ihm bewusst. Da erst. Es wurde ihm klar, dass es in seinem Leben keine weitere Familie gab. Gabriele hatte gesagt: „Das braucht jeder Mensch."
Es gab sie nicht. Keine elterlichen Geschwister, keine Großeltern, keine Cousins und Cousinen. In ihrer Kindheit und Jugend war es ihnen nicht aufgefallen, sie gehörten zu niemandem, nur zu den Eltern.
Vater, Mutter, Sohn und Tochter lebten zurückgezogen.
Es gab wenige Freunde, manchmal ein paar Nachbarn. Wie seltsam, dass seine Schwester und er nie darüber gesprochen hatten, wie allein sie eigentlich waren. Warum hat es niemanden gegeben? Wo waren die alle?
Wenn ich könnte, dachte Kulp, würde ich diesem Siebert jetzt eine reinhauen.
„Warum?", fragte der.
„Es gibt darauf keine Antwort."
„Vielleicht wollten Sie nicht."
„Sagen wir so: Ich habe mich nie darum bemüht." Und Kulp dachte, dass das ein Fehler war.

10

Dieser Angang, jedes Mal aufs Neue dieser Angang: das Aufstehen, das Umherlaufen, das Suchen, das Tasten in einen anderen Raum. Bein an Tischkante, Arm an Tür, Fuß an Schwelle oder Stuhlbein, Kopf an Regal, sich setzen und warten, warten auf irgendetwas, auf das Ende der Zeit. Und alles fiel um oder er schlug Dinge vom Tisch, ein Topf, der scheppernd auf den Boden knallte, Geschirr, das irgendwo herumstand und auf dem Steinboden der Küche zerschellte. Die Scherben sah er nicht, wie sollte er aufstehen, wohin sollte er gehen, die Schuhe standen im Flur, er lief in Strümpfen durch Scherben und Glas, schlurfte ins Zimmer und wusste nicht warum. Was sollte er dort tun, was sollte er überhaupt tun?

Die Augen hatten vieles aufgefangen.
Er nahm die Filzdinger, die sie ihm aus dem Krankenhaus mitgegeben hatten und die ihn zusätzlich am Gehen hinderten, weil sie an den Füßen keinen Halt hatten. Sie nannten es Hausschuhe, die er schließlich durchs Zimmer schleuderte, um kurz darauf darüber zu stolpern.
Schließlich kroch er auf dem Boden herum und suchte ein Buch, das es wahrscheinlich war, vielleicht auch nicht, irgendetwas war heruntergefallen, Herrgott noch mal! Wie ein Hund suchte er den Teppich ab, nach irgendetwas, aber im Gegensatz zum Tier roch er nichts und sah nichts, grabschte in eine Scherbe und verletzte sich die Hand.

Es schlug neun Uhr. Die Uhr gab ihm die Zeit. Es war die Uhr seiner Eltern. Der Glockenklang kam aus der Wand. Er war aufgewachsen und würde sterben damit. Der Glockenklang half ihm, die Stunden einzuteilen in zu bewältigende Einheiten. Die Uhr lenkte und führte ihn durch sein Leben.
Das hatte sie immer getan; in guten wie in schlechten Zeiten.

Es vergingen Wochen. Alle zwei Tage kam eine Hilfe, immer wieder war es eine andere. Der Dienstplan gab es so vor. Sie kauften ein und gingen mit ihm durch Haus und Umgebung. Er musste sich doch gewöhnen an die neuen Umstände. So umschrieben es alle. Das nannte man Sprachregelung und die wurde eingehalten. Auch die Zeitvorgaben. Es gab anderthalb Stunden inklusive des Einkaufs. Kulp war froh, wenn er wieder allein war.
Eines Tages verabschiedete sich die Hilfe, er unterschrieb irgendetwas und es kam niemand mehr. Ansonsten besuchte ihn Charlie samstags und Agata machte zwei Mal in der Woche bei ihm sauber, ab und zu tranken sie Tee.

Manchmal musste er nach draußen. Einkaufen, zum Arzt.
Schlimmste Zeit.

Nach Monaten brachte Charlie eine Frau mit. Er stellte sie ihm als Mobilitätstrainerin vor, sie würde ihn ab sofort drei Mal in der Woche besuchen. Kulp hatte sie wie Tabletten „verschrieben" bekommen. Ihre Aufgabe war, ihm das Gehen mit Langstock beizubringen, um ihm ein würdiges Leben als Blinder zu ermöglichen, so hatte sie das gesagt, und Kulp verkrampfte sich der Magen. Einkaufen mit Stock, Bus- und Bahnfahren mit Stock, die Straße überqueren mit Stock.
Als sie nach drei Monaten nicht mehr kam, weil er „fit" war, wie sie sagte, schmiss er den Stock durch die Gegend. Ein Junge holte ihn aus dem Gebüsch.

Oft saß Kulp stundenlang auf der Bank im Park. Es wurde kalt, ein leichter Wind wehte durch Haare und Jacke, er schlang die Arme um seinen Körper und blieb sitzen.
Die Unsicherheit, die ihm das Aufstehen bescherte, die Orientierungslosigkeit, die Angst, zu fallen oder sich zu verlieren irgendwo im Gelände, den aufsteigenden Zorn, das Stolpern über den Stock, die Wut darüber, dass er nie wieder ohne dieses Ding würde gehen können, ohne vollkommen verloren zu sein, hilflos und auf unbekannte Leute angewiesen, die ihm die Hand reichten, er ertrug es nicht, wollte die Zeit aufhalten, wollte alles aufhalten, das Leben, das Leben als Blinder, sein Leben.
Schließlich war er doch zu Hause angekommen.

Früher dachte ich, ich sitze im Kasten. Er war klein und beschrieb den Raum, in dem ich lebte. Die Wege waren kurz, die Erlebnisse klein, die Anforderungen auch. Ich hatte den Überblick, er war nur auf mich gerichtet und auf die Strecke, die ich zu gehen in der Lage war. Er war das Maß, das ich bewältigen und aushalten konnte.

Da ich mich in einem rechtwinkligen Kasten befand, wusste ich, was war und was noch kommen würde. Das war nicht viel und führte zu nichts. Ich war sinnlos einsam.
Jetzt nicht mehr. Aber einsam werde ich immer bleiben.

11

Ein halbes Jahr war Kulp jetzt blind und immer noch hatte er keine Idee, wie es weitergehen sollte.
Einige Leute hatten sich inzwischen seiner angenommen, das Sorgenkind, bei dem sie die Stirn in Falten legten, was er nicht sah, aber spürte. Sie alle sahen gut und wussten, wie er mit der Tatsache, nicht zu sehen, am besten umzugehen hatte. Sie hatten wohlmeinende Tipps, betonten, wie wichtig es für einen blinden Menschen sei, sich über alles genau zu informieren. Man müsse sprechen, mit allen sprechen, Vieles durch gute Verständigung ausgleichen, man müsse offen sein, immer wieder nachfragen, wenn man etwas nicht vollständig verstanden habe, müsse fremde schwitzige Hände nehmen, sich unterhaken und führen lassen im Vertrauen darauf, dass es schon richtig sei, was der andere täte, der im guten Sinne handelte, ganz sicher in seinem guten Sinne.

Am Anfang hatte er die Musik noch gehört, Hans Hotter sang seine Arien. Immer wieder von Neuem begann die Musik zu spielen, Endlosschleife, Hans Hotter sollte immer singen, sollte ihn begleiten, sollte dabei sein, nur Hotters Stimme wollte Kulp hören, das hatte er so beschlossen, letzte Entscheidung.
Nach mehreren Tagen hörte er nichts mehr, dachte nichts mehr, aß nichts mehr, trank nichts mehr, bewegte sich nicht mehr, wollte nichts mehr, wollte nur verhungern, verdursten, dämmern, bis es soweit war und das Ende endlich kam.
Er hatte gehört, man würde kurz vorher Licht sehen. Es lohnte sich also zu warten und sich wegtragen zu lassen vom dämmernden

Erinnerungszustand, denn je mehr man sich diesem Zustand hingab, umso eher kam das Licht – einer Erlösung gleich, so hatte er das gehört.

Schließlich vernahm er das Klopfen, weit weg, irgendwo hinten. Es wurde lauter, er ahnte eine Stimme, eine Frau, dann ein Mann, die Stimmen kamen näher, aufgeregt und laut, sie zerrten an Kulps Bettdecke, die Frauenstimme schrie, Arme zogen an seinem Körper, dann wurde er weggetragen und alles war wieder schwarz und das erlösende Licht nicht mehr als eine Hoffnung.

„Gehen Sie!"
Die Stimme war dunkel und laut. Sie hallte. Woher kam sie? Kulp stand in einem Raum, es war Nacht, er dachte, er sei allein und dann kam die Stimme, die fast schrie und einem männlichen Wesen gehörte.
„Gehen Sie!"
Er drehte sich nach rechts, nach links, nach hinten, aber er sah niemanden. Mit den Armen griff er in die Dunkelheit, suchte, wollte ihn fassen, den, der Unmögliches von ihm verlangte, und von dem er nicht wusste, wer er war.
„Hallo?"
„Gehen Sie! Gehen Sie los!"
Kulp stellte sich vor, er würde gehen, einfach loslaufen, einem Reflex folgend Schritte nach vorn setzen, so wie der Mensch eben geht, wenn er über die Folgen seiner Schritte nicht nachdenken muss, wenn er gesegnet ist mit dem Urvertrauen, dass seine von den Augen gewarnten Füße nicht ins Leere tappten.
Unendliches Glück, wenn es lief, wenn alles einfach lief.
Aber es lief nicht.
Kulp machte einen Schritt nach vorn und fiel auf die Knie. Der wackelnde Boden hielt ihn nicht, Kulp stürzte, die Gedanken auch, er fiel ins bodenlose Schwarz, da lag er dann und wollte ewig so bleiben.

Das Dunkel um ihn herum war wohlig.
Es roch nach Kohle und er fuhr mit dem Finger über den Boden und schrieb ein „V“ in den Staub. Er sah es nicht, aber er wusste, es war da.
„Was ist los?“ schrie die Stimme. „Stehen Sie auf und gehen Sie endlich!“
„Ich kann nicht gehen!“
„Reden Sie nicht, gehen Sie endlich, los, gehen Sie!“
Die Stimme wurde lauter und Kulp versuchte sich aufzurichten.
Er geriet in Schieflage, weil er mit dem Schuh auf ein Stück seines langen Mantels getreten war; das eine Knie angewinkelt, das andere aufgestützt, dazwischen der Mantel. Der Boden wackelte nicht mehr, aber er schwankte jetzt, und Kulp mühte sich, zum Stehen zu kommen.
„Sie sind ein Idiot!“
Kulp stand wieder und tat einen Schritt nach vorn. Da war die Wand.
Sie befand sich direkt vor Kulps Gesicht, keine zwanzig Zentimeter von ihm entfernt. Kulp berührte sie.
„Gehen Sie weiter, verdammt noch mal! Geradeaus jetzt!“
Kulp trat einen Schritt nach vorn und die Wand gab nach. Kein Widerstand, kein Geräusch, kein Anstoßen.
Die Wand war verschwunden.
Jetzt stand er ungeschützt auf freier Fläche, irgendwo, für ihn unverortbar. Der Boden schwankte nicht mehr. Es wehte ein starker Wind, der ihm die Haare ins Gesicht blies. Er sah nichts und blieb in Eiseskälte erstarrt.

Immer wieder träumte Kulp von der Stimme, die am Ende schwieg, so als habe sie ihr Ziel erreicht, das Ziel, ihn in Freiheit zu wissen. Wie böse diese Freiheit war, wie bitter, wie kohleschwarz. Was bot sie außer Angst und Schutzlosigkeit, außer dem Spiegel, in dem Kulp nichts sah und nur vermuten konnte, dass andere das Bild eines Mannes sahen, der statt Augen Löcher im Gesicht hatte.

Um welches Ziel war es gegangen? Wohin sollte er gehen und warum? Er sah die Strecke nicht, sah nicht, wie lang sie war und nicht, was sich darauf befand. Und selbst wenn er den Weg kannte, merkte er nicht, dass er sein Ziel bereits erreicht hatte, weil er nicht begriff, dass er schon angekommen war.
Wie grotesk, dachte Kulp, und ärgerte sich, weil er die seit Monaten immer wieder aufkommende Wehleidigkeit nicht loswurde … wie grotesk war es: Das Selbstverständlichste der Welt, das Gehen, das einfache Hintersichbringen eines Wegs wurde selbst zur Leistung. Und dabei führte jeder Weg immer nur ins Dunkle.

Georg wundert sich: Ein Mal im Jahr backe ich einen Kuchen. Das Datum könnte er sich inzwischen gemerkt haben. Stattdessen glaubt er an eine Laune. Gut so, dann fragt er nicht nach Gründen.

Der Kuchen ist immer der gleiche. Wie immer habe ich eine Nadel gesetzt: Diesmal ist der Kuchen versalzen. Das muss so sein!
Immer noch ist Georg überrascht. Er müsste längst wissen, dass der Kuchen nicht schmecken darf.
Wir stellen ihn auf den Hof. Die Vögel kommen und essen.

12

Kulp hatte Geburtstag. Zu seinem Vierundvierzigsten hatte die Dorfgemeinde gesammelt und ihm ein Geschenk gebracht. Eine ganze Gruppe von gutmeinenden Leuten ließ es sich nicht nehmen, ihn an diesem Ehrentag am späten Morgen aus dem Bett zu klingeln. Da stand er mit Schlafanzug, Bademantel und sicher zerzaustem Haar vor ihnen, weil sie ausgerechnet an seinem Jubeltag der Ansicht waren, der Anstand fordere ihre Aufwartung.

Sie bestand darin, dass der selbstgebackene Kuchen und der mitgebrachte Sekt gemeinsam eingenommen werden mussten, was dazu führte, dass die Horde Wohlgesinnter sich plötzlich in seinem Wohnzimmer wiederfand.
Vor der Mahlzeit stellten sie sich vor.
Einer war der Ortsbürgermeister, den er vom Namen kannte, der andere dessen Sohn, verantwortlich für die Gemeindezeitschrift. Ob er ein paar Fotos machen dürfe, was Kulp verneinte. Hinterher hatte er sich darüber geärgert, konnte er doch gar nicht prüfen, ob nicht doch das ein oder andere Bild gemacht worden war. Also hätte er es einfach zulassen sollen.
Den Polizisten kannte er auch. Die Stimme stellte ihm wie damals zu viele Fragen und sicher sah er ihn, auch wie damals, zu lange an. Kulp spürte den Blick auf sich sitzen, der Sekt ließ ihn aufstoßen und er setzte sich tastend auf einen Sessel neben der Tür, bis er sich erinnerte, dass es einen solchen Menschenauflauf in diesem Zimmer seit damals nicht gegeben hatte, und er auch damals an dieser Stelle gesessen hatte, in der Nacht, als der Vater tot unten an der Treppe lag, und alle wissen wollten, warum.
Es waren drei Frauen dabei, die eine war mit ihm in die Klasse gegangen und hatte den Kuchen gebacken.
Sie trug das gleiche Parfum wie Gabriele, die sie auch kannte. Wo sie war und wie es ihr ginge, wollte die Frau wissen.
Insgesamt fielen acht Namen mit Funktionen, die als Berechtigung für die Teilnahme an dieser Party taugten. Wahrscheinlich war es ein schaulustiger Impuls, der sie gelockt hatte, wollten nach so langer Zeit doch mal sehen, wie der Blinde hier wohnte, wollten irgendetwas entdecken, etwas Erzählenswertes, etwas Aufregendes, am Liebsten etwas Tragisches.
Um Kulp nicht zu bemühen, der auf seinem Stuhl saß, als wollte er bei nächster Gelegenheit abhauen, machten sie sich in seiner Küche zu schaffen, klapperten herum mit Geschirr und Gläsern, öffneten Schranktüren und knallten sie zu, fröhlich und hemmungslos – ein

Glas fiel zu Boden. Der Wischer wurde aus der Kammer geholt. Man fragte nicht, machte einfach. Respekt musste man nur vor sehenden Augen haben.
Der Polizist sprach laut und gab Anweisungen. Alle liefen umher, werden dabei ordentlich herumgeschnüffelt und sich im Nachgang ausgetauscht haben über die veränderten Wohn- und Ordnungsgewohnheiten des bedauernswerten Blinden.
Dann kam das Geschenk. Es wurde ihm mit einem Ständchen überreicht, dessen im Kanon dargebotene Stimmchen von einem König sangen, der froh war, und weil er das war, wenig bedurfte. War er mit dem frohen, bescheidenen König gemeint? Erzwungene Bescheidenheit, weil große Ansprüche und Aufgaben sich mit der Erblindung nicht leben ließen?
Auf eine Weise wurde man bescheiden. Auf andere nicht.
Wie sollten sie das wissen?

Seit seiner Erblindung hatte er kein Geschenk bekommen und jetzt stand er Leuten gegenüber, die er kaum kannte und die gespannt in seine Richtung murmelten. Er hielt den Sekt in der Hand, den er nicht trinken wollte, musste das Glas dann auf überschwängliches Geheiß beiseite stellen, weil jetzt der Moment kam, wo er sich freuen sollte, weil die Leute sich etwas für ihn ausgedacht hatten, für ihn, von dem sie nichts wussten und von dem sie Annahmen trafen, die nichts weiter waren als eben das.
Sie überreichten ihm ein kleines Kästchen mit Schleife, dessen harte Verpackung Kulp nicht in der Lage war zu öffnen, was die Annahmen für die Gäste erfreulich bestätigte und zwei Frauen dazu veranlasste, eilfertig herbeizuspringen und ihm beim Entdecken des Geschenks umständlich zur Hand zu gehen.
Die beiden Frauen kicherten und wibbelten vorfreudig um Kulp herum. Gabrieles Duft umkreiste seine Nase und er fühlte sich unangenehm berührt, dass er im Bademantel so neben ihnen stand, ohne Augen und ohne angemessene Kleidung. Sie stellten ihn hier, in seiner privaten Umgebung, ohne jede Berechtigung bloß durch

einen vorgeschobenen gesellschaftlichen Brauch, der da hieß: zum Geburtstag gratulieren und Geschenk überreichen.
Ob man einem Sehenden dieses Eindringen in fremde Sphären, ungefragt und ungeladen, ebenso zugemutet und währenddessen flüsternd und – für den Beglückten doch hörbar – die entlarvende Offenbarung des Unbeholfenen lustvoll beurteilt, kommentiert und bedauert hätte?
Kulp sammelte neue Erfahrungen wie früher Bücher. Manchmal krakelte er sie auf ein Blatt Papier, auf dem vielleicht schon etwas stand. Aber so bannte er sie, machte sie zu Erkenntnissen.
Unter anderem: Blindheit war für die Sehenden so außergewöhnlich, dass Anstandsregeln und gesellschaftliche Vereinbarungen mit dem Erscheinen des Blinden vergessen wurden. Das Phänomen der Blindheit lässt sich für die Sehenden eben nicht erklären.

Schließlich war das Päckchen geöffnet und Kulp ertastete eine Armbanduhr. Sie war groß. Die Uhr und das wuchtige Plastik-Armband gingen ineinander über, und Kulp stellte sich vor, dass die Form dadurch klobig wirkte und schwer. Auf der Frontseite links befand sich ein Knopf, durch dessen Größe er sich genötigt sah, ihn zu betätigen.
Es erklang eine Frauenstimme, die sich anhörte, als stünde der Computer in einer Bahnhofshalle. Kulp zuckte zusammen wie nach einem massiven Donnerschlag. „Es – ist – jetzt – zwölf – Uhr – drei – und – zwan – zig“, tat sie kund.
Alle freuten sich und klatschten in die Hände. Später legte Kulp die Uhr in die Schublade.
Nach dieser Begebenheit hatte Kulp freiwillig nie wieder Menschen in sein Haus gelassen, es sei denn, es gab Absicht und Grund.

Nadeln setzen wie Signale, damit sie wirken.
Aber niemand weiß, dass ich es war, die die Nadel gesetzt hat.

13

Kulp hatte einen Termin beim Psychologen. Charlie hatte ihn organisiert. Er hieß Gunst. Ein schöner Name, fand Kulp.

Gunst kam direkt zur Sache.

„Wollten Sie sich umbringen?"

„Ein Einfall."

„Ein Einfall?"

„Ja. Ich saß am Morgen im Auto und plötzlich wollte ich sterben. Es ist über mich gekommen wie ein Einfall."

„Hatten Sie vorher nie daran gedacht?"

„Ich habe oft daran gedacht und tue es immer noch. Ich möchte gleichermaßen leben und sterben."

„Jetzt auch?"

„Ja."

„Was ist los?"

„Nichts, was soll los sein? Ich habe kurz etwas überlegt."

„Worüber haben Sie nachgedacht?"

„Ich habe mich überschätzt und dafür wurde ich bestraft, für gottgleiches Verhalten, wie meine Frau es nannte."

„Erzählen Sie mir von der Zeit vor Ihrem Unfall."

„Damit habe ich heute nichts mehr zu tun. Ich weiß, natürlich hat diese Zeit zu dem geführt, was heute mein Leben ist, aber sie ist vorbei."

„Wir alle haben unsere Erinnerungen."

„Ja. Aber bei mir sind sie nur das, was in meinem Kopf davon noch übrig ist. Ich kann sie weder durch Fotos belegen, noch ihnen durch das Aufsuchen von Orten, an denen etwas geschehen ist, nachspüren. Die Erblindung hat mein Leben in eine vollkommen andere Bahn gelenkt. Ich habe zwei Leben. Ich habe also mehr als andere."

Kulp lachte jetzt bitter.

Dann sprach er von seiner Frau, von seinen Gesprächen mit ihr bis zu dem Tag, an dem sie ihn verlassen hatte.

Er dachte nicht nach, sondern redete ohne Pause.

Es ging ihm damals nicht gut, erzählte Kulp. Er hatte Alpträume, die ihn nicht schlafen ließen. Noch Jahre danach.

„Nach was?“, wollte Gunst wissen.

„Nach dem Mord.“

„Das müssen Sie mir erklären.“

„Später.“

„Gut. Sie hatten Alpträume. Noch Jahre danach …“

„Noch Jahre danach. Dann traf ich Gabriele. Wir heirateten. Damals lebte sie noch in München, ich weiterhin im Dorf, wo ich geboren war. Nach sieben Jahren zog sie bei mir ein, nachdem sie die Firma ihres Vaters verkauft hatte.

Am Anfang ging es gut. Ein Jahr, vielleicht zwei, dann kam der Alp zurück und Gabriele wusste nicht warum. Sie war ungehalten.“

„Ungehalten.“

„Ja, sie fing an mich zu fragen.“

„Konnten Sie das verstehen?“

„Verstehen ja, aber je mehr sie fragte, umso weniger konnte ich ihr sagen.“

„Warum?“

„Weil ich nicht mehr daran denken wollte.“

„An die Nacht …“

„Ja. An die Nacht.“

„Wissen Sie noch, was sich damals zugetragen hat?“

„Ja.“

„Aber Sie wollten es vergessen.“

„Ich wollte nicht daran erinnert werden. Es erschien mir nicht sinnvoll, dass wir darüber nachdachten, davon sprachen.“

„Nicht sinnvoll.“

„Nicht sinnvoll.“

„Das klingt seltsam. Immerhin war sie Ihre Frau und sie litt mit Ihnen.“

„Sie litt, aber nicht mit mir.“

„Dieser Unterschied war Ihnen wichtig.“

„Nein. Er war mir nicht wichtig, aber es gab ihn.“

„Warum glauben Sie, dass sie nicht mit Ihnen litt?"
„Es war keine Schwäche von ihr, falls Sie das meinen. Aber es war so, weil es nicht anders geht. Jeder leidet für sich allein, so ist das nun mal."
„Was war sie für eine Frau?"
„Sie war gerade. Ihr Wesen, meine ich."
„Gerade."
„Ja. Und sie brauchte nicht viel Sprache und nicht viel Stimme, wenn Sie verstehen, was ich meine."
„Ich verstehe."
„Sie hatte die Fähigkeit, schwierige Dinge leicht zu sagen, ohne etwas zu verschweigen. Und sie stellte kluge Fragen."
„Welche?"
„Fragen, die der Wahrheit auf den Grund gingen. Einfache Fragen waren es: wer, was, warum? Sie interessierte sich. Nicht im bildungsbürgerlichen Sinne, sondern aus echter Zuwendung heraus."
Kulp fing an zu schwitzen.
„Können wir eine Pause machen?"
Sie gingen nach draußen und Kulp stand auf dem Gang am Fenster, während Gunst im Vorzimmer telefonierte.
Ich brauchte Gabriele nicht, kam Kulp in den Sinn. Die Liebe war verstaut wie in einem Briefumschlag. Er wusste um sie. Das reichte ihm.
Am liebsten erinnerte er die Zeit, in der sie noch nicht zusammen wohnten. Die Sehnsucht nach ihr war die Liebe. Hätte er das damals gewusst.
Was für eine verkappte Art zu lieben, dachte er.
„Können wir weitermachen, Herr Kulp?"
Wenige Minuten später saßen sich beide im Zimmer wieder gegenüber.
„Sie hatten vom Bildungsbürgertum gesprochen."
„Ja. Gabriele kam aus diesen Verhältnissen. Aber sie war nicht dünkelhaft, obwohl aus *gutem Hause*, wie ihr Vater es ausgedrückt hatte."
„Was meinte er damit?"

„Das, was alle damit meinen. Es war eine große Familie aus dem Frankfurter Raum, viele Ärzte, Rechtsanwälte, gebildet, anspruchsvoll, wohlhabend. Meine Frau hatte selbst eine gute Ausbildung. Sie sprach vier Sprachen fließend und hatte, als ich sie kennenlernte, schon drei Jahre im Ausland zugebracht. Aber warum sprechen wir darüber?"
„Ihre Frau war klug."
„Ja, aber natürlich hat mich das angestrengt."
„Natürlich."
„Sie ließ sich nicht abbringen. Das hat mir entsprochen, aber leider hatte ich keine Antworten auf ihre Fragen."
„Entlarvende Fragen."
„Ja."
„Sie hat Sie verstanden."
„Ja."
„Wie äußerte sich das?"
„Sie verstand, dass ich nicht verstanden werden wollte."
„Das klingt anmaßend."
„Mag sein, aber genau das hat sie ausgehalten."
„Dann nicht mehr?"
„Nein, dann nicht mehr und es ging zu Ende."
„Was war passiert?"
„Wenige Tage vor meinem Unfall eskalierte es."
„Haben Sie das in Ihrer gemeinsamen Zeit so kommen sehen?"
„Nein. Damals wusste ich nur, dass ich sie liebe, aber ich hatte es mir zu einfach gemacht."
Sie machten eine Pause.
Gunst war ein angenehmer Mann. *Man muss vertrauen. Eine andere Chance hat man als Blinder nicht.* Das hatte Kulp noch am Abend vorher auf einen Zettel geschrieben, den er nie wieder finden würde.

Kulp war aufgestanden und ans Fenster getreten. Er lächelte über seinen verwegenen Ausflug, mit dem er sich aus dem Sessel gehievt hatte, um quer durch den unbekannten Raum zu stolpern und ein bisschen Frischluft zu schnappen.

Die Unternehmungslust hielt nicht lange an und Kulp steuerte, aus windiger Ungewissheit und durch seine Blindheit geläutert, wieder den sicheren Hafen des Sessels an.

„Wo haben Sie sich kennengelernt?“
„Im Konzert. Sie saß ganz aufrecht und ragte aus der Masse der Zuhörer heraus. Ich sah sie ein paar Reihen vor mir sitzen.
Sie war mit ihrem Vater zusammen und in der Pause sind wir ins Gespräch gekommen.
Er war ein feiner Herr voller Selbstironie und Humor, den er seiner Tochter vererbt hatte. Wir haben, trotz allem, immer viel gelacht.“
„Trotz allem?“
„In Anbetracht dessen, was dann kam oder trotz dessen, was vorher war. Vor ihrer Zeit.
Aber irgendwann, als wir zusammenlebten, wollte sie in meine Geschichte eintauchen, als sei es ihre, und je mehr sie fragte, umso mehr entfernten wir uns.“
„Wollten Sie Ihre Geschichte nicht?“
„Nein. Ich wollte sie nicht. Ich wollte ohne Vergangenheit sein. Immer. Ein Mann ohne Vergangenheit.“
„Und?“
„Und die Alpträume stießen mich immer wieder zurück. Mit dem Gesicht in das, was früher war.“
„Was war früher?“
„Es ist weit weg. Die Träume trieben mir nur den Schweiß auf die Stirn. Sie zeigten mir nichts.“
„Haben Sie versucht, in ihre Bedeutung einzudringen?“
„Gott bewahre! Ich dachte, wenn ich den Grund wüsste, würde alles zusammenbrechen. Aber es brach auch so alles zusammen.“
„Es brach zusammen, weil Sie sich verweigert haben.“
„Das hat Gabriele auch so gesehen und hörte nicht auf nachzuhaken. Irgendwann wurde sie weinerlich, dann zynisch, dann wieder weinerlich.“

„Was war Ihre These?“
„Meine oder die meiner Frau?“
„Beide. Was dachten Sie beide darüber?“
„Sie war der Meinung, es müsse einen Grund dafür geben.“
„Sie hatte recht“, sagte Gunst.
„Ja, natürlich hatte sie recht. Aber besonders originell war das nicht!“
„Was waren das für Alpträume? Haben Sie die immer noch?“, fragte Gunst.
„Nein, seit meiner Erblindung sind sie weg. Ein Übel ersetzte das andere.“
„Waren Sie deshalb nie beim Psychologen? Oder haben Sie eine Ahnung, woher die Träume kamen?“
„Nein.“
„Was meinen Sie mit *Nein?*“
„Beides Nein. Ich habe es nie untersuchen lassen und wusste nicht ...“
„Das kann ich mir nicht vorstellen. Ich vermute, Sie kennen die Ursache. Seit wann hatten Sie sie?“
„An diesem Morgen habe ich es meiner Frau erzählt. Das erste Mal. Auch sie wollte wissen, seit wann die Träume kamen. Und dann habe ich es ihr gesagt. Unser Gespräch war grauenhaft.“
„*Seit wann also?*“, wollte sie wissen.
„*Seit damals. Es gab einen Einbrecher.*“
„*Wann?*“
„*Vor fast dreißig Jahren.*“
„*Und?*“
„*Und: er hat meinen Vater ermordet.*“
Nach einer Pause sagte sie dann: „*Ich weiß.*“ Sie sagte: „*Ich weiß!*“ Und dann sagte sie mir, sie habe die ganzen Jahre gewusst, dass mein Vater in unserem Haus ermordet worden war. Unsere Nachbarin Frau Litzinger hatte es ihr damals erzählt. Sie war wütend und sagte, sie hätte es von mir hören wollen.
„Wieder hatte sie recht.“

„Sie hatte recht, sie hatte recht! … Ja! Aber ich konnte es nun mal nicht mehr rückgängig machen. Und selbstverständlich kam die Frage: *„Warum hast du es mir nicht selbst gesagt?“* und warum ich überhaupt in diesem Haus geblieben war.
„Die Fragen Ihrer Frau sind auch meine Fragen.“
„Meine auch“, sagte Kulp.
„Sie wissen es selbst ganz genau, Kulp. Aber solange Sie den Kram verschlossen halten, wird es in Ihrem Innern weiterbrodeln. Das muss raus, Mensch! Der Kram muss da raus!“
Gunst reichte Kulp ein Taschentuch.
„Danke, ich weine nicht.“
„Aber Sie schwitzen.“
„Stimmt, das hatte ich nicht bemerkt.“

---

7 Uhr aufstehen
7.15 – 8.15 Uhr gehen
8.30 – 9.30 Uhr Frühstück
10 – 12.30 Uhr Arbeit
13 – 14.30 Uhr Mittagessen und Pause
14.30 – 18 Uhr Arbeit
18.30 – 20 Uhr Abendessen
20 – 22.30 Uhr Arbeit (nicht jeden Tag)
23 Uhr ins Bett gehen

Ich lebe nach Plan. Das habe ich immer getan. Und immer gab es einen Mann. Über ein paar Jahre war es derselbe, dann kam ein anderer. Jetzt ist es Georg.
Ich glaube, es ist nicht mein Leben. Was auch immer es ist, ich teile es mit ihm. Teilen heißt: wohnen, essen, schlafen, reden.
Aber irgendetwas fehlt. Das Wort Liebe kommt nicht vor.

14

Kulp brauchte eine Pause und Gunst wechselte das Thema.
„Sie sind Schriftsteller?“
„Ich denke eher über das Schreiben nach, als dass ich schreibe.“
„Wie das? Schreiben Sie oder schreiben Sie nicht?“
„Es ist kompliziert.“
„Was schreiben Sie?“
„Früher hielt ich meine Gedanken fest.“
„Heute nicht mehr?“
„Anders. Die Daten des Geschriebenen geben die Struktur, und das Einzige, was darüber entscheidet, festgehalten zu werden, ist, dass es von mir erlebt oder gedacht ist.“
„Sie schreiben Tagebuch?“
Kulp wurde jetzt lebhaft, er führte aus, was er schrieb und warum. Alles hielt er für wert, notiert zu werden und er machte keinen Unterschied zwischen feinsten Beobachtungen und drastischen Erlebnissen aus dem Alltag oder selbstreflektorischen, philosophischen Gedanken. Er wusste, dass deren Ausführungen ansonsten niemand abforderte und folgte dennoch dem Impuls, seinem Leben zumindest auf diese Weise eine Struktur zu geben.

„Sie wollen Bedeutung schaffen?“, fragte Gunst.
„Nein.“
„Sondern?“
„Ich will Bedeutung haben, will, dass das Leben eine Rolle spielt für mich. Das will ich. Dafür braucht man Anforderungen, so überschaubar sie auch sein mögen. Meine waren es. Überschaubar. Man könnte auch sagen *unbedeutend*. Das hatte ich mir selbst so eingerichtet.“ Kulps Wangen färbten sich rot. Er spürte es selbst. Und wieder erschrak er über seine Stimme. Konnte es sein, dass sie lauter geworden war, weil er nichts mehr sah?
Gabriele wurde selten laut. Am Ende manchmal, nur am Ende.
Sie sprachen jetzt wieder über sie.

Kulp hatte in Gabriele eine wohlhabende Frau gefunden, die ihn liebte und es ihm ermöglichte, sich aus gewöhnlichen Zusammenhängen wie einem unerfüllten Berufsleben oder lästigen Essenseinladungen herauszuhalten. Von allem Konkreten im Alltag gelangweilt, entzog er sich, kaufte Bücher und Zeitungen und widmete sich der Informationsflut zunächst mit Interesse, dann mit Hingabe und schließlich mit suchtartigem Sammeltrieb.
Sein Elternhaus, in das Gabriele, von ihm genötigt – er selbst hatte das Wort „genötigt" benutzt –, mit eingezogen war, drohte unter der Last des bedruckten Papiers zusammenzubrechen. Die Räume glichen einer Lagerhalle, vollgestellt mit überfüllten Bücherregalen, die bis zur Decke ragten. Diese Wohnkultur war das Ergebnis jahrelangen haltlosen Kaufens, begleitet von kurzfristig einleuchtenden und unwiderstehlichen Begründungen und leidenschaftlichen Erklärungen, die Kulp abends, wenn Gabriele nach Hause kam, mitreißend bei ihr zur Aufführung brachte.
Bei der Beschreibung dieser Umstände lachte Gunst und Kulp fühlte sich angespornt, seine Erzählung lebensnaher zu gestalten. Irgendwann, sagte er, war es keine Frage mehr nach dem *Was*, sondern nach dem *Wohin*. Das Haus war voll und Gabriele begann zwei Zimmer davor zu schützen. Sie sollten frei bleiben, verschont vom Sammeltrieb ihres Mannes.
Oft saß er nachts am Schreibtisch, vom Alptraum um den Schlaf gebracht, rastlos die Gedanken zusammenraffend und in den Computer hämmernd, der Alp immer dabei.

Kulp beschrieb, wie er sich durch Bücher- und Papierstapel zu verbarrikadieren suchte. Er baute sich einen Wall, der ihn schützen sollte vor dem Alp und vor den Fragen Gabrieles. Aber auch die wurden im Laufe der Zeit nicht nur eindringlicher, sondern auch häufiger gestellt.

„Was machst du?"
Manchmal stand Gabriele plötzlich neben ihm.

Sie legte ihm die Hand auf die Schulter.
„*Nichts erreicht*", sagte er. „*Keinen Satz gefunden. Nichts wird übrig bleiben von diesen vielen Seiten.*"
„*Du denkst zu viel.*"
„*Ein Thema macht mich platt.*"
„*Welches?*"
„*Keine Geschichte zu haben, nur Themen. Keine Kontinuität, keine Berührung mit dem Leben.*"
„Ich habe sie nicht einmal angesehen. Was würde ich darum geben, wenn ich das jetzt tun könnte!", rief Kulp plötzlich.
„Sehnen Sie sich nach ihr?"
„Manchmal denke ich: ja."
„Was heißt das?"
„Es heißt: ja."
„Haben Sie schon mal überlegt, sie anzurufen?"
„Manchmal."
„Und?"
„Und nichts. Ihre Ratlosigkeit von damals würde jetzt durch verzweifelte Kümmernis ersetzt."
Kurz vor der Trennung hatte sie zu ihm gesagt: *Die Angst macht uns kaputt.*
Ich muss sie abwohnen, habe ich geantwortet."
„Was sollte das heißen?", fragte Gunst.
„Ich muss bleiben, dauerhaft im Haus bleiben."
„Wegen dem, was damals passiert ist?"
„Ja."
Abwohnen, wiederholte Gunst.
Kulp sprach jetzt von Gabrieles fast eifersüchtigem Verhältnis zu seinem Elternhaus, das sie im Laufe der Jahre entwickelt hatte, auch zu dem, was dort geschehen war, vor ihrer Zeit – Gott sei Dank, oder vielleicht *leider,* vor ihrer Zeit. Diese Tat von damals war größer, als ein Leben mit ihr je würde sein können und sicher überlegte sie immer öfter, wie sie damit leben sollte. Auch, dass es nie eine gemeinsame Geschichte geben würde, die ihm näher wäre,

als diese Schreckenstat, ausgeübt von einem Irren, einem Mann, den niemand von ihnen gekannt hatte und dessen einziges Ziel es gewesen zu sein schien, zu zerstören.

„Am Ende war sie verbittert“, sagte Kulp zu Gunst.
Das war leider ein neuer Zug an ihr und Kulp fühlte sich verantwortlich, weil er sich im Zusammenleben mit ihm erst hatte entfalten können.
„*Du müsstest ihm doch eigentlich dankbar sein,* sagte sie einmal.
Wem?
Dem Mörder. Sagst du nicht immer: ‚Für die wahre Freiheit müssen alle aus der Familie tot sein?‘ In diesem Sinne hat der Mann allerdings nicht ganz sauber gearbeitet, hat zwei Tote und eine Verschwundene hinterlassen, aber die eben lebt noch und du auch.
Ihre Bitterkeit war abstoßend.
Eine Reaktion, sagte sie damals nur.
Sie saß am Tisch und starrte an die Wand.
Hatte sie nie geschrieben?
Wer? In diesem Moment sah ich sie an. Ich erinnere mich genau: Ich sah sie an und wusste, sie würde gehen.
Deine Schwester. Hat sie nie geschrieben?, fragte sie mich noch einmal.
Nein. Hat sie nicht.
Ich gebe dir eine neue Familie.
Ich wollte das nicht.
Kinder könnten dir helfen …
Du meinst, das, was wir nicht schaffen, könnten die Kinder für uns übernehmen?
Das, was du nicht schaffst, Edgar, du!
Ich will keine Kinder.
Und ich? Was ist mit mir?
Wir müssen es beide wollen. So ist das eben.
Ich weiß nicht, warum man unbedingt Kinder haben muss. Sie werden mit aller Selbstverständlichkeit gezeugt und dann als

größte eigene Schöpfung gesehen. Tatsächlich aber entspringen sie vor allem dem Drang, sich selbst zu kopieren. So habe ich ihr das gesagt."

„Und dann?"

„Es klänge alles so böse, sagte sie. Trotzdem. Ich bin der Meinung, der eigenen Fortpflanzung geht nicht ein einziger schöpferischer Gedanke voraus, schöpferisch im Sinne von *eigenständig gestaltend*. Die Kinder kommen und werden, und wenn es sich glücklich fügt, werden sie wie die Eltern. Genauso habe ich es ihr gesagt. Genauso."

„Sie waren schroff. Warum waren Sie so schroff zu Ihrer Frau?"

„Vielleicht habe ich geahnt, dass es nicht weitergehen würde mit uns. Außerdem sah ich mich nicht in der Lage, eine Familie zu haben, sie zu bedienen."

„Zu bedienen?"

„Es richtig zu machen, ja."

Kulp beschrieb, wie Gabriele dann doch ungehalten wurde:

„*Eigenständig gestaltend. Du bist doch nicht Gott!*

Sie sagte, dass Kinder zum Leben dazugehörten und mir helfen könnten zu vergessen.

Du würdest genauso von ihnen lernen, wie sie von dir, wir würden im Garten spielen, Lieder singen, zusammen lesen …

Bitte hör auf, habe ich gesagt, *dich in irgendwelche Klischees zu flüchten!*

Sind in unserem Leben meine Klischees, in die ich mich flüchte, weniger berechtigt als deine Ängste, in die du dich flüchtest?"

„Damit hatte sie recht", sagte Gunst.

„Ja. Sie hatte recht. Sie hatte immer recht!"

„Und dann ist sie gegangen."

„Ja, ganz früh morgens. Ich kam in die Küche, als sie ihre Koffer nach draußen trug."

Sie hatte ihn hastig und ohne Blick umarmt, dann war sie in ihr Auto gestiegen und davon gefahren.

„Das war vor dem Unfall. Das wollten Sie doch wissen."

„Ja, das wollte ich wissen."
„Warum?"
„Was ist der Unterschied zu Ihrem vorherigen Leben, außer, dass Sie jetzt blind sind?"
„Soll das Ihr Ernst sein?"
„Bitte antworten Sie mir, Herr Kulp."
„Es war vollkommen anders! Ich hatte eine Frau, ich habe gelesen, geschrieben, ich bin in die Stadt gefahren, spazieren gegangen … was man so macht … ich war …"
„Waren Sie glücklich?"
„Sind Sie glücklich? Wer kann das beantworten?"
„Waren Sie glücklich?"
„… Ich kann Ihnen diese Frage nicht beantworten."
„Und heute?"
„Nein."
„Was nein?"
„Nein. Ich bin nicht glücklich. Ich bin versehrt. Ich vermisse vieles. Ich bin nicht mehr der, der ich war."
„Wer waren Sie denn?"
„Keine Ahnung."
„Ein Wort für das, was Sie waren, ein einziges Wort, das es beschreibt bitte!"
„Das ist eine Zumutung!"
„Sie waren eine Zumutung."
„Nein. Ja, das auch. Ich war eine Zumutung. Und wenn Sie wollen: ein Getriebener."
„Ein Getriebener. Gut, das ist also das Wort für das, was Sie waren. Und was sind Sie heute? Ein Wort bitte."
„Heute, heute bin ich ein immer leicht nach vorn Geneigter, der durchs Leben tippelt mit kleinen unsicheren Schrittchen, die eines ein Meter neunzig großen Mannes unwürdig sind und einen Bückling aus mir machen, verschüchtert danke sagend, danke, immer danke, danke, solange bis die Stimme brüchig ist und der Rücken schließlich krumm. Da haben Sie's: ein Bückling. Das ist das Wort."

„Gut. Früher ein Getriebener, heute ein Bückling."
„Eine reizende Bilanz für zwei Leben."
„Haben Sie den Getriebenen verloren?"
„Ja."
„Was hat Sie getrieben?"
„Meine Biografie."
„Dass Sie den Getriebenen verloren haben, ist ein Erfolg, denn der Bückling wird wieder lernen, gerade zu gehen.
Erholen Sie sich von Ihrer Biografie! Stellen Sie sich ihr. Rücken Sie's raus, Mann. Der Bückling, den Sie so sehr verachten, wird Ihnen dabei helfen. Nehmen Sie sich Zeit. Dazu ist das zweite Leben da."
„Sie klingen wie irgendein Guru aus einer Sekte. Kaum zu ertragen, Gunst, kaum zu ertragen."

**Mittwochs habe ich Zorn. Seit vielen Jahren.
Er lebt in Wächtersbach und ich muss den Bus nehmen.
Jedes Mal in der Nacht davor beschließe ich, ihm abzusagen. Am Morgen mache ich mich dann doch auf den Weg, als hätte es die nächtlichen Zweifel nicht gegeben.
Zorn hat seine Praxis neben der Eisdiele, die auch im Winter geöffnet hat. Auf dem Rückweg hole ich mir ein Eis und setze mich einen Augenblick auf die Mauer neben unserer Schule.
Hier sind wir bis zum Schluss gewesen. Bis zum Abitur, erst Edgar, dann ich.
Ich hatte bei Zorn wieder viel über uns gesprochen. An Einzelheiten kann ich mich, wie immer, nicht erinnern, nur, dass es um unsere Familie ging. Auch wie immer.
Wenn ich doch endlich in meinen Erinnerungen ersaufen würde. Aber ich kann nicht. Die Bilder sagen: Du musst uns ertragen. Und: Du musst leben, das sagen sie auch.**

Immer sehe ich Edgar und dann weine ich und mein Eis schmilzt.
Vielleicht weine ich, weil alles vorbei ist.

Aber es ist doch schon so lange alles vorbei.

15

Die Uhr gab Kulp die Zeit. Böse Mächte hatten zeitgleich sowohl seine Frau Gabriele als auch sein Augenlicht aus seinem Leben entfernt und damit jede Art von Begehren gelöscht, ewig brennende Flämmchen, sich immer wieder neu erfindend, hell und wild, springend, lodernd, greifend, wollend.
Ascheplatz. Kein Baum, keine Blumen, keine Farben, keine Kraft.
Kulp klagte monatelang laut in die Kissen und niemand versuchte, mit kurzlebigen Worten des Trostes seine Verzweiflung zu lindern.
Er lag im Bett und wartete, bis endlich Abend wurde. Aber es war Nacht und nur die Uhr sagte es anders, indem sie schlug. „21 Uhr", sagte sie. Es hieß auch: „Jetzt darfst du schlafen." Aber er schlief nicht, bis die Uhr sagte: „Es ist acht Uhr: Der Tag kann beginnen."
Aber der Tag begann nicht.
Kulp stellte sich vor, was er früher um diese Uhrzeit gemacht hätte, als der Tag noch der Tag war und die Nacht noch die Nacht.
Er wünschte sich den quälenden Alp zurück, der sie immer und immer wieder um den Schlaf gebracht hatte. Im Vergleich zu heute schien ihm dieser Umstand nahezu paradiesisch zu sein:
Am frühen Morgen hätte er sich im Bad einer ritualhaften Reinigung unterzogen und wäre in die Küche gegangen. Dort hätte er das Frühstück zubereitet, sich mit der italienischen Kaffeekanne gestritten, die sich schwer öffnen ließ. Er hätte das Radio angeschaltet, Nachrichten gehört, währenddessen Eier gekocht und den Tisch gedeckt. Gabriele wäre gekommen und sie hätten gefrühstückt und darüber gesprochen, dass sie beide nicht geschlafen hatten, wie jeden Tag. Dann hätten sie

Zeitung gelesen, Gabriele wäre aufgesprungen, um in Eile das Haus zu verlassen und zu ihrer Arbeit zu fahren.
Der Mittag, der Abend, die Nacht. Jeder Zeit ihre Handlungen, jeder Zeit ihr Licht.

Jetzt sah er Gabrieles rote Augen vor sich, ihr blasses Gesicht.
Immer beklagte sie sich, dass sie übermüdet war.
„Du lässt mich auflaufen."
Es stimmte, er wusste es und konnte es damals schon nicht ändern.
Inzwischen war er sicher, dass er es ganz anders hätte machen müssen.

Die Uhr sprach mit einem Schlag: „Mittagessen", Mittag, Mitte des Tages. Er tastete in die Küche zum Kühlschrank, nahm zwei Eier heraus und kochte sie, ohne sich am heißen Wasser zu verbrühen.
Danach legte er sich wieder ins Bett. Die Nacht war lang.
Die Nacht war immer.
„Es ist zehn Uhr", sagte die Uhr und Kulp lag wach und dachte, dass es keinen Einklang mehr gab zwischen seiner Uhr und der Zeit, die Morgen, Mittag, Abend behauptete.

Warum hatte sich die Sonne von ihm abgewandt?
Es tat gut, sich dramatischen Formulierungen hinzugeben. Warum hast du mich verlassen? Einen Gott hatte es für ihn nie gegeben.
Auch jetzt würde er sich nicht von ihm einlullen lassen.
Das hatte der sich so ausgedacht. „Ich nehme ihm das Licht und dann kann er schlafen." Vielleicht ein Gnadenakt.
Da hat er sich aber geirrt, der Hirni. Dass Kulp zu viel sah, war nicht die Ursache seiner Schlaflosigkeit. Es war ja eher das, was er nicht sah, das, was er wusste, die inneren Bilder, nicht die äußeren.
Gib mir meine Augen wieder und ich nehme meine Alpträume zurück, dachte Kulp.
Dann schlief er. Die Uhr schlug neun Mal. Ein ganzer Tag war weggeschlafen, wie so oft. Kulp ertastete sich in der Küche Brot, Eier, Messer, Marmelade, Brettchen und Stuhl.

Um sich dem teerschwarzen Nichts hinzugeben, gab die Sprache viel her. Kulp hatte sich erneut hingelegt und formulierte apokalyptische Sätze. Dann schlief er und träumte vom Sehen. Der drastische Unterschied zwischen Traum und Wachsein war kaum auszuhalten, das Immerschwarz nicht zu verstehen.
Er hörte nur auf die Uhr: Herzschlag seines Lebens, das nicht mehr wollte.

Kulp sah nichts, noch nicht einmal einen Schatten, ein Flimmern. Trotzdem lief noch jahrelang der Fernseher. Er zeigte bewegte Bilder, von denen Kulp wusste, dass es sie gab.
Selbst die Wärme des Apparats tröstete ihn. Und natürlich die Stimmen der Menschen. Sie klangen beschwichtigend, selbst wenn sie laut waren oder stritten, die Bedeutung der Worte war unerheblich. Alles war besser als Ruhe. Stimmen, klappende Türen, fahrende Autos, Schritte, Geschirr, klingelnde Telefone. Dabei sein, dabei sein war wichtig. Dabei hieß: wie die anderen. Die anderen sahen fern, er tat es auch. Er war dabei. Der Nebeneffekt war, dass er nachrichtensüchtig wurde. Nachrichten, jede Stunde, jede Meldung, jeder Kommentar, immer aktuell, alle Informationen, sofort.
Er hörte Talkshows, Nachrichten, Filme, Berichte. Er kannte sich aus, kommentierte in Gedanken, sprach und antwortete und hatte einsam recht. Wie früher. „Du hast recht, und ich hab' meine Ruh'", hatte der Vater gesagt.

Mittwochs und freitags kam Agata. Sie machte bei ihm sauber, wusch die Wäsche, bügelte. Sie war schon vor seiner Erblindung ins Haus gekommen.
Samstags kam Charlie.

Ab und zu stand die Umsicht vor der Tür. Auberginenauflauf, Gugelhupf, Obst. Meist gegen zwölf. Er musste doch essen.

Kulp kannte sie alle seit Jahren, alle aus dem Dorf. Der Blinde musste versorgt werden.
Das Mitleid der Umsichtigen war so groß, dass er es riechen konnte.
Werner, Uschi, Regine, Martin … eines Tages kamen sie alle zusammen.
Kulp machte nicht auf, und obwohl nicht abgeschlossen war, öffneten sie die Tür nicht, wollten ihn nicht nötigen zu seinem Glück, den armen Teufel.

Die Notwendigkeit, sein Leben neu einzurichten, es in vielen Bereichen zu vereinfachen, brachte Kulps Gedächtnis in Bewegung. Er erinnerte sich an Ereignisse, die lange zurücklagen, an Gespräche. Und oft dachte er an Gabriele.

Georg hat mir Spitzfindigkeit vorgeworfen. Er nahm Anlauf, um mir das zu sagen, räusperte sich dabei und rang nach Luft. Wahrscheinlich hatte er länger an der Formulierung gebastelt, wollte seinen Unmut anmelden und hat am Ende ein so herrlich treffendes Wort gewählt.
Ich suche die Spitzen. Und nicht nur das: ich finde sie auch. Das ist meine Aufgabe.
Ich suche nach den Spitzen, die herausragen aus dem Boden, auf dem wir gehen. Ich sehe sie, weil ich nicht zu den anderen gehöre, weil ich von ihnen allen getrennt lebe, weil ich Abstand halte.
Das habe ich mir so eingerichtet im Laufe der letzten Jahre und das muss so sein und bleiben.
Nie wieder werde ich mich in eine Gemeinschaft zerren lassen, weil ich es nicht besser weiß, in eine Familie gar, die wie ein Moloch ist, in dem jeder alleingelassen um die Liebe des anderen buhlt. Nie wieder werde ich diesem Idyll erliegen, das keins ist, weil immer etwas

darauf folgt, eine Strafe in Form von Enttäuschung, Einsamkeit und Verlust. Nie wieder werde ich mich der Hoffnung hingeben, ganz und gar angenommen zu werden, einer Idee von Liebe und Geborgenheit, taumelnd von gefühliger Trunkenheit die Übersicht verlieren, mich schwächen, erniedrigen, so abhängig und einsam fühlen, nur weil ich als Kind die Worte Mutter, Vater oder gar Bruder gelernt hatte, die mit solcher Bedingungslosigkeit gesprochen wurden und die damals die einzigen Worte waren, die zählten, besonders das letzte, besonders das Wort: Bruder. Georg, der arme Teufel, bleibt auf der Strecke.

16

Eines Morgens wachte Kulp spät auf. Agata kochte in der Küche Kaffee und sie saßen eine halbe Stunde später zusammen.

„Nehmen Sie heute das Ding mit."

„Was meinen Sie?"

„Den Fernseher. Ich kann damit nicht umgehen. Nehmen Sie ihn. Aber heute. Unbedingt heute."

„Warum wollen Sie ihn nicht behalten? Sie gucken doch gern?"

„Was soll ich gucken?"

Agata stand auf, und Kulp hörte sie mit Spülwasser plantschen. Schließlich sagte sie: „Ich habe heute kein Auto."

„Dann nehmen Sie ein Taxi oder fragen Sie Tomasz. Ich möchte keinen Tag länger mit diesem Ding unter einem Dach sein."

Agata rief ihren Mann an, er kam und sie trugen den Fernseher aus dem Zimmer. Er war riesig und Tomasz begeistert. „Warum hat ein Blinder überhaupt einen Fernseher …?", zischte er, nicht leise genug. Kulp stand an der Haustür.

„Bitte", sagte Tomasz, „würden Sie ein bisschen zur Seite gehen?"

Kulp ging einen Schritt zurück. Dann hob er sein Knie und trat kurz mit einem kräftigen Stoß gegen das Gerät, das Agata und Tomasz

gerade an ihm vorbeihoben. Der Fernseher krachte zu Boden.
An der Seite war ein Stück abgebrochen.
„Sind Sie verrückt?“, rief Tomasz.
Agata jammerte und hielt sich den blutenden Finger.
„Es tut mir leid.“
Kulp griff in seine Tasche und streckte dem verstörten Tomasz einen Schein entgegen. „Nehmen Sie und kaufen Sie sich einen anderen.“
„Sind Sie verrückt?“
„Das haben Sie eben schon mal gefragt.“
„Das ist zu viel.“
„Nein. Das ist in Ordnung.“
Sie würden ihren staunenden Freunden erzählen, der verbitterte blinde Arbeitgeber Agatas habe ihnen in einem Anfall von Irrsinn diesen prachtvollen Fernseher geschenkt, dann fast zertrümmert, dann einen neuen bezahlt. Das würden sie erzählen. Aber Vorsicht war geboten, Vorsicht. Auf den sich ausbreitenden Irrsinn sei zu achten.

17

Nach dem Unfall gab es nichts mehr, was die Augen zu verlieren hatten, weil sie nichts mehr aufnahmen. Lange noch hatte Kulp es nicht glauben wollen, hatte in den Büchern geblättert, nach seinen Gefährten gesucht, die ihm so vertraut waren, hatte sie ertastet, gierig an Umschlag und Innenseiten gerochen zur Vergewisserung und um sich ihrer zu erinnern. Die Druckerschwärze – man konnte sie immer noch riechen –, die dunkelroten Fischer-Bändchen, leinengebunden, Taschenbuch, später haben die das verändert leider, schön waren sie damals. „Das Gut Stepantschikovo und seine Bewohner“ roch so. Er erinnerte sich.
Jetzt war das Buch zerfleddert, Seiten fielen heraus. Er tastete den Boden nach ihnen ab, wusste nicht, ob er alle Seiten gefunden hatte, kroch auf dem Teppich, nahm, was er fand und legte sie zurück in das Buch – oben oder unten?

All das, was ihn früher interessiert hatte: Vollständigkeit, Ausgewogenheit, Material und Gestaltung, all das durfte jetzt keine Rolle mehr spielen.
Und wie aufregend war es gewesen, sich darüber auszulassen! Wie viele wunderbar hitzige Debatten hatte er geführt, wenn es anders war. Die Gestaltung eines Buches hatte ihm Schimpftiraden herrlichster Art beschert, Hitze- und Wutwallungen, je nachdem, was ein Buch an Aussehen und Machart hergab. Wenn übertriebener handwerklicher Aufwand sich nach vorn drängte und den Leser zum Betrachter machte und ihm bei jeder Buchseite die Bedeutung von schöner Gestaltung aufdrängte, konfrontiert mit dem technischen Kenntnisreichtum des Grafikers oder mit dessen Fähigkeit, die Computerprogramme trickreich zu bedienen.
Cremefarbene, fast schmierige Seiten hatte er geblättert, der Text in süßlicher Schrift begann mit einer ersten Zeile, die von überproportioniertem und gefräßigem Initial verschluckt wurde und dem Leser mit jedem Buchstaben ins Ohr blies: *Ich bin Prosa!* Aufgefordert zu andauernder Bewunderung brüllte ihm das Initial ins Gesicht: „Hier geht's los!“
Das stimmte. Der Anfang war da, wo der Text begann. Auch Didaktik konnte zur Manie werden. Selbst ein schön gestaltetes Buch zwang ihn zu rechthaberischem Diskurs um Lesedramaturgie und Schönheitssinn und dann schimpfte er, legte sich mit Gabriele an, die es weniger streng sah.

Jetzt würde er sich erinnern müssen, nur noch die inneren Werte würden zählen: darüber hatte er früher gelacht.
Die Gestaltung eines Buches würde nicht mehr wichtig sein, weil Kulp sie nicht mehr sah. Ein ganzer Tummelplatz von Überlegungen verloren. Unvorstellbar, dass er über die Machart eines Buches, des Inhalts ungeachtet, nicht mehr würde nachdenken können, weil er blind war.
Er nahm die losen Blätter und legte sie in den Rumpf des Buches, möge es sein wie es ist und so bleiben.

Dann nahm er ein anderes Buch. Es könnte „Der große Gatsby“ sein, es hatte den entsprechenden Umfang und Diogenes fühlte sich glatt an, geschmeidig geradezu. Vielleicht war es das, vielleicht auch nicht … Der letzte Satz: *„So regen wir die Ruder, stemmen uns gegen den Strom und treiben doch stetig zurück dem Vergangenen zu.“* Schönster Satz, bist du dort? Der Impuls nachzusehen lief in tote Augen, Enttäuschung, nichts als Enttäuschung. Was also erhoffte er sich?

Ab jetzt würden Geschwindigkeit und Betonung eines jeden Buches von anderer Stimme vorgegeben und alles, was er berührte, war nicht mehr als ein Überbleibsel aus einem anderen Leben, einer anderen Idee davon.
Kulp wähnte sich inmitten eines Friedhofs, seine Begleiter, seine vielen papierenen Gefährten, seine Freunde waren weg, ihre Gesellschaft war für immer vorbei.

Niemand sieht mich.

18

Obwohl nur eine Eigenschaft, füllt die Blindheit eine Erzählung. Es schien Kulp, als sei sie das Einzige, was ihm geblieben war. Ein Blinder ist ein Blinder ist ein Blinder ist ein Blinder ist ein Blinder ist blind, ist blind und bleibt blind und ist nur das. Nur blind. Damit einher gehen andere Eigenschaften, die zum Blindsein passen, die es ergänzen, steigern und Folgen beschreiben, die grausam sind. Es sprechen darüber die Sehenden.
Sie sehen das Leid, dachte Kulp, sehen die Unfähigkeit. Sie sehen mit ihren Augen eine bedauernswerte Gestalt, die gezwungen ist, ihrem Stock mehr zu trauen als den eigenen Füßen. Und dann beschreiben sie eine Rolle. Es ist die Rolle eines Unglücksraben. Dagegen kann der Blinde nichts tun. Das schönste Leben würde einem Blinden nicht geglaubt, weil er blind ist.

Was erzählt man zuerst, wenn man über jemanden spricht: Der Mann ist blind.
Viele Menschen haben auf diese Weise nie gelebt.
Die Rolle des Blinden war jetzt seine. Aber sie war nicht mehr als ein Bild und Kulp nahm es nicht.

Ich gebe nichts von mir preis, aber ich habe den Überblick. Georg meint etwas anderes, wenn er das schöne Wort Spitzfindigkeit sagt. Er meint, es sei Genauigkeit, vielleicht Penibilität. Aber es ist mehr: Man muss ein bisschen gemein sein. Es ist sogar so, je gemeiner, desto spitzfindiger, denn danach kommt die Nadel. Sie sticht und das muss sie auch, das muss sie unbedingt.

Georg, hast du Angst?
Aber so ist das mit den Spitzen. Ich finde sie und dann steche ich zu. Du weißt es doch, du dummer Bub!

19

Manchmal hatte Kulp zu tun. Er musste einkaufen, hatte Termine beim Arzt oder Amt. Immer wieder waren dies schaurige Erlebnisse. Das schaurigste waren die Leute, wie neulich wieder beim Zahnarzt. Noch bei der Anmeldung hatte er Stimmen aus dem Wartezimmer vernommen, offensichtlich war es voll, es wurde viel gesprochen, auch gelacht.
Als er das Wartezimmer betrat, verstummten alle. Das plötzliche Schweigen riss Ort und Absicht aus Kulps Leib und er verlor den Boden unter seinen Füßen.
Das Schweigen hatte ihn so verwirrt, dass er in die Knie gegangen war, um das zu ertasten, was man den sicheren Boden nennt, das, wo die Füße die Erde berühren: Kontrolle und Bodenkontakt, Verhältnis und Ausrichtung zur Umgebung.

Nicht nur das Sehen, auch das Hören war ihm in solchen Momenten vergangen, aber, unbeeindruckt davon, blieben die Leute in Erschütterung stumm und verweigerten dem Blinden jede Verortung. Kulp kauerte auf staubigem Grund irgendwo vor ihren Füßen, wusste nicht, wer und wo sie waren, wer und wo er selbst war. Unten bleiben, einfach unten.
Das Entsetzen schenkte den Leuten eine weitere Geschichte, ihm eine weitere Demütigung. Er bewegte sich kaum, ertastete kleine Steinchen vom Straßenschmutz.
Der Zoo war eine grauenhafte Einrichtung, das hat er immer gewusst und jetzt stieß Kulp einen Schrei aus wie ein Affe. Kurz und laut erlöste er damit alle, die minutenlang von der Blindenstarre erfasst worden waren.
Wie im Zoo brüllten jetzt die anderen Affen erschreckt und erlöst zurück, und dann packte ein beherzter Held den armen Kulp am Arm und hievte ihn nach oben. Die Sprechstundenhilfe eilte herbei und Kulp spürte ihre Hände am Arm.
„Was ist mit Ihnen, Herr Kulp, kommen Sie, kommen Sie!"
„Danke", hörte er sich sagen. „Danke." Dann musste er husten.
Jetzt vernahm Kulp Tuscheln und das Wort „Augenarzt". Dass es den gab, fiel den Leuten auf, wenn sie den Blinden sahen.
Der wurde zum Sitzen auf einen Stuhl gebracht. „Danke." Dann herrschte wieder Stille.
Mehrere, ein Dutzend glotzende Augenpaare waren weiterhin auf Kulp gerichtet, er wusste jetzt, von wo sie kamen, wie ein Kompass hatten die Schreckensschreie den Ort enttarnt, von dem aus die Augen glotzten, sie kamen von links und es waren viele.
Lange hatte Kulp sich selbst nicht gesehen, wusste nicht, was die Leute sahen, wenn sie ihn vor sich hatten. Vielleicht starrten sie auf flackernde Augen, auf blinde Flecken im Gesicht oder auf große weiße Augenflächen, in deren oberen Bereich nur noch ein Rest der Iris herumschwamm ohne Aufgabe. Kulp wusste nicht, ob es grauenerregend oder einschüchternd war oder unappetitlich.

Dieses Unwissen über sein eigenes Aussehen verunsicherte ihn und er fühlte sich wie jemand, der in der Öffentlichkeit seine Hose verloren hatte.
Oft träumte er das in letzter Zeit: Er saß irgendwo und im Moment des Aufstehens war er nackt.
In jedem Fall löste sein Anblick etwas aus und führte zum Verlust jeglicher Umgangsformen, die gemeinhin zu einer vollzogenen Erziehung gehörten und auf deren Einhaltung sich Kulp ein Leben lang verlassen hatte. Jetzt benahm man sich nicht mehr, weil die Blindheit ansteckte und im Moment des Auftauchens alle Sinne derer verschluckte, die der Blindheit begegneten.
Als hätten plötzlich alle ihre Augen verschlossen, schnappten sie wie eine Muschel zu und überließen sich erdachten Schreckensszenarien, ungeachtet der Umstände, in denen sie sich selbst gerade befanden.
Kulp dachte, sie alle mussten ihm dankbar sein, für die belebende Auszeit, die er ihnen bot. Gab er ihnen doch die Gelegenheit, endlich einmal aus den eigenen Zusammenhängen abzutauchen und zu verschwinden für einen Moment, um ein paar Erschütterungswunden zu lecken. Oh, wie angenehm war es, diese herrliche Ablenkung zu genießen, die ihnen Kulp beziehungsweise das blinde Gegenüber beschert hatte.
Vielleicht, dachte Kulp, glich er einem Monster, dessen Anblick Kindern und Erwachsenen Alpträume verursachte, weil die Blindheit andere mit Versehrtheit konfrontierte, in Form eines lädierten Gesichts, eines tumben Ausdrucks, eines verräterisch zögernden Schritts, eines tastenden Geräuschs des Stocks, eines Schlurfens von Füßen, die er nicht hob, um den Bodenkontakt nicht zu verlieren – all das brachte Leute zum Verstummen wegen eines Phänomens, nicht wegen eines Menschen – und weil er störte.
Andererseits hatte die leibhaftige Unsicherheit, mit der sich die Tragik eines anderen vor ihnen ausbreitete, auch etwas für sich.

Es war so schrecklich und hatte doch so Gott sei Dank gar nichts mit einem selbst zu tun, man konnte herrlich und ungehemmt glotzen und den eigenen Gedanken von Schicksal und Vergänglichkeit nachhängen, ohne Folgen.

Die Zeit der Abwehr war schwer.
Kulp war blind, wusste nichts und hörte nichts, weil sich stumme, mitleidige Macht über ihn gegossen hatte. Blindheit und Lähmung.

Immer noch saß er auf dem Stuhl, auf den sie ihn mit beherzter Kraft gehievt hatten, als er spürte, wie sich die Luft bewegte. Anscheinend waren Leute an seinen Platz herangetreten, um ihn von der Nähe aus zu betrachten. Wie ein Kind, das seine Mama verloren hatte, wurde sich nach seinem Namen erkundigt. Und dann fragten sie, was sie immer fragen, und er sprach, schon viele Male geprobt, vom Unfall, von zertrennten Sehnerven und Lebensentwürfen. Je länger er redete, umso lauter wurden die Äußerungen der Zuhörer. Sie steigerten sich von Zischen zu entsetzten Lauten und empörten Zwischenrufen. Jetzt erst gewann Kulp eine Idee davon, wie groß der Raum war, wo die einzelnen Leute saßen und wie viele es waren.
Er sprach ins Schwarz und konnte niemanden sehen, ahnte nicht, was sie über ihn dachten. Sicher aber wollten sie nichts weiter von ihm als seine Geschichte.
Auch Kulp wollte sonst nichts. Es ging ihm weder um Vertrauen noch um Austausch, es ging ums Sprechen.
Die Leute hörten ihm zu, so wie sie einem Hörspiel folgten.
Seine Redseligkeit all den Menschen gegenüber, die er nicht kannte, war ihm selbst nicht recht. Aber er wusste, dass er damit seine Rechnung zahlte. Irgendetwas musste er liefern, diesen Leuten, in deren Gefilde er eingedrungen war und die jetzt etwas von ihm verlangten. So war das: Die Menschen rechneten auf, wenn man dazugehören wollte und man konnte anderen nicht ohne Angebot gegenübertreten, ohne eine Leistung, ohne etwas, das man zu geben in der Lage war.

Und so sprach er von seinem erzwungenen Neuanfang, der – für jedermann erkennbar – gescheitert war. Gescheitert, weil ihm ein unbekannter Ort immer noch so viel abverlangte, dass er sich nicht selbst helfen konnte, nicht ohne die Unterstützung und Barmherzigkeit anderer Leute.
In Verkennung der Tatsache, dass das Unglück hier nicht die Blindheit, sondern ihre Reaktion darauf war, saßen und lauschten sie seiner Geschichte. Wie viel besser ließ sie sich im Anschluss weitererzählen, wenn der Betroffene, der in ihren Augen zerstört, klein und vom Schicksal gebrochen zu sein schien, vor ihnen saß, endlich mal sprechen durfte über all das, was ihm widerfahren war, dem armen Mann.
Das Ausmaß der Entmündigung kannte keine Grenzen. Sie kam durch die Menschen in seinem Umfeld, nicht durch die Erblindung.
Die Menschen machten das Unglück. Die Menschen waren das Unglück.
Angetrieben von einem Anlass wie diesem, hatte er nach langer Zeit unaufhörlichen Berichtens über den Verlust seines Augenlichts beschlossen, damit aufzuhören.
Und auch „Danke" würde er nie wieder sagen. Nie wieder.
„Ich bin ein Scheißaugentier!", schrie Kulp in den Raum.

Es ist nicht schwer, die Makel der Leute zu erkennen. Sie breiten sich vor mir aus und ich überlege mir eine heimliche Entsprechung, etwas, das zu ihnen passt. Irgendein Makel lugt besonders spitz hervor, auch wenn er das nicht soll. Ich sehe ihn und dann steche ich zu, wodurch er so unendlich viel größer wird, er so unendlich viel mehr zum Makel wird, weil der, der ihn hat, nicht weiß, dass meine heimlich böse Nadel ihn direkt ins Herz getroffen hat.

20

Gunsts Frage, was er verloren habe, beschäftigte ihn.

Immer wieder dachte Kulp an Gabriele. Sie hatte ihn verlassen, weil die Alpträume mehr Raum in seinem Leben eingenommen hatten als das tägliche Erleben mit ihr.

Inzwischen hatte die Blindheit die Alpträume vertrieben. Dass darauf Verzögerung und Leere folgten, war Teil des Spiels.

Er kannte das schon, hatte mit diesem Rhythmus zwischen Anspannung und Entladung immer gelebt, mit einer Kraft, die sich steigerte bis zum unerbittlichen Ausbruch und der niemand, der sie erleben musste, gewachsen war.

Als Kind war es Ungeduld, als Jugendlicher war es Unzufriedenheit, das unnütze Dasein, die Ignoranz all derer, die keine Anliegen hatten, wie Kulp es nannte. Seine lagen ihm auf der Zunge.

Soldat wollte er als Junge werden, dann Polizist, dann Philosoph.

Ein Heißsporn war er und ist es geblieben, immer wollte er etwas in Bewegung bringen, und dass er sich ohne finanzielle Nöte in aufgeräumten Gefilden befand, hätte er lieber vergessen.

Er war ein Aufmüpfiger ohne Gegenstand, schlief im warmen Bett und nahm es denen übel, die es stellten, ein ewiger Junge, der große Worte wählte in seinem Kampf für eine Moral, die er selbst nur aus Büchern kannte und nichts weiter war als – wie der Vater es nannte – „die fixe Idee eines pubertierenden Jungen". Nachts schlief er zu gut und tags redete er sich in eine literarische Figur hinein, die sich vor allem selbst gefiel und anderen mit launigen Tiraden immer wieder aufs Neue zu beeindrucken in der Lage war.

„Du bist nicht Gott!", hatte Gabriele einmal gesagt.

„Was meinst du damit?"

„Du musst nicht gottgleiche Vollkommenheit anstreben."

„Ich glaube weder an Gott noch an Vollkommenheit."

„Ich meine auch nicht religiöse Gefühle."

„Sondern?"

„Größenwahn."

Edgar glaubte sehr wohl an eine Vorbestimmung, mit der alle fertig werden mussten. Das Unterholz, auf dem wir zu gehen hatten, bestimmte die Art des Weges. Sein Boden gab unter den Füßen nach, weich und ohne Hindernisse. Mit solidem Schuhwerk war er für ihn bequem zu gehen, und Edgar konnte sich seit frühester Jugend, als rastloser Wanderer zwischen Buchgeschäften und Zeitungsständen, dem Aufschreiben, Beobachten, Einschätzen; dem Sammeln, Verwerfen und Prüfen widmen.
Seine Urteile hatten Folgen.
Meist übersteigert und hart, waren sie Richtschnur und Maß im Umgang mit sich selbst und anderen. Er hielt daran fest, glaubte an die Macht von Wort und Schrift, an die Kraft des Geistes und die Verpflichtung, ihn einzusetzen. Im Sinne einer humanistischen Weltordnung, deren Formulierung ihm nicht mehr als ein Klischee schien und an deren Verwirklichung er durch Lesen von Thesen und Theorien unermüdlich arbeitete, erkundete er seine Wahrheit. Dieser einsame Kampf auf dem Papier führte ihn zu absoluten Einsichten und gipfelte, sein Leben immer wieder aufs Neue in Frage stellend, in zerstörerischen Ereignissen.
Früher stritt er darüber.
Den Hundert-Prozent-Menschen gibt es nicht, hieß es dann.
Was soll das überhaupt sein?
Edgar war aufgesprungen. Für sein Gegenüber unvermittelt, fing er an zu schreien: Es ging um Leben und Tod, immer um Leben und Tod, egal, wie nichtig der Anlass auch sein mochte.
Was war es diesmal? Was war denn überhaupt passiert?
Der Einsatz, es ging immer um den Einsatz, um das Bekenntnis! Der Kampf im Wohnzimmer, der Kampf, der ins Leere lief, der nichts weiter als Unverständnis, Kopfschütteln, manchmal Bewunderung auslöste und nichts bewirkte, außer einem Sieg im Wortgefecht, dessen Wucht den Gegner spätestens auf der Hälfte der Strecke ins mundtote Abseits manövriert hatte. Da lag er dann.

Um was war es gegangen?
Edgars blind leidenschaftlicher Anfall war vorüber und sein Gegenüber, den Spinner belächelnd, angetan und von großer Geste beeindruckt, rückte, kurzzeitig erschreckt, den Sessel in andere Position. Sekundenlange Verwirrung war eingetreten, Unbehagen vielleicht.
Dann kehrte die gewohnte Gleichmütigkeit zurück und der andere, der nicht stritt, der nie stritt, lächelte: Wie hatte sich Edgar wieder hineingesteigert in irgendetwas, unausgeglichen wie er war und es immer bleiben würde, der Bub.

Kulp lebte in Verhältnissen, wo es für ihn eher darum ging, sie zu verlieren, als etwas Neues zu gewinnen. Es war, als wäre er getrieben von der Idee, seine beschaulichen Lebensumstände einzusetzen mit der Bereitschaft, sie zu verlassen, nur um einmal im Leben etwas zu tun, das außerhalb dieser Verhältnisse stand. Etwas, das er später würde bereuen müssen, weil er zu schnell war, zu laut, zu ungenau, zu böse. Es sollte etwas Unüberlegtes sein, etwas Unverzeihliches, etwas Unkontrolliertes, um über sich hinauszuwachsen und mehr zu sein als das, was er bis dahin war und woanders zu sein als dort, wo sich das Leben ihm so bequem dargeboten hatte.
Der Spieler befand, dass über alles gestritten werden konnte und dass selbst die sogenannten Nichtigkeiten eine vernunftgetriebene Auseinandersetzung wert waren.
Auf den Grund musste man den Dingen gehen, ihnen Raum geben, dem Leben geistige Ausdehnung und dem Hirn Material verschaffen, um das Denken in Bewegung zu halten.

Kulp: ein Soldat auf verlorenem Posten, die Rampensau ohne Rampe, ein Gewinner ohne Sieg. So fühlte er sich und grinste verlegen, während der andere den Kopf schüttelte.
„Du bist ein Verrückter."
Kulp, wieder vernünftig geworden, lächelte dann.

Und während er versöhnlich seinem Gegenüber den Tee eingoss, enttäuscht über die eigene Gefälligkeit, fühlte er sich wie jemand, der einerseits versagt hatte, andererseits verraten worden war.

Die Enttäuschung blieb. Am Anfang brodelte sie immer noch sanft im Innern, aber bald würde sie sich wieder entladen in irgendeinem unsinnigen Ausbruch, der zu nichts führte, außer zum generös jovialen Lächeln eines Gegenübers, das ihn nicht verstand.

Das Kühnste an Larissa ist ihr Name. Sie lebt in Hellstein, einem Nachbardorf, das man zu Fuß von uns in etwa 25 Minuten erreichen kann. Wir sehen uns manchmal in meiner Mittagspause, ab und zu kommt sie auch abends zum Essen vorbei. Dann sehe ich zu, wie sie Georg schöne Augen macht.

Wir hatten uns vor Jahren kennengelernt während unserer Buchbinderlehre. Ich brach bald danach ab, weil ich in der Werkstatt nicht arbeiten konnte. Die Leute glotzten mir auf die Finger, besonders der Chef.

Später arbeitete Larissa halbtags in einer Buchbinderei in Gelnhausen.

Heute ist sie immer noch da und betreut Kunden, und manchmal leitet sie den ein oder anderen an mich weiter.

Sie sagt, ich sei eine Meisterin meines Fachs und sie schickt die schwierigen Fälle zu mir. Die Anspruchsvollen, wie sie es nennt. Sie bestellen Einzelstücke, bei denen die Vielschichtigkeit der Aufgabe besonderes Geschick erfordert. Ich bin sorgfältig und spitzfindig – dito! – und die Arbeit macht mir Spaß. Keiner sieht zu, wie ich zu meinen Ergebnissen gelange und das ist wichtig.

Georg findet das Wort blindwütig für diese Arbeitsweise, nicht ohne anzuerkennen, dass ich mich mit meinen handwerklichen und konservatorischen Kenntnissen im Laufe der Jahre weiterentwickelt habe. So flach drückt er sich aus und ich weiß, er hat keine Ahnung von dem, was ich tue.
Fast neidisch bemerkt er die Einfühlsamkeit, mit der ich mich den papierenen Objekten hingebe, ganz anders, als ich den scheinbar von bösem Geist getriebenen Umgang mit Menschen pflege, so sagt er das.
Ich bin sicher, er nimmt es meinen meist wertvollen, aber beschädigten oder gar zerstörten Gegenständen übel, dass ich ihnen meinen ganzen Eifer widme. Aber sie brauchen meine ganze Zuwendung und danken es mir mit widerspruchsloser Duldsamkeit.
Manchmal befasse ich mich mit hunderten von einzelnen Blättern, die, aus der Sicht des Kunden, mit unvergleichlichem Einband zu einem neuen Buch gebunden werden sollen.
Über die Jahre habe ich einen beachtlichen Materialfundus angesammelt, der mir dazu verhilft, die empfindlichsten Kunden zufriedenzustellen und deren teils übertriebene Ansinnen zu erfüllen.

Ich habe mit Georgs Hilfe zwei Zimmer im Haus zu meiner Werkstatt umgerüstet. Ich glaube, inzwischen bereut er, mir diesen Vorschlag gemacht zu haben, denn, von unseren gemeinsamen Mahlzeiten abgesehen, verbringe ich meine Zeit fast ausschließlich in diesen Räumen und friste, wie er es nennt, dort mein menschenscheues Dasein.

Immer wieder sehe ich ihn liebestrunken hin- und hertippeln zwischen Hochstapeln und Anbiedern und nicht nur ich, auch er selbst kann sich, da bin ich sicher, deshalb nicht leiden.
Meine bösen Geister lassen ihn auf Schleimspuren hinter mir herschleichen, auf denen er einen festen Gang jedenfalls nicht erreicht.

Manchmal setzt sich Georg auf den Stuhl, der in der Werkstatt eigens für ihn vorgesehen ist. Er steht abseits meines Arbeitstisches, neben dem Fundus an beschrifteten Papiermustern, die ich in drei großen Rollschränken aufbewahre.
„Bei dir sind sogar die Schränke gewaltig“, hat er mir neulich gereizt gesagt. „Und woher hast du all dieses Material?“
Ich habe genauso gereizt geantwortet. „Geklaut habe ich es nicht, wenn du das meinst.“
„Das meine ich nicht. Aber es ist so viel Zeug. Wie hast du das alles sammeln können? Du gehst doch kaum raus.“
„Denkst du, ich bin weltfremd? Es gibt Händler, die regelmäßig Muster schicken, Larissa, Kunden, Leute, die Beispiele mitbringen … das ist doch ganz normal.“
„Ja. Alles ist ganz normal.“
„Ja, natürlich. Jetzt tu doch nicht so, als wüsstest du nicht, wie man ein Geschäft betreibt.“
„Verrückt, dass sich das Wort normal bei dir so deplatziert anhört.“
„Verrückt?“
„Jedenfalls nicht normal. Es ist zu viel. Von allem zu viel. Zu viel Obsession. Zu viel Bedingung. Zu viel Unbedingtheit.“
„Ach, du hast ja keine Ahnung. Zu viel! Wenn ich könnte, wie ich wollte …!“

„Ich möchte es mir nicht vorstellen." Dann lachte Georg und ich dachte, er hat es eigentlich besser verdient.

21

Es fehlte die Aufgabe.

„Aufgaben gibt es genug. Er kann den Rasen rechen", hatte der Vater gesagt und Edgar hatte gerecht. Aber weil er auch Bäume und Büsche beschnitten hatte, war der Vater nicht zufrieden.

„Er macht immer zu viel", beschwerte er sich.

Für seinen Eifer gab es keinen Platz. Ihn zu bedienen war nur über den wiederkehrenden Wechsel von Zerstörung, Leere und Aufbau möglich, durch einen Kreislauf – keinesfalls durch Stillstand –, den Kreislauf von Leben und Tod.

„Du bist mir zu exzessiv", hatte Gabriele gesagt.

Und weil es niemanden gab, der diesem Weg folgen konnte, lebte er allein. Ohne Bedauern und mit der ausdauernden Erwartung darauf, dass auf die Leere der Aufbau und auf den Aufbau die Zerstörung und auf die Zerstörung das Neue folgen würde.

Mit der großen Geste – im Sinne der Gewalt von Worten, nicht mit ihrer Vorsicht –, damit wollte er leben und diese Geste, die Gabriele als Größenwahn bezeichnet hatte, die sollte ihm mit schwungvoller Hand Bewegung und Leidenschaft bescheren, auch wenn sie am Ende jedes Augenmaß verlor.

Das hatte er verloren! Die Leidenschaft hatte er verloren, nicht das Getriebensein. Er hatte sich geirrt im Gespräch mit Gunst. Und verloren hatte er die Leidenschaft schon in jener Nacht, als der Vater Opfer eines Mordes wurde. Danach ließ er sich nur noch treiben, wurde das, was er selbst als Getriebenen bezeichnet hatte, getrieben von der Suche nach Erklärungen und heimgesucht von Alpträumen, die ihm nicht eine einzige Antwort brachten. Ach, wie verworren alles war, wie unsinnig und unumkehrbar.

Larissa hat die Angewohnheit, in regelmäßigen Abständen von Georg sprechen zu wollen. Ich will das nicht, aber manchmal geraten wir dennoch in dieses schwierige Gewässer, das, wenn Larissa die Richtung bereits angepeilt hat, nie zu umfahren ist.

„Du mischst dich ein", habe ich ihr gesagt.

Besonders stört mich, dass Larissa dasselbe sagt wie Georg.

„Die Liebe, die du deinen Büchern entgegenbringst, solltest du für deinen Mann aufbringen."

„Er ist nicht mein Mann. Und die Bücher liebe ich nicht."

„Sondern?"

„Sondern sie sind eine Möglichkeit wegzutauchen; nichts zu hören, nichts zu sehen. Ich sehe nur die Bücher, die direkt vor meinen Augen liegen."

„Nichts hören, nichts sehen! Er ist ja nicht irgendetwas!"

„Mein Leben gehört dann ganz mir und es ist auf herrliche Weise ungestört."

„Diese Herrlichkeit wird dich deine Beziehung kosten."

„Willst du ihn haben?"

„Ich würde ihn sofort nehmen. Aber er will ja dich. Und wahrscheinlich wird er dir bis zum Schluss die Scheiße vom Schuh wischen."

Jedes Mal, wenn derlei Gespräche ihren unguten Höhepunkt erreicht haben, wird mir klar, dass ich meiner einzigen Freundin dieses Thema unbedingt vorenthalten muss, denn danach ist die Stimmung zwischen uns schlecht; Larissa sagt: gestört.

Ich vermeide den Kontakt und Larissa kommt ein paar Tage später, um sich bei mir zu entschuldigen. Das ist jedes Mal so und es ist alles wieder normal, solange bis ich wieder zu wenig Eifer aufbringe, um den nächsten Angriff zu verhindern.

Spätestens aber, wenn Larissa einen Auftrag hat, kommen wir wieder zusammen.
Larissa sagt, es gibt niemanden, der sich mit derartigem Herzblut in diese Arbeit hineingeworfen hätte wie ich.
Das Wort Herzblut nehme ich wörtlich. Es hat mit den Nadeln zu tun.

22

Kulp hörte gerade im Halbschlaf, wie sich ein Vater gerichtlich um das Sorgerecht für seine Tochter stritt, als plötzlich jemand auf der Bettkannte saß. Er fuhr jäh nach oben, zu Tode erschrocken, schrie und schrie und schrie so laut, wie ein Mensch nur schreien konnte. Dass er nicht sah, wer da unerwartet so nah bei ihm saß, war schlimmer, als die Tatsache, dass da überhaupt jemand war.
Jemand sprang ruckartig hoch und rannte nach draußen.
Kulp wusste immer noch nicht, wer da gesessen hatte und brüllte dem Reinschleicher hinterher.
Dieser Schreck saß ihm Monate später noch in den Knochen und er nahm ihn sich selbst übel. Nur einen Blinden konnte man derart aus der Fassung bringen, nur einen Blinden. Vollkommen irrational und verblödet hatte er sich vom Schreck treiben lassen, geistig umnachtet und wild.
Erst viel später hatte ihn Martin im Dorf darauf angesprochen und ihm gesagt, dass er es war, der bei ihm eingedrungen war.
Er, Martin, hätte ihn längst anrufen wollen, hatte es mehrfach versucht aber das Telefon war abgestellt.
Die Telefonschnur herauszuziehen war eine der ersten Handlungen, nachdem Kulp aus dem Krankenhaus nach Hause gekommen war. Er wollte niemandem am anderen Ende der Leitung erklären müssen, was geschehen war. Und dann die Frage: wie es ihm jetzt ginge. Bloß nicht diese Frage.

Immer gleicher Ablauf, auf der einen Seite: Besorgnis, trostloseste Vermutungen, Mitleid, Nachfragen, Ratschläge. Auf der anderen Seite: Beschwichtigung, Dankbarkeit über die Milde seiner Schilderungen, Versprechungen.
Kulp beschloss, sich den mitleidigen Beurteilungen der anderen nicht mehr auszusetzen und öffnete die Türe nicht mehr, schloss sie aber auch nach wie vor nicht ab.

Aus Zeitgründen hat Larissa damit begonnen, die Kunden direkt zu mir nach Hause zu schicken. Diese Verfahrensänderung bringt mehr Aufträge, aber auch das Eindringen fremder Personen in meine Gefilde. Damit tue ich mich schwer. Die Leute sitzen mir im Nacken. Leute, die ich nicht kenne. Es sind ständig andere und sie unterbrechen meinen lang erprobten Arbeitsrhythmus, die Normalität und Selbstverständlichkeit, mit der ich meiner Arbeit bisher in einzig meinem Sinne nachgegangen bin.
„Das ist der Arbeitsalltag eines normalen Arbeitnehmers. Da gibt es Kontakte und Gespräche, denen du bisher ausweichen konntest“, sagt Georg.
„Ich weiß. Ich könnte mit Larissa reden, dass ich das nicht will. Aber sie behauptet, sie kann mir die Auseinandersetzung mit den Leuten nicht mehr abnehmen, weil es sie zu viel Zeit kostet. Deshalb sollen sie ab jetzt direkt zu mir kommen.“
„Es sind ja nicht Tausende. Zwei Mal die Woche, ein bis zwei Personen …“
Georg versteht nicht, worum es geht. Selbst wenn es nur ein einziger Mensch wäre: es ist immer ein Eindringling, einer, der die Augen aufmacht und glotzt.

„Ja natürlich. Du kannst es glotzen nennen, aber auch wohlwollende Neugier. Sie sind an deiner Arbeit interessiert.“

Ich habe Angst, dass dieser Jemand, den Larissa Kunde nennt, mich fortan im Blickfeld hat und über meine Arbeitsweise urteilt, weil er beobachtet, wie ich zu meinen Ergebnissen komme. Er ist dadurch in der Lage, mich zu bewerten, meine Mittel zu erforschen und meine Methoden vielleicht sogar zu stehlen.
„Bitte jetzt keinen Verfolgungswahn!“, sagt Georg.
„Das ist kein Verfolgungswahn. Aber jemand könnte von mir Rechenschaft verlangen über die Stimmigkeit meiner Planschritte, die plötzlich für jedermann augenfällig sind.“

23

Kulp mochte Agata. Da sie aus Polen kam, sprach sie nicht viel und weil er blind war und sie still, gab es keine Missverständnisse.
Eine alte Bekannte hatte Kulp einmal gefragt, ob sie gucken solle, inwieweit die Polin ihre Arbeit gut mache und ob sein Haus tatsächlich ausreichend geputzt werde. Er lehnte ab und nannte sie Rassistin.
Eigentlich wollten alle nur wissen, wie er jetzt lebte.
Aber er war nicht lieb zu den anderen, war kein guter Blinder.
Am Anfang hatte er sich bemüht, hatte sich erklärt, eine dunkle Brille getragen, so wie alle Blinden und sich an jeden Arm gehängt, der sich bot. Das erwarteten die anderen von ihm und wenn es gut für sie lief, fragte er verschämt, ob man ihm freundlicherweise helfen könne. Und man half, griff sich Kulps Arm und ging mit ihm über die Straße. Er bedankte sich leise. Das gefiel den Leuten.
Die Sorgenden waren schnell zufrieden mit sich.

Vielleicht war auch ihm die Selbstverständlichkeit abhanden gekommen. Freundliche Berührungen konnten nur Übergriff und, in Kulps hohlen Augen, alle Menschen nur noch Gaffer sein.

24

Manche Dinge kamen nicht mehr infrage. Dazu gehörte, über das Äußere eines anderen zu urteilen, es zu bewerten, Anstoß daran zu nehmen oder nicht. Dazu gehörte das eigene Bemühen, gut auszusehen, die entsprechend gewählte Kleidung, der für manche Situation erprobte Gesichtsausdruck, die schick gesetzte Unterschrift mit Füllfederhalter, nicht mit Kuli und schon gar nicht mit Filzstift.
Lange hatte Kulp der Tatsache nachgetrauert, nicht mehr sehen zu können, wie sich Menschen mit Frisuren und Kleidungen Mühe gaben, wie sie sich angestrengt hatten, um irgendwie auszusehen, ihre Selbstsicht auch anderen zugänglich zu machen, mit einem Hütchen, einer Kette oder zwei, einer Krawatte mit Tier- oder Blumenmotiv, mit Schminke, die es anders wollte, als es war, mit blass-weiß getünchter Haut, die fast puppen-, maskenhaft Zerbrechlichkeit nach außen tragen sollte und stumm nach Hilfe schrie.
Bei den so roten Lippen hätte jedes Wort sitzen müssen, es saß aber nicht und auch das war schön, oder gerade das.
Wunderbar offen lagen die Wunden und Unstimmigkeiten von innen und außen, von dem, was war und in Einschätzung der sich mühenden Person anders hätte sein sollen.
Die Art, wie sich Menschen selbst korrigierten, all die vielen Hilfsmittel, die es gab, um auf sich hinzuweisen oder von sich abzulenken, blieben Kulp verschlossen.
Es gab kein Aussuchen mehr, kein Vorbereiten eines wie auch immer gearteten Auftritts, keine Fantasie in diese Richtung, keinen Aufwand.
Seine Kleidung war nur noch blau, der Praktikabilität halber funktionierte ab jetzt alles mit allem, ein Griff in den Schrank war immer eine sichere Sache, egal, was er herausnahm. Der Friseur schnitt irgendetwas. Kulp vertraute darauf, dass der Mann es

ordentlich tat und so, dass er, ohne ungepflegt zu wirken, mit dem neuen Schnitt vier Wochen lang auskam. Er sah nicht, ob ihn andere überhaupt betrachteten. Mit dem Verlust seines eigenen Blicks waren auch alle anderen Blicke aus seinem Leben verschwunden, damit auch der Reiz, der mit Blicken überhaupt verbunden war. Versteckte Blicke, scheue Blicke, begehrende Blicke. Immer wieder träumte er davon: Er saß im Café.

An einem Nebentisch saß eine junge Frau mit hochgeschlossener Bluse, deren Kragen den Hals bedeckte und das Kinn berührte. Der Stoff zitterte leicht durch ihren Atem und als sie telefonierte, tanzte der Kragen mit jedem Wort, das sie sprach.

Kulp sah die Frau an und obwohl sie ihren Kopf leicht zur Seite gedreht hatte, als wollte sie keinen Kontakt mit ihm, sah auch sie ihn an. Es gab eine Übereinstimmung und die Blicke regelten das mit Gleichgültigkeit.

Kulp wachte auf. Es war Morgen und er hörte die Vögel im Garten. Der Traum war noch gegenwärtig. Spannung und Erwartung: Wem hatten sie gegolten? Dass er es nicht wusste, regte Fantasie und Hoffnung an. Aufregend war es, das Spiel des Ansehens und des Angesehenwerdens, ein sauberes Verfahren mit direkter Abrechnung. Die fehlte jetzt und alle Mittel, sich auf diese Weise Selbstvergewisserung zu verschaffen, waren verschwunden; für Kulp eine beunruhigende Vorstellung.

Säufer wäre er gern geworden, hätte getrunken wie alle Trinker, gegen Ungeduld und Langeweile.

So aber hatte er das Feld geräumt und sich selbst ins Aus geschossen. Durch das Fehlen des Blicks, durch das Fehlen von Licht und Sonne, durch das Fehlen dessen, was üblich war, durch die Abwesenheit des Normalen.

Kulp lag im Bett und dachte, dass er eigentlich nur sterben wollte, und dabei hatte er doch dieses schreckliche Talent zum Leben.

Sollte er ab jetzt leben wie ein Hund? Ein Hund, der nur noch riecht? Der Mensch ist ein Augentier!

Vorher lebte ich wie ein Maulwurf. Mein Bau war für andere unzugänglich, für mich aber sicher, warm und trocken.
Der Maulwurfbau war zum Glashaus geworden und ich fühle mich gezwungen, die aufgeräumte Werkstatt in eine neue Übersichtlichkeit zu bringen.
Und so bin ich dabei, für das Verstauen von Materialien eine Fülle von Fächern und Kistchen zu bauen, die in unterschiedlichen Größen, nach farblichen Markierungen teilweise bis zur Zimmerdecke gestapelt werden. Georg nennt es: Portionierungs- und Sortierungstrieb, der mir gehörig mehr Arbeit verschafft, die ich meist nachts erledige, wenn Georg schläft.
Wenn er wach wird, kommt er herauf, um nach mir zu sehen und dann erläutere ich ihm meine Änderungen in der Systematik, die ich als endlich sinnvoll erachte, solange, bis ich erneut zu räumen beginne und umsortiere. Das alles gibt mir Sicherheit, unendlich viel Sicherheit.

25

Agata kam wie immer am Mittwoch.
Kulp wartete in der Küche auf sie.
„Sie müssen mir helfen, Sie und Tomasz. Ich möchte, dass wir das Haus fit machen, dass Sie alles reinigen und sortieren. Ich helfe Ihnen dabei."
„Was ist los? Was haben Sie vor?"
„Das Haus wird befreit. Alle Bücher müssen raus, alle. Und so gut wie alle Möbel."

Das machen sie alle, wenn jemand gestorben ist. Mit den Augen der Verwerter durchstöbern sie die Wohnungen der Toten,

suchen nach noch Brauchbarem, nach Nutzbarem, nach Wertvollem, Erinnerungswürdigem. Meist blieb nicht viel übrig. Der Kennerblick der Ahnungslosen zertrümmerte Leidenschaften, Wünsche und Werte des Gestorbenen, suchte mit Ungeduld in Fotos und Wäsche, sortierte mit schnellen Handgriffen nach Kategorien, dazwischen manchmal ein Tränchen. Man war ein bisschen traurig, dann aber wieder überrascht über so viel Eifer, der in der Wohnung durch sinnloses Sammeln und Tun so sichtbar wurde und dem Hinterbliebenen jetzt so viel sinnlose Arbeit bescherte.
Diese Arbeit übernahm Kulp jetzt für sich selbst. Der Sehende lebte nicht mehr und der Blinde blieb.
Er war streng mit sich. Der kritische Blick ohne Augen sagte: Es muss alles weg. Insofern war es einfach. Nicht ein Buch, nicht ein Bild überlebte den Verwertungsprozess. Nichts wurde übernommen.
Kulp ließ das Haus räumen, bis es fast leer war. Übrig blieben ein paar Möbel wie Bett, Regale und Tische. Ein Sofa, ein Schrank, ein paar Stühle, die Kücheneinrichtung, Geschirr für zwei Personen.

Zwei Wochen lang waren Agata und Tomasz jeden Tag mehrere Stunden im Haus.
Ab und zu kam Charlie vorbei und nahm sich mehrere Bücherkisten mit. Auch einen runden Tisch. Abends tranken sie Wein und Kulp sprach über die Vorteile, nachts zu leben. Diese Idee war ihm in letzter Zeit häufiger gekommen und er freundete sich damit an.
„Sie wissen, dass das nur Ihre Weltfremdheit unterstützt, anstatt Sie zurück ins Leben zu holen“, sagte Charlie.
„In Ihr Leben, nicht in meins.“
„Aber Sie entziehen sich damit allem.“
„Lieber ein glückliches Leben als Maulwurf als ein unglückliches als Mensch.“ Kulp war in Hochform und Charlie lachte.
„Ich fange neu an, Charlie. Das haben Sie nur noch nicht begriffen.“
Agata schrieb Listen nach seinen Anweisungen.

Zu verkaufen waren: Alle Bücher, alle Bilder, aller Nippes, fast das gesamte Porzellan, die Tischwäsche bis auf wenige Ausnahmen, alle Möbel bis auf ein Bett, einige Tische und Regale.
Alle Gegenstände bekamen ein Preisschildchen. Vorher wurden sie abgestaubt, gewaschen, geputzt, geordnet.
Dann folgte der Ausverkauf. Er fand an sechs Tagen statt.
Am Abend bevor die Leute aus den umliegenden Dörfern kamen – vor allem ganz sicher aus Neugierde –, saß Kulp ein letztes Mal zwischen dem, was jahrelang sein Leben war.
Durch seine Blindheit zu Staubfängern verkommen, waren sie nicht Erinnerungsstücke, nicht Dekoration, nicht Seelentröster. Ihre Nutzlosigkeit entsprach ihrem drohenden Schicksal.
Die Inserate in den Zeitungen der Umgebung machten das Ereignis zu einer Sensation, dahinter lag die Tragik dessen, der das Ereignis ermöglichte: Apokalypse oder Katharsis – stürzte der Blinde in sein Unglück hinein oder fand er heraus?

In der Schule wurde im Biologieunterricht über giftige Pflanzen gesprochen. Ich erinnere mich an ein Gewächs mit dem vielversprechenden Namen Giftsumach, das sich als Efeu verkleidet, aber in seinen roten Färbungen viel schöner ist.
Das muss es auch. Denn nur seine Schönheit garantiert ihm, trotz des gefährlichen Saftes angepflanzt zu werden.
Oder die Juckbohne. Bei kleinster Bewegung der behaarten Pflanzenteilchen lassen sie ihre hinterhältigen Härchen fallen und die verteilen sich. Auf der Haut verursachen sie Hautrötungen, vielleicht sogar Ausschlag mit Juckreiz.

Heute bin ich froh, dass ich damals so gut aufgepasst habe. Es sind Dinge, die ich anwenden kann, wenn

meine Kunden mir dumm kommen. Ein bisschen Juckpulver im Leinenumschlag und die Händchen haben länger was davon. Die Ursache des plötzlichen Ausschlags wird mit der Übergabe des Buchgeschenks nicht in Verbindung gebracht. Jedenfalls hat sich noch nie jemand danach beschwert, und mir macht es größtes Vergnügen, wenn ich mir die Wirkung meines Schaffens vorstelle. Sie geht ja weit über das Blättern eines Buches hinaus.
Irgendwann möchte ich gern mal dabei sein; es einmal miterleben.

Agata und Tomasz regelten den Verkauf, auch Charlie half stundenweise aus, aber es war kaum zu bewältigen. Sie rannten zwischen den haltlosen Plünderern umher, beantworteten Fragen nach Zustand und Preis der Objekte, kassierten, schleppten Leitern und Kisten, halfen beim Packen und behielten im Auge, was Kulp nicht möglich war.
Die eifrige Masse stürzte sich in die jeweiligen Zimmer, raffte Gegenstände und Kleider, telefonierte, um den Abtransport ihrer gekauften Möbel und Objekte zu regeln.
Vielleicht verlieh ihnen die Blindheit ihres Besitzers einen morbiden Reiz, oder das Mitleid verströmte einen verführerischen Duft – in jedem Fall wirkte die Tatsache, dass es sich um die Auflösung jahrelang gelebter gesellschaftlicher Bräuche handelte und ihrer berechenbaren Angewohnheiten wie ein Ausflug in ein anderes Leben, ein auf erfrischende Weise gescheitertes Leben, das es nun zu zerlegen galt.
Einzig die Bücher fanden eine angemessene Heimat. Sie gingen geschlossen in den Besitz der öffentlichen Bibliothek in Gelnhausen. Charlie hatte dort einen Freund.
Später saß Kulp im Sessel und wartete, bis es Nacht wurde und sich das Haus geleert hatte.

„Man nennt es Leichenfledderei“, sagte er, als Agata und Tomasz am Küchentisch die Einnahmen zählten. Dann gab er ihnen einen Umschlag.
„Wir wollen das nicht. Es ist auch zu viel“, sagte Tomasz.
„Es ist in Ordnung. Nehmen Sie. Ich bin froh, wenn Sie es haben“, sagte Kulp.
„Wie viel ist weg?“
„Viel. Aber es fällt noch nicht so auf.“
Die verkauften Möbel und die Bücher wurden erst in den nächsten Tagen abgeholt.
Als die beiden gegangen waren, stellte sich Kulp in die Mitte des großen Zimmers und rief: „Ich scheiße auf alles! Ich scheiße auf euch! Wie ein Scheißhund scheiße ich drauf!“

26

Es ist schon eine ganze Weile her, aber der erste Kunde, bei dem ich diesen neuen Aspekt in meine Arbeit eingeführt habe, kam von Larissa. Eigentlich war es sogar Georgs Idee.

Larissa schickte mir einen Mann, der seiner Frau ein besonderes Fotoalbum zum sechzigsten Geburtstag schenken wollte. Er saß auf Georgs Stuhl in der Werkstatt und sah sich um, während er einen Block in der Hand hielt.
Ich wollte wissen, was er schreibt.
„Ich notiere, was wir besprechen.“
„Ich möchte nicht, dass Sie mitschreiben.“
„Ich bin kein Spion, wenn Sie das glauben.“
„Es stört mich.“

Der Mann packte seinen Block in eine große Aktentasche, die aussah, als sei sie ansonsten leer. Blöd sah er dabei aus. Wie ein beleidigter Vertreter, der seinen Prospekt nicht loswurde. Dann fing er an zu reden.
„Meine Frau hat Geschmack, wissen Sie? Man kann ihr nicht mit allem kommen. Wenn ihr das nicht gefällt, was wir hier machen, wird sie es mir zurückgeben.“ Sein Körper und Kopf passten nicht zusammen: Sehr schmal saß auf sehr dick. Das Gesicht war rot; vielleicht trank er. Wahrscheinlich suchte seine Frau die Kleidung aus. Alles war aufeinander abgestimmt, damit man an dem Wort Geschmack nicht vorbeikam.
Das Maß aller Dinge war seine Frau.
„Wir machen eine kleine Party und sie wird mich vor den anderen Gästen bloßstellen und mir erläutern, was ihr nicht gefällt. Wie einem kleinen Jungen wird sie mir erklären, was an dem Fotoalbum nicht gelungen ist, oder überladen, oder sogar falsch, kitschig oder einfach hässlich; was auch immer … Sie wird mich dabei verhöhnen und die anderen werden dabeistehen und das ganze wird ein Mordsspaß für alle sein.“
„Nur nicht für Sie.“
„Ja, nur nicht für mich. Sie verstehen also sicher.“
„Sie gehen davon aus, dass es ihr nicht gefallen wird?“
„Es wäre das, was immer passiert. Ich habe noch nie ihren Geschmack getroffen.“
„Geschmack, Geschmack, Geschmack! Wie dumm dieses Wort ist! Haben Sie selbst keine Meinung dazu? Haben Sie keine Vorstellungen, was Ihnen gefällt?“
„Ich möchte, dass es meiner Frau gefällt.“
„Ja, deshalb klappt es nicht.“
„Es ist für sie. Nicht für mich.“
Ich stand auf und knipste die Schreibtischlampe aus.
„Würden Sie es bei jemand anderem versuchen?“

„Aber warum? Sie wurden mir empfohlen?"
„Es ist mir zu viel. Entschuldigen Sie. Aber ich möchte diese privaten Einblicke nicht. Versuchen Sie es woanders, ja?"
Der Mann war verwirrt. Ein Mann, kein Herr, dachte ich, ging auf ihn zu, gab ihm die Hand und zog ihn nach draußen. Dann machte ich die Tür zu. Der erste Kunde war rausgeflogen.

Ich setzte mich in die Küche und rauchte, bis Georg kam.
„Was hätte ich machen sollen?"
„Warum ist es dein Problem, wenn er sich von seiner Frau schikanieren lässt? Er geht dich doch überhaupt nichts an!"
„Eben. Deswegen wollte ich das nicht."
„Aber das hast du immer! Jeder Mensch lebt in irgendwelchen Umständen, die mit dir nichts zu tun haben."
„Und ich frage dich: Muss ich diese Umstände kennen?"
„Darum geht es nicht."
„Sondern?"
„Wir erleben uns immer nur in Ausschnitten."
„Nur in Ausschnitten? Welche Ausschnitte?"
„Wir erleben uns nie vollständig."
„Doch. Ich stehe immer für mich ein. Als ganze Person."
„Das tust du nicht. Gerade du nicht. Mit manchen Leuten besprichst du das, mit anderen jenes. Der eine weiß das von dir, der andere etwas anderes. Ich jedenfalls weiß nicht alles, weil du mir etwas verschweigst. So ist das eben."
„Aber nach deiner Theorie machen das ja wohl alle Leute."
„Manche mehr, manche weniger. Aber du weißt ja am besten, wie man das Thema Dosierung handhabt."

„Wie bitte?“

„Du hättest ihm einfach dieses blöde Fotoalbum zusammenkleben sollen, wie er es wollte. Basta!“

„Zusammenkleben …!“

„Mein Gott, ja. Zusammenkleben oder ausarbeiten oder … Das spielt doch jetzt keine Rolle.“

„Buttersäure hätte es sein können. Ein bisschen davon unter den Leim gemischt und schon wäre er zufrieden gewesen.“

„Vielleicht nicht gerade Buttersäure“, sagte Georg jetzt belustigt.

„Damit wäre er ja wohl kaum nach Hause gegangen. Etwas Subtileres, etwas, das er erst später bemerkt hätte. Juckpulver vielleicht? Da bist du doch Spezialistin.“

„Das ist gut, aber zu unromantisch. Hagebutte ginge auch“, fand ich und Georg war glücklich, weil wir uns albern einig waren für den Moment.

27

Inzwischen gab es neue Wörter in Kulps Sprachgebrauch. Zum Beispiel: Augenprothetiker. Ein Mal im Jahr mussten neue Augen her. Dies sollte in Graz geschehen, denn da wirkte Herr Fahl, der ihm versichert hatte, man würde die Glasaugen nicht als solche bemerken, weil sie nicht wie früher sichtbar tot und offen geradeaus starren würden.

Tot waren die Augen immer noch, aber für den schnellen Blick in das Gesicht des anderen wirkten sie fast lebendig, so hatte es Fahl gesagt. Zunächst hatte er ein Implantat eingesetzt, das an die bestehenden Muskeln angenäht wurde. So bewegte sich das Glasauge und lag geschmeidig als tellerartige Halbkugel in der Augenhöhle.

Es würde mit zwei Glasaugen natürlicher aussehen, wenn es um die Gesichtsästhetik ginge, und so machte Fahl auch das zweite Glasauge.

Schönheit hin oder her: es ging um Würde.
Die Blindheit hatte Kulps Umgang damit in zwei Phasen geteilt: in Abwehr und Aufbruch.
In der Zeit der Abwehr hatte er seine Würde aufgegeben. Während das geschah, beobachtete er genau, wie es dazu kam. Er kannte Sprache und Verhaltensweisen seiner Mitmenschen, deutete sie spöttisch und machte Witze darüber, die keine waren.
Für die Leute, die darüber lachten, war er bedauernswert geblieben und sie verstummten immer noch, wenn er in den Raum kam. Da halfen auch die Glasaugen nicht.
Aber er sah jetzt besser aus. Die Augen wirkten fast „normal", hatte Herr Fahl gesagt, der sich seine gute Arbeit bezahlen ließ, und Kulp glaubte ihm.

Dann war es wieder so weit. Kulp hatte den Anruf erhalten, hatte seine Jacke angezogen, Langstock und Koffer genommen und war in den Abend aufgebrochen.
Zügig fuhr der Taxifahrer zum Bahnhof, kaufte das Ticket und begleitete Kulp zum Zug. Dort brachte er ihn zu seinem Platz. Sie waren eingespielt, es war der gleiche Fahrer wie im letzten Jahr. Schultz würde in Frankfurt dazustoßen. So hatten sie es vereinbart.
Es war der Nachtzug. Ein Mal musste Kulp umsteigen, aber er hatte Schultz als Hilfe, der ihn bei der Hin- und Rückreise begleitete.

Schultz' Verhaltensweise zeichnete sich dadurch aus, dass er sich offenbar für die angenehmere der beiden Möglichkeiten entschieden hatte, mit Blinden umzugehen: Die unangenehme war, dem Blinden ausschließlich ein Leben zuzugestehen, das sich *vor* der Erblindung abgespielt hatte, welches aufgrund möglichst dramatischer Umstände oder Katastrophen jäh abgerissen wurde und nun durch kraftvolle Schilderung für den Sehenden in bedauerlich anschaulicher Weise nacherlebbar wurde. Das Leben nach der Erblindung war für diese Art von Zugewandtheit weniger von Belang, es sei denn, es gab Aufschluss über Notsituationen und

Ausnahmezustände, in die der Blinde tagtäglich und am besten hoffnungslos hineingeworfen war. Ein plötzliches Unglück durch Unfall oder Krankheit wie in Kulps Fall gab mehr Anlass zu ausladendem Mitleid als bei Leuten, die von Geburt an blind waren und die das Leben nie anders kennengelernt hatten.
Die zweite Möglichkeit, sich Blinden zu nähern, war die des betroffenen Schweigens. Diese gebremste Unternehmungslust war eine Wohltat, dachte Kulp.

So wurde also während der gemeinsamen Reise kaum gesprochen, und dass Schultz überhaupt noch anwesend war, merkte Kulp daran, dass der sich ab und zu räusperte, um die befreite Kehle weiterhin zum Schweigen zu nutzen.
Die Fahrt dauerte lang und sie waren fast zehn Stunden gemeinsam unterwegs.
In Wien Meiding stiegen sie um und warteten 45 Minuten auf dem Bahnsteig. Schultz saß neben ihm auf der Bank und Kulp fühlte sich plötzlich unwohl.
„Sind Sie noch da?“
„Ja“, antwortete Schultz.
Nach zehn weiteren Minuten des Schweigens war Kulp verärgert.
„Wenn ich nicht blind wäre, würden Sie dann mit mir sprechen?“
„Ich hatte den Eindruck, dass Ihnen recht ist, wenn ich nicht spreche.“
„Warum?“
„Weil Sie abweisend sind.“

Später, im Abteil sitzend, überlegte Kulp, ob er immer schon abweisend gewesen war oder erst die Blindheit ihn so gemacht hatte. Was sollte das überhaupt heißen?
„Was soll das überhaupt heißen … abweisend …?“, fragte er Schultz, der nicht gleich antwortete und dann murmelte:
„Sie wollen doch gar nichts.“ Mit der Antwort anscheinend selbst nicht zufrieden, schob er nach:

„Sie wollen doch gar nicht reden. Wollen nur blind sein."
„Was erlauben Sie sich?"
Kulp erhob sich brüsk und stand mit abgewürgtem Tatendrang vor Schultz. Mit hängenden, leicht schlenkernden Armen schien er verloren im winzigen Abteil, den stummen Blick ohne Ziel. Ein Schrei hätte der Wut einen Ort gegeben, aber so bebte Kulp nur und setzte sich wieder, unverrichteter Gefühle, die im Körper hängen geblieben waren.
Auch jede Heißblütigkeit musste mit kurzem Atem auskommen, denn der Übersicht war die Selbstsicht gewichen und die konnte große Gesten nicht brauchen. Jeder zügellose Drang schoss ins Nichts, die Tat dann auch.
Die Blindheit des einen nahm die Rücksicht des anderen, dachte Kulp.

Seither gab es viele, die ich in ähnlicher Weise bedient habe.
Es gefällt mir daran, dass das Glück so ungleich verteilt ist. Zunächst ist es bei mir, weil ich meine Arbeit gerne mache und Spaß daran habe. Bei der Übergabe des Buches geht das Glück zu den erfreuten Kunden. Dort bleibt es nicht lange. Ich bekomme mein Geld und der Kunde verlässt mein Haus. Ich stelle mir vor, wie er das Geschenk – es sind meistens Geschenke, die ich erstelle – an seine Angebetete oder seine Chefin übergibt. Und flugs wandert das Glück zu mir zurück, weil mein handwerkliches Können sich auf das Wohlbefinden der Kunden auswirkt und ihnen das kleine Glück dabei abhandenkommt. Ich sehe sie vor mir, ihre Ratlosigkeit, mit der sie mit Rötungen, Juckreiz, Blasen zu tun haben, von denen sie nicht wissen, woher sie kommen und das sagt mir, dass ich gut gearbeitet habe.

Immer wieder habe ich Lust über das Setzen einer Nadel nachzudenken, eine Art Strafe, die in diesem Fall mehr als angebracht gewesen wäre. Ich bedauere, dass ich den Mann wieder weggeschickt hatte.
Es wäre ganz einfach gewesen: Ich hätte ein Pflänzchen aus dem Botanischen Garten besorgt und, kurz bevor der Dicke den Leineneinband in Empfang genommen hätte, wäre ich mit dem Strauch sanft darüber gestrichen, ganz schnell, ganz kurz, vor allem unbemerkt. Dann hätten wir gemeinsam ein schönes Papier ausgesucht – sicher rot wie die Rosen – und ich hätte es kunstvoll eingepackt.

Die Handschuhe brauche ich für meine Arbeit, ich trage sie fast immer. Er hätte sich bedankt, mir das Geld in einem Umschlag auf den Tisch gelegt und ermutigt wäre er nach Hause gelaufen.
Nach Überreichung des Geschenks, wie auch immer das Urteil der Hausherrin ausgefallen wäre, hätte die Dame das Jucken zunächst an den Händen bemerkt. Auch die anderen Gäste hätten feine Bläschen an den Fingerkuppen verspürt und, wenn es gut gelaufen wäre, hätten Hautreizungen langsam den Körper erfasst. Es wäre eine kurze Party geworden. Niemand hätte geahnt, woher der plötzliche Angriff auf die Haut der Anwesenden gekommen war und niemand mehr hätte sich über schlechten oder guten Geschmack ausgelassen.

Vielleicht sollte ich meine Vorräte überprüfen.
Wo ist eigentlich meine Glaswolle?

28

Charlie hatte Kulp ein Jahr später zum Arzt geschleppt. Der war mit Kulps psychischer Verfassung nicht zufrieden und hatte Gunst verschrieben, wie beim ersten Mal.
„Warum sind Sie so lange weggeblieben?", fragte Gunst.
„Ich hatte zu tun."
„Was haben Sie gemacht?"
„Ich habe versucht zu verstehen."
„Und jetzt? Haben Sie verstanden?"
„Nein."
Gunst hatte seine Praxis umgestaltet. Die Sitzgruppe stand nicht mehr, wie beim ersten Besuch, rechts vom Fenster, sondern links. Kulp setzte sich auf den neuen Sessel, der sehr niedrig und wulstig war.
„Ist es Absicht, dass Sie auf die Patienten herabblicken?"
„Das tue ich nicht. Wie kommen Sie darauf?"
„Ich denke nicht, dass Ihr Stuhl noch niedriger ist als dieser Sessel hier. Warum ist es überhaupt ein Sessel? Glauben Sie, dass man darauf mehr Bereitschaft zum Sprechen hat?"
„Ich sitze auch in einem Sessel. Auf dem Bruder sozusagen. Wir sitzen also auf Augenhöhe. Und ja, bequem sollte es im Gespräch schon sein."
„Meine Knie berühren fast mein Kinn. Kann ich einen Stuhl haben? Hier habe ich das Gefühl, außer Gefecht gesetzt zu sein."
„Ein Gefecht soll es nicht werden. Aber natürlich, nehmen Sie den."
„Es sind immer Gefechte."
Gunst schob Kulp einen Stuhl hin und er setzte sich.
„Also los. Womit fangen wir an?" Kulp wollte es hinter sich bringen.
„Berühren Sie Ihr Gesicht."
„Was soll das werden, Selbsterfahrung?"
„Zieren Sie sich nicht."
Kulp tastete über seine Haut. Er fühlte seine Wangen, die Knochen, seine Lippen, seine Stirn.
„Haben Sie Ihre Augen bisher nicht wieder berührt?"

„Ich versuche es zu vermeiden. Es gibt ja auch keine.“
„Sie müssen das annehmen, was da ist. Versuchen Sie es.“
„Es ist für mich nicht fassbar. In jeder Hinsicht.“
Gunst nahm Kulps Hand, die der ruckartig zurückzog.
„Versuchen Sie, Ihr Gesicht zu erkennen, so wie es heute ist. Es ist Ihr Gesicht. Sie müssen lernen …“

Man kann sie einarbeiten. Sie pikst wie Nadeln auf der Haut.

29

Später brachte Charlie ihn zu einem Laden, in dem man Hilfsmittel für Blinde kaufen konnte. Schon früher hatte er davon gesprochen, aber damals schien es Kulp undenkbar, sich damit zu befassen. Jetzt ging er mit Charlie dorthin, aber nur, weil es Charlie war.
Es gab alles für Blinde. Taschenrechner, taktile Uhren, Markierungspunkte für Geräte, Telefone, Spiele, Farberkennungsgeräte, Schlüsselanhänger, Braille-Schreibmaschinen, Zeilenschablonen und Daisy.
Daisy konnte alles: sprechen, Musik spielen, aufnehmen, Bücher laden, wecken. Und sie passte in die Hosentasche wie ein Handy.
Die Dame in dem Laden erklärte Kulp jedes Gerät und alle Vorteile, die es brachte.
„Was interessiert Sie besonders?“
„Schreiben.“
Er kaufte Daisy, ein Lesegerät, eine Zeilenschreibschablone und eine Braille-Schreibmaschine. „Überfordern Sie sich nicht. Viele schaffen das nie.“
Es dauerte vier Monate, bis Kulp sie beherrschte.
„Sie sind ein Genie!“, sagte Charlie, als Kulp ihn bat, ihm einen Brief zu diktieren, den er mit der Maschine schrieb.
„Ich konnte nicht aufhören.“

„Sie machen alles zu Ihrem Thema.“
„Besessenheit ist etwas Herrliches! Ich hatte schon Angst, sie sei mir abhandengekommen.“
Dann antwortete er das erste Mal seit dem Unfall auf einen Brief seiner Krankenkasse, deren Beitragserhöhung er missbilligte.
Die Braille-Schrift ermöglichte ihm das Korrigieren und Durchdringen eines Textes. Lange hatte er sich danach gesehnt: der Blick auf die Zeile davor, das Wegnehmen von Worten und Textpassagen, das Einsetzen, das Ergänzen. Wunderbar. Man nennt es: Redaktion.
Er nutzte die Braille-Schrift vor allem für den offiziellen Teil seines Lebens, für die Korrespondenz mit Ämtern und anderen Stellen, die er jahrelang ignoriert hatte, ohne dass ihm daraus wirksamer Schaden entstanden wäre.

Ein anderer Weg des Schreibens war die Zeilenschablone. Kulp schrieb durch die Löcher einer Metallplatte, damit er sich auf dem Papier nicht verlor.
Das Schreiben strengte ihn an.
Er schrieb durch Löcher, genaugenommen durch Spalten, und trug in die Aussparungen der A4-großen Vorrichtung seine Zeilen ein, was mühsam war und unbequem. Innerhalb der länglich schmalen Fläche, die für eine der Zeilen gedacht war, klemmte er seine Buchstaben, stieß dabei an die Kanten und verlor die Orientierung innerhalb der schmalen Fensterchen.
Wenn er absetzte und die andere Hand dem Weg des Bleistifts nicht gefolgt war, musste er ein Fensterchen tiefer weiterschreiben. Die Finger tasteten sich zum nächsten Loch ganz nach links und – wo war er, welches Wort hatte er zuletzt geschrieben, hatte er schon oder hatte er noch nicht? – abgerissen: Gedanke wie Schrift.
Das neue Fenster begann mit einem neuen Gedanken und irgendwann riss auch der ab, wurde unterbrochen durch das zu frühe Anheben des Stifts oder auch durch einen neuen Gedanken, der raus wollte und erst durchs Gitter kriechen musste, um auf das Blatt zu kommen, das Kulp nicht sah.

Zwischendurch musste er fühlen, ob die Mine des Bleistifts noch spitz genug war, denn sonst schrieb er nicht. Es half ihm, dass das schiere Holz auf dem Papier kratzte und sich weniger geschmeidig übers Papier führen ließ. So weit durfte es aber nicht kommen, denn dann wusste Kulp nicht, ob der Bleistift die letzten Wörter noch geschrieben hatte oder nicht. Er musste sich auf den Stift verlassen können, deshalb musste er funktionieren und immer wieder überprüft werden. Es war erstaunlich, wie schnell die Mine sich herunterschrieb. Wenn Kulp mit der Arbeit begann, hatte er mehr als zwanzig Bleistifte und den kleinen, metallenen Anspitzer neben sich liegen.
So schrieb er seine Texte in eine erzwungene Ordnung, die ihm die Gedanken stutzte.

Als ich am Schreibtisch saß, kam Georg ins Zimmer. Ich fragte ihn: „Macht sich jemand über mich Gedanken oder muss ich alles alleine denken?“
„Wie bitte?“
„Jeden Gedanken, der über mich gefällt wird, muss ich selbst denken. Es übernimmt keiner für mich.“
„Was soll das heißen?“ Er hat, wie immer, nichts verstanden.
„Ich meine damit, dass jemand in meinem Sinne denkt.“
„Warum sollte das so sein, wenn du selbst denkst?“
„Weil ich dann weiß, dass jemand auf mich achtet, dass es einen gibt, der auf mich aufpasst.“
„Und der soll übernehmen für dich zu denken?“
„Nicht für mich. In meinem Sinne.“
„Ich verstehe kein Wort.“
„Ich weiß, Georg. Und ich fühle mich schutzlos.“
„Ich bin doch da.“
„Ja.“
„Was heißt das: Ja?“
„Ja, du bist da. Aber nicht für mich.“

„Niemand kann für den anderen denken. Ich kann nur für mich denken, das nimmt auch mir keiner ab."

„Doch", sagte ich. „Es geht. Ich weiß es."

„Woher weißt du das?"

„Ich hatte das mal."

„Und was ist daraus geworden?"

„Nichts. Es wurde zerstört."

„Von wem?" Es war dumm von mir, damit anzufangen.

„Nimmst du mir etwa Gedanken ab?", fragte er jetzt.

„Nein."

„Na also."

„Es geht um bestellte Gedankenfelder, die ich nur noch betreten muss."

„Gedanken wachsen nicht auf bestellten Feldern."

„Doch. Alles, was ich denke, kommt von mir allein."

„Das stimmt nicht. Du nimmst Dinge von anderen auf und verarbeitest sie. Du lässt dich beeinflussen und denkst dadurch anders. Aber ich finde diese ganze Unterhaltung töricht."

„Ich weiß, dass du nicht verstehst, was ich meine. Vielleicht geht es um Übereinkunft. Um stille Abmachungen, Pfade, die man gemeinsam betritt, weil man sie kennt."

„Ja, natürlich gehen wir einen Weg zusammen."

„Nebeneinanderher, aber nicht zusammen."

30

Der Termin bei Dr. Fahl verlief auch dieses Mal reibungslos und Kulp setzte sich zwischendurch ins Café am Markt, das er im letzten Jahr auch schon besucht hatte, als die neuen Augen eingetragen werden mussten.

Das Café war nicht weit von der Klinik und *Stammpatienten* wie er – das waren sie hier fast alle – wurden zu ihren Zielen begleitet.

Diesmal kam eine junge Studentin, die in der Klinik mit Hilfsdiensten ein bisschen Geld verdiente. Sie ging mit Kulp ins Café hinein, bis er einen Platz hatte. Das letzte Mal hatte er sich über die Frage eines Jünglings geärgert. Warum er am Fenster sitzen wollte, hatte er wissen wollen, und den Zusatz, dass es doch keinen Sinn mache, da er doch blind sei, schluckte er herunter. Die junge Frau bewies mehr Taktgefühl. Sie verabschiedeten sich und gaben sich die Hand, aber „Danke" sagte Kulp nicht.
Die Bedienung fragte nach der Bestellung. Die Stimme klang brünett. Wahrscheinlich war sie das. Vollschlank, das T-Shirt mit Aufdruck.
„Bringen Sie mir Kaffee und suchen Sie einen Kuchen für mich aus."
Kurz darauf kam sie mit Erdbeerkuchen.
„Welche Farbe hat Ihr T-Shirt?"
„Ich trage eine Bluse."
„Eine Bluse?"
„Ja."
„Ist sie weiß?"
„Sie ist gelb, mein Herr."
Sie war gelb, mein Herr. Wann endlich würde er begreifen, dass die Stimme eines Menschen keinen Aufschluss auf die Farbe seiner Kleidung geben konnte.

Wenn es innerhalb von zwei Stunden keine Probleme gab, blieben die Glasaugen für ein Jahr seine.

Marina kam am Abend ins Hotel. Danach gingen sie ins Kino. Sie sahen zwei verschiedene Filme, sie mit Bildern auf der Leinwand, er mit Bildern im Innern. Marina legte ihren Kopf auf seine Schulter und für einen Film lang waren sie ein Paar.
Er hatte sie für zwei Tage bezahlt.

31

Auf der Rückfahrt hörte Kulp, wie Schultz in einer Zeitung blätterte.

„Was lesen Sie?“
„Eine Fachzeitschrift. Ich studiere Informatik.“
„Das wusste ich nicht.“
„Woher auch?“
„Werden Sie nicht wieder pampig. Ich habe verstanden.“
„Entschuldigen Sie. Ich hatte nur den Eindruck …“
„Verschonen Sie mich mit Ihren Eindrücken. Ich weiß, dass ich Sie bisher nicht gefragt habe.“
„Nicht gefragt und nicht gesprochen.“
„Warum reden Sie nicht einfach, wenn Ihnen danach ist?
„Ich wollte nicht aufdringlich sein.“
„Ach so.“
„Und ich wurde dafür gut bezahlt.“
„Das ist eine Antwort.“
„Gefällt sie Ihnen nicht?“
„Durchaus. Sie ist wenigstens ehrlich.“
„Aber sie gefällt Ihnen nicht.“
„Lesen Sie. Lesen Sie mir aus Ihrer Zeitschrift vor.“
„Das wird Sie kaum interessieren. Es ist Fachchinesisch.“
„Lesen Sie.“
Schultz fing an zu lesen.
Nach einer halben Stunde unterbrach er.
„Verstehen Sie, was ich lese?“
„Nein. Aber es ist sehr schön. Machen Sie weiter.“
„Was soll das für einen Sinn haben?“
„Keinen. Aber bei vollem Bewusstsein nichts zu sehen und nichts zu verstehen, das muss man erst mal schaffen. Lesen Sie weiter.“

Schultz brachte Kulp nach Hause und sie stiegen in den Wagen.
Auf den schäbigen Sitzen saß man tief und hart.
Der Motor war laut, zwei Mal hielten sie an, weil der Wagen eine Pause brauchte. Kulp mutmaßte einen Citroën, was Schultz bestätigte.
Nach drei Stunden hielten sie vor Kulps Haus.

„Wollen Sie sehen, wie ein Blinder lebt?“
„Warum nicht.“
„Herr Schultz.“
„Nur Schultz.“
„Haben Sie keinen Vornamen?“
„Nein.“
Schultz ging durch die unteren Zimmer.
„Die Räume sind fast leer.“
„Ich habe alles rausgeschafft. Was soll ich mit Bildern und Büchern?“
„Verkauft?“
„Ja. Wie die Irren haben sie mir das Zeug aus den Händen gerissen.“
„Haben Sie es bereut?“
„Nein. Sammeln ist was für Sehende.“
„In jedem Fall spart man Geld, wenn man nichts sammelt.“ Schultz kicherte.
„Ich höre Sie zum ersten Mal lachen.“
„Ich dachte, Sie denken, lachen sei auch nur für Sehende“, sagte Schultz.
Ob Kulp alleine lebe, wollte er dann wissen.
„Ja. Zwei Mal in der Woche kommt jemand zum Saubermachen. Trinken Sie Kaffee?“
Sie gingen in den Garten.
Kulp bat ihn, die Post zu öffnen.
„Wer macht das sonst?“
„Agata. Oder Charlie.“
„Sind Sie Schriftsteller?“
„Ja.“
„Was schreiben Sie?“
„Ich schreibe irgendwelche Texte.“
„Wieso irgendwelche?“
„Irgendwelche eben. Ich habe eine Schablone und schreibe Zeilen hinein.“
„In Blindenschrift?“
„In meiner Handschrift.“

„Und dann?“
„Dann nichts. Ich schreibe das Blatt voll und nehme ein neues, solange bis ich denke, dass der Text fertig ist. Ich lege ihn in eine Mappe. Mehr nicht.“
„Veröffentlichen Sie die Texte?“
„Nein. Ich schreibe. Ich veröffentliche nicht.“
„Es klingt mechanisch.“
„Kann sein.“
„Das heißt?“
„Das heißt, dass ich nicht veröffentliche, weil ich nicht korrigiere, was ich geschrieben habe.“
„Ich verstehe kein Wort.“
„Sie verstehen kein Wort, und ich kann keines meiner Wörter lesen. Was steht, das steht. Ich muss alles so lassen, wie die Zeilen auf dem Papier zwischen den Metallstäbchen der Schablone gelandet sind. So ist das. Meine Texte blubbern irgendwie raus und so sind sie dann. Da wird nichts dran gefeilt. Das ist sozusagen mein Markenzeichen. Verschriftlichtes Blubbern.“
„Gibt es denn keine Möglichkeit für Sie, Ihre Handschriften mit irgendeinem Lesegerät zu entziffern?“
„Es besteht keine Veranlassung für mich das zu tun.“
„Schreiben Sie viel?“
„Jeden Tag.“
„Zeigen Sie mir, wie Sie es machen?“
Kulp ging ins Haus und kam mit der Schablone zurück.
„Sie ist klein. Da gehen ja nur so wenig Zeilen auf eine Seite.“
„Ja.“
„Waren Sie im Nachhinein überrascht über das, was Sie geschrieben haben?“
„Ich lese die Texte nicht.“
„Haben Sie kein Lesegerät?“
„Doch, aber nicht dafür.“
„Sie lesen nichts, was Sie geschrieben haben?“
„Nein. Ich schreibe die Texte nicht, um sie zu lesen, ich schreibe

sie, um sie zu schreiben. Irgendwann, mit neunzig, werde ich sie vielleicht mit zittriger Hand mal unters Lesegerät schieben, aber im Moment interessiert mich das nicht."

„Ich könnte Ihnen beim Korrigieren helfen."

„Es schmeichelt mir, dass ich Ihr literarisches Interesse wecke, aber ich schreibe allein. Vielen Dank".

Heute um elf Uhr aus dem Haus gegangen. Die Türe abgeschlossen, vorher Fenster geschlossen. Ich war an der Bushaltestelle und bin zurückgegangen. Die Tür war zu, hatte mich nicht geirrt.

Der Arzt will, dass ich Sport mache. Ich laufe jeden Morgen, aber er meint, ich solle mit Leuten zusammen sein. Das will ich nicht.

32 Euro für Gemüse und Obst ausgegeben.

Georg sagt, ich gehe nicht an mein Handy. Er will mich immer erreichen. Warum? Bin fast immer zu Hause und das wird auch so bleiben. So lange bis ich mich aufmache. Das wird nicht mehr lange dauern. Ich werde dazu die spitzesten Nadeln meines Lebens setzen! Und dann haben wir endlich Ruhe.

32

Manchmal hörte Kulp Radio. Seltsamerweise viele Reiseberichte. Früher war er nie gereist.

Vor wenigen Jahren erst hatte er verstanden, dass er das Fremde nicht aushielt. Reisen in andere Länder, wo er die Sprache nicht kannte, manchmal noch nicht einmal die Schrift, mochte er nicht. Die Vorstellung, eine Sprache nicht zu sprechen, wenn ihn ein Land interessierte, missfiel ihm. Er wähnte sich ausgeschlossen, seiner Mittel beraubt, seiner vertrauten und bewährten Möglichkeiten, kastriert geradezu.

Er mochte fremde Umgebungen nicht, aber er lernte manche Sprache trotzdem. Sprachen, die er nie in den jeweiligen Ländern gesprochen hatte, die er nie angewandt hatte, weil er nicht gereist war, weil er nie gereist war. Er lernte Schwedisch, Italienisch, Serbokroatisch um des Lernens, nicht um des Sprechens Willen.
Er fuhr dann nach Frankfurt, setzte sich in das nächstbeste Café, um die am Bahnhof erworbene Grammatik zu studieren.
Viele Stunden hatte er an solchem Ort gesessen, es war dunkel geworden, draußen sah er die Straßenlichter, er hatte Hunger, hatte alles um sich herum vergessen, sein Rücken schmerzte, weil der Holzstuhl nur Holzstuhl war und für seinen Körper nicht gebaut. Alles hatte er ausgeblendet: die Zeit, sich selbst, alles, denn er musste lesen, musste Struktur und Methode begreifen, das war er seiner maßlosen Begabung schuldig, seinem Hunger, der ihn alles zu fressen zwang, was Buchstabe war und Wort. Wie ein Messer rammte er sich die fremde Grammatik in sein Hirn. Man nennt es einverleiben, koste es alle Energien, die er zu entwickeln in der Lage war, und seine Fettleibigkeit zeigte sich an den Wänden seines Hauses, die immer dicker wurden. So mussten die Bretter seiner Bücherregale in der Tiefe verstärkt werden, um für zwei, drei gestaffelte Bücherlagen Platz zu haben. Das war, als er noch unter den Sehenden weilte mit Gabriele, der armen Gabriele, die mit ihm leben musste, nur weil sie einmal gesagt hatte, sie würde das wollen.

Heute hatte die Blindheit all das beiseite geschafft. Durch eine seltene Art von Lebenslüge half sie, Dinge nicht mehr sehen zu müssen, die nie funktioniert hatten, half, die Angst vor dem Scheitern durch jahrelanges haltloses Sammeln von Informationen aus den Augen zu verlieren, manchmal zu vergessen.

Ich bin sicher, Georg überlegt sich jeden Tag, wie lange er dieses Leben noch aushalten kann. Es ist auch nicht

seins und nicht mehr, als dass wir gemeinsam unseren Alltag verbringen. Dessen Bestimmung ist es, immer nur Alltag zu sein und es zu bleiben.
Der Alltag in Vorbereitung auf das, was noch kommt, und in Vorbereitung auf die Enttäuschung, weil nichts kommt.
Bis dahin ist die einzig gestattete Ausnahme die, dass es niemals eine geben darf, und diese Bestimmung zieht sich durch unsere Tage und Nächte.

Nur zwei Mal war ich gezwungen, davon abzuweichen. Das erste Mal, als Georg morgens die Treppe zu hastig nahm und sich den Fuß brach. Er musste nach Wächtersbach zum Arzt.

Das zweite Mal kam alles durcheinander, als Georgs Mutter starb. Dieser Tag und die Tage danach waren grauenhaft, weil er nicht in der Lage war, einen einzigen klaren Gedanken zu fassen.
Seine Mutter war ganz plötzlich gestorben, unverhofft sozusagen. Sie hatte Schlaftabletten genommen und derer wohl zu viele. Dieses Kunstgriffes hätte es nicht bedurft, aber sie dachte wohl, sie müsse das ewige Band verstärken. Und dann kam der Tod heraus, der sie kurzerhand und für immer von ihrem Sohn trennte.
Sie ist also aus Versehen absichtlich gestorben.
Vielleicht war es als Strafe gedacht, als Verwarnung, als Akt des Schreckens, der den Sohn wieder liebend an sie binden sollte.
Und dann wurde es – pardauz – ein ganz gemeiner Selbstmord, der alle überraschte, und die Befindlichkeiten der Zukurzgekommenen wurden vom Tod verschluckt.

Die Mutter hatte sich also einfach vertan, alle anderen Überlegungen dazu wurden am Ende als haltlos abgetan, sowohl von Georg als auch von der Polizei, die Tage danach noch im Haus umhergehuscht war.

Ich war froh, dass die Tote jetzt eine Tote war, und dankbar, dass sie es mit den Tabletten nicht im Griff hatte.
Wir waren uns im Laufe der Zeit nie nähergekommen. Georg befand, dass wir uns im Gegenteil immer weiter voneinander entfernt hatten und wirft es mir bis heute vor. Ich gebe zu, in unserer gegenseitigen Ablehnung hatten wir uns zu beachtlichen Kämpferinnen entwickelt, deren Streitsucht mit dem Einfallsreichtum unserer Mittel stetig und gleichermaßen anstieg. In dieser Hinsicht gaben wir uns beide Mühe.
Georgs Mutter hatte ihr hartes Urteil über die Lebensgefährtin ihres Sohnes nie verschwiegen und selbst mir gegenüber mit ausfälligen Andeutungen nicht gespart. Diese hatten sich vor allem auf die krankhafte Boshaftigkeit bezogen, die sie bei mir festzustellen geglaubt hatte. Natürlich hatte sie nicht Unrecht. Wir zahlten beide Boshaftigkeit mit Boshaftigkeit heim, und der arme Georg versuchte täglich, dafür zu sorgen, dass es bei den Ankündigungen tätlicher Handlungen blieb.

Diese Dreieinigkeit dauerte geschlagene fünf Jahre. Wir wohnten von Anfang an zu dritt in dem Haus, im Haus seiner Mutter.
Als ich Georg kennenlernte, lebte er bei ihr. Das hat mich damals zwar abgestoßen, aber ich war trotzdem wenige Tage, nachdem wir beschlossen ein Paar zu werden, bei Sohn und Mutter eingezogen. Schnell habe ich begriffen, dass ich eher bei Mutter und Sohn wohnte und es ein Fehler war.

Immer in Wartestellung, sprang der arme Mann zwischen uns Frauen hin und her, um uns jeweils liebedienerisch gerecht zu werden.
Seine Gefallsucht ging mir auf die Nerven und ich habe ihm gesagt: Wenn man gefallen will, macht man sich entweder groß oder klein. Danach haben wir vier Tage lang kein Wort mehr gesprochen. Ich glaube, es war eine Erholung für ihn; für mich auch. Trotzdem blieb ich dort: Ich wollte nicht in die Welt, und er nicht raus aus Mutters Schoß.

Der unvorhergesehene Tod der Mutter zog mehrere Tage nach sich, die außerhalb der normalen Planung lagen. Ich habe grässliche Erinnerungen daran.
Aber dann war ich erstaunt, wie schnell bei uns ein geübtes Zweierleben eingekehrt war, so als sei es nie anders gewesen. Georg hatte sich schnell beruhigt und nur manchmal erlaubte er sich weinerliche Fensterreden, die mich davon überzeugen sollten, dass er tatsächlich trauerte.

33
Kulp hatte die Brille abgeschafft, und der Blinde versteckte sich hinter seinen Glasaugen, die normal aussahen. Die Leute bemerkten nicht, dass er blind war, solange er sich nicht bewegte. Wenn er zu Gehen begann, änderte sich das sofort. Er ging leicht in die Knie, der Stock tastete vor den Füßen und man sah, dass er nichts sah.
Dann freuten sich die Leute wieder und zerrten Kulp in eine Richtung: ab über die Straße, du arme Sau.
Je länger Kulp blind war, umso mehr wurde er in den sehenden Augen der anderen zum Blinden, der sich manchmal gar ruppig den anpackenden Fängen irgendeines Unterdiearmegreifers entzog.

Kulp blieb eisern stehen wie ein Möbelstück, das sich nicht mehr bewegen ließ und der vermeintliche Helfer musste unverrichteter Dinge weitergehen.
„Wer schneidet sich den Ast ab, auf dem er sitzt?"
Das Dorf war klein und es sprach sich herum, dass der Blinde zickig geworden war und sich verändert hatte.
Die Blindheit hatte ihn grimmig gemacht – früher war er das nicht.
Er wusste selbst: Früher war er ein weltgewandter Privatgelehrter, der nie in der Welt war. Heute war er ein verschrobener Mann, der ebensolche Texte schrieb.
„Ich bleibe auf der Strecke. Das bin ich mir schuldig", dachte Kulp und das Aus flackerte wieder ängstlich im Hirn.

Der Dicke kam wieder. Er kam in Begleitung von Larissa, die mir nicht gesagt hatte, dass sie ihn mitbringen würde.
„Herr Klatt ließ sich nicht abwimmeln", hat sie zur Begrüßung gesagt und der Dicke lächelte wie ein Schleimer. Er war so freundlich, als habe Larissa ihm erklärt, wie er mich zu behandeln habe, um zum Erfolg zu kommen.
„Ich bitte Sie, meine Frau hat in zwei Wochen Geburtstag. Was soll ich machen?"
Ich sagte nichts, notierte nur, was er sich wünschte und dann zog er voller Hoffnung ab.

Ich stellte mir ein unzufriedenes Paar vor, geknebelt vom Geschmack der Frau und ihrer gnadenlosen Bewertung, die sich auf den Alltag der beiden übertrug und alle Bereiche betraf. Wahrscheinlich durfte der Mann nur mit sauberen Händen auf dem hellen Sofa sitzen, er durfte die Zeitung nicht dort lesen, damit die Druckerschwärze keine Spuren hinterließ. Jazz, den

er gerne hörte, wurde den von ihr bevorzugten Opern geopfert und er musste rotweinfarbene Hemden tragen, die er nicht mochte. Er aß gern und zu viel, damit er seine traurige Laune wegfressen konnte, sie aß zu wenig, um ihre Ansprüche wegzuhungern.

Plötzlich sollte eine Rose auf den Einband gestickt werden. Ich hatte das Motiv aus einer alten Zeitschrift genommen und er war sofort begeistert. Genauso sollte es auf das Album, vielleicht sogar ein bisschen größer, wenn möglich.

Die Nadel kam kaum durch das Material hindurch, es war etwas sperrig, ein bisschen hart fast und ich hatte Mühe beim Sticken. Nach ein paar Stichen musste ich Pause machen, der Finger tat weh und schließlich stach sie mich. Rosen stechen nun mal, dachte ich.

Dann drückte ich das Blut heraus und ließ es, ein bisschen wie in Trance, auf das beige Leinen tropfen. Unter dem Motiv bildeten sich bräunliche Placken. Ich drückte immer wieder das Blut aus meinem Finger, bis der Fleck auf dem Leinen eine beachtliche Größe in tadellosem Braun angenommen hatte und schön war.

Jetzt hatte die Rose einen morbiden Ort, einen Untergrund, und das Beste daran war, dass sie im Blut stand.

Das Geschenk sollte ein einwandfreies Werk sein, ein vortreffliches Geschenk, in das der Mann selig seine Bildchen reinkleben würde, oder er würde es seiner Frau jungfräulich übergeben und ihr das Einkleben überlassen.

Jetzt war es besudelt, in voller Absicht besudelt mit dem Blut der Verräterin, die die Nadel gesetzt hatte.

Ein winzig kleiner Gewaltakt, der den Vertrag mit dem Mann gleichsam unterwanderte und sich gegen die lieblose Ehefrau meines Kunden richtete. Eine unschuldige Gabe hätte ich ihr nicht gegönnt, vielmehr

eine Missform, die jeder von ihr verlangten Vollendung entgegenstand. Hinterrücks bestraft bekam sie etwas, von dem sie nicht einmal wusste, dass seine Schönheit diesem einen Makel zu verdanken war. Nur schade, dass trockenes Blut nicht stank, dachte ich.

34

Tatsächlich konnte das von Kulp viel beweinte Leid nicht ewig Leid bleiben. In manchen Augenblicken fühlte er sogar eine fast erlösende Enthaltsamkeit, die zu leben er nicht nur gezwungen war, zu der er dank der Umstände auch jedes Recht hatte.
Auch in der Askese war die Möglichkeit des Wahnsinns verborgen, vielleicht war sie im Verzicht der Verrücktheit näher als in der Fülle. Versöhnliche Augenblicke bescherten Kulp Minuten des Glücks, in denen er glaubte, sich – im wahrsten Sinne des Wortes – vom Vorhersehbaren lösen zu können. Gefühle der Befreiung taten sich auf, und Kulp konnte das Alte weit hinter sich lassen, es vergraben.

Wahrscheinlich hatte man ihn früher überschätzt. Vielleicht dachte man, den großen Gedanken aus diesem großen Kopf würden große Taten folgen. Heute erwartete man diese großen Taten nicht mehr. Sein Radius war nicht größer als sein Langstock lang war, und dass jemand, der so kleine Schrittchen machte, zu großen intellektuellen Würfen in der Lage war, glaubte einem keiner. Das machte es leichter. Auch hier spürte Kulp eine Möglichkeit. Nach dem Motto: es kann nur besser werden, war jeder Schritt, der gegangen wurde, für andere ein Erfolg.
Trotzdem gab ihm diese neue Art der Enthaltsamkeit eine Auszeit. Dass das Aus schillerte, mal flirrend hell glänzte, mal tiefschwarz und dunkel erschien, blieb Kulp erhalten. Die hellen Momente aber wurden häufiger und die hilflose Abkehr vom Leben verwandelte sich in Zuwendung und den Wunsch, das eigene Tun wieder in Augenschein zu nehmen.

Er musste sich „nur“ neu organisieren, eine neue Aufgabe finden, eine ganz praktische, der er Sinn und Eifer abgewinnen konnte. Es galt wieder in den Bereich vorzudringen, der gemeinhin als *Freiheit* bezeichnet wurde und der doch immer das Eigentliche all seiner Bemühungen gewesen ist.
Die fehlenden Augen verhinderten alles und machten gleichzeitig alles möglich. Zurück auf Los.
Kulp beschloss seine Kraft zu schützen und sich auszuklinken, sich nicht mehr zu beteiligen. Deshalb würde die Nacht sein Tag sein. Wen außer ihm interessierte es, wann er lebte?

35

Von da an ging im Dorf nachts ein Mann durch die Straßen. Er ging langsam mit Stock. Jede Nacht die gleiche Strecke, querte er den abschüssigen kleinen Park, am Becken vorbei, in dem im Sommer die Kinder planschten, über die Wiese, dann Kieselsteine bis zur um diese Uhrzeit wenig befahrene Hauptstraße.
Wenn alle anderen schliefen, würde er nicht gesehen und das Schwarz, das nur die Nacht bot, hatte er immer.
Der Mann, der nachts durch die Straßen ging, lebte ohne Licht. Die Straßen schwarz, das Kinderbecken, die Wiese, die Kieselsteine. Er wusste um die Farben, aber er sah sie nicht.

Vermeide zu große Sujets, unterlaufe Erwartungen, schrieb er in die Schablone und sein Leben wurde ein anderes. Bevor er das Haus verließ, nahm er ab jetzt wieder die Sonnenbrille. Er war eine Lemure mit großen schwarzen Augen.

Georg sagt, er sei sich nicht sicher, ob ich die Ursache meines Irrweges – von welchem Irrweg spricht er? – nicht selbst kenne. Besonders jetzt, wo Zorn nach vielen Jahren meine Behandlung abgebrochen hat.

„Ich kann Ihnen nicht helfen“, hatte er gesagt. „Wir müssen die Sache abbrechen.“ Ich wollte wissen, welche Sache er meint.
„Die Behandlung, die keine ist. Ich behandle Sie nicht. Das kann ich nicht, weil Sie mir etwas verschweigen.“
„Ich verstehe. – Soll ich also nicht mehr kommen?“
„Es liegt allein an Ihnen. Wenn Sie mir nicht alles sagen, können wir unsere Gespräche lassen. Ich kann Ihnen nur helfen, wenn Sie mir vertrauen.“ Wie konnte er wissen, dass ich das nicht tat?
„Ich weiß es, und Sie wissen es auch. Denken Sie darüber nach und kommen Sie, wenn Sie offen sind.“
„Ich dachte, meine – wie Sie sagen – nicht vorhandene Offenheit herzustellen, ist Teil Ihrer Arbeit, Teil der Behandlung?“
„Nein. So geht das nicht. Wir sehen uns seit Jahren zwei Mal wöchentlich und es geht nicht voran. Allein kann ich nichts bewirken. Die Behandlung funktioniert nur in Zusammenarbeit.“ Er sagte, immer noch würde ich mich wehren, würde Wahrheiten zurückhalten und den Prozess blockieren.
„Der Prozess ist mein Leben.“
„Ja, das stimmt genau. Sie blockieren Ihr Leben.“

Jemand, der Zorn heißt, denke ich, muss die Wahrheiten fordern. Das ist er seinem Namen schuldig und der ganzen Ungeduld, die darin steckt.
Wahrheit oder Leben, das Zurück ist das Problem.

36

„Wie geht es Ihrer Schwester?“, fragte Gunst. Es waren Wochen vergangen seit ihrem letzten Termin.
„Wie kommen Sie darauf?“

„Ich frage mich, warum Sie sie nicht wiedergesehen haben. Was war vorgefallen?"
„Sie ist weggegangen. Damals, nach dem Mord an meinem Vater."
„Eine widersprüchliche Reaktion, finden Sie nicht?"
„Inwiefern?"
„Nun, man könnte annehmen, sie hätte sich nach dem brutalen Verlust Ihrer Eltern erst recht an Sie halten wollen, an den großen Bruder. Stattdessen …"
„Ich dachte immer, Psychologen sorgen dafür, dass Patienten selbst zu ihren Einsichten kommen. Sie legen mir Ihre Überlegungen ins Hirn."
„Das mache ich sonst nicht."
„Ach ja?"
„Ja. Sie provozieren mich und ich provoziere Sie."
„Für dieses amüsante Spiel zahle ich nicht."
„Das ist kein Spiel. Das ist Ihr Leben. Wenn Sie sich nicht darauf einlassen, kann ich nichts für Sie tun. Also: Warum ist Ihre Schwester damals gegangen?"
„Sie hatte das Gefühl, neu anfangen zu müssen. So hat sie es mir damals gesagt. Mehr weiß ich nicht."
„Damit haben Sie sich zufriedengegeben?"
„Ich dachte lange, sie käme zurück."
„Sie haben gewartet."
„Ja. Ich habe gewartet."
„Und als Sie merkten, dass sie nicht wiederkommt, haben Sie nichts unternommen."
„Nein. Ich dachte, es muss so sein."
„Hatten Sie keine Angst, es könnte ihr etwas zugestoßen sein, sie könnte in Not sein vielleicht?"
„Nein. Ich war mir sicher, dass sie wegblieb, weil sie es wollte, aus freien Stücken, aus verdammt freien Stücken!"
Kulp erhob sich jetzt von seinem Stuhl, und Gunst erschrak. Er war sehr schnell nach oben geschossen. Als sei etwas in ihn gefahren, stand er plötzlich im Raum und wirkte wie ein Riese, der die Absicht hatte, etwas zu unternehmen.

„Brauchen Sie eine Pause?“
„Ja, bitte.“
Kulps Riesenhaftigkeit verschwand hinter der zaghaften Stimme und Gunst öffnete das Fenster. Dann ging er nach draußen und kam mit Tee zurück.
Kulp nippte an der Tasse und bemerkte, wie ihm die Hitze ins Gesicht schoss.
„Ist unsere Stunde nicht eigentlich längst vorbei? Wieviel Uhr ist es?“
„Nein. Wir führen das Gespräch zu Ende. Aber nur, wenn Sie es wollen.“
Jetzt schwitzte Kulp und setzte sich wieder. Gunst ging zu ihm hinüber.
„Es ist seltsam. Sie geben mir das Taschentuch, kaum dass ich mein Schwitzen selbst bemerkt habe.“
„Entschuldigen Sie. Ich wollte Sie nicht …“
„Nun, Sie bedrängen mich vor allem auf andere Weise. Aber gut. Machen wir weiter. Reden wir noch einen Moment.“
Zunächst aber schwiegen sie und Kulp atmete durch.
Gunst ließ nicht locker: „Welchen Grund könnte es noch gegeben haben, dass Ihre Schwester gegangen ist?“
„Mein Gott, sie war neunzehn Jahre alt, sie wollte ihr eigenes Leben führen.“
„Sie flüchten sich in Platitüden. Das ist Ihrer nicht würdig. Wenn Sie nie darüber nachgedacht haben, tun Sie es jetzt.“
„Sie haben eine drastische Methode.“
„Wir sprechen nicht über meine Methode, wir sprechen über Ihr Leben.“
„Ich kann es Ihnen nicht sagen.“
„Nicht mir müssen Sie es sagen. Sagen Sie es zu sich! Fragen Sie sich, warum Ihre Schwester gegangen und seit fast dreißig Jahren nicht wieder aufgetaucht ist. Und fragen Sie sich, warum ihr großer Bruder, warum Sie all die Jahre lang nicht nach ihr gefragt haben. Haben Sie sich das nie überlegt?“
„Doch.“

„Rekonstruieren wir: Bevor sie gegangen ist, wurde Ihr Vater in Ihrer beider Elternhaus von einem Einbrecher ermordet."

Kulp atmete schwer.

„Danach starb wenige Tage später Ihre Mutter. Warum starb sie, sagten Sie?"

„Sie starb aus Gram. So hat es damals der Arzt gesagt."

„Sie haben dann Ihre Eltern gemeinsam beerdigt. Mit einer Feier für beide. Wer hatte das organisiert?"

„Meine Schwester und ich. Wir hatten auch Hilfe aus dem Ort."

„Haben Sie viel über den Mord an Ihrem Vater gesprochen, Sie und Ihre Schwester?"

„Wir hatten nicht viel Zeit. Wir waren beschäftigt. Und nach der Beerdigung ist sie gegangen."

„War das überraschend für Sie?"

„Ich weiß es nicht mehr. Wir waren beide auch sehr mit uns selbst befasst, wie Sie sich denken können."

Kulp sprang jetzt auf. Ihm war schlecht und er ließ sich von Gunst auf die Toilette führen. Dort beugte er sich über die Schüssel und erbrach sich. Zitternd setzte er sich auf den Deckel: eine Frechheit! Wie konnte Gunst ihm verhörartig diese Auskünfte abverlangen? Kulp wusch sich das Gesicht mit kaltem Wasser und tastete sich mit zittrigen Knien auf den Gang zurück. Gunst wartete vor der Tür und führte ihn ins Behandlungszimmer zurück zu seinem Sessel.

„Sie sind unverschämt."

„Ich weiß."

„Sind Sie ein Sadist?"

„Nein."

„Warum machen Sie es dann?"

„Ich gehe sehr weit. Ich weiß. Ich glaube aber, Sie können es verkraften."

„Ich kann es verkraften, weil Sie es sind. Bilden Sie sich etwas darauf ein oder nicht, aber von niemandem sonst würde ich mir einen derartigen Umgang gefallen lassen."

„Danke."

„Weiter.“ Kulp war jetzt zu allem bereit.
„Gab sie Ihnen die Schuld?“
Kulp riss beide Hände vor seinen Mund und erbrach sich erneut. Gunst sprang in die Küche und holte Handtücher und Schüssel.

Kulp hatte sich Gesicht, Hände und Kleidung gewaschen und Gunst führte ihn in ein anderes Zimmer. Sie setzten sich auf zwei Stühle, die nicht mehr als anderthalb Meter voneinander entfernt standen.
„Entschuldigen Sie bitte“, sagte Kulp.
„Nein, nein. Ich muss mich entschuldigen. Ich bin zu weit gegangen.“
„Was meinen Sie mit dem Wort Schuld? Warum Schuld?“, fragte Kulp jetzt.
„Ich dachte, Ihre Schwester hätte Ihnen möglicherweise Schuld zugewiesen, weil Sie sie nicht zurückgehalten und einfach haben gehen lassen.“
Kulp merkte jetzt, wie seine Augen sich mit Tränen füllten. Er sah nach unten, um sie vor Gunst zu verbergen. Wahrscheinlich würde er gleich diensteifrig aufspringen und ihm ein Taschentuch reichen. Aber er sprach weiter.
„Dann hätte Gabriele und Ihre Schwester das gleiche Schicksal ereilt: Sie haben beide Frauen gehen lassen und sie nie mehr in Ihr Leben zurückgeholt.“
„Entschuldigen Sie bitte, ich kann nicht mehr. Für mich ist es jetzt zu Ende.“
„Sind Sie sicher?“
„Ja. Ich bin sicher.“

37

Larissa hat einen weiteren Kunden geschickt. Einen unsicheren und deshalb unangenehmen Kandidaten, der sich zu Beginn unseres Gespräches darüber

beschwerte, dass kein Verlag seinen ersten und bisher einzigen Roman, den er geschrieben hatte, herausbringen wollte. So lief es jetzt wohl oder übel auf einen Einzelband heraus, dessen ehrgeizige Einbandgestaltung in seiner geplanten Schönheit die ganze Verantwortung dafür übernehmen sollte, dass er bedauerlicherweise wenig zu sagen hatte.

Von Material und Machart hatte er genaue Vorstellungen.

„Warum machen Sie es nicht selbst?", habe ich ihn gefragt.

„Sind Sie vergrämt?"

„Vergrämt? Nein, ich frage Sie einfach nur."

„Was meinen Sie?"

„Ich denke, Sie wissen, was Sie wollen, und brauchen jemanden, der Ihnen genau das ausführt. Sogar die Motivgröße haben Sie bereits bestimmt. Meinen Sie nicht, Sie können das viel besser, als ich es je könnte?"

„Wie kommen Sie darauf? Ich habe doch nicht das handwerkliche Vermögen dazu."

„Gut. Dann lassen Sie mich es machen. Man könnte auch sagen: Vertrauen Sie mir."

„Ich bezahle Sie doch gut. Also machen Sie das, was ich will."

„Ich denke, ich habe verstanden, was Sie sich vorstellen und ich werde es mit meinen Erfahrungen und Möglichkeiten so umsetzen, wie ich es für richtig halte.

Aber Sie müssen mir Freiheiten lassen."

„Ich bin Ihr Auftraggeber."

Der Herr wurde jetzt ungehalten und stand von seinem Stuhl auf.

Dann wurde ich ruhig.

Ich wollte nicht meinen zweiten Kunden verärgern und gab dem Mann zu verstehen, dass ich seine Wünsche

umsetzen würde und ihn anriefe, wenn ich fertig sei.
Er war erleichtert und schilderte mir genau, was er haben wollte. Ich schrieb wie eine Streberin alles mit. Schließlich machte er sich davon.
Ein paar Tage später saß ich an meinem Tisch und strich den Leim auf die Rückseite des Buchblocks. Es roch gut. Frischer Leimgeruch ist etwas Herrliches. Dann sah ich den Mann vor mir, der bald dieses Buch in den Händen halten würde.
Ich hatte eine Eingebung. Aus einem der Rollschränke holte ich die alte Glaswolle, rührte sie mit ein bisschen Wasser an, gerade so viel, um den farblosen Brei auf die Doppelseite, die genau in der Mitte des Buches ist, streichen zu können. Diese beiden Seiten werden jetzt für den Unglücksraben, der sie beim Umblättern berührt, sehr reizvoll sein: Wie kleine Splitter werden sich die winzigen Glaspartikelchen in die Finger krallen und jucken, vielleicht schmerzen.
Verborgenheit ist eine feine Sache.

38

An einem Tag größter Not – war es am Morgen oder Abend? – rief Kulp seine Schwiegermutter an. Sie hatte ihn sehr gemocht, aber Gabriele wollte nicht, dass es Kontakt gab zu ihrer Familie, zu ihrem Umfeld. Jetzt rief er sie an.
„Danke, es geht mir sehr gut", sagte er. Seine Stimme klang fröhlich und Kulp merkte, dass seine Schwiegermutter erleichtert war.
„Ich kann es nicht glauben, Edgar. Ich kann es einfach nicht glauben."
„Das ist keine Frage des Glaubens."
„Es tut mir sehr leid."
„Wo ist sie?"
„Ich soll es dir nicht sagen."

Kulp wartete.
„Edgar? Bist du noch da?“
„Ja.“
„Warte.“ Nach ein paar Minuten kam sie zurück und diktierte eine Nummer. Kulp krakelte sie auf ein Stück Papier. Agata würde sie in sein Handy speichern.
„Ich darf das nicht.“
„Ja. Danke. Ich weiß es zu schätzen.“
„Was machst du?“
„Willst du das wissen?“
„Ja. Natürlich.“
„Wieso jetzt?“
„Ich will es wissen.“
Er legte auf.

39

Kulp fuhr nach Frankfurt. Am Hauptbahnhof angekommen nahm er ein Taxi und fuhr zu dem Antiquitätenhändler, den er früher immer wieder aufgesucht hatte, wenn er in der Stadt war.
Jetzt kam er mit Langstock durch die Tür, deren Glocke in erschreckender Lautstärke klingelte, was ihm vorher nie aufgefallen war.
Der Mann kam auf Kulp zu. Sie hatten sich lange nicht gesehen.
„Ich wusste nicht, dass Sie erblindet sind.“
„Ich habe es auch lange nicht verstanden. Lassen wir es dabei. Ich freue mich, Ihre Stimme zu hören.“
Dann saß Kulp auf einem Sessel und sagte die Bücher an, die der freundliche Herr ihm nach und nach anreichte.
„Geben Sie mir den Idiot, von Dostojevskij.“
„Welche Ausgabe?“
„Die Ausgabe ist nicht so wichtig. Es geht um äußere Merkmale. Leineneinband; Banderole, ein besonderes Papier, eine Prägung … was auch immer Sie finden. Oder ein Geruch.“
„Ein Geruch? Wie meinen Sie das?“

„Ein Geruch eben. Viele Papiere riechen nach irgendetwas, nach Druckerschwärze, Rauch oder Kaffee."

Der Mann trat an sein Regal und nahm verschiedene Bände heraus.

„Um ehrlich zu sein: ich habe noch nie an einem Buch gerochen."

„Ist das Ihr Ernst? Da fehlt Ihnen was. Zeigen Sie mir, was Sie haben." Kulp lachte jetzt und der Antiquar schnüffelte diensteifrig in die Seiten. Dann brachte er einen Stapel.

Kulp nahm einen Band nach dem anderen in die Hand. Er blätterte, drehte, roch, griff nach den Seiten, strich über Einband und Inhalt, ertastete die Bindung und das Bändchen, öffnete und schloss das Buch, wog es in der Hand.

„Es riecht ein bisschen modrig. Sehr schön. Der Umschlag ist Pappe und ein bisschen aufgeraut. Und herrlich: das dünne Papier. Welche Ausgabe ist es?"

„Artemis Winkler."

„Ich nehme es. Haben Sie die Gesamtausgabe?"

„Um ehrlich zu sein, Herr Kulp, diese Bücher sind schon ziemlich ramponiert. Sehen Sie hier … Ach, entschuldigen Sie, fühlen Sie, der Umschlag ist angestoßen." Der Antiquar fingerte an den Büchern herum, Kulp hörte, wie er die Papiere prüfte. Dann gab er ihm einen besonders beschädigten Band.

„Wunderbar. Ich nehme sie alle. Und bitte, lassen Sie uns eine Liste machen. Schreiben Sie, schreiben Sie: Autorenname, Titel, Hart- oder Softcover, Seitenzahl, Einbandmaterial, Farbe des Einbands und besondere Merkmale."

„Warten Sie, nicht so schnell … Und welche Merkmale meinen Sie?"

„Bestimmtes Einbandmaterial oder Lacke, aber auch und ganz besonders Knicke oder Risse. Es geht nicht nur um den Umschlag: Verletzungen jeglicher Art sind mir recht, sie machen das Buch zu einer Persönlichkeit. Ich will alte, versehrte Bücher, die kaputt sind und riechen. Lebendig müssen sie sein, kaputt und lebendig, verstehen Sie?

Zu Hause kann ich dann anhand der Liste ihre Eigenarten erfühlen und damit weiß ich, welche Inhalte sich darin verbergen. Mit dem

Lesegerät kann ich die Texte, die ich natürlich alle schon kenne, später noch mal erfassen. Es geht ums Erfühlen und Erfassen! Sind das nicht herrliche Begriffe? Dagegen nimmt sich doch das Wort „lesen“ geradezu langweilig aus! Ich muss jedenfalls in der Lage sein, die Bücher ganz allein zu identifizieren, bevor ich das Lesegerät bemühe oder jemanden, der mir sagt, welcher Text es ist.“
„Noch nie hat ein Kunde ein derartiges Ansinnen geäußert. Die Leute kaufen alte Bücher, aber eigentlich wollen sie, dass sie wie neu sind.“

Kulp ließ sich Nabokov zeigen. Diese Ausgabe war offensichtlich aus einem Haushalt, in dem es gebrannt hatte. Kulp roch immer wieder daran und der Antiquar freute sich, weil einige andere Bücher, die Kulp wünschte, auch aus jenem Haushalt stammten und den beißend charakteristischen Geruch an sich hatten. Dazu gehörten Der Zauberberg und Dr. Faustus, die Göttliche Tragödie und alle Wilhelm-Busch-Bände. Auch die Brecht-Gesamtausgabe war dem Brand entkommen und roch entsprechend. Sie alle wurden in die Liste aufgenommen.

Wie immer war ich heute morgen spazieren. Ich dachte über das Wort plötzlich nach und warum ich es nicht mag.
Je strammer ich ging, um so ruhiger wurde ich. Ich atmete gleichmäßig und dachte an meine Arbeit und die Beschaffenheit der Nadel, mit der ich das nächste Mal zustechen werde.

„Wo ist Celan?“
Diese Bände hatten rissige Schutzumschläge, deren Oberfläche ein bisschen rau und deshalb für Kulp gut wiederzuerkennen war. Der Antiquar trug die Merkmale in die Liste ein. Kulp hörte das eifrige

Kratzen des Füllers auf dem Papier, und immer wieder ließ der Mann Bücher aus der Hand fallen, war nicht Herr seiner Sinne und entschuldigte sich bei Kulp.
„Beruhigen Sie sich, mein Lieber. Sie sind ja ganz außer sich. Wenn Sie in dieser Verfassung auf die Leiter steigen, stürzen Sie ab. Das kann ich nicht verantworten."
„Entschuldigen Sie, es geht mir gut. Es geht mir gut", sagte der Antiquar.
„Bei Alexander Blok kann man die Schrift kaum erkennen, ich gebe Ihnen das Buch so mit. Es ist Kaffee darüber gelaufen."
„Das macht nichts. Ich kenne die Gedichte, den Kaffee sehe ich nicht. Das Papier ist weich und ein bisschen kratzig. Schreiben Sie: kratzig. Das ist wunderbar! Ich nehme es und bezahle es auch."
Der Antiquar musste aber nun doch auf die Leiter und hielt sich wacker. Kulp stand unten und nahm die Bände entgegen. Gottfried Benn, Bachmann, Domin, Trakl, Toller, Rilke, Kästner … Ringelnatz fiel herunter und holte sich einen Knick im Umschlag. Dann Robert Walser. „Die Schuber machen es erkennbar. Sehen Sie …"
„Auf die Liste damit! Alle. Ich nehme alles, was Sie von ihm haben."
„Der Kafka ist eine nahezu neue Ausgabe. Das tut mir leid."
„Auch das ist ein Merkmal. Der Umschlag sehr glatt."
„Ja, diese Ausgabe ist leider nicht besonders. Aber ich habe noch andere. Sie sind aber auch noch ziemlich gut in Schuss."
„Packen Sie die Glatte ein. Ich gieße Wein darüber."
„Das sollten Sie lieber bei Joseph Roth machen!"
„Vielleicht. Vielleicht ist das überhaupt eine Möglichkeit …"
Kulp fühlte sich wohl. Er lachte und dachte über die Idee nach, die Bücher mit drastischen Markierungen zu seinen zu machen.
Die vierte Kiste wurde angebrochen.
„Das ist ein Glückstag für Sie, oder?" Kulp stand inzwischen am Fenster und lachte.
„Ja, allerdings. Aber all diese Ladenhüter … ich bitte Sie! Sagen Sie niemandem, wo Sie die Bücher gekauft haben. Das ist ja unmöglich!"

„Gedichte!“
Dann tranken sie Tee, die Kisten füllten sich und die Liste wurde länger und länger.
„Der Pessoa ist eigentlich unverkäuflich, so wie der aussieht.“
„Solange keine Motten drin sind …“
„Ich bitte Sie … Aber Sie kaufen mir hier die Ladenhüter weg, die, die keiner will, weil sie zu schäbig sind. Ich hätte sie längst aussortieren sollen.“
Dann noch Charms, Thomas Bernhard, Beckett, Herta Müller, Camus, Churchills Reden, Rühmkorfs Tagebücher …
„Wieviele Bücher sind es?“
„Zweihundertachtzig, Herr Kulp.“
Es war ein guter Tag.
Die Kisten kamen zwei Tage später zu ihm nach Hause und Kulp arbeitete sich an der Liste ab. Es dauerte fast eine Woche, bis er alle Bücher eingeräumt hatte und beim Rausnehmen wusste, um welche es sich handelte.
Abends tastete er sich durch seine neue Bibliothek. Sie funktioniert wieder, dachte er.

40

Edgar Kulp war ein Geheimnis, niemand wusste etwas, niemand sah ihn, selten war er im Garten, ab und zu kam ein Taxi und dann stieg er ein und blieb ein paar Tage weg. Er war wieder freundlich wie früher und wer ihm begegnete, fühlte sich beschenkt, hatte gesehen, wie der Blinde am Zaun stehend ein Lächeln in die Richtung des Glücklichen geschickt hatte.
Er konzentrierte sich auf das Klickgeräusch seines Stocks, und der auch bei Tag spärliche Straßenlärm war verschwunden. Menschen sprachen nicht durcheinander und verquatschten die Ortung, er konnte tippeln und tasten, krumm gehen und was auch immer tun, konnte sich am Gehsteig ausrichten, so lange er wollte, und dennoch schief auf der gegenüberliegenden Straßenseite landen, konnte im Gehrhythmus das Klicken seines Langstocks vor sich

hin murmeln wie eine Meditation: einmal links, dann rechts aufsetzen, links, rechts, links, rechts, links … niemand beobachtete, niemand bedauerte, niemand bemutterte.

„Bist du eigentlich sadistisch?“, wollte Georg wissen.
„Wer mit solchem Eifer darüber spricht, wie er Leuten wie deinen Kunden Schaden zufügt, der muss Spaß daran haben zu verletzen.“
„Sie merken es nicht.“
„Dann richtest du es gegen dich selbst.“
„Ich mache Dinge, die niemand sieht. Das bin ich so gewohnt. Ich bin unsichtbar.“
„Du könntest auch unsichtbar Geschenke machen. Aber du wendest Raffinesse auf, um etwas Vollkommenes zu zerstören. Das ist krank.“
„Nur ich weiß es.“
„Das stimmt nicht. Die Glaswolle merkt der andere sehr wohl.“
„Die Glaswolle ist eine Übung.“
„Eine Übung? Was um Gottes Willen übst du?“

Seit seiner Erblindung hatte er jedes Vertrauen in das ehrliche Interesse eines Menschen verloren. Es schien ihm, als habe jede Frage, jede Anteilname, jede Regung, jede Hilfe mit der Tatsache zu tun, dass sie einen Blinden vor sich hatten. Einen Kontakt, der davon unbeeinflusst war, konnte er sich nicht mehr vorstellen.
So ging er ihnen aus dem Weg und verfolgte im Laufe der Zeit eine Lebensform, die ein Dasein ohne andere Menschen möglich machte. Das funktionierte, weil er merkte, dass er sie, entgegen ihrer Annahme, nicht brauchte. Charlie war da eine Ausnahme. Er würde ihn vermissen. Seit Monaten war er in Somalia. Er arbeitete dort in einem Krankenhaus und Kulp erhielt einen Brief, den er in

das Lesegerät schob. Die Stimme sprach Charlies Zeilen, in denen er beschrieb, wie sehr er dort gebraucht wurde und warum er in absehbarer Zeit nicht zurückkäme.

Jedes deiner Worte, deiner Spiele habe ich ernst genommen, jede deiner Erkenntnisse als Geschenk gesehen, sie übernommen und gehütet.
Unser Haus war damals blau. Das wollte Mama so, du weißt, sie ließ es streichen, auch die Schindeln. Beim Einschlafen am Abend davor hatte ich mir überlegt, wie sie es machen würden; was für eine unglaubliche Arbeit, jede einzelne Schindel mit dem Pinsel, und alles ohne Nasen. Lange würde es dauern, vielleicht den ganzen Sommer hindurch, weil es viele Schindeln waren.
Aber es ging dann flink, denn sie hatten eine lange Kanüle und sprühten die Farbe auf. Enttäuschend schnell war am Abend alles fertig und als Papa nach Hause kam, war er entsetzt. Zu bunt fand er es, zu bunt. Mir hat es gefallen.

Niemand im Dorf wohnte in einem blauen Haus, es war hell, ein bisschen märchenhaft und das Blau zart wie die Engelflügel auf dem Bild bei Mama über dem Bett, von dem Papa immer gesagt hatte, dass es falsch sei, weil Flügel keine Farbe hätten, sondern einfach nur weiß seien oder gold. Bei Mama war alles irgendwie falsch, sagte er.
Aber mit dem Haus war sie glücklich und ich auch.
Du auch, hast du gesagt, aber nach der ersten Nacht in diesem Haus hatte ich schlecht geträumt und du hast mir gesagt, unser Haus sei jetzt in Gift getaucht. Das Haus habe das Gift der Farbe geschluckt und spuckte es aus durch schlechte Träume und schlechte Ereig-

nisse, die bald folgen würden. Das Blau würde mit der Zeit verschwinden, weil die giftige Farbe in uns eingedrungen wäre, und dann würde es düster werden im Haus und um uns herum.
Dein Märchen war ein anderes als meins.
Ich bekam Angst. Das war klar, und dir zur Freude.
Das Gift breitete sich in meiner Vorstellung aus und wenn Mama schimpfte, oder der Lehrer oder du mir böse warst, dann wusste ich, es war das Haus, das zur Strafe wieder Gift verspritzt hatte.
Im Laufe der Jahre wurde es immer schlimmer und nachts lag ich wach und roch die Giftfarbe, weil sie durch alle Ritzen des Hauses gekrochen kam.
Irgendwann ließen Mama und Papa das Haus neu streichen. Aber das Gift ist geblieben.

41

Der Mann wohnte am großen Teich. Er kam aus Österreich und hieß Notburg, sein Verlag auch. Er lebte allein in einem zu großen Haus mit Rosengarten. Vor sieben Jahren war seine Frau gestorben.
Seither schlief er schlecht. Eine Sinnkrise verschaffte ihm das Gefühl, den Verlust seiner Frau nicht durch die nahtlose Fortsetzung seines bisherigen Lebens bewältigen zu können.
Körper und Geist suchten neuen Lebensmut, der einen anderen Lebensrhythmus forderte. So versuchte Notburg, sein Schlafbedürfnis herunterzufahren und ihm möglichst wenige Stunden zu opfern.
In der gewonnenen Zeit arbeitete der Verleger Notburg daran, selbst Schriftsteller zu werden. Seine aufblühenden Selbstzweifel halfen ihm, dunkle Texte zu verfassen.
Zwischendurch gönnte er sich eine ausgiebige Pause, die er dem Zusammensein mit Kulp widmete, was beiden guttat.

Sie trafen sich jede Nacht zum gemeinsamen Spaziergang, der um zwei Uhr mit einem nächtlichen Mittagsimbiss in der Villa des Verlegers abgeschlossen wurde.

Nach dem Tod seiner Frau hatte Notburg sich an das Leben ohne sie nicht gewöhnen können. Ein ganzes Jahr las er keine Zeile mehr. Vergrämt und in der Erde wühlend hatte er sich in seinen Rosengarten geflüchtet, den er in dieser Zeit anlegte. Für sie, seine Frau, die ihn fünfunddreißig Jahre seines Lebens begleitet hatte, bis sie eines Morgens tot im Bad lag.
Beim Rosengarten ging es um Boden, Geruch, Steine und um die Nähe zu ihr, die in der Erde lag auf dem Friedhof des Dorfes, das ihr zeitlebens zuwider gewesen war. Jeden zweiten Tag schnitt er Rosen aus dem Garten und legte sie auf ihr Grab. Immer sah er sie vor sich. Nachts griff er nach ihr, und erschrak über die Kälte des Lakens neben sich. Das quälte ihn Tag und Nacht.
„Sie müssen damit leben. Es ist das Tribut der Erinnerung. Wenn es sie nicht gäbe, hätten Sie nicht geliebt."
„Werden Sie nicht kitschig, Kulp. Das weiß ich selbst. Das Problem ist nicht die Erinnerung. Das Problem ist die Nähe zur Realität. Sie mischt sich mit meinen Fantasien und dann merke ich, dass ich betrogen wurde und die Bilder nicht der Wahrheit entsprechen, beziehungsweise dass das, was ich gesehen habe, nicht stimmt. Es ist nicht Erinnerung, es ist Wahn. Ich muss ihn besiegen oder die Bilder ignorieren oder sie vergessen; keine Ahnung! Ich werde sonst verrückt! Darum geht es, Sie Schlaumeier."
Kulp mochte, dass Notburg so schroff war.

Es war mein neunzehnter Geburtstag. Dreißig Jahre ist das jetzt her. Mein Bruder und ich würden uns nie wiedersehen. So war es damals beschlossen.
Ich hatte den Bus genommen, fuhr ab und sah aus dem Fenster. Mein Bruder stand am Straßenrand und hob

zum Gruß die Hand. Noch nicht einmal ein Winken gab er mir zum Abschied. Manchmal denke ich jetzt wieder daran.
Ich weinte damals, ich weine jetzt.

Es war alles schiefgegangen.

42

Auch Kulp musste seine Bilder ersetzen. Das hatten beide gemein. Der eine sah sie falsch, der andere sah sie gar nicht und das, was der Kopf daraus machte, war auch falsch. Falsch im Sinne von unwahr. Bilder und Realität passten für beide nicht mehr zusammen.
Der eine wollte sie vergessen, der andere sie unbedingt halten.
So formulierten die beiden Männer ihre jeweilige Vergangenheit neu, schwelgten in vereinfachten Darstellungen, von denen sie wussten, dass es so nicht war.

Nur in der Erinnerung waren die Bilder stark, mussten sich keiner Wahrheit mehr stellen und rückten deshalb immer mehr vom eigenen Leben ab. Sie wurden Schema, Schein und Ahnung und zu dem, was der Kopf aus ihnen machte, was er sich vorstellte und aushalten konnte.

So war Notburgs Frau zur Göttin geworden, ihre Ehe nur Gemeinsamkeit und Eintracht.
Im Traum hatte er ihren Duft gerochen, von ihrem Lachen geträumt, ihren Haaren, ihren Händen, ihrem Gang – so sagte er das.
Er sah sie an ihrem Schreibtisch sitzen, den Kopf über ein Schriftstück gebeugt. Vollkommen in sich versunken nahm sie keine Notiz von ihm, saß lesend in der Gartenlaube, am Küchentisch, auf dem Sofa, manchmal hob sie dann doch kurz die Hand zum Zeichen, dass sie ihn bemerkt hatte.

Aber diese Bilder verschwanden mit der Zeit und Notburg beobachtete verstört, wie sich sein Blickfeld in Bezug auf seine Frau einschränkte. Am Ende gab seine Erinnerung nicht mehr als einen Ausschnitt her, in dem sich nur noch ein Bild zeigte. Tag für Tag, Nacht für Nacht, Traum für Traum.

Notburg sah die Szene vor sich: den Morgen, an dem er das Bad betrat und der steife Körper seiner Frau auf den Kacheln lag, das ewigweiße Gesicht nach oben gerichtet, die Augen weit auf – ein starrer Schrei ohne Stimme. Viele Stunden hatte sie dort gelegen, das sagte damals der Arzt.

Notburg hatte mit der Kälte zu tun, der Kälte von Kacheln, Körper und Blick. Das Wort *entmenscht* war ihm durch den Kopf gegangen.

„Erwarten Sie rosige Wangen von einer Leiche?“

Kulp und Notburg gingen durch den Rosengarten.

„Nein. Aber je länger ihr Tod zurückliegt, umso mehr verstehe ich, wie sehr die Art ihres Todes mit unserem gemeinsamen Leben zu tun hatte.“

„Es folgt immer die Abrechnung“, sagte Kulp. „Wir selbst rechnen ab, nehmen Rache an denen, die weiterleben: Entweder man quält sich und andere mit einer Krankheit – möglichst lange, der Wirkung halber, oder …“

„… oder man macht sich eiskalt aus dem Staub.“

„Ja, genau das.“

„Aber von Staub war keine Rede. Sie lag da, nach ihrem gelebten Leben, als habe sie nie etwas damit zu tun gehabt.“

„Das ist vermutlich das Wesen des Todes. Für immer vorbei.“

„Natürlich. Tot ist tot. Aber die Tote war doch immerhin mal eine Lebende. Dafür gibt es, zumindest unmittelbar nach dem Gestorbensein, Hinweise.

Bei der Person, die einmal meine Frau war, deutete schon kurze Zeit später nichts mehr darauf hin. Wie hatte sie das geschafft? Wie hatte sie es geschafft sofort so zu erscheinen, als sei sie nie unter uns und schon gar nicht meine Frau gewesen?

Sie war sofort weg. Sofort. Wie sie da lag in ihrem weißen Nachthemd, mit steinweißem Gesicht und Körper in diesem weiß gekachelten Badezimmer … all das wirkte wie ein begehbarer, weißer Sarg. Dem Beweis ihrer Endlichkeit setzte sie auf diese Weise eine brutale Sterilität entgegen, die den ganzen Raum erfüllt hatte. Nicht eine Sekunde lang hatte mich dieser Anblick daran zweifeln lassen, dass in dieser für sie neuen Welt noch nicht einmal Platz für ein bisschen normale Trauer vorgesehen war. Einzig die Verzerrung ihres Gesichts war es, die in diesem Moment des Todes von etwas zeugte, das irgendwann einmal mit Leben zu tun hatte."

„Wahrscheinlich war das Gesicht verzerrt, weil sie beim Sturz Schmerzen hatte", sagte Kulp.

„Kann sein. Im Übrigen fiel mir damals schon auf, dass ich kein Mitleid hatte. Überhaupt keins. Sie strahlte so viel Kälte aus, dass ich selbst kalt wurde. Ich war auch nicht traurig. Erst viel später wurde ich es, als ich merkte, dass sie nicht weg, sondern nie bei mir gewesen war."

„Haben Sie nicht vorher anders darüber gedacht?"

„Ich habe mir was vorgemacht. Oder Ihnen."

„Das müssen Sie nicht."

„Danke. Ich weiß. Aber seit ihrem Tod habe ich mit niemandem darüber gesprochen. Ich brauchte das Schönreden, um klar zu kriegen, was passiert war."

„Inwiefern?"

„Es war alles ziemlich übel, um ehrlich zu sein."

„Was war übel?"

„Meine Zeit mit ihr. Ich war ein Idiot."

„Welche Ehe ist nicht so, dass man sich ab und zu als Idiot wiederfindet."

„Hören Sie auf, darum geht es doch nicht."

„Also gut. Sie wollen ein Idiot gewesen sein. Und jetzt?"

„Ich hatte eine andere Vorstellung von Zusammensein. Und jetzt scheint mir entlarvend, wie sehr diese Art des Abgangs zu ihr passte. Erschütternd geradezu. Diese Abgewandtheit allem gegenüber. Mit eiskalter Lebensfeindlichkeit hat sie das durchgezogen."

Kulp, der sich während des Gehens bei Notburg eingehakt hatte, blieb stehen. „Sie meinen, bei so wenig Lust dem Leben gegenüber hätten Sie von Ihrer Frau mehr Todeslust erwartet?“ Er lachte jetzt und Notburg sagte minutenlang nichts mehr.
„Ihr diesen Rosengarten zu widmen zeigt jedenfalls, wie sehr ich etwas anderes in ihr sehen wollte. Wirklich lächerlich, das Ganze!“
„Den Rosengarten haben Sie für sich angelegt. Mit Ihrer Frau hat er nichts zu tun.“
„Eben.“

43

Die Bilder in seinem Kopf hatte Kulp alle schon früher gesehen. Er lebte aus der Bildretorte. Von vielem hatte er eine Vorstellung, weil er das Sehen einmal gelernt hatte und er die Erinnerungsbilder routinemäßig erweitern konnte. Er nutzte ein Repertoire, um sie mit Farben und Formen zu füllen. Aber das alles fand nur im Innern statt. Damit musste er leben.
Seine Wahrheit war eine Kopfwahrheit. Allein damit schwankte immer der Boden, sobald er den tastenden Fuß vor die heimische Tür setzte. Und der zertrat alle Gewissheiten.
Die Frage „Hast du gesehen …?“ stellt einem niemand, der hohle Augen hat.
Mit der Zeit rückten die Bilder von ihm weg, verblassten und beanspruchten das Wort *damals*. Dieses Wort war viel grundsätzlicher, viel trauriger als es das Wort *Erinnerung* je hätte sein können. Das *Damals* lag vergraben in der Tiefe des Seelenbodens und Kulp wusste, was damals war, das würde kein weiteres Mal gesehen werden.
Und damit verkümmerten die Bilder von damals in seinem Kopf, und es wuchs nichts nach, wie beim sterbenden Wald.
Jeden Tag die Ungewissheit: wieviel gibt der Boden noch her? Sind es nur noch trockene Nadeln, die irgendwann Teil des Erdreichs sind? Dann läuft man über den weichen Grund, von dem man weiß: damals, da war da mal ein Baum. Heute ist es nur noch ein Bild.

„Aber das ist doch nicht wahr!“, sagte Notburg.
„Sie hören das Rauschen der Blätter. Gehen Sie hin und fühlen Sie! Da ist der Stamm!“
„Mein Gott, Notburg. Glauben Sie, ich zweifle an dessen Existenz? Es geht darum, was ich sehe! Ich sehe mit dem, was ich weiß, nicht mit dem, was tatsächlich da ist!“
„Das ist das Wesen der Wahrnehmung.“
„Ja, das sagen die, die das Sehen zu einer philosophischen Frage gemacht haben. Die, die keine Ahnung davon haben, was Sehen tatsächlich bedeutet, beziehungsweise, was es heißt, wenn das Sehen leider zu einer physischen Frage geworden ist. Spätestens dann wird dieses philosophische Gedankenspiel eine Frage der Existenz. Und seltsamerweise, lieber Notburg, verliert sich in diesem Moment jeder vergnügliche Anteil.“
„Sie meinen, nur Blinde dürfen über das Sehen sprechen?“
„Nein, aber sie tun es eben anders. Es ist nicht nur intellektueller Eifer, sondern Not, genauer gesagt: ein grauenvoll bitterer Verlust.“
„Der intellektuelle Eifer ist der Wunsch, Zusammenhänge zu verstehen. Natürlich sieht ein Toter das Leben anders als ein Lebender.“
Notburg lachte über seinen Scherz.
„Wenn Sie wüssten, wie wahr dieser Satz ist, lieber Notburg.“
„Ich weiß. Ich verstehe Ihre Blindheit nicht, weil ich meine Augen noch habe, aber glauben Sie nicht, dass Sie damit anderen das Recht absprechen, über ihre Art der Wahrnehmung nachzudenken? Ich habe jedenfalls keine Lust, mit Ihnen über die Welt zu streiten, indem ich Ihren Zustand immer wieder bedauern muss. Das ist mir als Austausch schlicht zu langweilig. Ich gehe auch davon aus, dass Sie es nicht mögen, bedauert zu werden.“
„Wie feinfühlig Sie sind. Ich bin beeindruckt. Aber allein, dass Sie ohne das Wort „bedauern“ nicht auskommen, zeigt mir, dass Sie es nach wie vor tun. Sie haben nichts verstanden, sich in keiner Weise weiterentwickelt. Das ist wahrhaft enttäuschend!“

„Beruhigen Sie sich, Kulp."

„Sie werden mich immer als Behinderten sehen. Warum komme ich denn da nicht raus, Notburg?"

„Jetzt schreien Sie doch nicht so, Kulp. Ist ja gut."

„Das Schreien ist das Einzige, was mir an Ausdruckskraft noch geblieben ist. Ich mache es viel zu selten. In jedem Fall wird mir klar, dass Sie es nicht verstehen. Und wenn ich über die Wahrnehmung nachdenke, über das, was ich sehe, beziehungsweise nicht sehe, kommt mir notwendigerweise die Frage nach der Erinnerung in den Sinn. Sie ist nun mal an Bilder gekoppelt."

„Ich gebe zu, es fällt mir schwer, Sie nicht als Blinden zu sehen. Das ist sicher ein Fehler. Sie reden allerdings auch immer wieder davon, das müssen Sie zugeben."

„Sie sprechen über Behinderung, ich spreche über Wahrnehmung und über Bilder!"

„Sie schreien schon wieder."

„Ja, korrigieren Sie mich. Das können Sie gut. Aber es ist mir eigentlich ganz egal, was Sie verstehen und was nicht. Ich spreche von Bildern, die Erinnerungen hinter sich herziehen. Daraus werden dann Geschichten beziehungsweise vermeintliche Tatsachen. Sie verwandeln sich in Erzähltaugliches."

„Es fällt mir schwer, Ihnen zu folgen."

„Das ist doch nicht so schwierig: Es geht immer nur darum, was man über Erlebtes erzählen kann, nicht um das Erlebte selbst. Und immer schauen sich die Menschen beim jeweiligen Erinnern zu: vergleichen, sammeln, kommentieren, bewerten. Dann nehmen sie diese Stücke verbrauchten Lebens auf und versuchen, das von einem Karren herabgefallene Gut für ihr Leben zu verwenden und es in ihren eigenen zu ziehenden Karren einzubauen.

Alle, auch die Nachfolgenden, suchen herabgefallene Teile und jeder, der lebt, blickt zurück, sammelt auf und stellt neu zusammen."

„Ja, natürlich. Wer hat behauptet, dass Erinnerungen immer an die Wahrheit gekoppelt sein müssen? Und wer kann es überprüfen? Wollen Sie das übernehmen?"

„Bin ich naiv, oder was? Natürlich weiß ich, dass es immer um die Wahrheiten geht, die im Augenblick erträglich scheinen."

„Eben. Wir halten es sonst nicht aus, Kulp! Wir halten es nicht aus! Wir alle nehmen herabfallendes Gut von irgendwelchen Karren. Es sind nicht immer unsere eigenen Stücke, die wir zu unserer Geschichte machen, von der wir dann behaupten, es seien Erinnerungen beziehungsweise Teile gelebten Lebens, unseres Lebens, versteht sich.
Für eine erzählbare Lebensgeschichte nehmen wir alles!
So ist das nun mal: jeder Person ihre Erinnerung!"

**Ich hatte nur noch ihn. Ich hatte nur noch ihn und ich fuhr weg, damit es so blieb, damit er das blieb, was er bis zum Tag des Unglücks für mich gewesen war.
Damals dachte ich: Nie wieder würde ich essen, nie wieder lachen, nie wieder lieben.
Zwei Stunden dauerte die Fahrt im Bus und zwei Stunden lang hatte ich geweint. Dann hielt der Bus das letzte Mal und ich stieg aus.
Es war später Nachmittag und ich schleppte meine beiden Koffer über den staubigen Platz.
Hier würde ich bleiben, dachte ich. Hier, an dem letzten Ort, den der Bus angefahren hatte, kaum 120 Kilometer weit weg von meinem Heimatdorf.
So hatte ich es mir vorgenommen. Ab jetzt sollte mein Leben ein Leben von Beschlüssen sein. Planvolles Vorgehen statt dem Sichtreibenlassen, statt Wünschen, die in die Irre führten, statt kindischen Ideen, die schiefgehen.
„Von welchem Unglück hast du gesprochen?", will Georg wissen.
Ich kann nichts sagen.
„Und Edgar?"
„Er ist im Dorf geblieben. Im Elternhaus."**

„Ist er immer noch da?"
„Ich will es nicht wissen. Er hat mir nur Unglück gebracht."

44

„Es geht mir besser. Ich bin zurück in der Gesellschaft!", sagte Notburg.
„Und wie kommt es zu diesem Umstand?"
„Ich habe begonnen, tagsüber wieder das Haus zu verlassen; mit aller Vorsicht. Und ich sitze an meinem Schreibtisch im Büro."
Wie glücklich er über die Wiederentdeckung des Lichts war, sprach er Kulp gegenüber nicht an.
Damit einher ging die Wiederbegegnung mit anderen Menschen. Auch seine Mitarbeiter waren froh, ihn wieder häufiger zu sehen und viele Leute im Dorf begrüßten Notburg, als sei er von einer langen Reise zurückgekehrt.
„Ich plantsche wieder mit anderen in warmen Gewässern", sagte er fröhlich.
Mit der Gewissheit der anderen kehrte verlorengeglaubte Ordnung wieder, der Alltag gab ihm gewohnte Sicherheit und Zuversicht zurück, und die neu entdeckte Heimat im normalen Umfeld des Dorfes ermöglichte ihm, endlich wieder nach vorn zu blicken. Auch die Vergangenheit rückte an ihren verdienten Ort und es gab wieder Bilder, die die Gegenwart beschrieben. Neue Erlebnisse legten sich über alte Erfahrungen.
Die Wahrheit wurde dadurch nicht wahrer, aber es gab wieder die bis dahin vermisste Einheit im Kopf, mit Bildern, die er mit anderen teilen konnte, die sie kannten, die vergleichbar und messbar waren, beschreibbar, für alle verständlich und als Erfahrung ähnlich erprobt und beschrieben.
Notburg schlief wieder durch, behielt aber die Angewohnheit bei, vorwiegend nachts zu arbeiten und am Tag viel zu schlafen, wenn es seine Termine, die er wieder regelmäßig wahrnahm, zuließen. Und er schrieb nicht mehr. Es falle ihm nichts ein, sagte er.

„Ich werde unsere Gespräche vermissen", sagte Kulp.
„Ich sehe es vor meinem geistigen Auge!" Notburg lachte jetzt.
„Oh, das geistige Auge ist nicht zu unterschätzen. Ich muss damit auskommen. Es ist das Einzige, was ich noch habe."
„Kann sein, meines muss ich mit dem Realen in Einklang bringen."
„Ja, alles in Einklang." Kulp wurde plötzlich ungehalten.
„Es darf nur eine Sicht geben. Und die sehende Masse ist sich einig, dass sie die Welt sieht, wie sie ist."
„Die sehende Masse … Jetzt werden Sie pathetisch, Kulp."
„Jeder andere, der diese selbstverständliche Einigkeit nicht teilt, weil er, wie ich, blind ist, sieht in den Augen der von Ihnen so geliebten sehenden Masse nichts. Das aber stimmt so nicht. Allenfalls dürften die anderen davon sprechen, dass ich die Welt falsch sehe, nicht aber, dass ich nichts sehe. Meine inneren Bilder sind da und werden es immer bleiben. Sie haben vielleicht nichts damit zu tun, was andere für wahr halten, aber es ist das, was ich sehe."
„Warum werden Sie denn plötzlich so grundsätzlich? Ich verstehe gar nicht, was Sie mir unterstellen?"
„Ich weiß nicht, aber ich habe gerade das Bedürfnis, einen Unterschied klarzumachen."
„Warum? Wem dient das? Weder Sie noch ich können etwas dafür, dass Sie bind sind."
„Das weiß ich. Aber mir hilft es, wenn ich mir diesen Unterschied ab und zu bewusst mache. Die Sehenden teilen sich ihre Bilder untereinander mit Vereinbarungen, die zueinander passen. Meine tun das nicht. Und wenn die Bilder nicht mehr passen, ist auch die Sprache eine andere. Wir sind nicht kompatibel."
„Ach, das wusste ich nicht."
„Nun seien Sie nicht beleidigt, Notburg. Ich meine das bezogen auf unsere jeweilige Wahrnehmung. Es ist nicht damit getan, dass der Sehende dem Blinden geduldig beschreibt, was der nicht sieht. Im besten Fall kann der Blinde sich annähern in seinen Vorstellungen vom Beschriebenen, aber muss er das? Darf er nicht seine eigenen

Bilder für das Maß aller Dinge halten? Muss er nach der vermeintlichen Wahrheit lechzen und Bildern hinterherstolpern, die er nie mehr einholen wird? Wie wahr kann dann seine Wahrheit sein? Wie echt sein Leben?"

„Jetzt lassen Sie doch diesen Pathos! Glauben Sie tatsächlich, dass die *sehende Masse*, wie Sie es nennen, bestehend aus einzelnen Menschen, in ihrer Art die Wahrheit zu behaupten kompatibel ist, dass sie alle die gleiche Wahrheit sehen, nur weil sie ihr Augenlicht noch haben? Da irren Sie aber gewaltig, mein Lieber, und das wissen Sie. Das, was man für wahr hält, hat doch nichts mit der rein physischen Fähigkeit zu tun, die Augen zu benutzen! Diese Auffassung scheint mir doch etwas zu idealistisch. Im Übrigen müssen Sie nichts vermissen. Wir treffen uns nach wie vor in der Nacht."

„Wie gehabt?"

„Wie gehabt. Ich warte auf Sie um zwei am Zaun. Es sei denn, ich hatte Termine und muss schlafen."

„Verräter!", sagte Kulp und beide lachten jetzt.

„Sie wissen aber schon, dass wir unterschiedliche Zeitrechnungen haben. Sie leben nach vorn. Ich lebe zurück."

Schon als Kind hatte Edgar gemeinschaftliches Schwimmen vermieden und sich mit durchaus schlechtem Gewissen von den anderen fern gehalten. Erst das Erblinden nahm ihm die Entscheidung, einen Bruch bewusst herbeiführen zu müssen und er lebte als Glückspilz mit gebrochenem Herzen allein.

„Was soll das überhaupt heißen: Ich bin unsichtbar?" Georg fragt mich neuerdings viel.

„Niemand sieht mich. Das war immer so und ist immer noch so."

„Ich sehe dich. Ich sehe dich sogar sehr gut."

„Du siehst eine Frau, von der du behauptest, dass du sie liebst. Das muss nicht unbedingt ich sein."

„Ich bitte dich, mit diesen klischeehaften Thesen kommst du mir nicht davon. Das ist doch wirklich …“

„Ich will, dass jemand etwas durch mich erfährt, dass er sich erinnert. Nicht an mich, an einen Zustand, an ein Gefühl, an irgendetwas, für das ich verantwortlich bin. Das aber tut dieser Jemand nur, wenn es schmerzt, so ist das nun mal. Liebedienerische Gesten werden übersehen. Sie sind nicht interessant. Übrigens auch für mich nicht.“

„Dann musst du es aber auch grundsätzlich so anlegen, dass es der andere merkt. Ohne Merken keine Erinnerung!“

„Das Schicksal wird entscheiden, ob jemand den Schmerz erlebt oder nicht. Ich komme da nicht vor, weil ich nie vorkomme. Das ist sozusagen mein Schicksal. Das Schicksal einer Unsichtbaren.“

„Ich glaube an das Schicksal einer zutiefst Gestörten, liebe Vera. Du gehörst zum Psychiater. Dieser Zorn war eine Niete. So sieht's aus!“

45

Früher hieß: vor der Erblindung. Es ging leicht. Man benannte seine Sehnsüchte und erfüllte sie sich. Danach wurde die Leere größer, an die Stelle sehnsüchtiger Gefühle trat allzeit bereite Erfüllung.

Neuerdings, wenn es Kulp gut ging, erschien ihm die Erblindung in hellem Licht. Es gab dieses *Allzeitbereit* nicht mehr. Im Gegenteil: vieles war unerreichbar geworden und Gefühle kamen zurück, die er von früher kannte, von ganz früher, bevor das Unerreichbare so leicht erreichbar wurde und bevor die Möglichkeiten jeden Reiz verschluckten, heimlich, schnell und bitter.

Dann gab er Notburg Augenbinde und Langstock. „Gehen Sie!“

Er ging.

„Ich fühle mich wie ein alter Mann“, sagte er nach ein paar Minuten.

„Das kenne ich.“ Kulp war beschwingt.

„Sind Sie schadenfroh?“

„Ein bisschen. Ich gebe es zu.“

„Es ist grauenhaft. Mein Rücken kann nicht gerade bleiben. Wie schaffen Sie es, so gerade zu gehen, Kulp? Außerdem stört der Stock mehr, als dass er hilft. Grässlich geradezu. Haben Sie ein Einsehen mit mir, ich bitte Sie.“

Dann stolperte er und gab Kulp die Augenbinde zurück.

Wie hatte Kulp das nur gelernt, wollte er wissen. Wie lang hatte es gedauert?

„Sie müssen ja nicht. Das ist der Unterschied. Ich musste es lernen. Außerdem bin ich ein Naturtalent“, sagte Kulp vergnügt.

Er hatte den Langstock erworben, nachdem er das Mobilitätstraining abgeleistet hatte. Das war Pflicht. Vorher bekam man ihn nicht.

Eine Frau hatte ihm das Gehen mit dem Stock beigebracht. Sie war dafür bezahlt worden. Geduldig ließ sie sich nicht davon abbringen, ertrug seine Tiraden gegenüber dem Leben, gegenüber seinen toten Augen und sich selbst, seinen toten Augen, dem Stock, seinen toten Augen und ihr.

Jeden Tag versuchte er, sich Orientierung zu verschaffen, lief mehrere Stunden durchs Dorf und der Stock sollte ihn verorten. Das tat er aber nicht, weil Kulp ihm nicht vertraute. Das sagte Karin. Kulp war wütend, weil er einem Stock mehr vertrauen sollte als seinen Füßen.

Karins Stimme war weich und sanft, erzählte Kulp. Vielleicht war sie nur Stimme und da er Karin nicht sehen konnte, gewöhnte er sich an den Gedanken, dass er in seinem neuen Leben mit Stimme und Stock auskommen musste, um zu vertrauen. Versatzstücke sollten es richten. Und Karins Arm. Der war immer da, wenn der Stock als Freund versagte.

Dann kam sie nicht mehr. Das Rezept war aufgebraucht.

Kulp und sein Stock waren ab jetzt allein.

Die Kugel am unteren Ende des Stocks rollte über Grasnaben und Steine. Manchmal verhedderte sie sich, wenn er über die Wiese ging, über Kieselsteine oder wenn irgendwo ein Kabel lag.
Lange Zeit konnte er nicht verstehen, dass das jetzt sein Leben war.

Ich hätte wissen müssen, dass die Bilder, die bis heute durch mein Hirn huschen, seine Art sind, mich nicht loszulassen. Es sind Störungen, die mehr wollen als nur Störungen sein. Es geht um zurückpfeifen, kontrollieren und verletzen, Wunden schlagen oder sie aufbrechen, in jedem Fall keine Ruhe und schon gar keine Heilung. Georg sagt: „Du steigerst dich rein."

**Das blaue Gift. Ich will, dass er es schluckt.
Oder ich setze Nadeln.**

Um vier Uhr schrieb Kulp ein paar weitere Seiten bis zum Morgen. Um neun legte er sich schlafen.
„Was schreiben Sie eigentlich?", wollte Notburg wissen.

46

Ein paar Tage später gab Kulp Notburg eine Papiermappe mit einigen Seiten.
„Ist es das, woran Sie gerade arbeiten?", fragte der Verleger.
„Nein. Es sind alte Texte. Texte, die ich früher geschrieben habe. Die neuen kann ich Ihnen nicht geben. Sie taugen nicht, gelesen zu werden."
„Darf ich das beurteilen?"
„Wenn Sie was von mir lesen wollen, nehmen Sie diese. Andere gibt es nicht."
Notburg nahm etwa sechzig Seiten mit. Sie waren 1997 entstanden, sieben Jahre vor Kulps Unfall. Es schienen Tagebuchaufzeichnungen zu sein. Noch in dieser Nacht begann Notburg sie zu lesen:

22. Januar 1997
Inzwischen ersticke ich in den Kisten aus Plastik und Pappe, die ich gekauft habe, um Ordnung zu schaffen. Man möchte nicht wissen, was sich hinter all den maskenhaften Haus- und Wohnungstüren verbirgt.
Mit nichts werde ich fertig. Jedes Buch eine Welt … jeden Tag nehme ich ein anderes Buch zur Hand … jeden Tag eine neue Welt, weg von meiner.
Ein Gang wie heute über den harmlosen kleinen Flohmarkt bringt mir gleich zwei weitere, wie ich glaube, wunderschöne, ziemlich schwere Bildbände über Berlin, etwas größer als A4-Format. Die Abbildungen ungewöhnlich, das ganze Projekt aus der DDR-Zeit. 25 Mark habe ich dafür bezahlt. Ursprünglich wollte der Händler 35.

Als Ich-Verwalter der eigenen Zeit sitze ich auf der Bleistiftspitze meiner Wichtigkeit. Ab einem gewissen Alter ist man eingezwängt zwischen all dem Gesammelten, weiß zu viel von seiner Welt und muss alles wegschmeißen, weil es einfach unnütz ist, so viel zu wissen und dann hat man nichts mehr, nach all der Zeit mit dem liebgewordenen Falschen. Das schmerzt, aber noch schweigen die Organe.

Mehr als zwei Wochen schon versuche ich mich aus diesem Knoten einer alles verschlingenden Unordnung zu befreien. Im Verlauf meines Abwehrkampfes gegen Kisten und Tüten kam mir die Idee, dass vielleicht alles menschliche Tun mit dem langsamen Lösen eines festen Knotens zu vergleichen wäre.
Am Anfang tut sich überhaupt nichts, nicht die geringste Veränderung ist zu erkennen bis zu einem bestimmten, geradezu als magisch zu bezeichnenden Moment, bis zu jenem springenden Punkt im Verlauf eines Vormittags, während dem man sich immer weiter in Stapeln verstrickt hat: Mit einem Schlag ergeben sich Muster, Korrespondenzen. Als reichten plötzlich helfende Hände von der einen Seite auf die gegenüberliegende hinüber, ich brauche nur noch „zu tun“, muss nicht mehr planen, nicht länger

kalkulieren, mein Kurzzeitgedächtnis, das bis zur Erschöpfung von Kisten gefüllt ist, deren ungefähren Aufenthaltsort es in einer Untergruppe gespeichert hat, entspannt sich, entkrampft, atmet und es kehrt die vertraute Hoffnung zurück, ich sei ein denkender Mensch.
Mir gefällt das Bild vom Knoten gut, ich rüttle mich aus der Unordnung heraus, und nach einer Phase der Verzagtheit weitet die Ebene sich und das beinahe mechanische Tun löst die geradezu insistierende Reflexion, die Gedankenhaberei ab.
Dann baue ich neue Felder auf.

7. März 1997
Kippenberger gestorben.

17. März 1997
Im Spiegel über Kippenberger gelesen. Wenn man mit einer Person beim Abendessen säße, die so spräche, wie der Spiegel über seine Themen schreibt, würde man wutentbrannt mit der Faust in den Teller hauen, dass die Suppe nur so an die Decke spritzt. Diese spießige Art, aus der gesicherten Position in der Pose des Engagierten dabei zu sein, ist unerträglich.

27. April 1997
Der Nachteil des Schreibens ist die Materialherstellung. Buchstaben sind da, Worte sind schön, Grammatik kann zu Ideen und Konstruktionen verleiten, so groß ist die Verführungskraft, die Verbindung der Gedanken miteinander durch Begründung.
Die meiste Zeit des Tages lebe ich allein. Da kann ich mir gut Zusammenhänge ausdenken. Aber schon gute Fragen irritieren mich. Man muss den Fragenden zu oft und schnell dafür loben, wie gut er die Fragen im Voraus bereits organisiert hat. Der Fragende hat die Strukturen bedacht, der Fragende besitzt Übersicht. Solche guten Fragen „braucht man ja nur noch zu beantworten, was bei solcher Vorbereitung ja sicher keine Kunst ist."

Bleibt nur die eine Frage, warum sich ein solcher Meister der Übersicht überhaupt noch als Fragender tarnen muss. Fragen, im Leben gestellt, sind doch Ausdruck einer Verzweiflung, sind jedenfalls immer so nah der Verzweiflung, wie ich es bin.

„Alle haben ihn immer als so genial gesehen, aber in Wahrheit war er ein Giftmischer. Er hatte immer Gift in der Tasche."

„Welches Gift? Wovon redest du? Das mit eurem Haus war ein Bubenstreich. Er wollte sich damit ein bisschen wichtig machen, sich groß tun, vielleicht wollte er auch einfach nur wissen, wie und ob sich die kleine Schwester davor ängstigt. Was Brüder eben so machen. Dass dieser kleine Spaß bei dir eine derartige Reaktion hervorrufen würde, konnte er, weiß Gott, nicht ahnen."

„Kleiner Spaß ....!"

„Und dass die Reaktion bis heute anhält, sich geradezu festgesetzt hat bei dir, ist grotesk. Ein Bubenstreich! Und du machst eine Psychoaffäre draus."

„Du hast keine Ahnung! Metapher: kennst du das Wort, du Oberschlauer? Das blaue Gift steht für etwas ... von wegen Bubenstreich!"

„Für was? Sag mir einfach, für was es stehen soll, anstatt dich hinter Andeutungen zu verstecken. Gib mir eine einzige Bedeutung und ich bin ruhig."

„Das blaue Gift steht für Zerstörung."

„Zerstörung von was?"

„Von uns, von mir. Von allem, was nicht er selbst ist."

„Wie und vor allem warum?"

„Weil er es kann. Weil es das Einzige ist, was er kann. Auch wenn er selbst dabei draufgeht."

Georg raufte sich die Haare. Eine theatralische Geste, die nicht zu ihm passte.

„Du musst hier jetzt nicht den Leidenden geben, ich glaube dir auch so, dass du erschüttert bist. Setz dich. Ich sage dir, wie sich das Gift bei mir ausgebreitet hat. Pass gut auf!"

„Ich kann nicht mehr. Lass mich ...!"

„Bitte, bleib. Ich werde es dir erklären. Es dauert nicht lange."

Georg ließ sich neben mir auf dem Sofa nieder und nahm meine Hand. „Das wird kein Plausch, Georg."

„Ich weiß. Deswegen ..."

„Nein, ich meine damit: Lass meine Hand bitte los. Ich brauche sie, wenn ich spreche."

„Und ich brauche Ruhe. Abstand. Ich kann das jetzt nicht ..."

Er stand auf und verließ den Raum.

Nach zwei Stunden saß er mit mir am Küchentisch und ich erzählte ihm das erste Mal von damals.

„Ich hatte immer mit dem blauen Gift zu tun, bis auf den heutigen Tag. Es kommt immer wieder, obwohl ich, wie du weißt, schon lange nicht mehr in dem Haus wohne. Es tritt in unterschiedlicher Weise in Erscheinung, damit ich nie vergessen soll, dass es das Haus gibt und eine Familie, die darin wohnte."

„Eure Familie."

„Ja, unsere Familie."

---

11. Juli 1997

Was alles mein Verhängnis ist: die entspannte Haltung zum Beispiel, diese übermäßige Ruhe, dieses Übermaß an Trägheit, aus dem heraus so Weniges in Bewegung kommt. Dieses unselige Haus mit dem großen Zimmer. Da bin ich heute Abend, Freitag ist es, mal rausgegangen und sitze jetzt in der Gaststube. Ich mache das selten. Das Kleine hier ist so wunderbar überschaubar – ich sitze an einem

kleinen Tisch und die Tische sind alle klein, alle gut besetzt, und es spielt irgendeine Musik von irgendeinem Endlosband und die klingt so leicht und so gar nicht dumm, wie ein Satz Räder unter einem Waggon montiert ist, so läuft diese Musik und schiebt mich durch die Zeit, die Schreibzeit, die leichte Zeit.
Und ich habe nichts.
Die vielen Bücher nicht, die in den Regalen stehen, die in meinem Zimmer an die Wand gebaut und schwer gefüllt sind. Je später es wird, je weiter der Tag voranschreitet, umso schwerer wird die Stimmung in diesem Bücherzimmer, das dann gar nichts Leichtes, Humorvolles mehr hat. Verzweifelt alternativlos ist es mit Büchern angefüllt und weil das alles so schwer und so eng ist, verliert dieses Angebot an Büchern seinen Angebotscharakter, seine Vorschlagsglaubwürdigkeit, seine Verführungskraft. Je dunkler es draußen wird, je mehr greift die Not um sich, die dadurch gegeben ist, dass der überladene Platz den Büchern ein Asyl bietet, ein Asyl vor dem Draußensein, vor dem ungeschützten Dunkel, vor der Winterkälte, vor der Sommerhitze, vor den fremden Ideen.
Ich kann alle Titel und Themen erklären. Ich kann dafür sorgen, dass sich diese Bücher als Sammlung präsentieren und durch meine Erklärungen miteinander vertragen. Ich erzähle meine Geschichten zu ihnen, ich tauche sie alle ein in mein Leben, und wer neben mir steht und mir zuhört, der glaubt, das müsste so sein mit diesen Büchern, aber oft sitze ich abends in diesem Raum allein und muss seinen schwindenden Klang ertragen und die fratzenhaften Farben der Rücken. Und ich muss die Eselsohren und Knicke in den Seiten ertragen, die man ja gar nicht sieht, aber ich fühle diese Unstimmigkeiten, und mehr noch bilde ich sie mir ein.
Und je älter ich werde – so könnte jeder Satz anfangen oder zumindest die meisten Gedanken.

12. Juli 1997
Gabriele sagt, ich interessiere mich nur für Leute, die tot sind.

29. Juli 1997
Ich entwickle meine eigene Kompetenz, die sich im Wesentlichen auf den Prozess des Vergleichens stützt: früher – später – gestern – heute. Die kompetenteste Form der Ausübung dieses Vergleichens ist der „Beruf Zeitgenosse". Aber dies ist auch die verkürzte Version eines Vergleichens, das die Kreatur Mensch ab einem bestimmten Moment ihres Daseins wohl ganz automatisch vornimmt. Gegen die Bilder von gestern will ich mich gar nicht wehren. Manchmal schließe ich die Augen, wenn diese Bilder als Sequenz kommen – aus Übermut.

11. August 1997
Der Rücken ist entspannt. Angelehnt an die Rücklehne der Sitzbank, Müdigkeit wird festgestellt, Anstrengung ist gefürchtet, angestrengtes Schreiben lehne ich ab.
Das Leben ist Anstrengung:
Das Wissen und der Ärger über die Fehler anderer,
das immer wieder in verschiedenen Variationen auftretende Ungeschick, mit diesen Fehlern zu leben,
der Umgang mit den Fehlern anderer,
das Ertragen dessen, was mir nicht passt,
die schlechte Laune, die Langeweile, die mir andere bereiten,
die Schwierigkeit, anderen Rechte zu überlassen: das Recht, mich zu betrachten, mir beim Schreiben schweigend zuzuschauen, Fehler zu machen, das Recht, zu irren.
Die größte Gefährdung meines inneren Gleichgewichts besteht im Überlassen des Rechtes auf den Irrtum anderer.
„Entschuldige, ich habe mich geirrt." Diese Notbremse, die alles wieder auf Null zurücksetzt und dabei nichts wiedergutmacht.
Für den Irrtum des anderen gibt es keinen Ausgleich. Stattdessen wird sofort zurechtgerückt und unausweichliche Egalität wieder hergestellt.

16. August 1997
Was steckt dahinter, wenn einer Bücher „nach Hause" trägt, um sich dort „in Ruhe" – auf was? – vorzubereiten?

Ein kleiner Blender, der Zeit braucht, der einer Konkurrenz „on the spot" aus dem Weg geht, weil er nicht nur künftige Erfolge, sondern ganze Schlachten am liebsten und ausschließlich vorbereitet.
Diese Vorbereitung nimmt meine ganze Kraft.
Zum Kampf kommt es nicht mehr. Und so stelle ich die Werke aus. Werke, die ich nicht selbst produziert habe, die aber schön sind und schön bei mir, dann und wann, zu festgelegten Zeiten besichtigt werden dürfen.
Dieser Hinweis auf die Verfügungsgewalt als Leistung, die Leistung des Sammelns, des richtigen, klugen Zusammentragens, die kommt ganz automatisch und ist ganz sicher begründet auf der Grundlage eines konservativen, gar nicht mehr zur Disposition gestellten Weltverständnisses. So lebt man den gutsbesitzerlichen Habitus des ländlichen Wohnbürgers aus, der sich solche Bibliotheksschmankerln leisten kann, weil er nicht für ein ganzes Gut verantwortlich ist, sondern vom Geld der Frau lebt und noch dazu im von den Eltern abgezahlten Häuschen wohnt.
Da lassen sich die Bücherwände hochziehen, auf dass sie Schutz sind für die Lebensängste, die sich nachts in Träumen zu Wort und Bild melden.

„Manchmal gibt das Gift einen stechenden Geruch ab.
Mir wird übel und Terpentingeschmack liegt auf meiner Zunge.
Ich wusste immer: Wenn ich das blaue Gift in meinem Körper nicht in den Griff bekomme, werde ich krank.
Deshalb passe ich auf.
Ich habe für den Fall immer ein paar Zitronen in der Tasche und ein Taschenmesser. Du hast mich mal danach gefragt."
„Und keine ernsthafte Antwort bekommen."
„Nein. Was hätte ich sagen sollen … Mit dem Taschenmesser schneide ich die Frucht in zwei Hälften und träufele mir den Saft auf die Zunge."

„Heute auch noch?“
„Ja. Aber ich mache es so, dass mich niemand sieht.“
„Nur ich.“
„Ja. Nur du. Die Zitrone vertreibt den grässlichen Geschmack und auch den Geruch. Ab und zu brennt es im Kopf. Dann beiße ich in die Zitrone. Ich hasse es! Vielleicht ist es Einbildung, aber das Brennen geht davon weg.“
„Warum hast du das nie erzählt? Warst du mal beim Arzt?“
„Wenn ich da hingehe, schreiben sie mir irgendetwas auf. Sie werden mir nicht helfen, weil sie mir nicht glauben werden.“
„Es sind aber nur kleinere Symptome, ja?“
„Man kann es klein nennen, aber das Problem ist die Häufung an verschiedenen Stellen. Das Gift kriecht überall hin, überall, wo es wirken kann. Manchmal legt es sich auf die Beine. Dann kann ich nicht gehen. Die Beine sind so schwer, als wären sie aus Blei. Ich mache Wadenwickel mit Zitronenwasser. Das kennst du schon.“
„Ja, das kenne ich.“
„Die Zitrone ist ein gutes Gegenmittel für alles, was das blaue Gift an Gemeinheiten zu bieten hat. Es will, dass ich an früher denke und mein Kopf versinkt in dem giftigen Schleim, auf dass ich mich erinnern soll. Erst war ich nur mit der Beseitigung der Schmerzen oder den Folgen befasst und als die Symptome endlich weg waren, kam das Damals zurück. Dann habe ich im Bett gelegen und geheult, bis die Erinnerungsschwaden endlich vorbeigezogen waren.
Es kommt von ihm, Georg. Es kommt alles von ihm. Und weil er nichts mehr sieht, soll ich nie vergessen, was ich gesehen habe.“
„Was hast du denn gesehen?“

24. September 1997
Mir fehlt es an vielen Stellen an Konzentration.
Ich habe zur Herstellung, Erlangung und Gewinnung einer Methode keine konsequente Haltung und keine Ökonomie im Umgang mit meiner Zeit. Eigentlich wollte ich „Lebenszeit" schreiben. Das klingt dramatischer, ultimativer, dringlicher.
Die Zeitökonomie ist eine schöne Lebenshilfe. Entscheidungen, die nach dem Kriterium der Zeit getroffen werden können, besitzen einen Richter, einen natürlichen Richter von großer Kraft. Das ist vielleicht der Übergang zur Philosophie. Ich überlege mir etwas unter allgemeinen Gesichtspunkten und kann so immer im Einzelnen entscheiden. Bei der Abwägung, welche Arbeit für die nächsten Stunden wichtiger sein könnte, veranschlage ich die Zeit, werfe sie in die Waagschale und bringe ein wesentliches Kriterium ins Spiel.
Zeit macht uns erst im Alter Angst. Zuerst spricht man von Respekt. Ich weiß nicht, wie ich diese verschiedenen, widerstrebenden Gedanken so erfassen kann, dass sie einen Sinn ergeben und zugleich nicht zu vorhersehbar erscheinen. Wahrnehmung von Zeit und Alter stehen in einem Verhältnis, oder Verhängnis.
Was ist das: Zeitwahrnehmung?
Gar nichts, solange man jung ist. Darf ich hier noch weiterschreiben und auf irgendeinen neuen, originellen Gedanken hoffen, der über die Altersweisheit hinausgeht, der am carpe diem vorbeikommt, sich auf Zeit und Tod stürzt und dort die Kulissen so herumschiebt, dass es kracht? Besser raus aus dieser prinzipiellen, philosophisch kategorischen Ecke. Heutzutage pflegt man das unpathetische understatement, denn es entspricht auch der Zeitlage: alles ganz leicht, ganz elegant; was wir nicht wollen, kommt in die Rücklage.

Also welche Bücher kann ich noch lesen, welche kann ich behalten, wie komme ich aus der Fettschicht heraus?

Mein Hintergrund entspricht nicht meinen Wünschen, mich darzustellen. Wofür stehe ich, warum bildet sich das angesichts dieser Papierberge nicht ab? Die Ambivalenz dieser Frage besteht in der Vielseitigkeit ihrer Beantwortung.
Ich kann mich von allem trennen. Meine Hoffnung richtet sich dann stark darauf, durch diese neuen Umstände nicht nur ein anderer zu werden, sondern den anderen zu entdecken, der ich jetzt schon bin. Diesen anderen ausgegraben zu haben unter all den Bergen von Büchern und Zeitungspapier wäre dann mein Verdienst und ich hoffe, wie jedermann nach solch verdienstvollem Tun, auf Gewinn. Das entspräche einer Reinigung, einem Eingeständnis. Was mich davon abhält, ist der Gedanke, dass diese Bücher doch eigentlich die Summe und Frucht meines ganzen bisherigen Lebens sind und im Kern nichts im wahrsten Wortsinn Verwerfliches.
Die andere Richtung, in die eine Beantwortung der Frage gehen könnte, ist der Gedanke einer Erhöhung oder sogar Freisetzung von bisher blockierter Konzentration. In dieser Idee verbirgt sich die Möglichkeit einer Verwandlung zum Besseren, weil in diesem Zusammenhang das Freilegen verborgener Geschichten, blockierter Potenziale, eine größere Wahrscheinlichkeit, eine größere Kraft besitzt als in der anderen Antwortvariante. Der Versuch bestünde darin, eine Leere zu erzeugen, aus der heraus erst etwas entstehen kann.
Die Idee der Leere hat eine verführerische Stärke, etwas Suggestives. Ich möchte mich ihr gerne anvertrauen, hingeben, weil sie nicht auszurechnen ist.
Es ist diese Vorstellung eines freien Plateaus, eine Vorstellung des Ich. Über dieses „Ich" komme ich nicht hinaus. Es sei denn, ich baute mir einen Stab, ein Fernglas, ein Instrument aus Wissen, das, so ineinandergesteckt, mein Ich als Wissendes verlängert.
Dort käme ich, in diesen mir fernen, hohen Zonen, selbst nur als Zitat an. Die vielen Bücher geben mir das Gefühl einer Gesellschaft. Ein Aussortieren, ein Ausdünnen dieser Gesellschaft bedeutet die Beendigung des eingeräumten Gastrechts und gibt ein Zeichen an

die reale Gesellschaft, dass ich auf smarte Weise weniger belastet bin. Davon nimmt in meinem Fall kein Mensch Notiz. Ich sortiere meine Büchergesellschaft nach mehreren Kriterien und Prinzipien, kein Mensch will es wissen und im realen Leben wird es eigentlich niemand mitbekommen. Viel Platz, wenig Platz, ganz egal: ich bin allein. Welche Beziehung besteht also überhaupt zwischen mir, meinem Denken und meinem realen Leben?

29. September 1997
Nach den Gedanken einer Ideenökonomie muss ich meine eigene Geschichte suchen und mich konzentrieren, darf mich nicht ablenken lassen. Aber vielleicht erreicht man im Schreiben so eine Art meditativen Zustand und vielleicht ist diese Leichtigkeit heute die verbliebene Form des Angebots, mit dem man Bekanntes einfärben kann.
Es ist doch inzwischen so viel erfunden worden, dass wir Menschen als Grundbewegung – als Verhaltensweise, der alles zugrunde liegt – unsere eigentliche Lebensgegend verlassen. Wir bewegen uns von uns weg, so, als sei unsere eigene Existenzform nicht Fort-, sondern Wegbewegung und eine Verlagerung der Kräfte.

1. Oktober 1997
Mein Hauptproblem ist die Frage des Gedankenaustausches zwischen mir und dem Inhalt der Bücher. Zwischen mir als physischer Person, die über Verdauung und Gewicht nachzudenken gezwungen ist und sich durch solche Gedanken ihrer Physis gerne und freiwillig unterwirft, und als psychischer Person, die seit Jahren quälende Träume hat, von denen sie weiß, dass sie ursächlich sind.
Wie kann dieses Hin und Her bewältigt werden? Gibt es neben diesen Gedanken und Träumen eine Ereignisstrecke, die mein reales Leben mit Handlungen belegt? Wie bekomme ich beim Lesen eines Textes meine Nerven unter Kontrolle?
Die Bücher interessieren mich nur von Ferne, aus einer distanzierten Perspektive. Am liebsten lese ich Kritiken und generalisierende

Interpretationen. Ich ordne mich ungern unter, zu stark drängen sich meine Gedanken dazwischen. In ein Buch versinken: ich weiß nicht, wie das geht. Es gelingt mir leider – das soll heißen, wie sehr ich das bedaure – zu selten.
Spießer, betulich abwägender!

Wenn ich weitere Bücher kaufe, deren ungelesener Inhalt wie ranzig werdende Butter mit der Zeit die Regale verstopft, wird sich das rächen. Jedes Buch, jede Zeitung, jede Sendung im Fernsehen: ein riesiger Ballast. Einschalten des Fernsehgerätes: ein Scheck, ausgestellt auf die Zukunft.

Ich werde die Metaphern, in denen ich Zeiteinheiten verpacke, ständig wechseln müssen. Es wird irgendwann auch nicht mehr ausreichen, das gefühlte Zeitkontingent für einen ausgedehnten Fernsehabend zu nutzen.
Warum habe ich das überhaupt gemacht? Warum, um Gottes oder um wessen Willen auch immer, habe ich wieder und immer wieder auf diesen Knopf gedrückt, während die Bücher um mich herum in den Regalen standen? Was war die Idee, wozu habe ich die Dinger gekauft? Das verschwendete Geld ist dabei ganz egal.
Viel trauriger sind die Gedanken drum herum: Hoffnungen, Strategien, Vorhaben; den Druck erhöhen, automatisch in bessere Verhältnisse gelangen, die Ideen, die in den Büchern ausgebreitet und dargestellt wurden, sollten meine innere Leere auskleiden, die Einsamkeit verbergen.

3. Oktober 1997
Ich stelle mir die Frage, wie lange sich ein Mensch heute am Stück auf ein Thema konzentrieren kann. Es scheint, als wirke alles, was von vornherein auf längere Phasen von Aufmerksamkeit berechnet ist, unwirklich und betulich. Wahr ist: Kein Mensch kann die Aufmerksamkeit eines anderen beanspruchen, es sei denn, beide arbeiten zusammen und teilen sich einen wie auch immer gestalteten Vertrag.

Abhängigkeit bringt Menschen dazu, über die Grenzen ihres natürlichen Vermögens hinaus einander Aufmerksamkeit zu schenken, zuzuhören oder sich auf ein Produkt, das ein anderer hervorgebracht hat, einzulassen. So erklärt sich mir mein Bedürfnis, die meisten Bücher wegen ihrer Komplexität auseinanderzuschneiden und neu zu montieren.

Bisher bin ich immer nur an die Start-Ziel-Linie gefahren. Ich hielt mich an die Regeln: Halt! Hier beginnt das Fremde!

Diese Werke gehörten mir nicht, sind aber doch für mich erdacht. Ich begegne ihnen in einem Raum der Konventionen. Dieses Aufeinandertreffen von mir und den Objekten ist durch klare Vereinbarungen geregelt. Dafür gibt es Gründe und eine grundlegende, durch nichts zu beseitigende Fremdheit zwischen mir und dem, was durch andere hervorgebracht wurde. An diesen Gedanken und Hervorbringungen kann ich nur Teilhaber werden. Diese Dinge, auf die ich schaue, an die ich denke, sind nicht von mir.

Andere sind in der gleichen Lage wie ich. Auch sie schauen die Dinge von außen an.

„Meine" Dinge erblicke ich durch einen Tunnel. Ich schaue auf eine Lichtung. Dort versammeln sich viele Betrachtungen, vielleicht kreuzen sie sich.

Jeder hat seine Inspiration, seine Sicht. Da ich mir über diese Gemeinschaft, in die ich mich zwangsläufig begeben muss, im Klaren bin, ist mir auch die Empfindung dieser Fremdheit immer gegenwärtig. Ich kann sie nur durch Zerstörung aufheben oder durch Erklären.

Das Letztere setzt eine Distanzierung voraus, die Einführung einer höheren Ebene. Dies könnte „meine" Ebene sein. Entscheidend sind dann weniger erkenntnistheoretische Mechanismen, die im Zweifel auch reine Fantasien sind. Vielmehr sehe ich, dass mit dem Betrachten eines Films oder Bildes, dem Lesen eines Buches sich der eigene Blick verändert, unwirklich, weniger lebendig und künstlicher wird. Fast verdirbt der eigene Blick, und niemand kann sich davor schützen. Es gibt dafür die Worte Erfahrung *und* Alter.

Im Augenblick des Kaufes einer Sache, eines Buches, eines technischen Gerätes, eines Füllers oder Kleidungsstücks: immer läuft dieser kleine Film ab mit den immer gleichen Fragen: Was wirst du jetzt tun? Wie sehr wirst du ein anderer werden? Wohin wird dich das bringen, dieser Kontakt mit der neuen Sache, der, weil er neu ist, immer den Charakter einer aufregenden Überraschung hat.

47

Notburg legte die Blätter beiseite. Er war erschüttert, wie sehr sich sein Freund Kulp früher aus der Situation eines Mannes ohne reale Schwierigkeiten in die reale Dramatik eines Verzweifelten geschrieben hatte. Seine vermeintlich nicht vorhandenen Probleme waren Teil dessen, die eigene Verzweiflung darüber auch.
Kulp, dachte Notburg, war ein aus der Ferne Beobachtender, der vor vielen Jahren seinen Vater durch einen Mord verloren hatte und seither zurückgezogen in seinem Elternhaus lebte, ohne es je verlassen zu haben. Dies verteidigte er gegen jede Vernunft, als habe er ein Gelübde abgelegt, als müsse er das Leben des Vaters zu Ende leben, dort, wo der, vor inzwischen fast dreißig Jahren, gestorben war.

Notburg fing an, die Texte abzuschreiben. Seit Jahren hatte er nicht mehr so viel mit der Hand geschrieben, aber er folgte dem Bedürfnis, sich diesen Texten auf andere Weise zu nähern, sie leibhaftig zu durchdringen und Kulps Worte durch die eigene Hand fließen zu lassen.
Es dauerte mehrere Stunden, weil es viele Seiten waren und er zwischendurch anfing sie zu redigieren. Schließlich beschloss er, die Texte so zu belassen, wie sie Kulp verfasst hatte.
Das Wort „real“ fand sich häufig darin. Es zeugte von der Zerrissenheit Kulps zwischen dem Wunsch nach Normalität und deren Ablehnung. Welch verdammt reales Leben ihm seine Erblindung beschert hatte, ließ sich von außen kaum beschreiben. Sie hatte ihn von der einen in die andere Künstlichkeit gezerrt.

Vor dreißig Jahren habe ich das Dorf verlassen. Es war das Dorf, in dem ich aufgewachsen bin und der Ort, von dem ich später sagen würde, dass es einmal meine Heimat gewesen ist.

Ich ging, weil sich schlagartig, im wahrsten Sinne des Wortes, alles verändert hatte. Ich hatte ein paar Sachen gepackt und war in den Bus gestiegen: in endgültiger Absicht, wie vieles, was man in der Jugend tut.
Damals von den Ereignissen in diesen Tagen derart überrollt, geriet das, was zu gegebener Zeit einem Übergang – vom behüteten Tochterleben im Elternhaus zur Entdeckung der eigenen Unabhängigkeit – entsprochen hätte, zur Flucht.

Der Abschied war klein ausgefallen … von der Familie war nur der Bruder geblieben und meinen Freundinnen hatte ich nichts gesagt. Sie hätten tränenreich irgendetwas versucht, theatralisch und ohne zu verstehen.
Ich ließ die toten Eltern zurück, das Haus, die Kindheit, die Jugend, die Liebe.

Ich musste weg aus dem Dorf, musste mich abwenden von all dem, das mir passiert war, das uns allen passiert war: Einer hatte es in die Hand genommen, ein Einziger, und alle mussten folgen, ungefragt und fremdbestimmt wie von Gottes Hand. So war das damals.

Aber er war nicht Gott.

48

„Haben Sie immer Tagebuch geführt?"

„Es ist kein Tagebuch."

„Ach, ich dachte …"

„Ich habe die Texte durch Daten getrennt, um sie in eine nachvollziehbare Reihenfolge zu bringen. Und ja: Ich habe immer geschrieben."

„Was auch immer es ist, ich habe es gelesen."

„Und?"

„Es ist kaum auszuhalten."

„Inwiefern?"

„Alle Zeilen sind auf erschütternde Weise naiv oder besser gesagt: von naiver Intellektualität."

„Das klingt beeindruckend. Aber das Zeug ist uralt. Es waren Versuche, meine Gedanken zu ordnen."

„Nein, nein. Sie müssen sich nicht rechtfertigen. Die Texte sind in ihrer Verzweiflung kaum zu ertragen. Sie sind sehr dicht, fast tragisch. Vor allem …"

„Vor allem was?"

„Vor allem vor dem Hintergrund, dass der Autor inzwischen erblindet ist."

„Das, was man über den Autor weiß, ist also beeindruckender als das, was der Autor sagt, ist es das, was Sie meinen?"

„Nein. Das meine ich nicht. Es scheint aber, als sei die Erblindung Ihre Rettung gewesen … entschuldigen Sie, wenn ich das so sage."

„Wenn das so sein sollte, können Sie sich vorstellen, wie mein Leben vorher gewesen ist."

„Wie gesagt, es ist schwer auszuhalten. Diese permanente Suche …"

„Auch Suche kann zur Sucht werden." Kulp lachte jetzt.

„Es geht immer genau darum. Wie jemand, der in allen Texten und Büchern nach Inhalten stochert."

„*Stochert* klingt schmeichelhaft."

„Das Stochern bezieht sich auf kluge Überlegungen, die ohne Richtung sind und sich dem Suchen vollkommen unterordnen."

„Suche als Selbstzweck."
„Suche als Not. Wären Sie nicht blind geworden, Sie hätten sich umgebracht. So wirkt der Text. – War es wirklich ein Unfall?"
„Ich weiß nicht, was mich geritten hat, Ihnen die Texte zu überlassen. Es ist, als stünde ich nackt vor einem Mann, dessen Gesicht ich nicht kenne."
„Was soll das?", sagte Notburg. „Welche Bedeutung hat das Aussehen meines Gesichts? Ich habe Ihnen meine Seele auf den Tisch gelegt. Wir sind quitt."
„Ja, vielleicht. Aber ohne dramatisch werden zu wollen, möchte ich Ihnen sagen, dass mein selbstverursachtes Erbe ungleich größer ist."
„Sind wir im Wettbewerb?"
„Man ist immer im Wettbewerb. Das ist es ja gerade. Man sollte immer ganz vorn sein, egal, wie schwer der Karren ist, den man zu ziehen hat."
„Und in Ihrem Karren ist ein Erbe, das Sie schleppen müssen?"
„Ja. Das tut jeder. Meist unverschuldet."
„Und Sie nicht."
„Lassen Sie uns etwas essen."
„Warum gehen Sie davon aus, dass ich kein Erbe mit mir herumschleppe? Was heißt überhaupt ‚Erbe' in diesem Zusammenhang? Und was heißt ‚selbstverschuldet'? Für ein Erbe kann man normalerweise nichts."
„Ich meine, das Erbe aus einer anderen Zeit."
„Welcher Zeit?"
„Sie lassen nicht nach! Ich hätte Ihnen den Kram nicht geben dürfen. Er vergiftet Ihr Hirn!"
„Im Gegenteil. Ich möchte mehr davon."
„Ja, das kann ich mir vorstellen. Da habe ich also den Ehrgeiz des Verlegers angestachelt. Na, großartig!"
„Werden Sie nicht zickig. Mit Ihrer Selbstbezogenheit treffen Sie auf die volle Breitseite der Gefühle: Sie rühren, lösen Mitleid aus, Unverständnis und Ablehnung, Sie sind anregend und klug, auf eine, wie ich schon sagte, naive Art intellektuell oder auf …"

„Hören Sie auf! Es geht nicht. Finden Sie sich damit ab. Es war ein Fehler, Sie Ihnen zu geben. Es tut mir leid. Mehr kriegen Sie nicht. Basta.“

Ab und zu fahren wir nach Gelnhausen oder Frankfurt. Georg weiß, wie ungern ich aus dem Haus gehe, aber er zwingt mich manchmal trotzdem zu meinem Glück, so drückt er sich aus.
Wenn ich Pech habe, sehe ich von Weitem bekannte Gesichter, dann wechsele ich die Straßenseite oder ich wende den Blick ab und laufe schneller, Georg hinterher. Ein paar Mal war es doch vorgekommen und ich lief in die Falle. Jemand sprach mich mit Namen an und erinnerte sich an das Mädchen aus dem Dorf, das sie so lange nicht gesehen hatten. Ein paar Worte gab ich ihnen, ein paar karge Sätze, aber es endete immer gleich: Ja, das war schrecklich damals, ganz schrecklich. Jetzt aber geht es mir gut, danke, ja sehr gut.
Ich selbst wollte nie etwas wissen, erkundigte mich nicht – nach so langer Zeit – oder vielleicht gerade deshalb. Man trennte sich in höchster Angespanntheit von beiden Seiten und in der Hoffnung, nie wieder derartigen Begegnungen ausgeliefert sein zu müssen.

Neulich in Frankfurt, als Georg das Auto ins Parkhaus fuhr und ich vor dem Theater auf ihn wartete, kam es anders und ich traf Meggi.
Georg hatte mir Konzertkarten zum Geburtstag geschenkt und wäre fast alleine gefahren, weil ich erkältet war und nicht mitkommen wollte. Das geschieht oft. Bei mir kommt immer etwas dazwischen, das weiß er schon. Freuen darf man sich da nicht, jede Art von Vorfreude führt fast immer zu Enttäuschung

und so freut sich Georg nicht mehr. Dieses Mal hatte Georg sich auf keine Ausreden eingelassen und so stand ich mit meinem dunklen Kleid, das ich immer trage, wenn ich mich feierlich gebe, vor dem Eingang des Hauses.

„Magst du das Kleid?“, hatte ich ihn beim Weggehen gefragt.
„Ja, es ist sehr hübsch. Warum?“
„Ich weiß nicht. Ich glaube, ich mag es nicht. Aber man wird immer verglichen und wenn man abweicht, wird man gemieden. So ist das eben.“
„Ich verstehe nicht …“
„Es geht nicht um das Kleid. Es stört mich nur, dass man es braucht, um in der Reihe mit anderen zu stehen.“
„Du brauchst es, damit du schön aussiehst und es warm hast.“
„Ja, man sagt, dass Kleider das leisten sollen.“

Georg war lange weg und während ich wartete, habe ich in Gedanken einen Brief an ihn geschrieben. Ich würde ihn später zu Hause aufs Papier bringen, dachte ich. Seit Jahren schreibe ich Briefe, die ich aufhebe an einem besonderen Ort.
Georg hat mir eine Kiste gebaut, aus Brettern mit groben Nägeln, schmal wie ein Sarg und passend für das Regal. Sie hat einen Deckel, der, wenn die Kiste voll ist, für die Ewigkeit verschlossen wird und nur mit Gewalt wieder zu öffnen ist. Da liegen sie drin.
Es gibt schon einen zweiten und einen dritten Briefsarg. Ich habe inzwischen viel geschrieben, viele Nachrichten, Beobachtungen, Erinnerungen, Anschuldigungen, Einschätzungen, alles aus den letzten dreißig Jahren. Ich will doch immer noch etwas sagen, etwas, das mir

noch einfällt und das ich nicht mehr habe sagen können, weil ich das Dorf doch verlassen hatte, wenige Tage nach dem Schlag.

„Vera?“
Meggi sah mir direkt in die Augen. Sie war dicker geworden, aber ihr Gesicht war frisch, ein bisschen patzig wie damals, und die Nase ragte in den Himmel, zu spitz und zu lang. Trotzdem war irgendetwas hübsch, vielleicht das Lächeln. Sie wirkte jung, ein bisschen ländlich. Sie hatte die Haare blond gefärbt, aber der Ansatz war dunkel und Strähnen verdeckten die eine Hälfte des Gesichts.
Ich bin erschrocken und reichte ihr wie ein pawlowscher Hund die Hand. „Hallo, Meggi!“
„Du trägst immer noch Handschuhe.“
„Ja. Immer noch.“
„Wir dachten, das sei nur ein Tick.“
„Ist es ja auch.“ Wir lachten beide und ich sah, dass sie eine Zahnlücke hatte.
„Und wer ist wir?“, fragte ich.
„Wir alle. Wir haben über dich gesprochen. Alle haben immer über alle gesprochen.“
Meggi gab sich einen Ruck, um mich zu umarmen und kräftig zu drücken.
„Ich freue mich!“, sagte sie. „Wo wohnst du?“
„Ich freue mich auch, und du? Wo wohnst du jetzt?“
„Ich wohne inzwischen in Mannheim. Habe geheiratet und vier Kinder.“
„Vier Kinder? Das ist ja unglaublich!“
„Ja. Ich hatte Glück. Und du? Wo bist du gelandet?“
„Willst du das wirklich wissen?“
„Ja, natürlich. Wir haben uns alle immer gefragt, wo du abgeblieben bist, niemand wusste etwas, und es gibt

auch nichts im Netz über dich. Du warst irgendwie verschwunden", sagte Meggi vergnügt.
„Das kann sein. Es war nicht meine Absicht, aber es ist so passiert."
„Aber das kann man doch ändern."
„Wenn man will, ja. Aber ich will nicht."
„Ach so."
„Ja."
Ich konnte sie plötzlich nicht mehr ansehen und sah nach unten.
„Warum?"
„Weil ich meine ganze Energie für mich brauche."
Es entstand eine unangenehme Pause.
„Das klingt nach einer großen Sache!" Meggi lachte verlegen.
„Ja, eine große Sache. Kann sein."
„Wirst du mir das nächste Mal davon erzählen?"
„Du wirst es erfahren."
„Bestimmt?"
„Ganz bestimmt."
Wir trennten uns in ratlosem Einvernehmen.
Meggi war diskret, dachte ich. Und sie hatte nicht nach Edgar gefragt, immerhin. Das taten sonst alle, wenn sie mich sahen. Schon früher fragten sie immer nach Edgar.
„Ach!"
Meggi kam zurück.
„Sag mal, wie geht es eigentlich Edgar?"
„Gut. Es geht ihm gut."
„Ist er verheiratet?"
„Nein."
„Nein?! Wir waren ja alle in ihn verliebt. Sag ihm schöne Grüße von mir!"
Sie winkte fröhlich, lief davon und ich spürte den Farbgeruch in der Nase. Alle bewegten sich unter der

Dunstglocke des blauen Gifts, alle, die jemals in dem Haus gewesen sind, egal wann sie es waren und wie lange ihr Aufenthalt dort gedauert hatte.
Mutter hatte mich Jahre später über das blaue Gift aufgeklärt.
„Dein Bruder erzählt manchmal Schauergeschichten. Du musst nicht alles glauben."

49
Wenige Tage später legte Kulp Notburg eine Box mit Blättern vor.
„Ich glaube, das waren die ersten Texte nach der Erblindung. Steht auf der Box vorne eine eins?"
„Ja. Eins."
„Dann ist das der Anfang. Der Anfang meines Schreibens als Blinder. Nicht der Anfang einer Geschichte. Wenn Sie lesen wollen, nehmen Sie das."
„Sie schreiben mit der Hand?"
„Ja. Ich müsste es nicht, aber ich tue es."
„Warum?"
„Es ist eine Entäußerung – so nennt man das wohl – und mehr soll es nicht sein. Nur raus soll es."
Notburg begann zu lesen.
„Darf ich das mitnehmen?"
Zu Hause las er 180 Seiten. Es war mühsam, die Handschrift schlecht zu entziffern.

Ich träume von dir. Hatte dir einen Brief geschickt. Und bisher nichts gehört von dir. Von dir nichts. Kein Wort zurück. Heute morgen dachte ich, vielleicht war das Blatt im Briefumschlag leer. Ich kann es schreiben, aber dann nicht mehr lesen. Du weißt ja. Aber das Papier fühlt sich anders an, das Papier, das ich zum Schreiben nehme. Dicker und rauer ist es, das Papier, das ich zum Schreiben nehme. Ich hätte es merken müssen, ein anderes Papier hätte ich merken müssen beim Anfassen und Falten. Jetzt bin ich unsicher, vielleicht hast du jetzt meine Telefonrechnung. Auch schön. Schreib mal was. Das leg ich dann unter das Lesegerät und jemand spricht deinen Text. Die Stimme klingt hart und grell. Ich habe sie neulich geändert, jetzt spricht da ein Mann. Seine Stimme klingt zu tief, wie aus dem Kellerloch. Warum telefonieren wir eigentlich nie? Ein Mal im Jahr sehen ist wenig, zu wenig, aber du kommst ja nicht. Das wäre auch schlecht. Leere Blätter sind besser als nichts. Leere Blätter sind nichts und besser als Telefonrechnungen. Wenn ich suchen könnte nach dem Brief. Er war nur kurz. Ein bisschen Sehnsucht drin. Sehnsucht ist besser als Liebe. Ich weiß dich nicht. Bist du so schön wie dein Name? Marina. Klingt nach weichem Körper und sanft. Marina, werde ich bestehen?

„Sie nennen es *Briefe an Marina*. Gibt es diese Marina?“

Du hast geschrieben. Lang. Viele Sätze. Der Mann hat sie gesprochen. Der Mann im Apparat hat Marinas Worte gesprochen. Wie romantisch. War dem das peinlich? An der Stimme merkte man nichts. Vom Hochhaus hast du geschrieben, als wir im Eingang standen, die Klamotten verloren in der Ecke. Natürlich erinnere ich mich, erinnere ich mich hast du gefragt. Ja. Ich weiß es noch genau. Ohne Augen. Ich sehe dich und was ich sehe ist falsch und schön. Egal, was man sieht, wenn es nur schön ist. Nicht sehen ist falsche Bilder haben. Und sehen heißt immer das Wort sehen hätte ich unterstreichen müssen. Geht jetzt nicht mehr. Geht nicht mehr, ich bin vorbei. Aber das Wort steht jetzt da. Irgendwo in der Wortmasse. Wo weiß ich nicht. Wenn man auf diese Weise schreibt, darf man nicht aufhören. Die Mechanik des Schreibens muss weitergehen, immer weitergehen bis zum Ende von irgendwas. Dem Ende des Satzes, dem Ende des Textes, dem Ende der Zeit, die man hat. Sonst verliert man die Übersicht und sehen wird unwichtig. Ist es ja auch. Sehen heißt nicht immer richtige Bilder haben, wahre Bilder haben. Nicht zwangsläufig.

Die Schrift war krakelig, hast du geschrieben, krakelig. Lautmalerisch das Wort. Ich hatte gezeichnet, über die Buchstaben gezeichnet hatte ich. Das tue ich manchmal, kann aber nicht zeichnen. Ich mache es trotzdem, wenn ich Spaß habe. Manche Buchstaben haben sich hinter den Strichen versteckt. Waren es dicke Striche? Ich weiß nicht, welchen Stift ich genommen hatte. Zeichnen im Dunkeln. Wenn man mir heimlich das Blatt austauschen würde, würde ich es nicht merken. Eine andere Frau würde ich merken. Wenn es nicht du wärest, meine ich. Haut fühlt sich bei jedem Menschen gleich an. Nackte Haut ist nackte Haut. Haare nicht, Geruch nicht. Marina. Du fühlst dich an. Zeile zu Ende. Gedanke auch. Zeilenende heißt Satzende heißt Zeilenende. Ende.

„Eigenartig", sagte Notburg zu Kulp beim nächsten Treffen. „Ich kenne keinen Autor, der diese Unfertigkeit *fertigbringt.*" Dann lachte er.

Ich habe geträumt Marina. Ich stehe Doppelpunkt nach Marina nicht gesetzt stehe auf einem Platz zwischen Leuten am Hauptbahnhof. Habe ich Hauptbahnhof schon geschrieben? Wir alle warten auf unsere Zeit. Damit sie kommt, die Zeit. Die Leute sprechen durcheinander, alle durcheinander. Ich höre nicht, was sie sagen, aber ihr Körper bewegt sich im Rhythmus des Herzschlags. Hin und her und hin und her und hin und her und hin und her tuck tuck tuck tuck tuck, jeder Schlag ein Körperimpuls, eine Bewegung. Kleine Bewegungen, weil die Zeit der Schläge kurz ist, sie kommen zu schnell hintereinander. Man kann nicht ausladend sein. Alle Körper bewegen sich in dieser Art. Hören Sie, sagt ein Mann mit alter Stimme zu mir. Hören Sie, ich kann nicht lange mit Ihnen sprechen, mein Herz, es wird gleich – gleich wird es aufhören zu schlagen. Warten Sie, warten Sie noch einen Moment, gleich hört es auf zu schlagen und dann ist es für uns alle vorbei. Mein Herz ist Ihrs, mein Schlag ist Ihrer. Meine Zeit auch.

Die Blindheit zwang Kulps Gedanken in Buchstabenkorsette und sie verschaffte Kulp eine Lebensgeschichte, die es – nach Notburgs Einschätzung – wert war, gedruckt zu werden.
Die ganze Geschichte war es, die verkauft werden sollte: die Geschichte eines Späterblindeten, der, angewiesen auf Hilfsmittel, mit unsichtbarer Hand auf unsichtbares Papier zu stottern in der Lage war.
Und so produzierte Kulp mit winzigen Schrittchen seine Seiten, im Dienste seines Verlangens, seiner Seele, die er sich aus dem Leib schreien wollte.
Das war jetzt seine Geschichte, eine Geschichte, die interessierte, weil ein Blinder seine ungelenken Texte schrieb, die Menschen anrührte und sie deswegen mehr haben wollten, immer mehr.
Und Kulp lieferte. Er schrieb, indem er seine Gedanken laufen ließ. So wie es kam, so war der Text. Er wusste selbst nicht, wie er es machte, aber er wusste, dass er nur dann eine Chance hatte, wenn er sich allem verweigerte, was man gemeinhin als Schreibstil oder als einen guten Text bezeichnete. Es ging darum, sich den eigenen Ansprüchen und den Beurteilungskriterien der anderen zu entziehen. Insofern war die Art, wie Kulp seine Texte schrieb, eine Folgeerscheinung seiner Lebensführung.
Er hatte es geschafft.

Soweit ich mich erinnern konnte, immer trug ich Handschuhe. Sie sollten helfen, aber die Keime kamen trotzdem. Sie kamen über das Denken.
Man konnte nie wissen, was das Berühren fremder Hände, Gegenstände und Stoffe auslösen würde.
Erst nach Jahren legte ich die Handschuhe zu Hause ab, hatte verstanden, dass der Ekel, den ich entwickelt hatte, von innen kam, aus mir selbst heraus, dass er auch mit Handschuhen unüberwindbar blieb und die Dinger deshalb eigentlich überflüssig waren.

Draußen aber, wenn ich unterwegs war, legte ich die Handschuhe wieder an, aus Ekel vor dem, was ich nicht fassen wollte. Denn ab jetzt, das wusste ich, würden die Hände zupacken müssen; anders, ganz anders als früher. Da hatte es ein anderer geregelt, für mich geregelt und für mich gedacht.

Ich erinnere mich genau, wann der Ekel vor den Keimen angefangen hatte. Ich war noch jung, vierzehn vielleicht. Mit Mutter stand ich auf dem Parkplatz und wartete am Auto auf den Vater. Herr Knaup, der Physiklehrer, hatte sein Auto neben uns geparkt und er gab uns die Hand. Erst der Mutter, dann mir.
Feucht und warm war sie und ein bisschen klebrig. Wahrscheinlich war er vorher pissen oder er hatte die sabbernde Schnauze eines Köters getätschelt. Die weiche Hand hatte sicher vorher alles Mögliche angegrabscht, und die Bilder zu diesem Gedanken lösten bei mir einen Widerstand aus, der den ganzen Körper erfasste. Ruckartig zog ich die Hand zurück, und meine Mutter guckte verdutzt. Herr Knaup auch. Sichtlich angefasst, oder eben nicht, wandte er sich nur noch ihr zu, um über mich hinwegzusprechen, als sei ich nicht anwesend.
„Sie ist nicht dumm. Aber sie spricht zu wenig, meldet sich nie, beteiligt sich nicht. Sie ist ein unfrohes Mädchen."
Das unfrohe Mädchen starrte auf den Boden, wie es sich gehörte, dachte an Hefeknödel und Pflaumen und sammelte Spucke im Mund. Ich stellte mir vor, wie ich die schmierige Hand des Lehrers nahm, sie drehte, sodass die Innenfläche nach oben zeigte und die Hand festhielt, um den sämigen Schleim langsam aus dem Mund in den Handteller laufen zu lassen.
„Und Sie sollten sich mal die Hände waschen", hörte ich mich sagen.

Später im Auto beschwerte sich Mutter, weil ich so ungehörig dem Lehrer gegenüber war. „So wirst du deine schlechten Noten nie los." Ich wusste, dass sie damit recht hatte. Das unfrohe Mädchen blieb unfroh und trug von da an die schwarzen Lederhandschuhe der Großmutter, zum Leidwesen der Mutter, zum Ärgernis des Vaters und zur Belustigung des Bruders.

51

Zunächst schrieb Kulp Briefe an Marina. Dann weitere Briefe an andere Menschen, denen er seine Texte widmete. Fast immer Personen, die es nicht gab.

Jeden Tag schrieb Kulp mehrere Seiten und Notburg nahm, was er kriegen konnte. Und er konnte nicht genug kriegen.

Als Lektor und Herausgeber der Texte legte er manchmal selbst Hand an und setzte die Reihenfolge in eine scheinbar chronologische Ordnung, sodass die einzelnen Teile ansatzweise Geschichten ergaben. Thematisch und stilistisch änderte er nichts.

Er baute mit Kulps Briefen eine Welt auf, die für die Leser fremd und vertraut zugleich war. Sie fühlten sich angezogen von Nachlässigkeit und Überanstrengung, die in den Texten ein groteskes Gegeneinander ergaben aus einerseits dem Wunsch, sich den eigenen Gefühlen zu nähern, und andererseits der Beherrschung eines Hindernisses, das den Wunsch ständig unterlief.

So schaffte es Notburg einerseits, seinen Schützling zur Ikone des Unfertigen zu stilisieren, andererseits Autor und Verleger damit geldwertig ein gutes Leben zu bescheren.

Die Briefgeschichten wurden zunächst regelmäßig in Zeitschriftenkolumnen abgedruckt, und nachdem eine erquickliche Anzahl an Texten entstanden war, brachte Notburg einen Sonderband heraus. Davon gab es inzwischen fünf.

Notburg selbst war süchtig nach den Texten, wartete begierig auf Nachschub, der immer kam, und er bewunderte die erzählerische Vielfalt, die Kulp dazu veranlasste, immer weiter und weiter aus scheinbar unerschöpflicher Quelle zu schöpfen.

Während Notburg für den eigentümlich sperrigen Schreibstil des Autors wohlfeile Formulierungen fand, nannte Kulp selbst diese Art des literarischen Umgangs: die *Verschriftlichung des Unvermögens.*
Die Leichtigkeit der anderen war Kulp immer verdächtig gewesen, die Schnelligkeit, mit der sie etwas fertigstellten.
Jetzt war er sich selbst manchmal suspekt. Trotzdem erlitt er das Glück und lebte gut damit, nicht ohne zwischendurch immer seltener werdende Anflüge von Verachtung zu verspüren, einerseits dem Verleger gegenüber, der ihn freundschaftlich ausnahm, und sich selbst gegenüber, der er blind werden musste, um seinen schriftstellerischen Frieden zu finden.
Manchmal meldete sich die schriftstellerische Ethik und fragte nach der Ernsthaftigkeit seines Tuns, das doch ohne Sorgfalt und ohne jeden Plan rein mechanischen Gegebenheiten zu folgen schien, viel mehr als einem geistigen Anliegen, das um zutreffende Worte rang, sie auch fand nach unendlichen Stunden harter, sich selbst quälender Arbeit. Wenn diese Arbeit zeigte, wie die Dringlichkeit über das Werkzeug triumphierte, war das sein Sieg.

Von Anfang an war es falsch.

Aber die Ethik sollte Ethik bleiben und Kulp folgte im Siegestaumel seinen Vorgaben, die da waren: Blindheit, wenig Zeilen, enge Umrahmungen und harte Kanten, zwei mit Tasten und Schreiben beschäftigte Hände und die Trägheit des Ablaufs, die der schnellen Abfolge von Gedanken widersprach. Die gut gemeinte Schablone

verhinderte das Eintauchen in gedachte, spielerische Sphären, weil sie sich gegen die Geschwindigkeit des Denkens richtete und der Stift durch das Anstoßen an die oberen und unteren Kanten auch die freiesten Gedanken in ihre Grenzen verwies. Wie ein Klotz bremste sie Spontaneität und Wagemut und machte das leidenschaftliche Durchdringen eines Gedankens, eines Anliegens scheinbar unmöglich.
Mit den Vorgaben musste die Sprache sich nehmen, was ins Schablonenkästchen passte. Die Schablone war das Maß aller Buchstaben und Wörter, und auch Maß allen Denkens. Das konnte man bedauern, denn es war tatsächlich grauenhaft und gleichermaßen auf die kargste Art bereichernd, war Segen und Fluch in einem. Kein Sieg ohne Kampf, und Kulp kämpfte und hatte schließlich gewonnen.
Die Schablone war der Filter, durch den Kulp sprach, es war eine Sprache ohne längerfristiges Handeln, ohne Bezüge, denn das große Ganze ging in den einzelnen Zeilenfenstern verloren. Auch der Überblick wurde von der Schablone gefressen. Wie ein monströses, löchriges Metallmonster wollte es ständig mehr, mehr Zeilen, mehr Seiten, mehr Eifer. Und Kulp war eifrig, er bediente die Schablone gut, er lebte mit den vergessenen Wörtern, den verlorenen Impulsen, den abgebrochenen Gedanken, den Wiederholungen, den Inhaltslöchern und Sprachrissen.
Und dann schrieb er das Wesentliche, schrieb die gezielte Bündelung aller Überlegungen in wenigen Zeilen, weil es eine Nachbesserung nicht gab. Einmal mit der Hand nach oben gegangen, einmal die Zeile unterbrochen, einmal ein falsches Wort an falscher Stelle geschrieben, einmal das letzte Wort durch einen anderen Gedanken verjagt, einmal ein Blattwechsel im Gedankenstrom und alles war weg, unprüfbar durch den wissenden Blick, durch flinke Augen, die das Blatt sekundenschnell nach Lücken oder Fehlern abtasten würden.
Einzig das Erfühlen des nächsten Zeilenfensters war ihm möglich und das Zählen der noch freien Stellen auf gegenwärtigem Blatt.

51

So sehr die Schablone ihn zur Kleinteiligkeit zwang, so draufgängerisch ging Kulp im Laufe der Zeit beim Schreiben damit um, so entschieden und überlegen, so virtuos und grotesk. So beschrieb es Notburg.
Die Mechanik des Schreibens verkraftete keine Erklärungen, Bemühungen und Rechtfertigungen kamen in Kulps Sprache nicht mehr vor. Die Schablone verlangte nach Zuwendung, vertrug kein Nebenbei. Sie forderte uneingeschränkten Einsatz.
Die einen Zentimeter hohe Aussparung des Metalls war eng, der Bleistift wurde von der rechten Hand geführt, von der linken Hand gleichzeitig ertastet, um das zu bespielende Feld zu erkunden. Wenn der Stift stumpf wurde, diente ein Kieselstein als Markierung, der dort platziert wurde, wo Kulp aufgehört hatte zu schreiben. Nach dem Spitzen wurde der Stein ertastet und der Stift wieder angesetzt.
Die Unterbrechung des Schreibvorgangs schaffte nach Überwindung desselben eine der berühmten Ungereimtheiten. Sie verhalfen dem Text zu der Typik, die Kulp als Autor zu dem machten, was er heute war.
Das Schreiben erforderte physisch alle Aufmerksamkeit, ungeachtet dessen, was Kulp die Absicht hatte mitzuteilen.
Die Schablone, als Hilfsmittel gedacht, bestimmte die Fingerfertigkeit wie auch die Rasanz des Denkens und zwang damit den Schreibenden genau zu sein. Die Schablone verlangte Klarheit und verschmähte Absichten, Selbstversicherungen und Ausreden, verschmähte sie aufgrund ihrer eigenen Begrenzung.

Die Irrtümer blieben. Kulp sah sie nicht mehr, aber er wusste, dass es sie gab – von ihm selbst begangen, unbereinigt und festgeschrieben. In metallenem Zwang erhielten sie ihren Ort.
Das Metall machte ihm Blasen an Handballen und Fingerkuppen, sie wurden mehr und juckten. Der Arzt gab ihm eine Salbe, die Blasen verschwanden, aber der Juckreiz blieb.

Ich habe ihm gesagt, dass ich lange dachte, eines Tages alles zurückzulassen. „Wie meinst du das?", hat Georg mich gefragt und reflexartig gelächelt.
„Dieser Ort", habe ich gesagt, „die Wohnung, die Arbeit, alles hatte ich satt" … dieses leidliche Leben, diesen leidlichen Naturliebhaber Georg, der mich beim Laufen manchmal leidlich begleitet und mich auch sonst leidlich bedient mit leidlichem Talent, leidlichem Humor, leidlichem Sex, leidlichem Geist, leidlichem Bemühen.
Das Leid, im Sinne einer Unbegabtheit dem Leben gegenüber, steckte in ihm und in allem, was uns umgab, und die Erkenntnis eines entsprechenden Daseins war mir vom ersten Tag unserer Gemeinschaft bewusst.
Aber ich bin geblieben, denn alles hat seinen Sinn, es hat so gelebt werden müssen, als Ausgleich für das, was früher war.
„Und jetzt?", fragte er.
„Und jetzt – was?"
„Du sagtest, du hattest alles satt. Und jetzt?"
„Nicht mehr. Jetzt nicht mehr."
„Du hast es nicht mehr satt? Und mich auch nicht?"
„Nein. Dich auch nicht."
Die Lüge – und er hat gewusst, dass es eine Lüge war tat ihm gut im Moment.
Aber morgen, Georg, das weißt du doch auch, wird alles ganz anders sein.

52

Die Herrschaft über seine Texte hatte ein Werkzeug, genannt Schablone, übernommen.

Das, was er früher nicht aus den Augen lassen konnte, kam heute nicht hinein.
Für die Texte hieß das, sie nicht mehr überarbeiten zu können, nichts mehr auszustreichen, zu verändern, auszufeilen. Die Texte kamen irgendwie durch das Gitter aufs Papier und so mussten sie bleiben: unbearbeitet, roh und grob, und deshalb von allen so geschätzt.
Kulps Leser interessierten sich nicht für Mühe und Eifer, für die Fähigkeit, auf den Punkt genau zu formulieren, die Worte zutreffend und eigen einzusetzen, einen Text zu machen, der von Begabung zeugt und Wortschatz, von Bildung und Weltsicht. Die Leser machten keinen Unterschied zwischen ungehobelter Direktheit, die, weil sie eben genau das war, noch lange keine Wahrheiten vertrat, und …
„Darauf kommt es nicht an", sagte Notburg bei einem der nächtlichen Spaziergänge.
„Und jetzt schreiben Sie einen Krimi. Sie beschreiben eine Tat. Danach ermittelt ein Kommissar. Er fasst sie alle."
„Was heißt alle?"
„Wir entwickeln eine Figur. Längerfristig. Eine Reihe. Und die Hauptfigur sind Sie selbst."
„Ich schreibe nicht über mich, das ist zu nah an mir dran."
„Schreiben Sie einen Krimi. Egal wie. Ich werde ihn rausbringen."

Kulp erbat eine Woche Bedenkzeit. Dann eine weitere. Nach drei Wochen begann er mit dem Schreiben.

Ein paar Tage danach wollte Notburg ein Interview und Kulp willigte ein.
„Ich frage nach der Blindheit. Das interessiert die Menschen."
„Wann wird es erscheinen?"
„Am Wochenende. Im Feuilletonteil."
„Also gut. Fangen wir an".
Notburg schaltete das Gerät an.

**Ich war auf dem Speicher. Damals, als ich hier eingezogen war, hatte ich einen kleinen Koffer dabei. Ich weiß nicht, warum ich heute hinaufgegangen bin, um ihn zu öffnen. Ich weiß nicht, was mich getrieben hat.
Ich nahm ein kleines Buch heraus. Es war seins. Ein Tagebuch. Ich habe eine Seite aufgeschlagen und gelesen. Heiß ist mir geworden.**

2. Oktober 1977
Die Liebe macht V. zu einem lächelnden Monster, das mir gefallen will. Sie widerspricht nicht, trägt nichts bei, sammelt meine Worte ohne sie zu verstehen.
Will sie auch nicht, will nur sammeln.

Ich war nur ein V. für ihn, nur ein V.

53

Einundfünfzig war er geworden.
Notburg hatte ihn am Morgen mit dem Wagen abgeholt.
Er hatte ihm gesagt, dass Graz nicht alles sei und dass er, Kulp, einmal wieder hinaus in die Welt müsse, er staube sonst ein.
Es war ein feuchter, warmer Herbsttag, und sie fuhren über Land.
Im Auto hörten sie Chopin und Kulp dachte, wenn er nicht blind wäre, hätte er jetzt die Augen geschlossen.

Sie gingen spazieren. Kulp zog Schuhe und Strümpfe aus, weil er den feuchten Waldboden spüren wollte. Er brauche das, sagte er. Der Langstock lag im Auto und Notburg ging neben seinem Freund her. Kulp liebte den Wald mehr als die Berge, weil man ihn roch. Darüber nachdenkend, den weichen Boden unter den Füßen spürend, lächelte er ob seiner Erkenntnis. Sie war neu und bar jeder Erfahrung.
„Ich war nie in den Bergen", sagte er dann.

„Vermissen Sie es?“
„Wie kann ich etwas vermissen, was ich nicht kenne?“
„Vermissen im Sinne von Bedauern.“
„Nein. Ich war nie jemand, der suchend durch die Gegend gereist ist. Ich empfinde das jetzt als Vorteil, eben weil mir bestimmte Bilder nicht fehlen.“
„Sie könnten neue Eindrücke gewinnen.“
„Ja, jede Luft riecht anders, ich weiß. Aber warum sollte ich jetzt etwas wollen, was ich früher schon nicht gewollt habe, jetzt, wo es viel mühsamer für mich ist, mich darauf einzulassen.“
„Sie haben sich nie für Landschaften interessiert?“
„Für Landschaften nicht, aber für Natur: der Waldboden, die Wiese, Schnee, Blätter; Blumen habe ich immer gemocht und Bäume.“
„Und jetzt?“
„Jetzt auch. Ich bin lange nicht so wie heute spazieren gegangen.“
„Sie lächeln. Ein seltener Anblick, Kulp.“

Ich lese weiter in dem kleinen Buch.

4. Oktober 1977
Manchmal stelle ich mir vor, ich sitze im Zug. Er fährt über den Endbahnhof hinaus und ich bleibe sitzen. Niemand schickt mich raus. Niemand kontrolliert mich. Der Zug hält. Es wird dunkel und ich öffne die Tür. Es ist warm und duftet nach Wiese.
Ich klettere auf das Dach des Zugs und setze mich. Es weht ein leichter Wind und ich sehe ferne Lichter der Stadt. Dann strecke ich mich aus und lege mich auf den Rücken, die Arme hinter dem Kopf verschränkt blicke ich in den Sternenhimmel.
Auf dem Abstellgleis. Da will ich sein und bleiben.

54

Mittags saßen sie im Café. „So ein Tag hat auch etwas für sich", sagte Kulp. „Man hört andere Geräusche. Ist das Café neu?"

„Ja, es wurde erst kürzlich eröffnet."

„Wie ist die Einrichtung? Beschreiben Sie mir, was Sie sehen, Notburg."

„Es ist fast alles weiß. Die Wände sind weiß gestrichen, die Möbel sind weiß, auch die Bilder."

„Die Bilder? Wie das?"

„Kennen Sie den Zeichner Beardsley? Sie bestehen aus dünnen schwarzen Linien, die so zart sind, dass man den Eindruck hat, die Zeichnungen sind nur weiß. Es ist so ein Erotikkitsch. In den Siebzigern hingen sie überall. Hier sind sieben Zeichnungen von ihm. Außerdem gibt es viele Blumen aus Plastik. Weiße Lilien in weißen Vasen. Aber auch weiße Rosen. Und Glaslampen in Blumenform."

„Wo haben Sie mich da hingeführt, Notburg? Das klingt ja grauenhaft."

„Ja, seien Sie froh, dass Sie nichts sehen. Aber hell ist es, das kann man nicht anders sagen."

„Das hat Weiß so an sich. Ich sehe es vor mir."

Dann stellte Notburg unvermittelt eine Frage, die ihn schon länger beschäftigte, wie er sagte.

„Haben Sie sich selbst verflucht?"

„Wann?"

„Als Sie damals in Ihr Auto stiegen vor dem Unfall …"

„Wie kommen Sie darauf?"

„Haben Sie oder haben Sie nicht?"

„Wahrscheinlich schon."

„Das klingt nicht lustig".

„Muss es das?" Kulp lächelte.

„Nein."

„In dem Wort *Flucht* steckt *Fluch* drin."

„Sind Sie geflohen?"

„Die Blindheit hat damit zu tun."

„Die Erblindung als Flucht?“
„Ja. Als ich damals ins Auto gestiegen bin, hatte ich die Idee eines sicheren Abgangs im Kopf. Aber *Idee* und *sicher* schließen sich aus. Eine Idee ist eben kein Plan.“
„Sie reden von Selbstmord.“
„Ich rede von Abgang. An Varianten dachte ich nicht.“
„Aber an ein wie auch immer geartetes Ende.“
„Flucht.“
„Wovor?“
„Vor Gewissheiten, vor dem, was nicht zu ändern ist: das Umfeld zu einer anderen Vergangenheit.“
„Einer anderen Vergangenheit als der Ihren?“
„Ja.“
„Ist es gelungen?“
„Nach dem Unfall musste ich mein Leben neu organisieren. Insofern schon. Ich war nicht mehr derselbe.“
„Und jetzt?“
„Die Suche hört nicht auf. Ich suche wieder.“
„Und leben wie ein Einsiedler.“
„Ja. Ich verlasse kaum das Haus, liege wie ein Katzenbaby auf der Stelle, zittere vor der Fülle von Ideen und Möglichkeiten. Aber das Katzenbaby kann nicht viel machen. Es ist zu klein, zu schwach und muss sich beschränken, muss eingrenzen, muss wählen.“
„Weil Sie blind sind?“
„Weil es zu klein ist. Meine Gedanken waren immer zu klein. Und immer habe ich geschrieben und schreibe noch. Aber was ist die Idee? Nach der Erblindung habe ich mich zurückgezogen und erst viel später wieder angefangen zu schreiben.
Der Rückzug war eine lebenspraktische Verhaltensweise, keine künstlerische. So, wie ich mich in der Erblindung einordne und verkante, wie ich widerstehe, aufständig bin, leide, erdulde, so geht es mir im Leben nicht. Die Erblindung und das Leben damit ist ein Leben in dem anderen Leben, das ich als Kreatur führe.

Die Blindheit verwandelt mich in der gleichen Weise, wie anderes mich verwandelt, mir hilft oder mich beschädigt, oft so, dass ich über Folgen und Verhältnismäßigkeit nichts Genaueres sagen kann. Die Künstlichkeit des Lebens hier ist seine immer hinzutretende Bühnenhaftigkeit, dieses: immer ein wenig außer sich gehoben sein und immer etwas zu viel Erwartung und etwas zu wenig Erfüllung. Wobei die Erwartung und das Irritiertsein über sie immer stärker ist als das Nachdenken über Erfüllungszusammenhänge. Leider gelingt mir kein wirklich glanzvoller Gedanke."
Notburg blätterte eine Seite seines Blocks um.
„Was machen Sie? Schreiben Sie mit?"
Tatsächlich hatte Notburg inzwischen sein Notizbuch herausgeholt, um das, was er hörte, aufs Papier zu kritzeln. Er schrieb nicht schnell genug.
„Ich mache mir ein paar Notizen. Das ist alles. Aber Sie könnten ein bisschen langsamer sprechen, wenn es Ihnen nichts ausmacht."
„Wir unterhalten uns, oder? Das ist doch keine Vorlesung hier! Wahrscheinlich sitzen Sie wie ein Pennäler und beschmieren Ihre Blätter mit jedem einzelnen Wort, das ich sage. Dabei ärgern Sie sich, weil ich zu schnell spreche und Sie nicht mitkommen. Aber machen Sie, was Sie wollen. Nur auf Ihre Langsamkeit werde ich keine Rücksicht nehmen können. Das können Sie nicht von mir verlangen. Wo war ich … ?"
„Sie sagten, Ihnen gelänge kein glanzvoller Gedanke."
„Ich sage doch, dass Sie mitschreiben, wie ein Eckermann."
„Was meinen Sie mit ‚Erfüllungszusammenhängen'"
„Habe ich das gesagt? Ein seltsames Wort. Ich denke dabei an das, was sich aus den eigenen Möglichkeiten ergibt, aus den eigenen Gedanken. Die Erblindung ist auch eine Möglichkeit. Sie ist mir widerfahren, aber daneben bleibt immer noch das Ich, das Selbst."
Kulp rollte wieder auf der Spur und tatsächlich sprach er etwas langsamer. Und Notburg schrieb.
„Diese Verführung zwischen meinem Leben und meinem davon nur teilweise abgedeckten Ich ist eine poetische Lücke. Da gibt es dann

nicht kamikazehaftes Schreiben, sondern Roulette, Hoffen auf eine Glückschance. Ich sage extra dieses törichte Wort, weil es der relativen Doofheit meiner Erwartung entspricht.
Aber jetzt meldet sich die Vergangenheit zurück. Die Vergangenheit des Edgar Kulp. Ich krame in Erinnerungen und übe mich im bruchstückhaften Zusammensetzen verlorengegangener Wirklichkeiten."

„Das machen wir alle."

„Mag sein. Aber ich habe so viel Zeit. Das Festhalten am Jetzt steht dieser Suche gegenüber wie eine Entsprechung und wie ein steter Begleiter. In dem, was war, gibt es das Festhalten am Jetzt."

„Das nennt man Lebensgeschichte. Schreiben Sie sie."

„Es macht keinen Sinn. Ich bin aus meiner Vergangenheit emigriert, vor so vielen Jahren. Eine solche Zeit der Abwesenheit, des sich Entfernens, ist eine große Fremde."

„Was war daran beteiligt?"

„An der Fremdwerdung?"

„Ja."

„Mein Vater wurde ermordet. Das wissen Sie doch."

„Ja, entschuldigen Sie. Aber Sie sprechen immer nur von Ihrem Vater."

„Meine Mutter starb wenige Tage nach dem Tod ihres Mannes. Sie starb einfach im Bett. Lag da und war tot. Was hätte sie auch weiter anfangen sollen ohne die familiären Zwänge, die sie gewohnt war? Da war es schon besser, einfach liegen zu bleiben."

„Ich bitte Sie, Kulp."

„Damals habe ich mit dem Schachspielen begonnen. Danach. Wie ein Besessener habe ich gespielt."

„Gewinnen konnte man gegen Sie sicher nicht."

„Ich war mal gut. Aber über die Jahre wurde auch das Schachspiel Teil der Entfremdung. Vier, fünf Mal in der Woche bin ich ins Schachcafé nach Gelnhausen gefahren. Und was ist daraus entstanden? Ein labiler Charakter, der sich an schnellen Erfolgen berauschte und an diesem Spiel, das genau diese Eigenschaft so sehr bestraft wie kein anderes. Wie viele Partien habe ich verloren, weil ich gute Partien falsch weiterspielte, so falsch, dass ich mir heute sage, das muss ein Charakterfehler gewesen sein: Dieser Mangel an Bereitschaft zur Einkehr, zur Besinnung, zur Hingabe und zu konzentrierter Aufmerksamkeit bis zum letzten Augenblick. Stattdessen berauschtes Ziehen in der Gewissheit des sicheren Erfolges."

„Diese Eigenschaften kennzeichnen den Größenwahn."

„Wie kommen Sie darauf?"

„Nicht *ich* komme darauf. Ich fasse nur zusammen, was Sie mir gesagt haben. Vielleicht ist es auch einfach Genialität. Oder beides. In jedem Fall: lassen Sie es ruhen."

„Sie müssen mir nicht schmeicheln. Das kann ich nicht ausstehen, Notburg. Aber das Wort Größenwahn schockiert mich, weil ich es schon oft gehört habe."

„Von wem?"

„Meine Frau hat es gesagt."

„Haben Sie ihr geglaubt?"

„Vielleicht. Im Übrigen ist die Erblindung auch nicht gerade ein Zeichen von Bescheidenheit."

„Die Sie sich nicht ausgesucht haben."

„Das weiß ich nicht."

„Und das wäre nun *wirklich* großenwahnsinnig, Kulp! Und was die Deutung Ihrer Fähigkeiten betrifft, kann ich Sie beruhigen: Das Fehlen konzentrierter Aufmerksamkeit ist sicher nicht Ihr Problem."

„Und was ist es dann, Ihrer Meinung nach?"

„Es ist vermutlich eher zu viel von allem als zu wenig. Auch der Zweifel zu viel. Aber ich bin nicht berufen zu solchen Aussagen."

„Mein Vater hat gesagt: Er macht immer zu viel. Sehen Sie?"

„Ich hatte nicht vor, mit Ihrem Vater über die Deutung Ihrer Eigenschaften zu wetteifern."

„Spielen Sie auch Schach?"

„Ich habe gespielt, ja."

„Jetzt nicht mehr?"

„Nein. Ich habe damit aufgehört, nach dem Tod meiner Frau. Es war merkwürdig, sie hat mir das Spielen immer vorgeworfen. Zu Recht. Wenn andere sich mit der Frau im Bett wälzten, habe ich nachts an meinem Tisch gesessen und Schach gespielt.
Nach unserer Hochzeit hatte ich damit begonnen und ich glaube, ich war süchtig. Es gab einen Zusammenhang zwischen dem manischen Spiel und meiner Ehe, zwischen der Sucht und meiner Ehe. Und als sie tot war, verlor ich das Bedürfnis, mich auf die Dame zu stürzen.“ Notburg lachte und zündete sich eine Zigarette an.
„Ich war auch süchtig“, sagte Kulp.
„Wann haben Sie damit aufgehört?“
„Die Blindheit hat das für mich erledigt. Als ich noch sehen konnte, hätte ich niemals damit aufhören wollen. Es gab auch keinen Grund. Im Gegenteil. Ich hatte nicht wenig Geld damit gewonnen. Aber nach der Erblindung hatte ich zu allem keine Lust mehr. Als Blinder kann man kein Held mehr sein.“
„Haben Sie es vermisst?“
„Es gab plötzlich andere Dinge. Erst einmal hatte ich es vergessen. Und dann wollte ich nicht mehr. Es kam mir lächerlich vor. Sie glauben gar nicht, wie vieles einem plötzlich lächerlich vorkommt.“

55

„Georg, ich habe dieses Scheiß-, dieses verdammte Scheiß-, Scheißinterview gelesen … dieses Scheiß-interview!
Warum habe ich es überhaupt wahrgenommen?!“
Ich schmeiße die Zeitung in seine Richtung und er bückt sich und fängt an zu lesen. Er liest sehr lange. Endlich legt er die Zeitung beiseite.
„Es ist interessant.“
„Was meinst du damit?“
„Er ist ein interessanter Mensch, dein Bruder.“

„Wie kannst du so etwas sagen! Du kennst ihn überhaupt nicht, hast ihn noch nie gesehen und schon hat er dich auf seine Seite gezogen!“

„Auf welche Seite denn, ich bin auf keiner Seite. Ich sage nur, dass er interessant ist.“

„Siehst du, genau das meine ich! Er plaudert ein bisschen in der Zeitung über sein Leben und schon ist er interessant. Was soll daran interessant sein, was?!“

„Warum regt es dich so auf, wenn ich das sage?“

„Weil es immer so war, immer!“

Ich weine und stoße mit dem Fuß gegen den Plattenspieler. Georg steht auf und nimmt mich in den Arm. Wie einem Schäfchen streicht er mir über den Kopf. Ich weine lauter und dann schlage ich mit beiden Fäusten auf ihn ein. Ich treffe sein rechtes Auge und er stößt mich zurück.

„Bist du von allen guten Geistern verlassen?“

„Von welchen guten Geistern?“

„Ich glaube wirklich, du bist kaputt, vollkommen kaputt. Das ist ja geradezu beängstigend!“

Georg läuft nach draußen. Als er ins Zimmer zurückkommt, kühlt er sich mit einem Lappen das Auge.

„Du hältst nicht zu mir. So ist es eben. Du fällst mir mit jemandem in den Rücken, den du gar nicht kennst.“

„Jetzt hör doch auf damit, Vera. Hör einfach auf!“

„Nein!“

Ich weiß nicht, warum ich so brüllen muss. Mein eigener Schrei fährt mir wie ein Schlag ins Gesicht und ich schreie noch einmal: „Nein!“

Georg stellt sich ans Fenster und sieht nach draußen.

„Ich dachte, du liebst deinen Bruder. Jedenfalls hatte ich bisher immer diesen Eindruck. Aber das kommt mir genauso verkappt vor wie die Tatsache, dass ihr euch nie wiedergesehen habt. Krank, absolut krank, das Ganze.“

„Du jedenfalls findest ihn interessant. Was ist denn an ihm so außergewöhnlich? Kannst du mir das erklären?" Er dreht sich zu mir um und fragt mit ungewohnt lauter Stimme: „Warum interessiert dich das plötzlich? Du weißt es doch selbst, du hast doch mit ihm gelebt, ihn jahrelang bewundert und verehrt. Dafür wirst du deine Gründe gehabt haben. Was ich denke, ist vollkommen egal!"

„Dann quatsch nicht rum und sag, er sei interessant."

„Du hast mir dieses Interview gegeben, entschuldige."

„Ja, dann sag es halt: Was ist an ihm so besonders?"

„Gut. Ich sage dir: Er ist blind, er ist Schriftsteller, das heißt, er hat seine Ausdrucksform gefunden, er hat überhaupt etwas für sich gefunden, man merkt es auch an der Art, wie er sich ausdrückt, er ist bei sich und das, obwohl er nichts sieht! Er ist belesen und witzig und er lebt anscheinend zufrieden. So. Das ist bewundernswert. So einfach ist es. Und da kannst du brüllen so viel du willst, diese Klasse wirst du nie erreichen! Wahrscheinlich brüllst du deshalb."

Ich weine wieder. Dann höre ich mich sagen: „Er ist ein Egoist."

„Du nicht?"

„Ich weiß nicht."

„Jedenfalls war es sicher nicht leicht, nach dem Unfall neu anzufangen."

„Ich habe auch neu angefangen."

„Ja, ja …"

„Was: ja, ja?"

„Du klagst, er klagt nicht."

„Woher willst du das wissen?"

„Wenn man den Text richtig liest, hört man es heraus. Er wird schlechte Zeiten gehabt haben, vielleicht hat er sie immer wieder, aber er ist anscheinend in der Lage sie zu überwinden. Viel mehr noch: Er dreht es anscheinend so, dass am Ende sogar noch etwas Gutes für ihn dabei herauskommt. Diese Begabung hast du nicht.“

„Du bist widerlich.“

„Ich weiß.“

„Du verachtest mich.“

„Nein, ich sage dir nur, warum er interessant ist. Das wolltest du doch wissen.“

„Zeig mir eine einzige Stelle im Interview, eine einzige Stelle!“

„Meinetwegen. Hier zum Beispiel. Ich finde es anregend, wie er über das Blindsein spricht. Das habe ich so noch nicht gehört.“

„Als würdest du permanent von Blinden gehört oder gelesen haben.“

„Willst du es nun wissen, oder nicht? Er fragt also seinen Verleger:

„Welches Buch haben Sie jetzt in der Hand?“

Notburg: „Die Bibel.“

„Ich wusste nicht, dass sie noch da ist. Warum die Bibel?“

Notburg: „Ich habe sie durch Zufall genommen. Sie lag außer Sichtweite.“

„Bei mir liegt alles außer Sichtweite.“

Notburg: „Oh ja, entschuldigen Sie.

„Das müssen Sie nicht. Für mich ist es eine Tatsache, die nur für Sie eine Ausnahme ist. Ich lebe einen Rhythmus, der nichts mit dem Leben der anderen zu tun hat. Wahrscheinlich wäre mir diese Möglichkeit als Sehender so nicht vergönnt gewesen.“

Notburg: „Welche Möglichkeit meinen Sie?“

„Die Möglichkeit des Auslassens. Vieles bleibt mir als Blindem erspart. Dinge, von denen ich früher geglaubt hatte, dass sie wichtig sind. Um mein Leben erfolgreich

gestaltet zu haben, hätte ich sie mir abverlangt. Heute weiß ich: ich kann ohne das alles sehr gut sein. Die Blindheit erlaubt mir ein Ausnahmedasein, das ich mir aus freien Stücken nie gestattet hätte."
Notburg: „Anarchie sozusagen."
„Weniger kämpferisch. Wie in einem Keller: Keiner sieht mich, keiner will etwas von mir. Ich selbst sehe nichts und will auch nichts von anderen. Ich versuche nicht, dem Leben eines Sehenden nachzueifern, sondern lebe, wie es meinem fehlenden Augenlicht entspricht. Ich habe es dadurch nicht schwerer. Das, was mein Leben scheinbar unbequem macht, ist gleichermaßen aufregend."

„Was ist daran anregend?"
„Du bist störrisch, Vera. Das ist langweilig. Dann brauchen wir nicht zu reden."
„Doch, doch, Georg. Bitte! Was meinst du genau?"
„Ich finde diesen Absatz unter mehreren Aspekten interessant. Unter einem, weil Edgar davon spricht ..."
„Bitte sprich nicht von ‚Edgar'."
„Wie bitte?"
„Bitte sag nicht seinen Namen."
„Jetzt reicht es wirklich, Vera. Jetzt reicht es. Lassen wir das. Ich muss ohnehin los."
„Nein, bitte. Sprich weiter. Nur sag nicht ‚Edgar'."
„Karlheinz oder was soll ich sagen. Er heißt ja nun mal so!"
„Ja, sag einfach ‚dein Bruder'. Das wäre mir angenehm."
„Wie zahm du werden kannst, wenn du was willst. Das ist alles so irre. Aber gut. Dein Bruder spricht also davon, in einem Keller zu leben. Das tust du ja auch. Keiner sieht dich, wenn möglich, keiner will was von dir. Nur der dumme Georg, der es bisher nicht geschafft hat, dich zu verlassen."

„Ich bitte dich, Georg. Jetzt geht es nicht um dich."
„Ich weiß, danke. Aber an sich seid ihr euch ähnlich. Nur bedauert er sich nicht unentwegt. Er scheint – im Gegensatz zu dir – damit zufrieden zu sein."
„Ja! Genau! Immer hat er das gemacht, was er wollte und je mehr er das gemacht hat, umso mehr wurde er dafür bewundert. Das eigentlich ist seine einzige Lebensleistung. Verstehst du das nicht?!"
„Das ist sicher ungerecht. Du hast mir gesagt, er war jemand, der viel geben konnte."
„Ja, wenn man sich untergeordnet hat. Dann ja. Und alle anderen mussten dann sehen, wie sie mit seinen Ausprägungen und Launen zurecht kamen!"
„Das kenne ich."
„Es geht nicht um dich."
„Ja, entschuldige, das hatte ich vergessen."
„Ist das alles, was dir imponiert?"
„Nein. Diese Stelle gefällt mir auch. Es hat diesmal nichts mit dir und nichts mit mir zu tun. Dein Bruder – siehst du, wie schnell ich lerne? – dein Bruder sagt:

„Ich habe den Drang, meine eigenen Leistungen zu beobachten und zu bewerten, gegen mein Augenlicht eingetauscht. Auch das ist angenehm."
Notburg: „Fühlen Sie sich den Sehenden gegenüber überlegen?"
„In jedem Fall fühlen sich die Sehenden den Blinden überlegen. Das steht fest. Dabei irren die sich natürlich."
Notburg: „Inwiefern?"
„Ich gebe Ihnen ein Beispiel: Als Sehende bilden wir uns ein, ein Spaziergang würde uns die Seele erleichtern. Wir sehen die Bäume und sagen: ‚Sieh, wie schön die Bäume!' und gehen vorbei. Der Baum wird immer nur

ein Baum sein, man wird den Stamm sehen, die Blätter, das Grün. Und neben vielen anderen Bäumen, die man sieht, wird er in der Masse verschwinden. Wir bilden uns ein, wenn wir den Baum gesehen haben, sind unsere Sinne bedient. Aber außer einem schnellen Blick haben wir nichts oder wenig wahrgenommen. Die Augen sind der Sinn des Scheins, und für die meisten Menschen der wichtigste. Sie hören nichts, sie riechen nichts, sie berühren keinen der Bäume jemals mit der Hand. Sie begnügen sich mit den Augenblicken, in denen sie das Grün der Bäume sekundengleich mit den Augen gestreift haben. Tatsächlich ist ihnen vieles entgangen."
Notburg: „Sie sehen Ihre Blindheit nicht mehr als Makel?"
„In jedem Fall ziehe ich Gewinne daraus. Bedauern müssen Sie mich also nicht."

Georg legt die Zeitung auf den Tisch, steht auf und setzt sich zu mir auf das Sofa. Sein Auge hat eine leichte Schwellung und ich nehme seine Hände. Er lächelt. Nach ein paar Minuten steht er auf und geht zur Tür.
„Er geht über Leichen", sage ich leise.
Da er nicht reagiert, rufe ich jetzt: „Er geht über Leichen!"
„Das weißt du besser als ich."
„Ja, das weiß ich auch."
„Und was fängst du mit diesem Wissen an?"
„Er ist einfach nur ein guter Redner, ein Blender, weiter nichts."
„Ein Blender geht nicht über Leichen. Ein Blender handelt nicht. Was also ist er denn nun?"
„Mein Bruder."
„Ja. Dein Bruder."

56

Der Krimi, den er zu schreiben hatte – denn es war, wie alle anderen davor, ein Auftrag – ließ sich schwer an.
Nach Notburgs Vorstellung sollte es in familiärem Kreise spielen, weil das die Leute interessierte, irgendeine Schauertat, begangen von einem jahrelang missachteten Familienmitglied, einem Unterschätzten, der mit der Tat seiner Unsichtbarkeit ein drastisches Ende verschaffte und danach in psychisch tiefste Abgründe der Schuld fiel. Bei diesem Wort lachte Notburg plötzlich auf: „Kulp kommt von Culpa. – Das gefällt mir, Kulp. Es könnte fast eine Krimireihe sein, die so lautet. Gefällt mir sehr. Einen herrlichen Namen haben Sie!“
„Eine törichte Idee, Notburg. Ich verstehe kein Wort.“
Notburg ließ sich nicht beirren und sprach weiter über den Täter, der erst Jahre später gefasst werden würde, weil der blinde Ermittler seine zufällig gemachten Aussagen …
Kulp spürte, wie sich sein Magen verkrampfte. Nie hatte er über seinen Namen nachgedacht. Jetzt schon. Nicht ohne Grund hatte er sein ganzes Leben lang als Namen eine abgehackte Schuld mit sich herumgetragen. Nicht ohne verdammten Grund. Er musste sich setzen und plötzlich saß Notburg dicht neben ihm. Geradezu verschwörerisch sprach er auf Kulp ein.
„Lesen Sie Zeitung. Darin sind Sie geübt. Da finden Sie auf jeder Seite Beispiele vorbildlichster Verbrechen.“

Notburg hatte auf banale Weise recht. Ideen entstanden, indem man sich Dinge zu eigen machte. Um das festzustellen, musste man nicht besonders einfallsreich sein.
„Aber Zeitung und Fernsehen sind zu schwerfällig, zu dicht. Zeitungen plappern selbst da, wo sie authentische Texte bieten, weil sie wie Maschinen funktionieren. Das Fernsehen, das selbst nur eine Maschine ist, sowieso. So einfach ist es nicht, Notburg. Ideen entstehen durch den Wechsel von Wahrnehmung zu Handlung. Handlungen sind vielleicht das Donnern nach dem Blitz der Idee.“

Notburg verstand nicht, warum Kulp zögerte und bei ihm das Schreiben über irgendeine Familie derartige Hemmungen verursachte.
„Mensch, Kulp, es ist eine Geschichte, erfunden und im Grunde auch vollkommen unbestimmt, im Sinne von: tausendfach erprobt, tausendfach so geschehen. Einzig der blinde Ermittler ist besonders, den nur Sie mit Ihrer unseligen Erfahrung und Ihrem bedrückend wahrhaftigen Gespür in der Lage sind glaubhaft zu beschreiben."
Den Grund für derartiges Feingefühl wisse er selbst nur zu gut, fuhr er weiter fort, es sei sein eigenes Leid, das er jetzt die Gelegenheit habe umzuwandeln, nicht in eine Entsprechung, aber doch immerhin in eine monetäre Gegenleistung, die ihn, Kulp, in die Lage versetzen sollte …"
Notburg hörte nicht auf zu sprechen.

Er konnte gut gucken.
Georg will wissen, was ich meine.
„Die Kunst, zum Beispiel. Die Kunst hat er mir gezeigt."
Edgar hatte verstanden sie zu sehen, wusste, worauf es ankam und hat sie mir nahegebracht. Immer hat er als Jugendlicher Bilder gesammelt, sie irgendwo aus Katalogen ausgeschnitten und in Mappen aufbewahrt. Fein waren sie auf schönes Papier geklebt und mit Bildunterschriften versehen. Edgar war früher versessen darauf, sich Gemälde von alten Meistern anzusehen.

Eine dieser Mappen habe ich noch. Ich zeige sie Georg.
„Warum hast du diese Mappe behalten?"
„Ich weiß nicht, aber mir hat sie immer gefallen. Einfach so. Es ist eins der ganz wenigen Dinge, die ich damals mitgenommen habe."
Dann sitzen Georg und ich beieinander und blättern darin.

„Ich kenne das alles so gut …“
Ich muss mit dem Sprechen aufhören.
Nach ein paar Minuten habe ich mich gefangen.
„Soll ich dir zeigen, wie er es gemacht hat? Wie er mir das Sehen beigebracht hat? Wenn ich heute Bilder ansehe, tue ich das auf seine Art.“
„Wie?“, fragt Georg.
„Er kann seine Bilder heute nicht mehr sehen. Ob er leidet, Georg?“
„In dem Text klingt es, als sei er nicht unglücklich. Er hat ja auch das Schreiben.“
Ich bin beruhigt.
„Jedes Bild hat er mir erläutert“, sage ich. „Aber er hat es nie erklärt. Er hat mir immer nur Fragen gestellt …“
„Was für Fragen?“
„Guck selbst … das verlangte er von mir, dass ich gucke. Und dann fragte er: Was siehst du? Also, Georg, was siehst du?“
„Ich verstehe nichts von Bildern.“
„Du weißt mehr, als du glaubst. Antworte nur auf die Fragen und du wirst verstehen, was ich meine. Dieses hier zum Beispiel. Was genau siehst du?“
„Viele Personen. Sie stehen alle zusammen. Eine Familie, eine Herrscherfamilie vielleicht. Vorne die Eltern, daneben die Geschwister und in der vordersten Reihe, vor den Eltern, die Kinder.“
„Die Familie von Karl dem IV., ja. Der König hatte Goya den Auftrag gegeben, sie zu porträtieren.“
„Der spanische König?“
„Ja. Und wie, findest du, sieht er aus?“
„Dümmlich.“
Wir lachen. Georg entschuldigt sich.
„Nein, nein. Sag, was du denkst.“
„Er hat viele Orden.“

„Hat er Macht?"
„Ja, wahrscheinlich schon."
„Woran siehst du das?"
„An den Orden."
„Sieh genau hin. Wo steht der Mann?"
„Ein bisschen rechts im Bild."
„Gibt es ein Bildzentrum?"
„Ja."
„Und wo steht er?"
„Nicht in der Mitte. Da steht die Königin. Sie hat ein goldenes Kleid."
„Und?"
„Und sie leuchtet. Vielleicht hat sie die Hosen an."
„Ach ja?"
„Ja. Wenn ich jetzt genauer hinschaue, finde ich, dass er ein bisschen im Abseits steht … nicht wie ein mächtiger Mann. Nicht respekteinflößend …"
„Warum? Was ist los?"
„Er hat keinen Blick."
„Wo sieht er denn hin?"
„Na, er sieht irgendwie zur Seite. Er ist nicht aufmerksam."
„Wie sieht er noch aus?"
„Dicklich."
Wir lachen wieder.
„Hat er wirklich so ausgesehen?", fragt er. „An seiner Stelle hätte ich das Bild nicht genommen, geschweige denn bezahlt. Es ist ja fast beleidigend."
„Und was ist mit der Frau?"
„Die Frau sieht den Betrachter an."
„Sie nimmt Kontakt zu uns auf. Sie hat die Macht und der König ist ein Schwächling. Goya hat insgeheim das gemalt, was er dachte. Und das Königspaar hat es nicht bemerkt. Die Orden auf des Königs Brust haben sie getäuscht."

Georg klatscht in die Hände. „Das ist ja wunderbar! Noch eins!"
Ich blättere in der Mappe und nehme ein anderes Blatt. „Was siehst du hier?"
„Ich sehe zwei Frauen und zwei Kinder. Die eine ist wahrscheinlich Maria mit dem Christuskind, die andere kenne ich nicht."
„Elisabeth. Beschreib mir nur die Kinder. Wo sind sie?"
„Sie sitzen beide zu Füßen der Mütter, beide auf Kissen."
„Was für Kissen?"
„Der eine Junge sitzt auf einem roten Kissen mit Ornamenten darauf."
„Sitzt der Junge bequem?"
„Ja, warum nicht?"
„Und der andere Junge?"
„Der andere nicht. Es sieht aus, als rutschte er gleich herunter. Das Kissen ist zu klein und gibt keinen Halt."
„Sieh genau hin."
„Die Kissen haben nicht die gleiche Qualität. Das von Elisabeths Jungen ist prall gefüllt und dadurch hart. Außerdem scheint es kratzig zu sein. An einer Ecke ist es aufgeplatzt und es quillt Stroh heraus. Deshalb ist es labil."
„Wie sehen die beiden Buben aus?"
„Der eine sitzt aufrecht und weich auf der Kissenmitte, der andere sitzt wackelig und ungelenk am Kissenrand."
„Was ist mit den Körpern der Kinder? Wie sehen die aus?"
„Die Körper selbst sind unterschiedlich. Der eine Junge ist schmal. Er reckt sein Hälschen und hört aufmerksam, was gesprochen wird."
„Und der andere?"
„Der andere wirkt ein bisschen plump. Der Kopf sitzt direkt auf den Schultern, einen Hals sieht man nicht.

Er sieht auch weniger konzentriert aus, eher fahrig. Es ist, als ob sich die Kissenformen auf die Körperhaltung auswirkten.“
„Und welcher Junge, glaubst du, ist Jesus?“
„Der, der auf aufrecht auf dem schöneren Kissen sitzt … Verstehe.“

„Beim richtigen Sehen“, sagt er, „geht es also darum, zu verstehen, dass nichts ohne Grund so ist, wie es ist.“ Und ich denke: Dazu braucht man das Sehen nicht. Das weiß auch ein Blinder.

57
Kulp lag im Bett.
Die Idee: Ein Mann soll in den heißesten Tagen des Jahres in Frankfurt die Ankunft seiner Frau vorbereiten. Er muss dazu in einer Wohnung, die nur zum Teil renoviert ist, sauber machen und eine große Bibliothek einräumen. Außerdem gibt es ein großes, ungeordnetes Archiv mit Zeitungsartikeln.
Im Verlauf der Zeit versucht der Mann dieses Archiv zu sortieren, er will es beherrschbar machen. An dieser selbst gewählten Aufgabe wird er scheitern. Dafür gibt es viele Gründe, wovon der wichtigste wohl der ist, dass nicht klar ist, wofür dieses Archiv überhaupt gebraucht wird. Es sind alle Gebiete der Kultur darin enthalten, dazu Politik und Geschichte. Der Mann muss unbedingt zu einem Resultat kommen. Zur Bewältigung dieser Aufgabe hat er seine Frau ins Exil geschickt. Zwei Monate hat er sich dafür ausbedungen und in wenigen Tagen läuft die Zeit ab. Jetzt wartet sie ungeduldig auf ein Signal von ihm. Sie sitzt in München bei ihrer Schwester, einer Stadt, die sie nicht mag, die sie nicht mehr erträgt. Sie ist einsam und klagt am Telefon.
Die Wohnung wurde von ihrem Geld gekauft und renoviert.

Der Mann zögert ihre Rückkehr Tag um Tag, Woche für Woche heraus. Er hat zu schreiben begonnen und beobachtet seine Umgebung. Fast protokollartig schreibt er Gespräche auf. Er schreibt, weil er sich über sich selbst klar werden möchte. Ihm fehlt jede Gewissheit, er lebt nur für die relative Vollkommenheit des Augenblicks. Sein Verdacht: dass diese Lebensidee aus seiner Kindheit stammt und er das Pech hatte, diese Idee niemals erkämpfen zu müssen. Das verwöhnte Leben und schöne Augenblicke wurden ihm immer geschenkt.
Die letzten zehn Jahre war es seine Frau, die ihn dieses Beharren im Angenehmen ermöglicht hat. Jetzt, allein in Frankfurt, in dieser Wohnung, spürt er die Verantwortung. Zugleich spürt er, wie schlecht er auf diese Verantwortung vorbereitet ist. Mit dem Schreiben und der Bearbeitung des Archivs sucht er zu diesem ihm fernen Leben Anschluss.
Er lernt den Maler K. kennen, einen jungen Mann, mit dem er ein Gespräch über Frauen führt. Darin stellt er sich als jemand dar, der Frauen mit seinem Charme und Verstand jederzeit verführen könnte. Er gibt eine unsympathische, von sich selbst eingenommene Figur.
Dann trifft er Lore, eine Frau, die etwas älter ist als er. Ihr Mann starb vor zwölf Jahren. Sie hat zwei Söhne aus zwei Beziehungen. Der eine ist behindert, der andere sitzt gerade in einer Drogentherapie. Sie versucht das Leben so gut zu nehmen, wie es geht. Sie macht Ausflüge, fährt für zwei Wochen nach Marienbad, besucht Kunstausstellungen, die im Viertel gezeigt werden. Sie ist eine Teilnehmerin, sie kommentiert nicht.
Er ist immer auf der Suche nach einem Urteil. Er ist verwöhnt, nimmt die Ereignisse, Personen, die ihm begegnen, wie Gegenstände aus einem Korb, beäugt sie prüfend, wirft sie wieder zurück. Bei dieser betrachtenden Distanz gibt es nur Weniges, was ihn wie eine Welle überspült. Sein Mittel zu versinken ist der Alkohol. Mengen von Weißwein verschaffen ihm die gewünschte Distanzlosigkeit, dieses Einswerden mit der Welt.

Bis er sich von diesen Ausflügen in die Unmittelbarkeit der Welt erholt hat, vergeht immer mehr Zeit. Vieles wird ihm immer rätselhafter.
Seine Frau reagiert auf Erklärungen, mit denen er ihre Rückkehr nach Frankfurt verhindert, mit immer größerer Ungeduld.
Er beginnt mit ablenkenden Planungen für eine zehntägige Wanderung durch den Schwarzwald. Sie hört ihm zu, glaubt ihm aber nicht. Was soll er reden, er wird sie wie immer zu beruhigen versuchen, sie behandeln wie eine Kranke.
Seinen langen Aufenthalt in Frankfurt stellt er sich als Triumph dar. Wie die lange fällige Zerschlagung eines gordischen Knotens. Das Verschieben eines auf der falschen Seite liegenden Gewichts – im Bild der schicksalhaften Wende, des Erreichten. Sie lauscht und ihre Gespräche dauern oft länger als eine Stunde, zwischen Frankfurt und München.
Tagsüber ist die Wohnung heiß und er liegt und schläft einen schwachen, durch die Helligkeit und den Mangel an Sauerstoff gestörten Schlaf. Am Abend treibt es ihn heraus. Er isst etwas in einem der Lokale der nächsten Umgebung und schreibt. Er weiß nicht, warum er schreibt. Ein Grund ist, dass er auf diese Weise vermeidet, allein zu sein. So kann er sich dem Gefühl hingeben, eine geradezu disziplinierte, aufopferungsvolle Arbeit zu verrichten, die in die Zukunft weist und aus der Enge, aus seiner Perspektivlosigkeit herausführt.
Er schreibt zu den Klängen einer Musik, die er zu Hause nicht hört. Dort hört er nur Klassik – auch eine Art von Enge.
Er empfindet es als Erweiterung seines musikalischen Bewusstseins, seines Geschmacks, in einem Lokal zu schreiben und dabei die Hintergrundmusik zu hören. Er ist in diesen warmen Tagen manchmal der einzige, der im hinteren Gastraum sitzt, den Blick immer in Richtung der Theke.
Dann ist die Frau tot.
Niemand weiß, was passiert ist. Der Mann schweigt.

Über diesen Mann dachte Kulp nach, dessen Alltag irgendwie sein könnte, wenn er nur irgendwie wäre.
Dabei immer dieselben Fragen: Wie nahe kann man den Figuren kommen, wie nahe dem Leben? Wie den Wechsel inszenieren? Den Wechsel vom Ich in eine fremde Figur, vom Ich in einen anderen Bereich, in eine verdammte Ratte oder ein Ei … die Fragen waren immer viel größer als es sein Text je sein konnte.
Da half auch der Mord an der Frau nichts.
Im Gegenteil. Dieser Mord war vollkommen gleichgültig und nur für den Leser geschrieben. Die eigentliche Handlung war die eines Mannes, der nichts tat außer er selbst zu sein.
Dieses handlungsarme Dasein in eine Chronologie zu fassen, es in einen großen anspruchsvollen Zusammenhang zu bringen, ihm nicht nur einen Anfang, sondern auch ein schlüssiges Ende zu geben – das alles war es auch nicht wert aufgeschrieben zu werden.
Auch ein halbherziger Mord am Ende …
„Was verstehen Sie unter einem schlüssigen Ende?“, fragte Notburg.
„Ein Erzählbares und das, was schließlich über dich gesprochen wird.“

Ich wusste nicht, dass er blind ist.
Grotesk geradezu, wenn ich bedenke, dass ich immer dachte, er hätte mir das Sehen beigebracht.
Grotesk auch, dass ich immer dachte, ich sei unsichtbar.
Jetzt bin ich es für ihn.
Nichts wusste ich von ihm. Nichts. Bis eben.
Vor zehn Jahren hat das Schicksal dem Glückspilz die Bühne genommen. Jetzt endlich darf er allein. Und anscheinend kann er das.
Die Bewunderung hört nie auf. Auch der Neid nicht.
Er braucht die Bühne nicht und muss nicht weiter zusehen, wie die schmutzige Staubschicht dichter und dichter wird.

Ich schon. Mir ist diese Ruhe nicht vergönnt. Jeden Tag gucke ich in den Spiegel, sehe, wie ich altere, jeden Tag wird mein Leben kürzer, so wie seins. Aber er sieht das nicht, muss das eigene Scheitern am Leben nicht mitansehen, wähnt sich ewig jung, wähnt die Welt so, wie sie einmal war, nicht wie sie jetzt ist.
„Willst du ihn wiedersehen?", fragt mich Georg.
„Nein. Er hat mir nur Unglück gebracht."

„Ihre Texte sind deshalb gut, weil sie keine Geschichte haben", sagte Notburg. „Vergessen Sie's. Um eine Geschichte zu erzählen, müssen Sie sich von sich selbst entfernen – das zum Thema: Nähe der Figuren. Da Sie das nicht können, gibt es keine Geschichte. Bleiben Sie dabei."
„Sie widersprechen sich. Sie sagen: Schreiben Sie Ihre Lebensgeschichte, dann sagen Sie: Entfernen Sie sich von sich selbst. Wer über andere schreibt – es ist banal, ich weiß –, schreibt über sich. Schreibe ich über mich, habe ich keine Wahl. Es ist diese Nähe, die Befangenheit, der Verdacht zu lügen, dem der Schreibende bei der Ich-Perspektive immer ausgesetzt ist. Schreiben über andere ist von vornherein die Perspektive der Schadenfreude oder des Mitleids. Dieses Schreiben hat kein Problem der Glaubwürdigkeit, denn die Position des Beobachters ist eine relative. Man versucht dabei ein Bild von sich zu geben, man möchte als seriöser Zeuge in Betracht gezogen werden, und will im besten Fall eine Art Instanz werden für den Leser, oder sogar Sympathien bekommen oder auch ganz verschwinden und überhaupt nicht auftauchen hinter dem Bezeugten."
„Mensch, Kulp! Nehmen Sie die Blindheit als Geschenk. Hören Sie auf zu denken und schreiben Sie."
Warum sollte Kulp das schreiben? Er würde keinen verdammten Krimi schreiben und Notburg wusste es.

Immer wieder sehe ich den Unfall vor mir, als sei ich dabei gewesen, als sei er gerade passiert.
Ich weine und kämpfe mit schönsten und schlimmsten Erinnerungen. Es gibt diesen einen Angstimpuls, der immer wieder kommt. Ganz kurz, ganz spitz als schmerzhaftes Zeichen, wie eine Strafe.
Wahrscheinlich sollte die Erblindung auch Strafe sein. Es hat nicht geklappt, lieber Gott. Denn du Herr, hast ihm ohne Augen ein besseres Leben beschert als mit ihnen.

Mir wird ganz übel vor Wut.

59
Der Lebende muss Talente und Möglichkeiten nutzen, um zu Ergebnissen zu kommen. Der Tote darf darauf hoffen, dass ihm Talente und Möglichkeiten zugestanden werden, die er nicht mehr umsetzen konnte, weil der Glückspilz zu früh gestorben war.
Damals im Auto war ihm dieser Gedanke gekommen. Er hatte ein Gefühl von Scheitern gespürt und aufs Gas getreten, ahnend, dass es bekömmlicher war, prüfbare Belege eines erfolgreichen Lebens durch ungelebte Möglichkeiten zu ersetzen. Sollten die Vorstellungen der anderen einen erfolgreichen Mann aus ihm machen, wenn er bis dahin nicht in der Lage gewesen war, selbst einen Text hervorzubringen, der der Vollendung eines Lebenswerkes entsprach.

Wie hatte er es geschafft, sich trotz seiner Blindheit ein neues, anscheinend zufriedenes Leben aufzubauen? Wie hat er das nur geschafft?

Welche unvergleichliche Stärke er hat, welchen Lebensmut, welchen Antrieb!
Diese herrlichen Eigenschaften waren früher unsere gemeinsame Währung. Nur: Ich habe bezahlt, er hat genommen, ich habe verloren, er gewonnen.

59

Agata war im Haus, aber anders als sonst arbeitete sie nicht, sondern huschte rastlos umher, schniefte und weinte. Schließlich stolperte sie die Treppe herunter und verletzte sich den Fuß. Kulp fragte sie, was los sei. Ihre Mutter war gestorben, schon vier Wochen zuvor. Seither habe sie nicht mehr schlafen können, habe sich gegrämt, weil die Mutter allein in Warschau gestorben war, ohne dass sie sich noch einmal gesehen hatten. Das passierte im Heim und sicher sei sie einsam gewesen.
Viel zu lange habe sie allein leben müssen, Agata habe das immer gewusst, aber nichts ändern können, weil die Mutter Polen nicht verlassen wollte. Lange vier Monate hatten sie sich nicht gesehen, aber schon früher habe die Mutter sie nicht mehr erkannt. Agata habe damals auf sie eingeredet, ihr Plätzchen in den Mund gestopft und sei dann mit Tomasz wieder abgereist. Vielleicht sollte sie nach Polen zurückkehren – das hatte sie damals überlegt, aber Tomasz wollte nicht zurück.
Warum war die Mutter jetzt gestorben, ohne, dass sie sich noch ein Mal hatten sehen können? Warum war sie überhaupt so jung gestorben, mit 63? Agata weinte jetzt so stark, dass sie keine Luft mehr bekam und Kulp hielt sie im Arm.
„Sind Sie nicht gläubig?“
Agata antwortete, sie wisse nicht, was das bedeute, Gott habe sich ihr bisher nicht gezeigt.
„In weißem langen Hemd?“
„Nein. In Form irgendeiner Geste oder inneren Stimme. Ich weiß nicht …“

Sie saßen eine Weile zusammen und tranken Tee.
Dann sagte sie: „Gott ist irgendetwas Inneres. Das sagen viele. Und ich habe das nicht."
Kulp fragte nach ihrer Familie. Sie sprach viel besser Deutsch, als er gewusst hatte. Eine gute Familie seien sie gewesen, und Mutter: eine gute Mutter. „Ich habe Vertrauen von ihr gelernt."
Als sie Kulp beim Abschied umarmte, sagte sie: „Vielleicht muss ich nicht fragen, warum sie so früh gestorben ist. Vielleicht muss ich fragen: Warum hat sie gelebt? Darauf wüsste ich viele Antworten."
Kulp hörte sie lächeln.

Georg hat eine Krankenschwester aus jenem Krankenhaus ausfindig gemacht, in dem Edgar acht Monate von ihr behandelt worden war. Sie hatten damals wohl – für alle unvergessen – wegen seiner Zorn- und Schmerzensschreie neben seinem Augenlicht auch um seine Stimmbänder gebangt, deswegen erinnerte sie sich an ihn. Sie erinnerte sich aber auch, weil er besonders war, wie sie sagte. Georg hat sie gefragt, ob sie sich mit mir unterhalten würde. Ich sei Journalistin. Sie war sofort einverstanden und ich traf mich mit ihr im Café.
Georg fuhr mich nach Gelnhausen und wartete davor im Auto auf mich.
Ich ging hinein, war sehr unruhig und setzte mich ans Fenster, um von Georg gesehen zu werden.
Ich dachte, es würde mir helfen, wenn er in der Nähe ist.

Dann kam Elke. Eine kleine blonde Frau mit Brille und einer Bindehautentzündung, die sie alle paar Minuten mit Tropfen bediente, was das Gespräch unnötig in die Länge zog.

Kaum hatte sie bestellt, fing sie schon an zu reden. Sie stellte sich nicht vor und wartete auch nicht auf Fragen von mir, wollte noch nicht einmal meinen Namen wissen.

Edgar, begann sie, war dabei, einen sicheren Abgang vorzubereiten, so hatte er es der Krankenschwester damals gesagt. Ein sicherer Abgang – was auch immer er damit gemeint hatte: Es war schief gegangen.

Ein halbes Jahr lang hatte sie diesen Mann betreut, bis er sie rausschmiss, weil er sich nicht brechen lassen wollte – so hatte er es formuliert – und er der Pflege überdrüssig war.

„Das mit der Pflege hatte er missverstanden. Darum war es nicht gegangen", sagte Elke. Es wäre darum gegangen, sein Leben umzustellen und zu lernen, mit den neuen Gegebenheiten und Hilfsmitteln umzugehen.

„Dagegen hatte er sich verwahrt, dass alles anders werden musste, und dass es keinen Schuldigen gab."

„Keinen Schuldigen gab?"

„Ja. Ich glaube, das Schlimmste für ihn war, dass es keinen Grund gab, für das, was ihm passiert war, und keinen Menschen, den er dafür verantwortlich machen konnte."

„Aber Umstände …"

„Wie bitte?", fragte sie.

„Vielleicht machte er Umstände dafür verantwortlich."

„Umstände? Welche Umstände?"

„Nicht Menschen, sondern Umstände."

„Aber Umstände werden von Menschen gemacht. Und so genau weiß ich das auch nicht." Sie sagte das seltsam ungehalten.

„Jedenfalls konnte er einfach nichts tun, außer es annehmen."

Elke hatte keine Ahnung. Sie ging mir auf die Nerven.

„Das klingt fast religiös“, sagte ich.
„Es ist eine Tatsache. Manchmal sind wir machtlos. Diese Aussage klingt für Außenstehende banal. Wenn man die Macht des Schicksals aber erlebt, nimmt das Klischee grausame Gestalt an. Das zu verstehen, war sein größtes Problem.“
Ein Jahr lang hatte er sich dem Zorn ergeben.
Andere Schicksalsgenossen weinten ihre blinde Zukunft in die Kissen, er schrie seinen Hass in seine schwarze Welt. Mit drastischen Worten kämpfte er gegen die Bitterkeit. Eine Gegnerschaft, die ihm nie einen Sieg einfahren würde und unendlich viel Kraft kostete.
Elke sprach von einem Drama.
Dies schien damals viel größer als jedes andere, die Verzweiflung auch. Sie war mächtiger, als Elke es je in einem ähnlichen Zusammenhang erlebt hatte, sagte sie.
„Es war seine Eigenart.“
„Die da wäre?“ Ich zupfte an meinen Handschuhen.
„Größenwahn.“
Mir wurde heiß, ich musste nach draußen und ging zum Hinterausgang in den Hof. Dort setzte ich mich kurz auf eine Bank und rauchte eine Zigarette.
Größenwahn. Ein grausiges Wort.
Diese Diagnose hatte mich erschreckt, denn ich wusste, dass sie richtig war.
Größenwahn.
Angsteinflößend und in der Art, wie Elke es ausgesprochen hatte, klang es wie eine Krankheit.
Vielleicht spricht sie alles so aus, weil sie Krankenschwester ist.
Als ich ins Café zurückkam, stand Georg in der Tür. Ich schüttelte leicht den Kopf und er ging wieder zum Auto.
Mir fällt ein, Larissa hat mich mal gefragt: „Er sorgt sich so sehr um dich. Was hast du gegen den Mann?“

„Ich liebe ihn nicht", habe ich geantwortet.
Ich liebe ihn nicht, weil ich nicht kann.
Ich setzte mich wieder und Elke sprach weiter, als sei ich nicht draußen gewesen.
„Alle hatten Mitleid mit ihm. Ein tragischer Fall, ein ganz tragischer Fall."
Elke beschrieb ihn als kindlich uneinsichtig, fast naiv und gleichzeitig klug. Ein starker Charakter war er und imponierend in seiner Entschlossenheit, die sehr eng geführt war. Ich mochte die Kennerschaft nicht, mit der sie über Edgar sprach.
Das Wort imponierend veranlasste mich, reflexartig mit dem Fuß ans Tischbein zu stoßen.
Schließlich hatte er mit permanenten Unterbrechungen und Wutanfällen das Mobilitätstraining absolviert und einen Blindenstock erhalten, den man nur bekommt, wenn man dieses Training hinter sich gebracht hatte.
Wie es ihm heute ginge, wusste Elke nicht. Aber er lebte wohl allein. Die Blindheit hatte ihn sicher nicht gebrochen. Sicher nicht.
Wieder zuckte mein Fuß.
„Warum wollen Sie das alles wissen?"
„Ich bin Journalistin. Ich schreibe über Leute, die plötzlich blind geworden sind."

60

Die Frage, warum er blind geworden war, hatte sich Kulp oft gestellt. Der Unfall beschreibt nur das *Wie*, nicht das *Warum*. Auf die Frage *Warum hatte er gesehen?* konnte die Antwort ergiebiger sein. Vor allem, wenn er seine Erblindung ins Verhältnis dazu setzte. Wer konnte das schon? Kulp fing an, das Sehen als Phänomen kritischer zu betrachten.

Immer häufiger hielt er Notburg an, ihm Dinge zu beschreiben, die ihm gefielen oder nicht. Er wollte die Gründe wissen.
Notburg sollte über seine Rosen sprechen und Kulp war überrascht, wie unbeholfen er sich ausdrückte, bei so viel Hingabe, die er ihnen widmete.
„Die Rosen liebe ich."
Je größer die Liebe, desto flacher die Worte.

Ich habe so viel Gift geschluckt und das muss jetzt raus.

„Sie sind zart."
„Bitte sprechen Sie darüber, was Sie sehen, nicht über Eigenschaften."
„Sie sehen zart aus. Ihre Blätter liegen ineinander, als schützten sie ihr Inneres. Der geschwungene Rand jedes einzelnen Blattes wirkt organisch und weich, fast unschuldig."
„Aber sie haben Dornen. Man kann sich an ihnen verletzen. Würde man ihre Zartheit, von der Sie sprechen, nicht sehen, könnte man sie für gefährlich halten. Sie sind trügerisch."
„Mag sein, aber sie sind auch nicht zum Anfassen da. Jedenfalls nicht die Stiele."
„Das Sehen ist nicht immer von Inhalt getragen."
„Nun machen Sie die Augen nicht schlecht."
„Das tue ich nicht. Ich stelle nur fest, dass es Ihnen genügt, die Rosen mit dem Blick abzuwandern. Das Bild, das Sie erhalten, gefällt Ihnen, obwohl es nur die oberste Schicht eines Gegenstandes ist. Der Blick trifft nie das Wesen."
„Muss er das?"

Nein. Er hat mir nur Unglück gebracht.

„Nein. Aber für mich ist es gut zu wissen, dass die Augen einen nicht in die Tiefe führen. Über das Auslösen kurzer Begehrlichkeiten oder Abneigungen kommen sie nicht hinaus. Wissen Sie, ich denke viel über den Nutzen des Sehens nach. Ich versuche, den Verlust genauer zu ergründen und ich habe das Gefühl, dass der Verlust für mich viel überschaubarer ist, als ich dachte und auch, als es diejenigen vermuten, die man als Sehende bezeichnet."

„Die man als Sehende *bezeichnet*?"

„Ja. Die Frage ist: Was ist mit *sehen* gemeint?"

„Im philosophischen Sinn?"

„Vielleicht, ja. Ich jedenfalls fange an, mich mit einem Begriff des Sehens zu befassen, der mich in viel weitere Sphären führt. Seither geht es mir besser."

„Aber ich bitte Sie, mein Lieber, das ist doch nichts anderes als die Suche nach der neuen Beschreibung einer Behinderung. Sie ändert nichts an den Fakten."

„An den medizinischen Fakten sicher nicht. Aber wenn man vom rein Physiologischen absieht, von der reinen Mechanik des Sehens, wenn man das Sehen mit Wahrnehmung gleichsetzt, sieht die Sache anders aus. Ich denke, dann ist die Überschätzung des schnellen Blicks, der verbunden ist mit Ein- und Zuordnungen und entsprechenden Urteilen, eine größere Behinderung, als es die Erblindung ist."

„Eine kühne Idee!"

„Der Blick selbst ist wie eine Behinderung, der die Entfaltung anderer Sinne verhindert. Das vermeintliche Sehen verdrängt die Notwendigkeit, sich anderen Sinnen zu widmen, ihnen zu vertrauen. Der Blick ist immer zu schnell und greift allem anderen vor. So haben Sie zum Beispiel über die zarten Blätter der Rose gesprochen, aber nicht darüber, dass sie duften."

„Sie hatten mich unterbrochen. Den Duft nehme ich auch wahr. So ist es nicht. Aber wenn Sie so denken, müssten Sie die Sinne allgemein als Illusion betrachten."

„Empfinden, nicht betrachten!" Kulp lachte jetzt.
„Oh, mir gefällt der Gedanke, sich dem ganz eigenen Sehen zuzuwenden. Das macht das Sehen viel weniger absolut, als ich bisher dachte."
„In diesem Sinne sind Sie wieder ein Sehender. Willkommen zurück!", sagte Notburg gönnerhaft.
„Nicht zurück! Ich bin nicht in Ihrem Club. Ich lerne gerade, dass es eine andere Form des Sehens gibt, von der Sie leider meilenweit entfernt sind, lieber Freund. Aber machen Sie sich nichts draus. Ich werde Sie daran teilnehmen lassen."
Notburg ging in die Küche und jetzt hätte Kulp zu gern sein Gesicht gesehen.

So wie früher verdrängt Edgar alles, Georg auch. Ich spreche darüber nicht mit ihm.
Das Schweigen kenne ich gut. Ich habe es von meiner Mutter gelernt. Die meisten hielten es nicht aus. Ich schon. Tagelang. Wie die Mutter. Die vielsichtigen Tönungen stummer Mutterschläue bewirkten, dass plötzlich die ganze Familie verstummte und die Dinge unbesprochen und unbearbeitet im Innern jedes Einzelnen ihr Unwesen weiter trieben, bis es einer nicht mehr aushielt.
Das Schweigen schlang sich um die Kehle jeden Gegenübers, das schließlich atem- und blicklos darunter zusammensank und selbst nicht mehr sprach. Es war böse und in unserer Familie allgegenwärtig. So hatte ich das gelernt und ich wende es jetzt an, weil es das Einzige ist, auf dessen Wirkung ich mich verlassen kann.
Und auch heute wird der Knall kommen und keiner weiß warum.
Nur ich.

61

Notburg dachte über das Gespräch nach: Dass sich alle zu sehr auf die Augen verlassen, daran konnte kein Zweifel sein. Dass wir dabei auf diejenigen, die sich dem Diktat der Augen nicht unterwarfen, weil sie – wie Kulp – ohne Augen waren und nicht zu den Unsrigen zählten, herabsahen, war auch eine Tatsache. Diesen Umstand hatte Kulp nicht zum Thema gemacht. Er selbst aber hatte oft beobachtet, dass er sich seinem Freund gegenüber überlegen fühlte und Kulp nicht ernst nahm, weil er eine Behinderung hatte.

Solange sie sich kannten, hatte Notburg ihn bedauert, ohne dieses Verhalten abschalten zu können.

Dieses Mitleid machte ihrer beider Unterhaltung zu einem Gespräch zwischen einem Gnädigen und einem Erbarmungswürdigen.

Notburg saß am Tisch, wusste um den Freund im Zimmer nebenan, und kam sich vor wie ein Heuchler, wie einer, der Gefühle hatte, die von einer verlogenen Gunst verstellt waren.

Er wusste, dass diese Art der Geringschätzung seine eigene Schwäche war, mit der er sich im Rahmen ihrer Freundschaft auseinanderzusetzen hatte. Sonst würde nie ein ehrliches Vertrauensverhältnis entstehen. Ehrlich im Sinne von beidseitig.

Er dachte darüber nach, wie sich Kulp dem Umstand, blind zu sein, hatte gnadenlos stellen müssen mit den notwendigen und brutalen Veränderungen, die damit einhergegangen waren.

Nur ich.

Er, Notburg hatte sich kaum darauf eingelassen, obwohl sie sich jeden Tag sahen und Kulp viel davon sprach. Dabei war es Notburg selbst, der den Begriff Freundschaft zwischen ihnen immer wieder behauptete.

Und jetzt, wo Kulp endlich eine kleine Überlegenheit gegenüber den Sehenden zu entdecken schien, konnte Notburg ihm nicht einen Millimeter an offener Zuwendung entgegenbringen.
„Sind Sie inzwischen gegangen, Notburg?"
Notburg kam mit dem Tablett zurück ins Zimmer.
„Schließen Sie beim Küssen die Augen?"
„Wie bitte?"
„Wir schließen beim Küssen die Augen."
„Warum?"
„Weil die Augen bei tiefer Empfindung stören."
„Ihre Leidenschaft ist zu beneiden."
„Weil ich vom Küssen gesprochen haben?"
„Nein, weil Sie auch ohne Augen sehen."

„Bleib allein", hat Georg heute zu mir gesagt.
„Bleib einfach allein. Das ist für alle das Beste."
Ich weiß das ja, dachte ich.
„Du bist menschenverachtend. Ohne jede Zugewandtheit."
„Ich bitte dich, jetzt fehlt nur noch das Wort ‚Wertschätzung'. Dann springe ich aus dem Fenster."
„Ich sage ja: Du bist kalt. Ich kann das so nicht mehr. Ich habe ein anderes Verständnis von Gemeinsamkeit. Den Ausdruck ‚Liebe' will ich hier gar nicht bemühen. Aber Gemeinsamkeit, Vertrauen …"
„Um Gottes Willen, Georg, was ist denn mit dir?"
„Hast du mal geliebt?"
Er war früher nie so deutlich. Eine erschreckende Wohltat.
Georg stand am Fenster und sah mich an.
Meine Hände lagen im Schoß und ich fingerte an meinen Handschuhen herum.
Was sollte ich antworten?

Ich trage sie wieder zu Hause. Es beruhigt mich. Es sind neue Handschuhe, cremefarben, also immerhin nicht mehr schwarz. Ich mache Fortschritte.
Die Handschuhe habe ich immer getragen, draußen, nicht im Haus.
Er hätte gewarnt sein müssen. Ich habe ihm nichts verschwiegen. Als er sich in mich verliebte, habe ich ihm gesagt, ich sei eine verdorbene Frucht. Er hat gelacht und es als verschrobene Romantik abgetan.
„Ich war ein unfrohes Kind", sagte ich plötzlich, „und niemandem ist es gelungen, mich froh zu stimmen. Auch du konntest deine Geliebte nicht aus dem Loch holen."
„Du hast dich nie bemüht, aus der Tiefe herauszukommen, vielmehr hast du versucht, mich auch hineinzuziehen, langsam und stetig. Jetzt ist damit Schluss, Vera. Ich werde dich verlassen."
Ich sah mich selbst auf dem Sofa sitzen: wie mickrig und hässlich ich war.
„Ja."
„Ja, was?"
„Geliebt. Ich habe mal geliebt."
„Wen?"
„Das ist lange her. Und es war etwas anderes."
„Jede Liebe ist etwas anderes. Wer war es?"
„Es ist sehr lange her."
„Wie lange?"
„Dreißig Jahre."
„Dreißig Jahre? Und das war die einzige Liebe, die du je erlebt hast?"
„Was willst du jetzt hören? Warum fragst du nicht einfach: Liebst du mich?"
„Warum sollte ich dich das fragen. Ich kenne doch die Antwort und seltsamerweise interessiert sie mich nicht mehr."

Georg entspannte sich. „Wir stellen also fest: Vor dreißig Jahren hast du das letzte Mal ein ehrliches Gespräch geführt. Das ist sehr traurig."

„Mein Leben ist gescheitert, mein Lieber. So einfach ist das."

„Nicht dein Leben, Vera. Du bist gescheitert. Du."

Georg sprach ruhig. „Irgendetwas ist zu klären. Mach es. Ich kann dir dabei nicht helfen."

Ich stand auf und ging auf Georg zu. Er stand immer noch am Fenster und ich nahm seine Hand.

„Danke für alles."

„Du brauchst dich nicht zu bedanken."

„Doch", sagte ich. „Doch."

Unser ehrliches Gespräch war zu Ende. Es war das einzige dieser Art, das wir je geführt haben, und ja, unsere Zeit ist endlich vorbei.

62

Oft kam Neid im Zusammenhang mit Leidenschaft. Kulp kannte das schon.

Immer wenn jemand mit ihm wenig anfangen konnte, sprach dieser Mensch von Kulps „Leidenschaft". Jetzt Notburg.

Die Leidenschaft, um die sie ihn alle so beneideten, die sie aber leider selbst nicht leben konnten. Zehrend war sie. Anstrengend. Entwürdigend. Ausgrenzend.

Wieviel Kraft, wieviel Unglück, wieviel Schmerz es kostete, mit Leidenschaft zu leben und wie leicht es war, einen so beschriebenen Menschen als tragische Figur zu verherrlichen, davon wussten diese Neider nichts. Als suchte man sich das Thema *Leidenschaft* aus, als sei es eine Strategie, der man mal folgte, mal nicht. Tatsächlich verachteten die meisten den, der seine Gefühle augenscheinlich nicht beherrschte. Augenscheinlich.

Eben.

Wenn die Verachtenden feige waren, nannten sie es *Leidenschaft*. Beim Sprechen dieses für sie ungewohnten Wortes lächelten sie. Kulp hörte am Ton ihrer Stimme, wie zerrissen sie waren, schwankten hin und her zwischen Bewunderung und Herablassung, und gaben letzterer am Ende recht.
Dann waren sie froh, wenn der, der das hatte, was sie selbst nicht hatten, endlich weg war. Übertreibung war doch eine sehr anstrengende Eigenschaft und jeglicher Vernunft abträglich.
Aber er wusste auch: Der Neid war in Wahrheit nie vorhanden.
Dass sie darauf eingingen, war nichts weiter als Anbiederei.
Für einen Augenblick machten sie sich mit dem Zuviel gemein.
Und weil der Überschwängliche viel gab, bekamen sie etwas davon ab und nahmen auch, solange es ihnen nicht lästig wurde.

Wenn es keine sichtbaren Erinnerungsbilder mehr gibt, muss Edgar alles im Kopf haben. Das ist sicher schwer, aber entlastend.
Er hatte immer ein gutes Gedächtnis.
Ich hätte mich von meinen Bildern befreien, sie wegschmeißen oder verbrennen sollen. Aber ich habe immer noch diese beiden Alben mit Fotos.
Die zeitlichen Abstände, in denen ich mich den Zeugnissen meines früheren Lebens ausgesetzt habe, waren groß und der Schmerz auch. Er stieg mit der Anzahl der zurückliegenden Jahre.
Wenn es ungut war, bleibt es ungut. Da ist die verbrauchte Zeit keine Hilfe. Sie wandelt das Gefühl von damals nicht, verstärkt es nur. Stimmen, Gesichter, Orte … Alles bleibt im Kopf und die Fotos sagen: So war das damals, und weil man damals schon geweint hat, weint man heute umso mehr.

Vor wenigen Tagen noch hatte ich das Foto unserer Eltern in der Hand. Vater und Mutter saßen nebeneinander auf der Küchenbank; zu eng, zu hart, zusammen.
Das Sitzen schien unbequem auf dieser Holzbank. Beide sahen nach unten. Vater hatte eine Zeitung, Mutter betrachtete in Erwartung auf das, was nicht kam, ihre verschränkten Hände. Sie dachte, wenn sie ganz dicht neben ihm säße, würde etwas passieren. Die räumliche Nähe würde es schon richten, aber sie richtete nichts. Sie zeigte nur, wo menschliche Nähe verloren war.
Aber Mutter sprach nicht. Kein Wort sagte sie über das, was sie vielleicht gewollt hätte. Um des Friedens willen. Um Gottes willen.
Frieden war wichtig. Frieden im Haus. Friede um jeden Preis, auch wenn die Lebenden zu Toten wurden.

Der Vater sprach überhaupt nicht mit ihr, starrte auf sein Kreuzworträtsel, jeden Tag ein neues, und kaum hatte er morgens die Zeitung reingeholt, da schlug er die Seiten auf, um das aktuelle Rätsel zu suchen. Was sollte man dagegen haben? Er war gut darin, wusste alle Antworten.
Mutter saß daneben. Jeden Morgen. Sie hätte gern ein bisschen geplaudert. Ab und zu benutzte sie dieses Wort, obwohl es ihr peinlich war.
Manchmal legte sie ihren Kopf auf seine Schulter, aber das neue Rätsel war noch nicht gelöst, und er nahm sie nicht wahr, denn der Mann konzentrierte sich und durfte nicht gestört werden.
Ihre Haare kitzelten, und ruckartig zuckte die Schulter nach oben, auf die sie ihren Kopf gelegt hatte. Sie erschrak ein bisschen, aber so richtig bequem war es ja

auf seiner knochigen Schulter für sie auch nicht gewesen und sie lächelte, weil sie ihn liebte, auch wenn ihm das egal war im Augenblick oder immer.
Dann nahm sie ihr Buch und las darin. Das war ja auch schön; jeder bei sich und doch zusammen. Aber er war bei seinen drei Kästchen, füllte die Axt hinein, die den Zimmermann im Haus ersetzt.
Die Axt wurde oft bemüht. Man hätte den Vater damals schon gern damit erschlagen, den Vater, der die Kästchen mehr liebte als die Mutter, die so gern gesprochen hätte mit ihm.
Das Foto liegt noch in unserer Wohnung bei Georg und ich werde es mir nie wieder ansehen.

Bilder im Kopf sind anders als Fotos. Man kann sie schönen. Das Gedächtnis tut das auch, man sieht die Dinge weniger gnadenlos, redet sich irgendetwas ein, etwas, das erträglicher ist. Aber dann zeigen die Fotos, dass es doch gnadenlos war und noch viel schlimmer. Jeder körperliche Makel, aber auch und vor allem jede seelische Verletzung werden sichtbar, bilden sich im Gesicht der Fotografierten ab und fordern die Wahrheit. Die im wahrsten Sinne des Wortes Gezeichneten verraten sich genau durch das Bemühen, so zu wirken, als könne ihnen die Kamera nichts anhaben. Tatsächlich weiß es das Foto immer besser, alles Unterschwellige kommt aufs Papier und die anderen glotzen und entdecken die kleine Skepsis im Blick, die winzige Selbstbeherrschung beim Lächeln, das leichte Zittern der Mundwinkel: die waren in einem kurzen Moment ein bisschen, nur ein bisschen zu weit nach unten gesunken, aber wie ein Abdruck legten sie jeden Zweifel bloß, der das zeigte, was man später unbedingt würde leugnen wollen.

Das Foto hatte immer recht und ich hasste es dafür. Rücksichtslos musste es sich zu dem einen Moment bekennen, in dem irgendjemand achtsam oder unachtsam per Knopfdruck das festgehalten hat, was plötzlich unabsehbare Folgen für das menschliche Motiv hatte und dort Dinge zutage förderte, die niemals, niemals hätten ans Licht kommen dürfen; Fotos die zeigten, wie die Axt beim Schlag geglänzt hatte durch den Lichtschein der Flurlampe, und wie danach anhaftendes Blut die Farbe veränderte, es nicht mehr rot war, so als sei es niemals rot gewesen.
Dieses Foto allerdings hat es nie gegeben.
Aber in meinem Kopf war es so rot, so laut, so böse.
Da gab es keine Beschönigung.
Das Foto in meinem Kopf war so wahr, wie die Wahrheit nur sein konnte und keine Zeit der Welt hatte mir geholfen, es zu vergessen.

62

„Erzählen Sie mir von Ihrer Frau", sagte Notburg eines Nachts.
„Ich bitte Sie, nicht die alten Geschichten!"
„Die alten Geschichten sind Ihr Leben, ebenso wie die neuen."
„Warum wollen Sie plötzlich über meine Frau reden?"
„Ich weiß es nicht. Es interessiert mich. Wo ist sie jetzt?"
„Das kann ich Ihnen nicht sagen. Sie ist weggegangen und das war's."
„Wie Ihre Schwester."
„Meine Schwester? Ja. Wie meine Schwester."

Das Foto meiner Eltern ist Nachweis für ein schauriges Nebeneinander zweier Menschen, die nicht zusammengehörten, für eine Liebe, die keine war und für ein Leben, das jeder von den beiden so nicht gewollt hat.

Es zeigte das traurige Lächeln meiner Mutter, die um Zuwendung buhlte, der schamlos gleichgültige Blick meines Vaters, ohne jede Achtung, ohne das geringste Interesse an der Person, mit der er das Leben teilte.
Wenn da doch nur ein bisschen Feindseligkeit gewesen wäre, ein bisschen Feindseligkeit als eine einzige beschissene Gefühlsregung, egal von welcher Seite!
Das aber gab es bei uns nicht.
In freundlicher Nichtachtung war jeder nur eine Nebenfigur. Es wurde wenig gesprochen, wenig gelitten, wenig geliebt. Und alle wurden krank von den Löchern im Herzen, bis der Schlag kam.
Der änderte nichts, sondern machte alles kaputt.
Und plötzlich waren wir schuld.

„Das ist doch merkwürdig. Beide Frauen sind auf die gleiche Art einfach verschwunden."
„Was heißt verschwunden? Sie sind aus freien Stücken gegangen."
„Zwischen Gehen und Niewiederkommen gibt es großen Spielraum. Aber beide haben sich für das Wegbleiben entschieden. Das finde ich eine Überlegung wert."

Nein, so grausam hatte ich das Bild meiner Eltern nicht in Erinnerung. Das Foto wird noch lange im Kopf bleiben, weniger das, was ich auf dem Foto sah, als das, was ich bei dessen Anblick fühle.
Und nach einer Weile wird dieses Fühlen verschwinden, und das Bild im Kopf einer Vorstellung, einer Annahme, einer Stimmung weichen, mehr nicht. Manchmal schafft es die Einbildung, sich in Hoffnung zu verwandeln, in die Hoffnung, dass es doch nicht so schlimm gewesen ist, dass es doch irgendwie anders war.

Ein Foto schafft diese Umwandlung nicht. Es bildet nüchtern ab.
Deshalb müssen alle Sehenden mit Bildern in doppelter Ausführung leben: mit dem Bild eigener Vorstellungskraft und mit dem Abbild dessen, was war.
Was ist Edgar für ein Glückspilz!
Von Schicksalshand wurden alle Abbilder aus seinem Kopf gelöscht, weil er blind wurde, und es trennte sich das alte Leben vom neuen.
Übrig blieb eine sicher auch bei ihm schwächelnde Erinnerung, mit der er fortan in Eintracht leben konnte.

„Warum haben Sie keine Kinder?"
„Sie wollte immer ein Kind, ich hätte mich an einen Sohn gewöhnen können."
„Eine seltsame Art über Kinder zu sprechen."
„Das hat sie auch so empfunden."
„Und?"
„Und ich blieb dabei. Eine Tochter hätte ich nicht begriffen, so wie ich meine Frau nicht begriffen habe. ‚Begreifen wollte', würde sie sagen. Trotzdem haben wir unsere Körper heftig aneinander gerieben, aber es kam weder die eine noch der andere. Es hat eben nicht gepasst."
„Sie wollten nicht und haben entschieden."
„Nun, wie gesagt, versucht haben wir es. Aber Gabriele sagte, wenn man Dinge mit angehaltener Luft täte, würden sie nicht funktionieren. Die *angehaltene Luft* kam immer wieder ins Spiel. Vertrauen mit angehaltener Luft, so hat sie es genannt. Deshalb ist sie gegangen nach zehn Jahren. Nie ausgeatmet. Und aus Angst."

Ich laufe mit zwei großen Taschen über die Landstraße und hoffe, dass mich ein Auto mitnimmt. Zur nächsten Bushaltestelle, das würde reichen.

Es hält eine Frau in rotem Fiat. Ich steige ein und wir fahren bis zum Bahnhof von Gelnhausen. Die Frau spricht nicht ein Wort, sieht nur geradeaus und fährt. Schließlich öffnet sie kurz die Beifahrertür, damit ich aussteigen kann. „Tschüss!“ Das war's.
Ich hole meine beiden Taschen aus dem Kofferraum und gehe über den Platz zum Busbahnhof.
Fast schlafwandlerisch hole ich mir eine Fahrkarte in den Ort, an dem Edgar immer noch wohnt, immer noch in demselben Haus.

Im Bus sitze ich am Fenster und sehe hinaus.
Ich nehme den rechten Handschuh ab und führe meine Hand an den Mund, um an den Nägeln zu kauen. Deshalb trage ich die Handschuhe auch, schon als Kind, schon immer. Sie sollten verhindern, dass ich meine Nägel abbiss, aber ich biss trotzdem, manchmal bis sie bluteten.

In Gelnhausen angekommen, fährt der Bus an unserem alten Schulgebäude vorbei. Hier hatten wir das Abitur gemacht, in diesem Haus, das ich jahrelang morgens mit Angst betreten habe. Nur halbwegs überstanden habe ich diese Zeit, weil ich die Schwester eines schlauen Jungen war, eines Jungen mit genialen Zügen; das Wort genial ist damals oft gefallen. Die Lehrer verziehen mir, dass ich nicht so war, weil sie um den Bruder wussten. Da sah man bei mir über manche Trägheit hinweg.

Das Leben, das ich heute führe, ist mein alleiniges Werk. Unbeeinflusst von Vorteilen und Beziehungen, ungeachtet der Fähigkeiten anderer.
Viel ist nicht dabei herausgekommen, viel habe ich nicht erreicht.

Eine Buchbinderin bin ich geworden. Mehr hatte ich nicht versucht.
Wie klein mein Leben wirklich ist, weiß nur ich allein. Allein heißt: Edgar weiß es nicht. Deshalb gibt es keinen Grund, ein größeres Leben zu erzwingen.

Diese Begabung, diese Schnittigkeit, mit der Leute durch taktische Schrittchen ihr Leben zu formen suchen, dieses Aufweisenwollen oder das Betonen richtig gemachter Entscheidungen war mir immer verdächtig. Vielleicht auch, weil es niemanden gab, der sich für das, was ich gemacht hatte, interessierte. Ich selbst reiche als Ansprechpartnerin für mein eigenes Leben nicht aus, erzähle mir ja nicht selbst irgendwelche Erfolge, die es nur dadurch werden, dass man darüber spricht.

Seit Jahren bin ich nicht mehr Bus gefahren, überhaupt war ich nicht gereist.
Es ist ein bisschen neblig und die Landschaft wirkt weit weg von mir, es liegt ein Schleier vor dem Gesicht der Landschaft, ein Schleier wie der, der mein eigenes Gesicht immer verdeckt hat.
Von der Bushaltestelle aus muss ich etwa zehn Minuten laufen. Ich hatte alles viel größer in Erinnerung. Das haben Erinnerungen so an sich. Sie können mit Dimensionen nicht umgehen oder mit den Wahrheiten.
Die Hauptstraße kommt mir heute viel schmaler vor, und das, was ich früher als lange Strecke empfunden habe, erscheint mir jetzt überschaubar. Wahrscheinlich kann ich heute einfach nur weiter sehen.
Alle Häuser von damals stehen noch. Manche sind modernisiert worden, andere von der Zeit ein bisschen mitgenommen. Es gibt einen neuen Supermarkt, da wo früher die Drogerie war.

Es ist alles sehr sauber, fast reinlich. Schön soll es sein, was sich auch in der sorgfältigen Bepflanzung der Vorgärten zeigt. Es gibt sie vor fast jedem Haus, angelegt wie kleine Schutzwälle.
Dahinter nehmen sich die Häuser fast kümmerlich aus. Die meisten haben einen hellen, unauffälligen Anstrich, der mit der Zeit schmuddelig und grau geworden ist. Spätestens jetzt sieht man, dass die Bewohner, anders als früher, ihr Haus nicht mehr in regelmäßigen Abständen machen lassen.
Dieses Bedürfnis kompensieren sie mit ihren Zäunen: Teilweise übertrieben groß, zu formenreich und farbenfroh, bauen sie sich vor den Vorgärten auf, um der Schutzwall vom Schutzwall zu sein.

Jetzt biege ich in die Paulstraße ein und gehe schneller. Wenn mich jemand sieht … wird er mich erkennen?

„Ist sie aus Angst gegangen?"
„Ja, irgendjemand hatte ihr erzählt, dass im Dorf viele Jahre zuvor ein Einbrecher war. Er ist damals ins Haus eingestiegen und hat einen Mann, der da wohnte, umgebracht. Den Einbrecher hat man nie gefasst. Der Tote war mein Vater."
„Warum sprechen Sie von Einbrecher. Es war ein Mörder!"
„Ja, der Mörder, stimmt."
„Seltsam, dass Sie Einbrecher gesagt haben."
„Ja, Herrgott, *Mörder* meine ich. Mörder! So wahnsinnig angenehm finde ich es im Übrigen nicht, darüber nachzudenken …!"
„Haben Sie ihn gesehen?"
„Niemand hat ihn gesehen."
„Aber Sie waren im Haus?"
„Meine Schwester … aber nur von hinten. Er ist weggerannt in die Dunkelheit."

„Hat die Polizei nichts unternommen?"

„Was fragen Sie für langweilige Sachen! Natürlich hat sie etwas unternommen! Sie haben den Mann gesucht und nicht gefunden. Irgendwann kamen sie vorbei und haben mir mitgeteilt, dass die Ermittlungen eingestellt waren. Da waren alle schon weg."

„Was heißt *weg?*"

„Mein Vater war tot, meine Mutter auch und meine Schwester war weggegangen. Weg aus dem Ort."

„Der Mann hat in einer Nacht Ihre Familie zerstört."

„Ja."

„Und Ihre Mutter? Woran starb sie?"

„Wenige Tage nach dem Mord. Sie war einfach nicht mehr aus dem Bett gekommen. Sie starb aus Gram. So war das."

„Um Gottes Willen, wie grauenhaft."

Notburg saß eine Weile still. Dann fragte er:

„Und heute?"

„Ich weiß nicht, wo meine Schwester ist, falls Sie das meinen. Wir haben damals beschlossen, uns für immer zu trennen."

„Zu trennen?"

„Ja, Herrgott, sich niemals wiederzusehen. Warum fragen Sie das alles?"

„Ich will Sie nicht quälen. Entschuldigen Sie …"

Ich bin unsichtbar.
Und plötzlich stehe ich vor dem Haus.
Es liegt ein bisschen zurück mitten im Garten, der verwildert ist. Einen Vorgarten hat es hier nie gegeben.
Ich gehe bis ans Gartentor heran und sehe die hellen Schindeln des Hauses. Am Fenster scheint sich etwas zu bewegen. Mir wird heiß und ich greife neben mich. Georg, nimm bitte meine Hand, sonst falle ich …

„Ist schon gut. Ich habe meine Schwester jedenfalls nicht mehr gesehen danach."

„Warum? Das verstehe ich nicht."

„Bitte verschonen Sie mich."

„Und Ihre Frau?"

„Wie, meine Frau?"

„Wann kam Ihre Frau, was hat sie gesagt?"

„Gabriele fand, ich hätte ihr erzählen müssen, was damals war. Habe ich aber nicht. Habe ich nie. Nie wieder habe ich davon gesprochen. Vertrauen mit angehaltener Luft, sagte Gabriele."

„So wie heute. Sie reden auch heute nicht darüber. Sie brechen ab, wenn man Sie fragt. Ich verstehe das, aber es ist falsch."

„Ach, sind Sie jetzt Psychologe? Was wollen Sie überhaupt?"

„Ich will gar nichts. Aber wir sind befreundet und ich möchte es wissen. Warum sind Sie in Ihrem Haus geblieben?"

„Wo hätte ich denn hingehen sollen Ihrer Meinung nach?"

„Nach Frankfurt an die Uni zum Beispiel."

„Wie kommen Sie darauf?"

„So abwegig ist das ja wohl nicht; ein belesener Mann wie Sie, ein gebildeter Mann, warum haben Sie diesen Ort hier nicht verlassen? Sie hätten ins Ausland gehen können, weit weg …"

„Woher wissen Sie das?"

„Ich weiß es nicht."

„Ich hätte nicht gehen können. Ich war gebunden."

„Inwiefern?"

„Eine Art Fluch."

„Von wem?"

„Von mir."

Das Haus hat sich kaum verändert. Die Schindeln, die ich als Kind so geliebt habe, sind jetzt grau, nicht mehr weiß. Der untere Teil des Hauses ist in einem hellen Ton gestrichen, der eine Zeit lang mal blau war.

Es wirkt nicht kleiner, als ich es in Erinnerung hatte, im Gegenteil. Es scheint mir so groß und freundlich, und in der Art, wie es im Garten zwischen den beiden hohen Tannen liegt, wirkt es verwunschener als früher. Der Efeu, der sich auf der linken Seite nach oben rankt, war damals noch nicht da.
Dann betrachte ich den Garten, ohne mich von der Stelle zu bewegen. Ich drehe mich nur um die eigene Achse. „Wie schön er ist! Er ist das erste Mal schön!"
Die Tulpenreihen sind verschwunden. Alles, bis auf den einen Weg zum Haus, ist mit Gras und Blumen, Sträuchern und Büschen bewachsen, was lebendig wirkt und vergnügt.
Wie hat er das geschafft?
Der Garten wirkt auf einfache Weise prachtvoll, er ist wild und bunt. Die Pflanzen wachsen kreuz und quer und trotzdem sieht man, dass jemand sich auf erfrischende Weise darum kümmert.
Er hat alles im Griff. Er hat wirklich alles im Griff.

Beklommen nahm sich Notburg eine Zigarette und rauchte sie, um mit dem Stummel die nächste anzumachen.
„Haben Sie mit einem Psychologen gesprochen?"
„Das ist alles vorbei. Mein Gott, so viele Jahre ist das jetzt her. Ich bleibe, weil ich mir mein Leben hier eingerichtet habe. Wäre ich nicht blind, ich wäre vielleicht inzwischen gegangen oder tot."
„Wieso das?"
„Ich glaube, die Blindheit ist eine andere Form von Totsein."
„Weil Sie sie so leben."
„Wie würden Sie denn die Blindheit leben? Wollen Sie mir eine Empfehlung geben?"
„Nein. Das ist nicht meine Absicht. Aber Sie kultivieren Ihren Ausstieg aus dem Leben."

„Ja, natürlich. Ein normales Leben als Blinder wäre mir unerträglich. Ein normales Leben als Sehender übrigens auch."

„Das tut mir leid."

„Das muss es nicht. Ich habe es versucht, aber es ging nicht."

„Und Ihre Frau?"

„Und Ihre Frau, Ihre Frau! Ihr machte das Haus Angst. *Wo ist es passiert?,* wollte sie wissen. Immer fragte sie, als würde es etwas ändern, wenn sie es wüsste. *Es geht ums Verarbeiten,* hat sie gesagt, aber es war wohl mehr ihre Art, die Dinge verstehen zu wollen. Aber ich musste anders damit fertig werden, es ruhen lassen."

„Aber es ruhte nicht."

„Nein."

„Sie hätten einfach nur gehen sollen, diesen Ort verlassen."

„Gabriele träumte manchmal, dass das Haus abbrennt. Wenn sie den Mut gehabt hätte, hätte sie es selbst getan. Aber sie hatte keinen Mut. Nur Angst und Abneigung. Ich hatte ihn auch nicht. In dieser Hinsicht waren wir gleich."

„Ihre Frau hatte nie eine Chance."

„Nein. Das Haus war mein Erbe."

„Und ihres dann auch."

„Sicher. Wir mussten beide damit leben. Sie mit dem Haus zu konfrontieren, war mein Fehler. Es wurde bei ihr zur Besessenheit."

„Bei Ihnen doch wohl auch."

„Ja, aber sie wurde fast verrückt darüber, setzte sich ins Verhältnis dazu. Sie sagte, wie meine Geliebte stünde es zwischen uns."

„Und dann ist sie gegangen."

„Ja, einen Tag vor meinem Unfall. Ich weiß nicht, ob sie überhaupt weiß, dass ich blind bin."

„Wo wohnt sie denn?"

„In München."

„Wollen Sie sie nicht wiedersehen?"

„Schon. Aber es würde ihr nicht bekommen, damals nicht und heute noch weniger. Mir im Übrigen auch nicht."

Immer noch gibt es keine Klingel, so wie damals, und ich klopfe an die Tür. Nach ein paar Minuten klopfe ich erneut. Dann höre ich Geräusche. Es dauert einen weiteren Moment und plötzlich wird die Tür mit einem Ruck geöffnet.

Er steht vor mir.
Ich weiche erschrocken ein paar Schritte zurück und stehe jetzt unten an der Treppe.
„Wer ist da?“
Ich sehe ihn an.
Das Bild, das sich mir bietet, überrascht mich derart, dass ich langsam weiter zurückgehe und dabei mit den Füßen scharre.
„Wer ist da? Ich höre Sie!“
Ich starre Edgar an und sage nichts.
Dann geschieht lange nichts.
„Glotzen Sie!“, sagt er plötzlich. „Glotzen Sie. Und wenn es Ihnen nicht gefällt, können Sie sich ja einfach aus dem Staub machen! Ich kenne Sie nicht und werde Ihnen diese Ungehörigkeit nicht vorhalten, weil ich Sie nicht sehe.“
Ich erschrecke, weil ich tatsächlich vertieft bin, ihn zu betrachten. Seine Zähne sind überhaupt nicht altersgemäß gelbstichig, sondern so weiß wie damals, als seien sie über die ganzen Jahre nicht in Gebrauch gewesen.
Und dann glotze ich weiter und vergesse, dass mein Gegenüber atmet und fühlt. Ich taste ihn mit den Augen ab und er lässt es zu, sodass ich mich darin verliere. Stattlich ist er, von gerader Gestalt. Trotzdem wirkt er seltsam ältlich, seine Haare sind schütter, aber er trägt

sie lang. Sie sprießen in alle Richtungen und geben seiner Erscheinung eine schrullenhafte Ungeduld, etwas Verwegenes, auch Spöttisches. Dessen ungeachtet, wirkt er elegant, fast erhaben.
Seine Besonderheit ist ihm geblieben.
In keiner Weise wirkt er gebrochen oder unglücklich. Ich will ihn lachen sehen, dann wüsste ich es ganz sicher.
Seine Haut ist blass aber frisch, trotz einiger Runzeln und einer starken Falte zwischen den dünn behaarten Augenbrauen.
„Was wollen Sie? Ich weiß, Sie sind immer noch da!"
Seine Stimme klingt wie früher, nur hat sie ihre Weichheit verloren. Aber die Musik darin ist die gleiche geblieben.
Kerzengerade steht er vor mir und bewegt sich jetzt ungeduldig ein paar Schritte nach vorn, bis er sich gefährlich nah an der ersten Treppenstufe befindet.
„Wenn ich meinen Stock hätte, würde ich jetzt nach Ihnen schlagen. Aber er ist drinnen. Normalerweise brauche ich ihn nicht, wenn ich die Türe öffne. Andere Besucher geben sich mir zu erkennen."

Meine Starrheit führt dazu, dass ich nichts anderes tun kann als zittern. Eine andere Bewegung ist nicht möglich, und als mir die Tränen aus den Augen fließen, kann ich sie nicht wegwischen, kann meine Hand nicht heben. Ich kann nur zittern, weinen und stumm geradeaus starren.
„Hallo! Warum sagen Sie nichts? Ich weiß, Sie sind noch da; stehen vermutlich zwei Meter vor mir und glotzen mich an. Was wollen Sie von mir?"
Jetzt gehe ich vorsichtig ein paar Stufen nach oben auf ihn zu. Jetzt erst sehe ich seine Augen. Fremd

und eisern schaut er an mir vorbei, die Augen greifen nicht, haben mit den wütenden Worten, die er spricht, nichts zu tun und nehmen sie nicht auf. Bei jedem Ton bleiben sie unbeteiligt, sie ficht das alles nicht an: sie gucken immer gleich, aber reglos sind sie nicht. Das ist das Grausigste daran, sie bewegen sich ein bisschen, aber folgen keinem Punkt, laufen ins Leere wie die Augen eines Gespensts, und ich weine immer stärker und mein Rücken krümmt sich nach vorn.

Vor dieser Begegnung hatte ich vieles überlegt, aber nichts hatte nur annähernd mit dem Gefühl zu tun, das mich jetzt überkommt, da ich erkenne, dass dieser Mann wirklich und tatsächlich blind war.

Ich stehe vor meinem Bruder, den ich so lange nicht gesehen habe und finde nur noch Teile von ihm.
Sein Ausdruck hat jede Entschlossenheit verloren; es ist eben doch etwas zerbrochen. Nicht nur das Gesicht wirkt beschädigt, seine ganze Erscheinung wirkt erschreckend unstimmig, und nur ein kräftezehrender Akt scheint den Verlust der Augen fortwährend auszugleichen und die Gestalt auf irgendeine Weise zusammenzuhalten.
Ich stehe weiterhin da und setze den Mann, der sich nicht wehren kann, meinen Überlegungen aus.
Wie sehr sich die Erblindung auf seinen Körper übertragen hat, trotz seiner Begabung zur Heftigkeit: sie hat ihn gezähmt.

Was hatte ich erwartet?
Vielleicht sieht er doch etwas und er macht mir und allen anderen etwas vor?

Ich gehe leise zwei Schritte nach links und hebe beide Arme. Er steht unbeeindruckt in Wartestellung und sieht nicht, auf was er wartet. Seine Augen suchen nicht, fragen nicht, können nicht.
Es sind sich bewegende tote Augen, die nichts geben außer eine äußere Form und die Behauptung, dass es Augen sind, was nicht stimmt.
„Ich gehe jetzt wieder hinein. Wenn Sie etwas von mir wollen, sprechen Sie mit mir."
Er dreht sich um und tastet den Griff seiner Haustür. Dann verschwindet er und ich stehe immer noch bewegungslos davor und die Tränen laufen weiter über meine Wangen.
Seine Augen sind eine Lüge.

Ende Teil 1

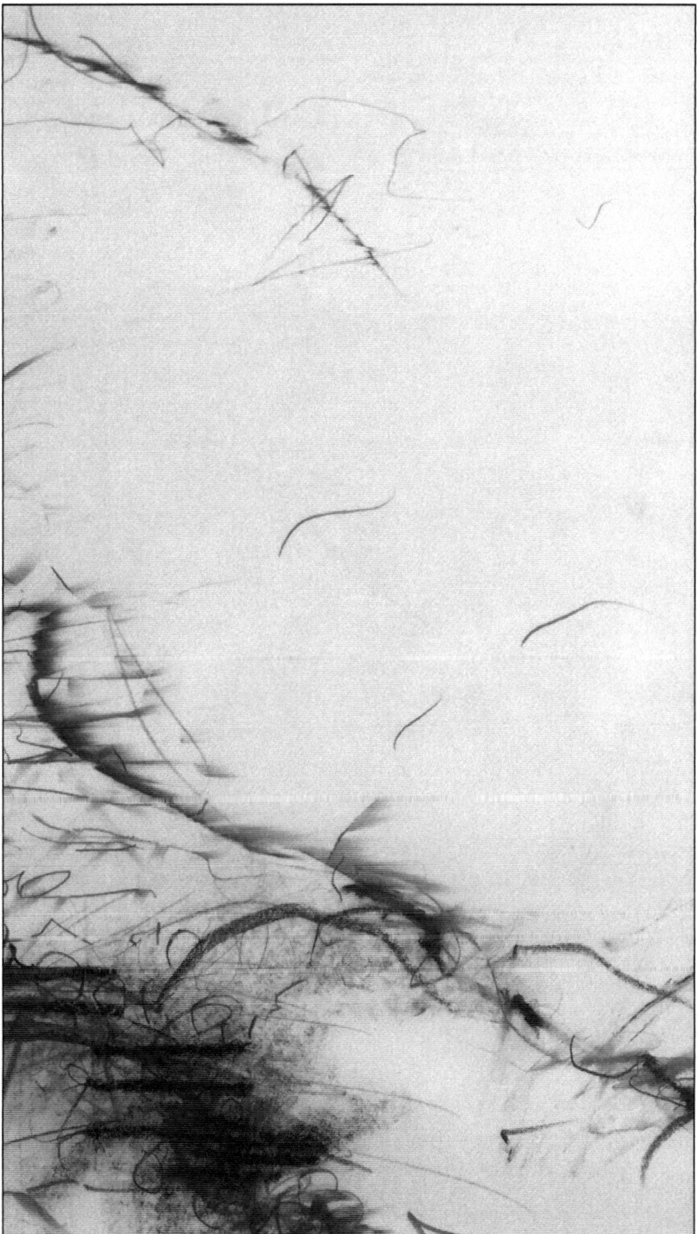

Teil 2

1

Vor drei Monaten hatte es angefangen. Es begann mit einem Klopfen an meiner Haustür am Morgen.
Es klopfte sehr leise, aber ich hörte es, weil ich nicht schlief und mich unten in der Küche aufhielt. Ich wartete. Es würde vorbeigehen, derjenige, der da klopfte, würde wieder gehen.
Aber dann klopfte es wieder. Ein bisschen lauter, aber immer noch zaghaft. Dann noch einmal.
Ich öffnete.
Es war kühl und ich überlegte kurz, war dann aber beruhigt, als mir einfiel, dass ich Pullover und Hose angezogen hatte, bevor ich hinuntergegangen war.
„Wer ist da?"
Wie sehr ich es hasste, mein Gesicht wie einen nackten Arsch in die Welt zu strecken und nichts zu sehen. In diesen Momenten fiel mir ein, dass ich blind war, ein Gedanke, der mir sonst stunden-, ja, tagelang nicht mehr in den Sinn kam.
Ich wartete und hörte Geräusche von Schuhen, und weil niemand antwortete, fragte ich noch einmal:
„Wer ist da? Ich höre Sie."
Dann geschah lange nichts.
„Glotzen Sie!", sagte ich. „Glotzen Sie. Und wenn es Ihnen nicht gefällt, können Sie sich ja einfach aus dem Staub machen! Ich kenne Sie nicht und werde Ihnen diese Ungehörigkeit nicht vorhalten, weil ich Sie nicht sehe."
Wer stand da vor mir?
Ich wusste, dass ich angestarrt wurde und diese Starre übertrug sich auf mich. Es war das, was ich früher oft erlebt hatte, kurz nach meiner Erblindung: Die Leute hatten mich angesehen und ich war nicht in der Lage, die Zeichen zu deuten, die mich darüber aufgeklärt hätten, was diesen Glotzern beim Betrachten des blinden

Mannes durch den Kopf gegangen war. Aber sie glotzten unbeirrt weiter, ich spürte es körperlich, ich spürte ihren Blick auf meiner Haut, als sei ich nackt.

Und die Glotzer nutzten die Tatsache, dass sie einem Menschen endlich einmal ungestört und ungehörig mitten ins Gesicht starren durften, weil er sie nicht sah. Jede Falte wurde inspiziert, jede Regung, jede Bewegung, jeder Pickel, jede Haarkrümmung. Ein Mal in Ruhe glotzen, wie ein Mensch aussieht. Eine herrliche Indiskretion, die im Nachgang zur Erzählung taugt.

„Was wollen Sie? Ich weiß, Sie sind immer noch da!"

Die Person, die da stand, antwortete nicht, aber ich spürte, dass sie noch da war, ganz nah bei mir.

Sie war unsichtbar.

Diese Schamlosigkeit war auch deshalb so grausam, weil sie einseitig passierte. Ich wurde bewertet und hätte gern zurück bewertet. Aber das machten meine Augen nicht mit und der andere wusste das.

„Wenn ich meinen Stock hätte, würde ich jetzt nach Ihnen schlagen. Aber er liegt drinnen. Normalerweise brauche ich ihn nicht, wenn ich die Türe öffne. Andere Besucher geben sich mir zu erkennen."

Was hätte ich früher gemacht, als ich noch Augen hatte?

„Hallo! Warum sagen Sie nichts? Ich weiß, Sie sind noch da; stehen vermutlich zwei Meter vor mir. Was soll das?"

Ein nackter Mann. So fühlte ich mich. Vollkommen ausgeliefert. Kein Wunder, dass ich jetzt fror. Ich wurde angegriffen. Jemand war eingedrungen in meine Privatsphäre.

Warum sprach derjenige nicht mit mir?

Glotzen und nichts sagen, das genau war der Plan. Es sollte das werden, was es war: eine Verunsicherung, eine Drohung vielleicht. Kannte ich denjenigen, der da stand? Oder sie? Kannte ich sie? Normalerweise war ich am Tag für solche Spiele nicht zu haben. Ich schlief um diese Zeit und nur heute, ein Mal und nur heute, hatte ich auf das Klopfen reagiert und die Türe geöffnet. Nun sah ich mich bestätigt, dass dies ein Fehler war.

„Ich gehe jetzt wieder hinein. Wenn Sie etwas von mir wollen, sprechen Sie mit mir."
Ich drehte mich um, tastete den Griff meiner Tür und ging zurück ins Haus.

Als ich ins Zimmer zurückgegangen war, setzte ich mich an meinen Schreibtisch. Ich wollte festhalten, was ich soeben erlebt hatte und warum es mich beunruhigte.
Jemand hatte an meine Haustür geklopft und sich nicht zu erkennen gegeben. Das war neu und in dieser Art deshalb bemerkenswert, weil es eine Begegnung war, ohne eine zu sein.
Notburg sprach von einem Versehen und sicher wusste er selbst, dass das Unsinn war.
„Ich wurde angestarrt."
„Und wer sollte Ihrer Meinung nach daran Interesse haben?"
„Es kam einer Konfrontation gleich", ich war davon überzeugt.
„Ein Kampf mit ungleichen Waffen. Sie hatte Augen und ich nicht."
„Wieso *sie*?"
„Ach, hatte ich *sie* gesagt? Er oder sie – wer auch immer, Herrgott Notburg! Nun seien Sie doch nicht so spitzfindig!"

2

Ein paar Tage nach diesem Ereignis, ich erinnere mich sehr genau, es muss kurz vor zwölf gewesen sein, ganz sicher kurz vor zwölf, bemerkte ich, dass ich das Schlagen der Uhr nicht gehört hatte. Das kam manchmal vor, aber dann hallte der Klang nach, ohne dass ich einzelne Schläge bewusst wahrgenommen hatte. Diesmal war es anders. Die Uhr hätte zwölf Mal und nach einer Minute weitere zwölf Mal schlagen müssen. Aber ich hatte die vertrauten Klänge nicht gehört, weil es sie nicht gegeben hatte – zwei Mal zwölf Schläge!
Der stündliche Glockenklang diente als Zeitgeber im Haus.
Als die alte Wanduhr meiner Eltern kaputtgegangen war, das ist Jahre her, habe ich sie ausgetauscht gegen eine, die mit Batterie lief. Nicht ein

Tag war vergangen, ohne dass eine Uhr mit mir gesprochen hatte. Sie sagte mir, dass eine Stunde vergangen war.
Jetzt sagte sie nichts.
Diese plötzliche Fehlstelle in meinem Zeitgefüge bescherte mir eine mich selbst überraschende Unruhe, und so setzte ich mich auf den Stuhl in der Küche und starrte blind in Richtung Uhr.
Ich wartete. Der nächste Schlag würde kommen und alles hätte seine gewohnte Ordnung.
Es war ruhig und es blieb ruhig.
Für die Unpässlichkeit der Gefährtin musste es einen Grund geben.
Was tun, wenn ihr Herzschlag nicht mehr kommen würde?
Was tun?
Ohne die Verortung der Stunden begann meine Verortung des Lebens zu wanken, kein Taktgeber: kein Grund für Tag oder Nacht.
Ich saß auf dem Stuhl und wartete auf den nächsten Schlag.
Er kam nicht. Die Wanduhr war kaputt.

3

Mir fiel das Geschenk der Gemeinde wieder ein, das sie mir vor Jahren gemacht hatte. Ich stand auf, ging ins Wohnzimmer, tastete mich an den kleinen Tisch am Fenster, öffnete die Schublade und nahm die Uhr heraus. Es war verwunderlich, dass ich sie behalten hatte.
Plump lag sie in meiner Hand und ich ging in die Küche, trat mit dem Fuß auf den Hebel des Mülleimers und ließ das Ding hineinfallen. Es wehrte sich durch einen lauten Plumps. Keinen einzigen Dienst hatte ich ihr je abverlangt. Selbst in jetziger Not bat ich die Uhr nicht um Hilfe, eine neue Chance kam nicht infrage, schon gar nicht an meinem Arm.

Die Wanduhr gab die Zeit.
Dass ich sie anders belegte als andere Menschen, sah sie mir nach.
Auch für sie spielten Begriffe wie Tag oder Nacht keine Rolle, beide nicht mehr als eine Behauptung.

Die Uhr und ich waren uns einig, dass ich abends um 19 Uhr aufstehe und morgens um neun ins Bett gehe. Der Tag hieß jetzt Nacht und die Nacht hieß Tag. Seit vielen Jahren lebten wir gemeinsam nach diesem Rhythmus. Unterbrochen wurde er, wenn ich einen Termin in Graz hatte und ich mich dem Treiben meiner Zeitgenossen anpassen musste. Aber die Uhr tat ihre Pflicht.

Wenn die Uhr nicht mehr schlug, entglitt mir die Zeit, es entglitt mir alles. Sie musste laufen; war mein Auftrag an das Leben. Die Zeit war mein Auftrag. Sonst hatte ich keinen.
Die Uhr gab mir vor: steh auf, schlaf, mach Pause, leg dich hin, iss. Sonst wollte niemand etwas von mir, nur die Uhr.
Und manchmal Notburg.
Da ich die Uhr jetzt nicht mehr hörte, wusste ich nicht, an welcher Stelle der Wand sie hing. Ich holte einen Besen aus der Kammer und tastete vorsichtig über die Wandfläche, bis der Stiel die Uhr berührte. Ich markierte mit einem meiner Schuhe auf dem Boden die Stelle. Dann nahm ich einen Stuhl und stellte ihn über den Schuh. Ich stieg hinauf, ertastete die Uhr und holte sie herunter. Sie war leicht und auf der Rückseite gab es eine Klappe, vorgesehen für die Batterie.
Sie fehlte.
Ich stieg hinab und ließ mich auf den Stuhl fallen. Hatte ich mich geirrt? Gab es eine andere Klappe? Ich untersuchte die Uhr, tastete, klopfte und prüfte, aber ich kannte sie und wusste: die Klappe für die Batterie war leer. Warum?

4

Unsere Spaziergänge in der Nacht endeten immer mit einem gemeinsamen kleinen *Mittagessen*, das wir zusammen in Notburgs Haus einnahmen. Er sprach jedes Mal eine Einladung aus, feierlich geradezu, wie bei unserer ersten Begegnung und ich nahm jedes Mal aufs Neue an, als sei ich überrascht und hocherfreut.

Meist tischte er kalte Platte auf und Rotwein. Ich trank wenig, aber an manchen Tagen hörte ich, dass er dem Wein sehr zusprach. Das war, wenn er bilanzierte, was immer ungünstig für ihn ausfiel. Er malte sich aus, was aus ihm hätte werden können, wenn er nicht sein Leben lang auf das falsche Pferd gesetzt hätte. Das falsche Pferd war seine inzwischen verstorbene Frau.
In seinen Gefühlen seltsam hin- und hergerissen, war er in der Bewertung dessen, was sie gemeinsam und nur gemeinsam erreicht hatten, einerseits anerkennend ihr, andererseits ungnädig sich selbst gegenüber.
Die Anerkennung bezog sich auf die Leitung des kleinen Verlagshauses, die seine Frau nach dem Tod ihres Vaters, des Verlagsgründers, in äußerst schwieriger Lage übernommen hatte.
Ich dachte, dass Irene eine ähnliche Laufbahn wie Gabriele hinter sich gebracht hatte. Auch bei ihr war der Vater gestorben und sie führte das väterliche Unternehmen erfolgreich weiter.
In der Folge hatte Notburgs Frau das angeschlagene Unternehmen mit Weitsicht und Einfallsreichtum zu überregionalem Erfolg geführt. Weniger als zwei Jahre hatte sie anscheinend dazu gebraucht. „Das konnte sie doch nicht allein, Kulp, da war ich dabei, ich, Gerald Notburg, selbstverständlich war ich bei all dem dabei!“, schrie Notburg, als müsse er sich selbst davon überzeugen.
Er hatte den Namen seiner Frau angenommen, um einerseits der Tradition zu folgen und Verlagsleitung und Verlagshaus mit dem gleichen Namen fortzuführen, andererseits um auch nach außen zweifelsfrei als erkennbarer Teil der Verlegerfamilie angesehen zu werden.
Der ungnädige Teil der Bilanz bezog sich auf die Tatsache, dass er als Gatte der Verlegerin ausschließlich ihren Impulsen folgte, wie er sagte, und deshalb selbst wenig eigene schlagkräftige Ideen hinzuzufügen in der Lage war.
„Wollten Sie nicht, oder konnten Sie nicht?“, habe ich ihn gefragt.
„Ich war nur in ihrer Gefolgschaft stark. Allein war ich es nicht. Ganz sicher hätte ich es ohne sie nie zu derartigem Vermögen und Erfolg bringen können.“

Dieses Eingeständnis kostete ihn manch eitlen Schmerz und des Nachts schmiedete er Pläne, sich durch das Gelingen unabhängiger Vorhaben den eigenen schillernden Weg zum Erfolg zu bahnen. Davon erzählte er mir ab und zu.
So arbeitete er zum Beispiel selbst an einem Werk, einem Buch, über dessen Inhalt er gerne sprach, das aber seit Jahren über den Anekdotenstatus nicht hinauskam.
Nach dem plötzlichen Tod seiner Frau ließ er die Anekdoten ruhen und befasste sich zettelschreibend ausgiebig mit dem Thema des Scheiterns.
Dankbar fand er eine psychisch-soziale Begründung für die zeitraubenden, unerschütterlichen Versuche, seine burlesken Lebensweisheiten in eine literarische Form zu bringen und für die Tatsache, dass es notwendigerweise bei eben diesen Versuchen bleiben sollte. Manche seiner Erläuterungen erinnerten mich erschreckend an eigene Erfahrungen, ich hatte zwischendurch sogar den Eindruck, er sprach über mich, was meine Stimmung nicht gerade hob. Gesagt habe ich ihm das nicht.
Aber seine wohlerdachten Begründungen halfen ihm, wenn er in guter Verfassung war, und ich beneidete ihn um die Eigenschaft, sich damit vom eigenen Unvermögen abzuseilen.
Diese Momente hielten aber nie lange, sodass er sich in schlechter Verfassung klarmachte, dass er es nie zu einem literarischen Werk bringen würde, und dass er ausschließlich in der Lage war, anderen dazu zu verhelfen; dies aber weit weniger erfolgreich, als es seiner verstorbenen Frau gelungen war.

Früher, sagte er, habe er sie geliebt. Dann nicht mehr und selbst nach ihrem Tod hörte das falsche Pferd nicht auf, aus dem Grab zu wiehern.
Notburg war in schrecklicher Verfassung.
Wir gingen zusammen zum Teich und setzten uns auf die Bank.
„Die Würde hatte sie mir genommen, nicht weil sie besser war als ich, sondern weil sie mich in ein beschissenes Klischee zwang, das

Klischee eines Mannes, der nicht ertragen konnte, dass die Frau mehr drauf hatte, wie man so schön sagt. Dieser Mann soll ich gewesen sein! Aber das war *ihre* Geschichte, nicht meine. Nicht ich hatte mich so gesehen, *sie* hatte mich so gesehen, *sie* hatte so über mich gesprochen, *sie* hatte es mir vorgehalten, *sie* hatte die Rivalität zwischen uns geschürt und ihren Vater gegen mich aufgehetzt. Und sie hat immer wieder gesagt, ich solle schreiben, dann könne sie den Kram verlegen, den ich verzapfte."

„Vielleicht glaubte sie an Ihre Begabung."

„Ich bitte Sie, bei der Formulierung? Spätestens bei dem Wort *verzapfen* hätte mir klar sein müssen, dass sie an gar nichts Diesbezügliches glaubte. An gar nichts."

Ich erwiderte nichts.

„Warum setzt man aufs falsche Pferd?", fragte Notburg plötzlich.

„Weil man es nicht weiß."

„Doch, ich habe es gewusst."

„Und jetzt haben Sie ihr einen Rosengarten geschenkt."

„Ja, das habe ich. Es ist ihr Garten. Und wieder ein Klischee."

„Was meinen Sie?"

„Die Rosen, mit Dornen und den zartesten Blättern."

„Die Liebe ist so."

„Ich sage ja: ein Klischee. Wahrscheinlich kann ich deshalb nicht schreiben. Weil ich in Klischees denke."

„Wenn man die Liebe schon als Klischee bezeichnet, ist wirklich alles verloren, Notburg. Sie sollten sie nicht Ihrer Wehleidigkeit opfern."

Wo war eigentlich meine Liebe?

5

Eine halbe Stunde blieben wir noch nebeneinander sitzen, dann lud ich Notburg zu mir nach Hause ein. „Was essen" wollten wir.

Er freute sich, denn es war das erste Mal, dass ich ihn zu mir nach Hause bat.

„Kommen Sie, kommen Sie, Notburg. Fühlen Sie sich wie zu Hause, und wenn Sie sich einen Überblick verschafft haben, beschreiben Sie mir, was Sie sehen."
„Soll das Ihr Ernst sein?"
„Ja, unbedingt. Ich bitte Sie darum. Und danach essen wir! Aber erst: Warten Sie, ich hole Ihnen etwas zu trinken und dann fangen wir an."
„Haben Sie mich deshalb eingeladen?"
„Ich bin nicht berechnend, Notburg."
„Sondern?"
„Sondern ich möchte, dass Sie sehen, wie ich lebe. Das macht man doch unter Freunden so, oder?"
„Das wissen Sie doch wohl selbst. Wozu dann die Beschreibung?"
„Die Beschreibung hat mit der bewussten Wahrnehmung zu tun. Sie gucken anders und ich kann überprüfen, ob alles noch so ist, wie ich es mir vorstelle."
„Gut, meinetwegen. Aber vorher: Ich heiße Gerald." Er griff nach meiner Hand.
„Um Gottes Willen, Notburg. Ich fühle mich geehrt, aber dieser *gemeinsame* Beschluss wäre mir zu betulich. Ich bin aber dankbar, dass Sie nicht das Wort *duzen* benutzt haben."
Jetzt lachte Notburg. Dann ich.
„Soll ich alles beschreiben?"
„Erst mal den Eingangsbereich … dann oben … wir werden sehen. Legen Sie los!"
„Wir stehen also im Flur, den man betritt, wenn man die Haustüre hinter sich geschlossen hat. Auf der länglichen Seite der Wand ist eine Eisenstange angebracht, an der verschiedene Mäntel und Jacken hängen. Oben drüber hängt ein Brett, für Hüte und Schals. Daneben steht ein länglicher, schmaler Korb, in dem Schirme und Blindenstöcke verstaut werden können. Da Sie offensichtlich weder Schirme noch viele Mäntel noch Hüte besitzen, sind die erwähnten Bereiche mehr oder weniger leer.

Die Blindenstöcke werden durch eine Lederschlaufe zusammengehalten, die oberhalb des Korbes an der Wand befestigt ist. Eine raffinierte Konstruktion, wenn Sie mich fragen."
Wir gingen in die Küche.
„Die Küche wird benutzt. Im Schrank gibt es Töpfe, Sie kochen anscheinend. Die Geschirrmenge, die Sie besitzen, deutet darauf hin, dass Sie wenig, vielleicht gar keine Gäste empfangen.
Das Leben hier scheint statt schwierig einfacher zu sein. Kein Ballast, nur das, was man braucht, keine Rumpelkammer, keine Stauflächen, keine vollen Schränke, wenig Haushaltsgeräte, keine Kaffeemaschine."

Wir gingen die Treppe nach oben. Notburg sprach weiter. Es schien ihm Spaß zu machen.

„Das Bad hat eine große Dusche ohne Stufe. Es gibt ein kleines Waschbecken mit Seife. Auf einem Brett an der Wand stehen ein paar Dinge: Shampoo, ein elektrischer Rasierapparat, Rasierschaum, keine anderen Hygienemittel. In der Ecke neben der Tür steht ein Blindenstock und auf der Fensterbank eine Glasvase, in der Augenprothesen gesammelt sind. Es sind wirklich Kugeln.
Spiegel gibt es nicht.
Der Kleiderschrank steht im Flur. Er ist überraschend groß aus lackähnlichem Holz. Weiß. Ich öffne ihn, wenn ich darf.
Er hat geschmeidige Schiebefächer und Hängeflächen auf zwei Ebenen übereinander.
Bestückt ist er mit gefalteten, aufeinander gestapelten dunkelblauen Pullovern und T-Shirts. Falten Sie das alles selbst? Vieles liegt gerollt in Kästen. Auf Bügeln hängen Jacketts.Alles ist blau, selbst Schals und Handschuhe. Es gibt keine Hemden.
Ich gewinne den Eindruck, dass hier ein sehr ordentlicher Mann lebt, der ein aufgeräumtes Leben führt."
Wir gingen nach unten in das große Zimmer.

„Im Wohnzimmer, an dessen Decke man erkennt, dass es früher zwei Zimmer gewesen sind, steht ein helles Sofa mit einem Glastisch, daneben zwei bequem aussehende, schmale Sessel, darunter ein heller, weicher Teppich.
Das Haus ist – entschuldigen Sie bitte – überraschend gepflegt, nichts liegt herum."
„Sind Sie überrascht oder enttäuscht?"
„Warum enttäuscht?"
„Muss ein Blinder nicht gleichzeitig alltagsuntauglich sein?"
„Ich bitte Sie! Wenn Sie so anfangen …!"
„Nein, nein, entschuldigen Sie, machen Sie weiter."
„Das ganze Haus wirkt einfach und elegant. Die Wände sind leer. Es gibt ein Regal mit wenigen Büchern, schätzungsweise dreihundert. Darunter fast alles Romane, viele Russen, keine Philosophie. Es sieht aus, als hätten Sie sich aller Dinge entledigt, die für einen Blinden keine Bedeutung mehr haben."
„Ich habe irgendwann entsorgt, was mir unnütz erschien. Weiter, Notburg."
„Es gibt nur eine Deckenlampe, sonst kein anderes Licht.
Mit welcher Klarheit Sie alles entfernt haben, was nicht mehr zu Ihrem Leben passt, ist beeindruckend: Bilder, Fotos, Tischwäsche, Nippes, Sammeltassen sind einer erfrischend mageren Optik gewichen, einer erlösenden Kargheit mit sehr wenigen Möbeln.
Ich wünschte, ich könnte auch so mit meiner Geschichte umgehen, im Sinne von: reinen Tisch machen. Erinnerungsstücke als Beweis für das, was mal war, fehlen. Ich bewundere Sie dafür, Kulp."
„Das Haus erzählt heute eine andere Geschichte."
„Eine andere Geschichte?"
„Ja. Als früher, meine ich."
„Ja, das ist das, worum ich Sie beneide. Bei mir habe ich oft den Eindruck, ich erzähle immer noch das, was ich schon seit Jahren erzähle. Es ist immer dieselbe Geschichte, die mein Haus erzählt. Ich glaube, ich muss mich von meinem Rosengarten trennen."
„Er spricht über Ihre Sehnsucht."

„Meinen Sie?"
„Ja, eine sehr schöne Geschichte. Pflegen Sie sie. Das ist mein Rat, Notburg."
„Ich halte es aber nicht aus, weil diese Sehnsucht nie umgesetzt werden kann."
„Das ist das Wesen der Sehnsucht, oder?"
„Ach. Sie haben ja auch welche: Ein vertrockneter Strauß Rosen ohne Wasser auf dem geputzten Glastisch! Die Blätter sind schwarz vom Alter."
„Diese Blumen", sagte ich, „sind die letzten Blumen, die ich meiner Frau geschenkt hatte, bevor sie gegangen ist."
„Ein Relikt."
„Ja."
„Und auch Sehnsucht."
„Ja."
„Die Vorhänge sind zugezogen. Das ist eigenartig, finde ich. Und der Boden knarrt."
„Das stimmt. Wenn ich schon nichts sehe, will ich wenigstens meine Schritte hören."
„Oder die der anderen."
„Welcher anderen?"
„Meine zum Beispiel."
„Ach so. Natürlich. Ihre zum Beispiel."
„Sie haben wenige Gäste."
„Sehr wenige. Manchmal kommen Charlie und Agata. Ich glaube, das sind seit Langem die Einzigen, die im Haus waren. Und ab und zu Schultz. Wenn ich nach Graz fahre."
„An der kurzen Seite des Zimmers steht ein Schreibtisch. Sie haben einen Computer mit einem kleinen Bildschirm. Auf der Tastatur sind Noppen. Es gibt Stifte, Papier und eine A4-Schablone. An einem kleinen Nebentisch steht außerdem eine Schreibmaschine für Blinde und man sieht, dass Sie sich mit Texten befassen. Manches technische Gerät ist mir unbekannt.

Neben dem Schreibtisch an der Wand hängt das einzige Bild im Haus. Wer ist das Mädchen?“

„Welches Mädchen?“

„Das Mädchen auf dem Foto.“

„Ich verstehe kein Wort. Wovon reden Sie, Notburg?“

„Von dem Foto, das hier an der Wand hängt. Mit Reißzwecken befestigt.“

„Reißzwecken? So etwas besitze ich nicht.“

„Ich bitte Sie: hier, an dieser Wand, hängt ein riesengroßes Foto!“

„Das kann nicht sein! Das Foto ist nicht von mir, ich kenne es nicht! Ich kenne kein Foto!“

„Seien Sie nicht kindisch, Kulp. Vielleicht haben Sie es vergessen.“

„Vergessen? Eben noch bewundern Sie meine Klarheit und jetzt sagen Sie, ich hätte vergessen, dass ein riesengroßes Foto an meiner Wand hängt! Und was heißt überhaupt riesengroß?“

„Es ist etwa 1 Meter 30 breit. Ein Querformat.“

„Ich habe dieses Foto nie gesehen und schon gar nicht hier aufgehängt!“

„Jetzt brüllen Sie doch nicht so!“

„Entschuldigen Sie, dass ich etwas laut werde, weil sich offensichtlich in meinem Haus jemand befindet, dem meine Wände zu kahl sind. Vielleicht möchte er demnächst hier einziehen! Es stört ihn ja anscheinend auch der Klang meiner Wanduhr in der Küche und vielleicht behagt ihm auch so manch anderes nicht. Er wird sich schon rühren! Entschuldigen Sie, Notburg, aber Sie verkennen die Lage.“

„Ich sage nur: Polizei. Mehr sage ich nicht. Polizei. Dafür sind die da.“

„Ach hören Sie auf. Das ist doch keine Lösung! … Wie sieht sie aus?“

„Das Mädchen?“

„Ja, natürlich das Mädchen!“

„Sie ist etwa sieben Jahre alt. Das Foto ist schwarz-weiß. Es dürfte aus den Sechzigern stammen. Das Kind guckt sehr ernst, hat dunkles gelocktes Haar, es trägt einen hellen Pulli und hält eine Blume in der Hand.“

„Bitte zeigen Sie es mir!“

Notburg nahm meinen Arm, legte meine Hand an die Wand und ich fühlte das schwere Papier. Ich fuhr vorsichtig am Rand entlang, dann riss ich es mit einem kräftigen Ruck herunter.

Ich war nach diesem Kraftakt so angestrengt, dass ich mich setzen musste. Ich sah das Foto vor mir. Ich kannte es.

„Was, Kulp, hat das zu bedeuten? Wer sollte bei Ihnen gewesen sein und dieses, ausgerechnet dieses Motiv an Ihre Wand gebracht haben? Warum, um Gottes Willen?“

Mir war heiß und mein Hemd kratzte auf der feuchten Haut.

„Das Kind ist Vera.“

„Vera?“

„Vera, meine Schwester.“

„Dann hat sie es aufgehängt.“

„Sind Sie wahnsinnig geworden? Heimlich oder was?

Also wenn das mit kriminalistischer Fantasie gemeint ist, dann weiß ich spätestens jetzt, warum ich so etwas niemals schreiben werde. Das ist Unsinn.“

„Wenn man es logisch betrachtet, finde ich die Idee nicht so abwegig.“

„Welcher Logik folgt sie denn bitteschön?“

„Bleiben wir ruhig. Überlegen wir: Was ist die Alternative, wenn Sie das Bild nicht aufgehängt haben? Wer kann es dann gewesen sein?

Falls Sie ernsthaft nach einer Antwort suchen, vergessen Sie nicht: Ihre Schwester ist auf dem Foto. Es soll Ihnen etwas sagen. Es geht um früher. Das ist die Logik, von der ich spreche.“

„Ich habe keine Ahnung, wovon Sie sprechen, Notburg, keine Ahnung!“

Das Papier war fest, ein Fotokarton für die Ewigkeit gedacht.

Ich fing an, es in kleine Schnipsel zu zerreißen, erst schnell, dann langsamer. Ich versuchte mir einzureden, es sei ein meditativer Akt.

„Sie zerstören ein Beweismittel. Spätestens jetzt, mein Lieber, sollten Sie die Polizei rufen.“

„Nichts dergleichen, Notburg. Absolut nichts werde ich tun. Polizei ist hier fehl am Platz. Das ist meine ganz, ganz eigene Sache.“

6

Neuerdings sah ich das Gesicht meiner Schwester. Es kam und ging. Wenn ich schlief, sah ich den Vater, wenn ich wach wurde, für einen Moment, sah ich sie. Klein und schmächtig, ein bisschen grau, hübsch und dunkel die Haut, dunkler als meine. Der Vater hatte immer Scherze gemacht und gesagt, dass sie die Tochter eines spanischen Landstreichers war, nicht seine.
Damals blühte das Gesichtchen auf, wenn wir zusammen waren. *Gänseblümchen* habe ich sie genannt, unauffällig und klein, wie sie war. Gänseblümchen. Vielleicht war sie heute eine Distel. Kratzig und bizarr.

Wir waren früher viel zusammen. Unsere Mutter sagte: „Sie ist ihm verfallen."
Meine Schwester nahm alles, was ich gab, ungeprüft und uneingeschränkt. Das wusste ich wohl und es stachelte mich an. Ich war immer der Held, weil sie mich dazu machte.
Auch die Mutter liebte mich auf diese Weise, sagte aber dennoch selten etwas Ermunterndes, gar Aufbauendes zu mir. Die Liebe fand heimlich statt, so als sei sie nicht erlaubt.
War sie auch nicht. Da war ja mein Vater. Also fraß die Mutter ihre Liebe schweigend in sich hinein.
Manchmal fühlte ich mich, als hätten wir alle vier im Kloster gelebt.

Aber wie das Leben meiner Schwester wohl verlaufen war, habe ich mich nie gefragt. Ich ahnte, dass es nicht gut war, ahnte, dass es sogar schlecht war. Ein schlechtes Leben, unzufrieden, unausgefüllt, lieblos.

7

Ich wachte auf, weil es roch. Es roch stark. Erst stieg der Geruch in meine Nase, dann durchfuhr er meinen Körper. Im Magen blieb er wie ein Klumpen liegen. Schwer und heiß. Ich schlief wieder ein und träumte von früher, als das Haus noch mein Elternhaus war.

Ich träumte von Vater und Mutter, meiner Schwester und mir. Ich war etwa neun Jahre alt, Vera sieben. Wir saßen am Tisch beim Essen. Der Duft verursachte mir Übelkeit und ich erbrach mich auf dem Teller. Die Mutter sagte nichts, sie stand nur auf und ging aus der Küche. Mein Vater sagte, ich solle weiteressen.
Da sah ich die kleine Hand meiner Schwester ganz langsam meinen Teller vom Tisch schieben. Ich saß ganz starr, aber mit den Augen verfolgte ich, wie der volle Teller mit meinem Erbrochenen langsam über den Tischrand rutschte. Die Geste meiner Schwester war ruhig und leise, aber das Scheppern auf dem Boden weckte mich auf.

Die Uhr schlug elf.
Ich lag wach und dachte an meine Mutter. Sehr lange war sie mir nicht mehr in den Sinn gekommen, man könnte sagen: Ich hatte sie vergessen. Alle hatte ich vergessen.
Wahrscheinlich hatte nie ein Mensch vor mir das so sehr vermocht, vielleicht hatte ich es sogar erfunden: das Vergessen mit Absicht.
Jetzt meldete sich alles zurück, als sei der Moment gekommen, der unbedingt und genauso von mir hatte gelebt werden müssen.
Lange Zeit hatte ich Ruhe. Jetzt war ich bereit.
Aber es sollte mir bitteschön gestattet sein, mich dennoch dagegen zu wehren, denn ich tappte doch im Dunkeln, immer noch tappte ich im Dunkeln!

Es schien so, als sei sie im Raum, denn es roch nach ihrem Parfum.
Meine Mutter stand vor mir in einem dunklen Kleid, das in der Taille durch einen schmalen Gürtel gehalten war. Er war zu eng und mir kam der Gedanke, dass sie vielleicht deshalb so oft geschwiegen hatte, weil sie eingeklemmt war.
Ihre Haare waren zerzaust. Das passte nicht zu ihr und es stand im Widerspruch zu dem sorgfältig sitzenden Kleid.
Ich stand auf, tastete mich zum Fenster, um es zu öffnen. Es regnete und ein leichter Wind wehte. Um einen Flügel festzustellen nahm ich den Korken, der auf der Fensterbank lag.

Von draußen kam der Duft nicht.
Seit meine Mutter tot war, hatte ich diesen Duft nicht mehr gerochen.
Ich legte mich wieder ins Bett.
Konnte ich mir diesen Geruch einbilden?
Das Parfum hatte sie von ihrem Mann bekommen. Er war in die Stadt gefahren, zur Drogerie gegangen, hatte auf den Flacon gedeutet, bezahlt und gewartet, bis er eingepackt war. Ja, ein Geschenk sollte es werden, hat er gesagt. Und die Verkäuferin mit den lackierten Fingernägeln und dem zarten Mund hatte ihn gelobt, weil er so ein teures Parfum verschenkte und seiner Frau eine wahre Freude damit machen würde. Die Freude kam auch. Sie kam genauso erwartbar wie das Geschenk selbst und der Akt, der dazu führte.
Vielleicht hätte sich die Mutter gern mal anders gefreut.
Und jetzt roch es im Haus nach *Lanvin* und ich erinnerte mich dank meiner Nase an meine Mutter, die immer hinterher lief, hinter der Idee, dass ihre Ehe eine gute Ehe war und ihr Leben ein gutes Leben.
Das Parfum nahm sie über viele Jahre an, immer an ihrem Geburtstag, dem 5. Januar. Da lieferte sie pünktlich Freude ab, so wie der Vater das Päckchen.

8

Wie hätte sich die Mutter zugehörig fühlen sollen, da sie ihre Wünsche und Hoffnungen ein Leben lang allein mit sich herumschleppte. Nie wurden sie eingelöst und wahrscheinlich hätte sie auf Nachfrage irgendwann nicht einmal mehr benennen können, was sie eigentlich wollte. Aber Vater sagte: Sie will zu viel!
Im Laufe ihres Lebens hievte sie nur noch Enttäuschungen von einem ernüchternden Tag zum nächsten, bis sie starb.
Der Vater auch. Er hatte das zerschossene Bein und eine zerschossene Seele, die keine Nähe mehr aushielt. 1941 kam er aus dem Krieg zurück. Nicht darüber sprach er, sondern über den vorzeitigen Abbruch seines Einsatzes dort. Der Vater wurde damit nicht fertig.

Er hatte ein Bein gegen die Schmach eingetauscht. Die Schmach, dass er im Krieg vorzeitig als Krüppel zurückgeschickt werden musste, weil er versagt hatte.
So viele Jahre hätte der Vater Zeit gehabt, sich von ihr zu lösen. Aber auch, als er die Mutter kennengelernt und sie geheiratet hatte, blieb die Schmach ihm treu. Vater vertraute ihr mehr als der Mutter. Sie gehörte zur Familie und saß immer mit am Tisch. Die Schmach achtete darauf, dass nicht laut gesprochen, nicht grundlos gelacht, nicht zu schnell gegessen und vor allem alles aufgegessen wurde. Sie wachte über die Anständigkeit im Haus.
Ach, wäre einer von uns doch ein Mal böse gewesen! Einmal gegen die Schmach etwas tun, das nicht sein durfte, einmal gegen sie handeln, ein einziges Mal! Aus einem gesunden Hass hätten gesunde Rasereien entstehen können.
So entstand nur Dunkles. Ein verschämter Hass verbarg sich hinter ewig freundlich abschätzigen Worten, und der Zorn eines jeden von uns vergrub sich in unseren Träumen.
Die Eltern stritten nachts, die Eltern flohen nachts: die Mutter stand auf und trank den Wein allein, bis sie traurig ins Bett fiel. Der Vater verließ das Haus und kam am frühen Morgen zurück. Niemand wusste, wo er sich aufgehalten hatte. Die Mutter fragte nicht.
Beim Frühstück wurde geschwiegen, die Mutter sah ihren Mann von der Seite an, er schaute vorbei.
Ich hätte den Vater gern mal geohrfeigt, ihm richtig eine reingesemmelt, oder die Mutter an den Haaren gezogen, damit es mal einen Laut gab außer der Reihe. Auf diesem gleichtönigen Geräuschteppich lebten wir unsere familiäre Einigkeit und jeder mümmelte seinen Kloß in sich hinein.
„Am besten schmecken sie, wenn man sie zerdrückt“, sagte Vater.
„Hör auf, du weißt, das Gepantsche auf dem Teller ist unmanierlich“, sagte die Mutter, wenn er mit der Gabel den Kloß in die Sauce quetschte.
Der Vater erkundigte sich: „Und Englisch?“

Ich hob meinen Kopf nicht und starrte ins Fleisch.
„Und Englisch?“, wiederholte der Vater seine Frage.
„Okay“, sagte ich. „Was hat Roger?“ „Ne Zwei.“ „Und Werner?“
„Auch.“
Sie sahen mich nicht an.
Jeder war mit seinem Teller beschäftigt, jeder für sich, jeder allein.
Jetzt hätte man einfach mal schreien sollen!
Unter dem Tisch stieß Vera mich mit dem Fuß. Man muss ihnen das Schweigen herausprügeln, dachte ich. Und dann stellte ich mir vor, wie ich die kreischende Mutter an den Haaren aus dem Zimmer zerrte, der kreischende Vater hinter mir her rannte und endlich mal Leben in die Bude kam.
Mutter trank ein großes Glas Wasser und nahm eine Tablette gegen den Kater, Vater cremte seinen Stumpf.
Wir Kinder wussten, hier würden wir nicht bleiben.

„Sauf dich doch auch mal zu!“, hatte ich meinem Vater geraten.
„Warum sollte ich? Ich bin immer gern Herr meiner Sinne.“ „Herr deiner Gefühle.“ „Ja. Ich finde, das ist nichts Schlechtes.“
„Ein bisschen Maßlosigkeit würde dir gut bekommen.“
„Wie kommst du auf solchen Unsinn? Maßlosigkeit kann ich nicht leiden“, sagte Vater. „Und wenn du sehen möchtest, was dann passiert: sieh dir deine Mutter an.“
Die schweigende Mutter trank manchmal ein Gläschen zu viel. Das ist nicht Maßlosigkeit, dachte ich damals, das ist Verzweiflung.
„Wirst du bei mir bleiben, Edgar?“, flüsterte Vera, das Gänseblümchen. Sie war damals zwölf. Mit sechzehn hat sie das immer noch gefragt und mit neunzehn waren wir getrennt. Ich weiß, meine Schwester war immer nur *auch*.

9

Mein Haus war nicht mehr mein Haus. Mutter hatte es in Beschlag genommen. Sie war überall, denn es war ihr Geruch, der Geruch ihres Parfums.

Die Fenster zu öffnen und sie stundenlang aufzulassen, hatte nicht geholfen. Der Geruch war in alles hineingekrochen, in Teppiche, Vorhänge und Möbel.
Überall sah ich meine Mutter. Aber sie war nicht allein.
Auch der Vater humpelte durchs Haus und manchmal wachte ich auf und hörte seinen Stock über den Holzboden schlagen, dem gleichmäßigen Rhythmus eines Einbeinigen folgend. Ich hörte auch ihre Stimmen.
Zum ersten Mal fiel mir auf, dass mein Vater und ich beide mit Stöcken gingen. Allein kamen wir nicht vorwärts.
Das Geräusch meines Stockes ist ein suchendes, unruhiges Hin- und Herscharren. Das des Vaters ein hartes Auf-den-Stein-Stoßen in kurzer Abfolge, das der Geschwindigkeit meiner Schritte entsprach.

der tote Vater
der lebendige Vater
der eisig einsame Vater
der anständige Vater
der gleichgültige Vater
die schweigsame Mutter
die trinkende Mutter
die lächelnde Mutter
die schwache Mutter
die tote Mutter
der blutüberströmte Vater
nie die Schwester
die tote lebendige Schwester

Ich schlief schlecht, aber ohne Träume. Im Haus roch es nach Erinnerung. Ein süßer Geruch, der durch meinen Körper ging wie Jauche.
Jemand war im Haus.
Jemand, der unsichtbar ist, dachte ich, aber dann vergaß ich es wieder. Bis ich Geräusche hörte.

Später sprach ich mit Notburg darüber.
„Wer, um Himmels willen, sollte daran ein Interesse haben?“
„Jemand, der mich hasst.“
„Ich bitte Sie …“
„Ich hatte die Tür nicht abgeschlossen, als ich in Graz war. Ich schließe nie ab.“
„Ab jetzt sollten Sie sich das angewöhnen. Vielleicht hat es sich jemand zwischendurch bei Ihnen gemütlich gemacht.“
„Ich brauche das Schlagen der Uhr. Irgendwie brauche ich es.“
Notburg bot an, eine neue Batterie zu besorgen. Morgen wollte er sie bringen. Morgen, beim Wiedersehen.

10

Mein Kopf, er lief nicht mehr, die Gedanken kreisten um Vater, Mutter und Schwester, unentwegt dachte ich an sie, hatte den Klang ihrer Stimmen im Ohr, wenn ich einschlief, und sah ihre Gesichter, wenn ich aufwachte. Nichts anderes konnte ich denken, immerzu dachte ich an früher und es tat mir nicht gut.
Das Haus stank immer noch nach dem Parfum. Sogar Charlie war es aufgefallen. Der Duft war zum Gestank geworden und hatte mir meine vergessene Familie zurückgebracht.
Seit Tagen war mir schwindelig, mein Puls ging zu schnell und in wachen Momenten sah ich sie alle vor mir.
Wir saßen zusammen beim Mittagessen. Ich erinnerte mich wieder, ich erinnerte mich genau.
„*Er!* Nimm die Ellbogen vom Tisch!“
Der Vater wollte, dass der Junge manierlich aß.
Die Mutter auch.
Als Kind wurde ich in der Schule nach meinem Namen gefragt.
„*Er* heiße ich“, und alle lachten.
„*Er?*“
„Ja, *Er.*“
„*Er* ist doch kein Name!“
Doch, ich hieß *Er.*

„Sage *Er* mir, wo *Er* heute so lange gewesen ist." Der Vater war streng und der Sohn ein guter Junge. So sagte es die Mutter. Die Mutter sagte Junge zu mir, aber mein Name war *Er*.
Dass ich Edgar hieß, habe ich erst erfahren, als ich das erste Zeugnis bekam. Da stand, Edgar sei eifrig, wissbegierig und faul. Der Vater war zufrieden. „*Er* ist ein schlauer Junge. *Er* kommt nach mir."
Aus dem *Er* ist für den Vater nie ein Edgar geworden.
Als ich älter wurde, störte mich das. Es erschien mir abweisend und kalt.
Selbst auf dem vermeintlichen Sterbebett meines Vaters bekam ich meinen Namen nicht zurück.
Das Sterbebett.
Es war vermeintlich, weil es nichts weiter als eine Geschichte war. Und es war seine Art, seine Liebsten auf ihre Unzulänglichkeiten hinzuweisen, ihnen ein Scheitern nahezulegen, das er unbedingt für sein Weltbild brauchte und das er deshalb herbeiredete.
Die Lebensleistung seiner Familie entschied sich auf seinem Sterbebett. Wie verhielten sie sich im Angesicht des nahenden Todes? Was würden sie tun? Was für ihn sein?
Auf kaltem Laken, in dunkel kargem Raum, auf hartem Bett … ein Bild, das dem Sterbeszenario eines Todgeweihten im Lazarett glich … so beschrieb mein Vater sich und seine letzten Momente, bevor er seine unvermeidliche Reise anzutreten gedachte, weil Gott ihn rief.
Wir alle verstanden nicht, warum er nicht einfach in seinem weichen Bett sterben wollte, da, wo er immer geschlafen hatte, in weißen gestärkten Kissen, die nach Reinlichkeit und Lavendel dufteten und mit einem Monogramm bestickt waren. Warum aus dem bequemen Bett plötzlich, nur weil er starb, eine Pritsche geworden war und das helle, warme Zimmer sich zu einer dunklen Kammer ohne Bilder gewandelt hatte, nur weil er der Traurigkeit seiner Existenz einen entsprechenden Rahmen geben wollte: Wir brachten es nicht zusammen.

Mein Vater nervte uns, er kränkte uns, er verkannte uns, er benutzte uns. Die Geschichte, die er immer wieder – obwohl der Fantasie entnommen – in wenig variierenden Ausführungen vortrug, führte uns also den letzten Moment eines Sterbenden vor Augen. Hätte man diese Schilderungen ernst genommen, hätte man erwarten können, dass dies einer der echtesten Momente eines Menschen war, unverstellt und ehrlich. Dies aber war nicht so.
Es handelte sich vielmehr um reine Koketterie, um nichts weiter als eine narzisstische Form, und er verriet sich, als er die namentliche Kunstform, mit der er seinen Sohn ein Leben lang von sich ferngehalten hatte, in eben diesem entscheidenden Moment des nahen Endes beibehielt.
Er hatte einen perfiden Hang zur Dramatik und das Sterbebett war ein wirkungsvolles Bild, mit dem er unsere Familie in toto anfänglich in ratlose Traurigkeit und später in traurige Ratlosigkeit entließ.
Meist beim gemeinsamen Frühstück, meist sonntags, meist wenn die Stimmung fröhlich zu werden drohte, begann mein Vater eintönig die Situation zu beschreiben. Ein Edgar kam dabei nicht vor und ich erinnerte mich plötzlich wieder sehr genau: „Ich weiß, ihr alle werdet anderes zu tun haben, werdet nicht im Haus sein oder mich nicht hören, irgendwo in euren Zimmern, einer Musik lauschend oder schlafend, entspannt, mit bestem Gewissen. Und ich werde rufen, erst den Namen meiner Frau: *Luise! Luise,* werde ich rufen, meine Stimme wird zu leise sein, die Kraft verloren. *Luise*! Aber mein Luischen wird sich nicht rühren, wird Wichtigeres zu tun haben. Und dann: *Wo ist Er?* Der Sohn, auch er nicht da, das ganze Haus leer … und ich liege allein. Das Sterbebett ist einsam. Warum, werde ich fragen, warum? Wo seid ihr alle, ihr, denen ich ein Leben lang …"
Am Anfang saßen wir mit gesenktem Kopf. Vater hörte nicht auf zu sprechen. Je mehr er das Bild beschrieb, umso weniger hatte es mit uns zu tun. Nichts hatte es mit uns zu tun und nichts mit dem Vater. Was blieb, war ein ungutes Gefühl von Schuld, ein Gefühl von Bedauern

und Wut, weil der Vater – wenn man es ihm gutwillig auslegte – so unbeholfen und erpresserisch nach Liebe rief. Wenn man es ihm entsprechend auslegte, war es sein böser Wille.

„Halt deinen Mund! Halt endlich deinen Mund!", unterbrach ich ihn einmal, als ich älter war. Und meine Mutter, das Luischen, sagte mit ruhiger Stimme: „Weißt du, mein Lieber, warum bringst du es nicht endlich hinter dich? Dann musst du dir die Enttäuschung deines Lebens nicht länger vorstellen." Diese Art des Widerspruchs blieb unbeachtet. Wie sehr hätten Vera und ich uns in solchen Momenten einen einzigen schrillen Schrei der Mutter gewünscht, ein einziges Bekenntnis, laut und ohne Umschweife. Oder einen Schlag mit der flachen Hand auf den Tisch! Aber es kam nicht mehr als ein freundlicher Hinweis, kaum vernehmlich für den, der nichts hörte und nichts sah.
Trotzdem hatte Vater eine Antwort. Undankbar seien wir, sagte er. In der Sterbebetterzählung meines Vaters war Vera nie vorgekommen und wieder stand sie auf und verließ den Raum. Das tat sie oft. Sie war dann einfach weg und *wer weg ist, wird nicht gesehen*. Das sagte der Vater: *Wer weg ist, wird nicht gesehen.*
Nachts lag meine Mutter wach und stellte sich vor, wie es sein würde, wenn ihr Mann weg wäre. Sie würde ihn nicht mehr sehen müssen und das fand sie schön. Das hat sie mir gesagt. Später, viel später.
Aber *Er* hatte keinen Namen. Die Mutter blieb bei „Junge" und Vera war weg.

Später ist sie tatsächlich gegangen. Ich erinnerte mich genau an den Tag. Sie saß im Bus und ich winkte nicht.
In zwei Tagen würde sie wiederkommen. Das dachte ich damals. Zwei Tage traute ich ihr zu. Mehr nicht.
Ich hatte mich noch über das Wort gewundert, das sie zum Abschied gesagt hatte: *Lebewohl.*
Lebewohl, wie seltsam altmodisch und endgültig fand ich das damals und gelächelt hatte ich darüber.

Dann wartete ich. Kein Anruf, kein Brief. Tagelang.
Brauchst du mich nicht?, rief ich in die verlassenen Räume, in denen wir wenige Tage zuvor noch als Familie gelebt hatten, als vollständige Familie mit Vater, Mutter, Sohn und Tochter.
Jetzt war ich allein.
Vera hatte mal gesagt: *Auch in der Familie ist jeder immer allein.*
Jeden Tag hoffte ich, sie würde durch die Tür kommen und sich an den Tisch setzen, als sei sie nie weg gewesen. Und jeden Abend musste ich einsehen, dass sie auch dieses Mal nicht wiedergekommen war.
Monatelang.
Jahrelang.
Sie fehlte mir, ihre uneingeschränkte Zuwendung mir gegenüber, ihr Vertrauen in mich, ihr Glaube, dass ich es reißen könnte, irgendetwas reißen. Ihr Lächeln, ihre Nachsicht. Sie fehlte mir sehr. Ein Teil von mir fehlte und schließlich nahm ich ihr den Kummer, den sie mir mit ihrem Wegbleiben bereitet hatte, übel.
Sie war weg.

Erst, als ich Gabriele traf, hörte das Warten auf. Der Name *Vera* verlor sich, Jahre nachdem meine kleine Schwester das Haus verlassen hatte. Und mich.

11

Ich schlief schlecht. Mein Kopf steckte tief im Familiensumpf, jemand drückte ihn hinein, die Toten sprachen zu mir und ihr fauliger Atem ließ mich erbrechen, auch jetzt wieder. Der Eimer neben meinem Bett und dessen tägliche Leerung waren in den letzten Wochen zur Gewohnheit geworden. Dazu kamen die Fragen, wer der Jemand war und warum, und die quälende Ahnung, die Antwort längst zu wissen.

Es war lange her, da hatte ich selbst die Batterie in die Wanduhr gesteckt. Seither war sie klaglos gelaufen.

Jetzt fehlte sie.
Und die Zeit.
Ich stand auf, und zum ersten Mal seit Langem vermisste ich den Fernseher. Ich schaltete das Radio in der Küche an. Die Zeit war wieder da. Der Rhythmus nicht.

In der nächsten Nacht legte mir Notburg die neue Batterie ein. Ein paar Minuten später schlug die Uhr wieder. Sie schlug fünf Mal. In vier Stunden würde ich mich zum Schlafen legen und den Vorfall vergessen. So dachte ich.

12

Notburg klagte Nachschub ein. Er hatte nicht mehr viel Material und ich sollte liefern. Ich kam nicht hinterher, weil ich nicht mehr schrieb. Seit Tagen schon hatte ich keine Zeile verfasst.
„Mir fehlt der Witz“, sagte ich.
„Beim Schreiben?“
„Immer.“
„Was soll das heißen: der Witz? Welcher Witz?“
„Ich habe immer beobachtet. Ich habe es geliebt, in den Cafés zu sitzen und andere Leute anzusehen. Auch Leute in meiner Umgebung.“
„Warum fangen Sie jetzt an, das zu vermissen?“
„Ich vermisse es schon lange. Immer wieder. Und immer wieder konnte ich mich darüber hinwegsetzen. Aber jetzt habe ich das Gefühl, meine Eindrücke sind verbraucht. Es ist so, als sei der Vorrat leer, als käme nichts nach. Woher nehmen?“
„Lesen Sie, gehen Sie wieder tagsüber raus, fahren Sie in die Stadt.“
„Ablenkung.“
„Ja, Ablenkung. Sie müssen sich Anregungen holen.“
„Darum geht es nicht, Notburg. Ich brauche keine Zoobesuche oder Theateraufführungen. Ich habe vielmehr das Gefühl und hatte es immer, dass ich genau dieser Art von Ablenkung jahrelang aufgesessen bin. Ich habe mich wie eine Stopfgans mit Büchern und

Zeitungen abgerichtet, habe gesammelt wie ein Bekloppter und herausgekommen ist nichts weiter als ein paar vermeintlich kluge Gedanken, die zu nichts führten.
Kein Thema habe ich wirklich durchdrungen, an nichts bin ich wirklich drangeblieben. Dieses Lesen und Sammeln war ein Fluch. Insofern ist mir die Blindheit zu Hilfe gekommen. Sie hat diese Manie gestoppt. Und Zoobesuche sind von daher – Gott sei Dank – auch vorbei."
„Kein Mensch kann ohne Ablenkung leben. Ihre Bildung kommt ja gerade durch das viele Lesen. Manie hin oder her."
„Ja, aber was wollte ich wissen? Was will ich wissen? Was sind meine Fragen?"
„Kulp, kennen Sie Bove?"
„Emmanuelle …"
„Ja. Dann kennen Sie sicher auch, was er über das geschrieben hat, was Sie, weil es Ihnen vermeintlich fehlt, unaufhörlich als Vorwand vor sich herschieben. In seinem Tagebuch schrieb er 1936 so etwas wie: *Ich habe über meinen neuen Roman nachgedacht und kenne bereits alles, nur das Thema nicht.*"
„Ich bin aber nicht Bove. Leider."
„Es ging aber noch weiter, ich weiß den Wortlaut nicht genau: *Es gibt nichts Blockierenderes als die ewige Suche nach einem Thema … Es ist der Ton, der die Größe einer Geschichte ausmacht …* dann hob er die Russen hervor, insbesondere Dostojevskij, den Sie doch so lieben …"
„Ja, Dostojevskij, mein Freund. Ich weiß.
Das Nicht-Handeln, das ich so stark empfinde, kann Handlung eines Buches sein. Das hat er gesagt. Das Nicht-Handeln als Handlung. Ich bin nicht in der Lage, das zum Thema zu machen.
Denn, lieber Notburg, weder bin ich Dostojevskij noch Bove, und das ist, was das Schreiben angeht, sehr bedauerlich. Um es kurz zu machen: sie helfen mir da nicht."
„Mensch, schreiben Sie einfach! Das Thema wird sich finden. Es ist doch längst da!"

„Welches?“
„Es ist Ihre Suche, nicht meine. Aber wenn Sie vor der Suche bereits gefunden haben wollen …“
„Ich empfinde nichts.“
„Dann ist es eben das, Herrgott noch mal! Abgesehen davon, dass ich das überhaupt nicht glaube. Vielleicht lesen Sie einfach mal Zeitung, wenn Sie Ihrer Fähigkeit misstrauen, sich schreibend ins Unbekannte zu begeben.“
„Das habe ich immer getan und leider durchschaut. Alles habe ich ins Verhältnis zueinander gesetzt, habe alles im Vergleich bewertet, aber sobald ich das Leben mir nächster Menschen beschrieb, fehlte mir Tiefe, Verankerung, Abstand.
Die größten Erfahrungen machte ich – und mache ich immer noch – an dem Ort, der große Erfahrungen verhindert: am Schreibtisch. Ich spaziere durch Buchstabenlandschaften und Gebäude, folge lesend Dialogen, die andere gesprochen und Gefühlen, die andere empfunden haben.
Die Zeitung zerlegt die Welt nach ihrem Maß: Politik, Wirtschaft, Sport, Kultur, Reisen, Technik. Wer sich in diese Käfige begibt, kann, je weiter er in ihnen voranschreitet, bald nichts mehr zusammendenken. Je weiter man auf diesen feinen, spezialisierten, ziselierenden Nadeln die Karte der Welt entlangwandert, desto mehr verliert man das Gefühl für Gewicht und Dimension. Alles ist aufbereitet. Wer sich so gewichtslos, raumlos voranbewegt, wandert aus der Welt heraus.“
„Übertreiben Sie nicht.“
„Das ist Teil der Manie. Mein Sammeln feuilletonistischer Beiträge war der Versuch, sich – mich – auf mögliche Anfragen vorzubereiten. Ich wollte zu meinen Fragen – zu denen, die ich vielleicht hätte haben können – im Voraus bereits erste Antworten haben. Ich wanderte durch leere Gegenden und es wurden nie meine Gebiete. Mondkraterlandschaften meines erfüllten Nichtwissens, das ich fortsetzte, ausbaute, verlängerte, pflegte. So kann ich nicht zu Antworten kommen, kenne ja die Fragen noch nicht einmal!“

„Was ist denn mit Ihnen los? Hören Sie auf damit! Sie zerstören sich gerade jeden Antrieb. Oder schreiben Sie es genau so auf. Genau so!“

Ich sprach ungerührt weiter.

„Als sammelnde, sich im Zufälligen bewegende Person behielt jede scheinbare Antwort, die mir mit Hilfe eines Zeitungsartikels auf eine vermeintliche Frage gegeben wurde, etwas Rätselhaftes. Dies geschah durch die vollkommene Beliebigkeit der Zeitungen. Sie erzeugen eine Atmosphäre andauernder Zustimmung.

Die Wirklichkeit in Buchstaben gebaut: ein stehendes Gewässer, ein Artikel eben mal so gelesen: kurzlebiges Wissen.“

„Entschuldigen Sie, ich will Ihnen nicht folgen!“

„Früher, lange bevor ich blind wurde, hatte ich Entschlüsse gefasst, Regeln für mich aufgestellt. So etwas wie: Entferne alles aus deinem Leben, was Erfahrungen verhindert. Entferne alles, was Fragen erstickt. Meide Antworten, die kommen, bevor die Frage gestellt wurde. Antworte auf Fragen niemals vollständig. Antworten auf *wirkliche* Fragen sind nicht möglich, denn jede Vollständigkeit wiederholt Teile einer bereits gegebenen Antwort. Nicht vollständig lesen.“

„Ein wunderbares Vorhaben: Entferne alles, was Erfahrungen verhindert.“

„Ja. Ich war sicher, dass ich damit an einen Punkt käme, der zum Kern führt.“

„Das klingt buddhistisch.“

„Ja, und die Erblindung hat mich in dieses Fahrwasser geworfen. Ich musste nur lernen, darin zu schwimmen.“

„Eine Perspektive.“

„Ja, lieber Notburg, das glaube ich, dass Ihnen das gefällt. Aber diese Perspektive, von der Sie sprechen, ist eine zweifelhafte Sache, denn Sie wissen doch selbst, wie langweilig das Paradies ist.“

„Eine Perspektive ist noch kein Paradies. Zunächst ist sie nichts weiter als eine Hoffnung.“ Notburg wurde unternehmungslustig. Ich merkte, wie ihn das Gespräch aufstachelte.

„Es ist aber nicht die Hoffnung."
„Sondern?"
„Es ist die Sehnsucht. Es beginnt mit der Sehnsucht und endet mit der Enttäuschung darüber, dass es nur eine Sehnsucht geblieben ist. Übrig bleibt: das Dauerschielen nach dem Paradies. Das aber ist ohne jede Inspiration. Es ist die Langeweile allerfüllter Wünsche."
„Manche Leute begehen sogar einen Mord, um ihr etwas entgegenzusetzen. Und auch Ihre Blindheit hat geholfen, Sie von einem paradiesisch intellektuellen Dasein – das Sie langweilig nennen – in einen höllenähnlichen Zustand zu verfrachten."
„Ich war nie in einem paradiesischen Dasein. Diesem Ort des verlogenen Friedens bin ich nie aufgesessen, Notburg. Ich habe ihn immer zu meiden gesucht. Und aus dem höllenähnlichen Zustand ist leider auch nichts geworden. Es waren eher unerfüllte Begehren, das mag sein. Daraus aber speisten sich Hoffnungen, wie Sie wissen, und ich bin froh, dass ich sie hatte und jetzt *wieder* habe."
„Ich spreche von Sehnsucht, die Sie verurteilen – und Sie sprechen von Hoffnung, die Sie feiern."
„Die Hoffnung hat etwas mit freudiger Erwartung zu tun, die Sehnsucht ist schmerzlich. Diese Schmerzen habe ich nicht."
Ich bemerkte während unserer Unterhaltung eine Verärgerung bei Notburg. Dann war ich überrascht über die Offenheit, mit der er über das Ausschlachten unserer Gespräche nachdachte.
„Ich hätte das alles aufnehmen sollen. Irene hätte das Diktiergerät dabei gehabt. Aber ich latsche hier mit Ihnen durch die Wiesen und lasse die sprudelnden Quellen versiegen."
„Davon rede ich doch die ganze Zeit: Es ist das Wesen meiner sprudelnden Quellen, zu versiegen. Sie versiegen alle! Das ist es ja gerade!"
Jetzt wurde Notburg ungehalten.
„Hören Sie auf mit dem Unsinn! Und schreiben Sie Ihre Gedanken. Ob mit Handschrift, ob mit oder ohne Schablone, ob am Rechner. Machen Sie, was Sie wollen, aber schreiben Sie. Ich brauche Sie!"

13

„Wirst du bei mir bleiben, Edgar?“, flüsterte das Gänseblümchen und riss mich aus dem Schlaf.

14

Drei Tage später fuhr ich nach Frankfurt. Ich kaufte dunkelblaue Schuhe. Ich trug immer dunkelblaue Schuhe.
Nachmittags saß ich im Café. Ich lauschte den Gesprächen an den verschiedenen Tischen. Drei Frauen unterhielten sich über ihren Steuerberater, ein Paar sprach über die Kochkünste einer Freundin, bei der sie am Abend eingeladen waren, eine Mutter tadelte ihr Kind, ein Mädchen, weil es mit den Füßen wibbelte, während die Mutter am Telefon versuchte, eine Verabredung zu bestätigen.
Und dann kam er. Der Mann hatte einen Kollegen bei sich und sie unterbrachen ihre Unterhaltung nicht, während sie sich die Mäntel auszogen, sich setzten und ihren Kaffee bestellten. Von ihrer Aufgabe gehetzt, musste alles andere nebenbei passieren.
Die Stimme des einen kam mir bekannt vor. Sie gehörte einem Anwalt, den ich vor Jahren konsultiert hatte. Damals konnte ich noch sehen und schon damals hatte ich ihn zu *meinem Freund* erkoren, dem ich mit Begeisterung zugehört hatte. Es lag daran, wie er sprach, vielmehr beim Sprechen seiner eigenen Gescheitheit hinterherhetzte.
Über zwanzig Jahre war es jetzt her, dass ich ihn das letzte Mal gesehen hatte. Jetzt dachte ich kurz darüber nach, wie bitter der Ausdruck *das letzte Mal gesehen* seinen wahren Wortsinn erfüllte.
Ich hörte den beiden Männern zu und wie damals freute ich mich, Zeuge eines Gespräches zu sein, bei dem der Freund das Wort führte.
Er sprach sehr laut und es gab eine Beschwerde vom Nebentisch. Eine Dame fühlte sich gestört und erbat Rücksicht. Nach zehn Minuten musste sie nachfassen und der Ton wurde ungehaltener. Die beiden Herren sprachen jetzt leiser, aber ich hörte, wie der Kollege des Freundes sich bemüßigt sah, ihm beizuspringen und die Dame als *Huhn* zu bezeichnen.

Dann kam Notburg. Wir waren hier verabredet.
„Wie sieht die Frau aus, die mit der anderen zusammensitzt und jetzt spricht? Links am Tisch neben den beiden Männern?“, fragte ich ihn.
„Schlank …“
„Schlank?“
„Ja, warum. Sie sind beide schlank.“
„Und die, die spricht, ist sie groß oder klein?“
„Groß. Dunkelhaarig. Ovales Gesicht, ca. vierzig Jahre alt.“
Notburg setzte sich.
„Ich hatte eine andere Vorstellung, der Stimme nach zu urteilen. Eine völlig andere. Dass ich derart danebenliege, zeigt mir, dass mir das Gespür für Menschen verloren gegangen ist.“
„Wie sollten Sie es auch entwickeln, bei Ihrer Lebensform? Sie gehen ja nicht mehr unter die Leute.“
„Ah, jetzt gehen die Herren. Sehen Sie sich den einen an. Den kenne ich. Er ist mir ein liebgewonnener Freund.“
„Ein liebgewonnener Freund? Da sind zwei. Welchen meinen Sie?“
„Mittelgroß mit Brille. Ungefähr sechzig Jahre alt.“
„Weißes Haar.“
„Inzwischen vielleicht.“
„Der andere kann es nicht sein. Er ist deutlich jünger.“
„Dann ist es der.“
„Aber er hat Sie nicht angesprochen?“
„Nein. Ob er mich gesehen hat oder nicht, weiß ich nicht. Ich weiß ja auch nicht, wie ich heute aussehe, wie sehr ich mich verändert habe.“
„Ich denke, es war Ihr Freund!“
„Oh, ich hatte viele Freunde. Freunde im Sinne von Leuten, die mir Geschenke machten, weil ich in irgendeiner Form zu ihrer Belustigung beitrug, oder sie zu meiner. Besonders dann, wenn sie einer bestimmten Gattung entsprachen und zuverlässig danach handelten. Ich gebe zu, die Freundschaften waren eher einseitiger Natur.“

Sie bestellten Kaffee.
„Sind Sie blond?“, fragte ich die Bedienung.
„Ja, warum?“
„Man sieht es an Ihrer Stimme“, sagte ich übermütig. „Und die Farbe Ihres Kleides? Ist es blau?“
„Nein. Es ist grün. Lindgrün.“ Sie lächelte und ging.
„Werden Sie nicht kindisch“, sagte Notburg.
„Früher konnte ich das. Früher habe ich eine Stimme gehört und ich wusste, was die Person trägt.“
„Was heißt *früher*?“
„Kurz nachdem ich blind wurde.“
„Ich glaube, das haben Sie sich eingeredet. Das geht nicht.“
„Sie müssen es ja wissen. Ich kann Ihnen jedenfalls versichern: Ich habe die Menschen studiert.“
„Als Sie noch nicht blind waren.“
„Ja, als ich nicht blind war. Ich habe viel Zeit verbracht mit der Beobachtung der Menschen und den verschiedenen Gattungen. Jemand, der so oft im Café war wie ich, konnte aus unerschöpflicher Quelle pausenlos Forschungen betreiben.“
„Haben Sie das aufgeschrieben?“
„Ich hatte es in irgendwelchen Heften. Die sind aber alle weg, Gott sei Dank. Damals, bei meiner großen Aktion, das Haus frei zu machen.“
„Nach Ihrer Erblindung?“
„Ja. Ich habe damals alles weggetan.“
„Sie haben Ihre Notizen nicht aufgehoben?“
„Nein. Es war zu viel.“
„Das ist schade.“
„Ich habe herrlich über die Leute gerichtet und manchmal habe ich mich eingemischt.“
„Bedauerlich, dass Sie die Sachen weggeworfen haben. Wir könnten sie jetzt vielleicht brauchen.“
„Zum Ausschlachten!“
„Nein, zum Verwerten.“

„Dieser feine Unterschied ist rhetorischer Natur, seien Sie wenigstens ehrlich."
„Ich bin Verleger."
„Sich nicht für Geschichten, sondern ausschließlich für Produkte zu interessieren, ist langweilig."
„Auch Sie leben inzwischen davon."
„Ich habe mich verkauft, ja."
„Sie müssen nicht so ungerecht sein", sagte Notburg. „Das Ausschlachten, wie Sie es nennen, geschieht auf verschiedene Weise. Auch Sie sind kein Lamm und schlachten Ihre Umgebung gnadenlos. Davon leben Sie genauso wie ich."
„Jetzt seien Sie nicht gleich beleidigt, Notburg. Sie haben recht und ich habe meine Ruhe. Heute jedenfalls war es für mich produktiv. Das Wild, um in Ihrem Bild zu bleiben, befand sich direkt vor meiner Flinte und ich schoss."
„Eiskalt." Notburg lachte.
„Der Mann von vorhin jedenfalls entstammte der Gattung der *Wichtigtuer* und es war ein Genuss zu erleben, wie sehr er sich nach wie vor in dieses Muster einfügte. Mögen die Haare inzwischen weiß geworden sein und das Äußere ganz anders, am Charakter ändert sich nie etwas. Das ist beruhigend."
„Sie meinen Ihren Freund?"
„Ja. Ein herrliches Exemplar von Wichigtuerei. Wie erfrischend zu wissen, dass es sie noch gibt. Sie sterben nicht aus. Das ist wunderbar!
Bei Wichtigtuern wie diesem habe ich es genossen, sie immer weiter zu Wichtigtuerei zu provozieren. Früher.
Ich hatte dann Erklärungen dafür, wann und warum sich einer aufs hohe Ross setzt. Ich habe sie geliebt!
Je genauer man durch Beobachtung diesen Moment, wann einer *hochging,* erwischte, desto komischer wurde es bei der Beschreibung.
Wissen Sie, dass es ein richtiges Wichtigtuer-Vokabular gibt?"
„Zum Beispiel?"

„Zum Beispiel: *eigentümlich*. Es färbt einen Satz, indem etwas Beobachtetes geschildert wird, etwa so, wie man eine Fotografie *alt* erscheinen lassen kann. Das Foto wirkt atmosphärisch, altmodischer, seltener, nostalgischer, eben *eigentümlich*. Das Wort *eigentümlich* sagt nichts und kann vielleicht zu den Sprachgewürzen gezählt werden, es macht nur einen durchschaubaren Effekt. Man müsste ein Glossar machen."

Notburg lachte. „Eine herrliche Idee. Und woran erkennen Sie ihn noch?"

„An seiner Langweiligkeit. Durch seinen Versuch, permanent Eindruck zu schinden, nimmt er sich und seinem Gegenüber jeden Spielraum. Er erzählt Beliebiges, das dem anderen keine Relationen bietet. Es ist in nichts eingebunden. So denkt er nur an sich selbst, so sehr, dass das Gegenüber im Verlauf des Gesprächs fast ganz verschwindet.

Der Wichtigtuer ist ein glücklicher Mensch.

Zur Aufführung seines Repertoires braucht er so gut wie nichts. Einen Zuhörer vielleicht. Aber nicht einmal den, denn auch wenn er allein ist, ist er wichtig. Er bleibt vor allen Dingen für sich selbst wichtig. Geschichten, die er erzählt, muss er nicht überprüfen. Er lebt mit seinen selbst gebildeten Mythen. Kleine Teile von Realität stehen wie übriggebliebene Teile einer abgerissenen Wand in seinem Häuschen. Er redet mit großem Aufwand über nichts.

Sie sehen, ich kenne mich aus mit denen. Ich habe sie beobachtet, könnte stundenlang über sie reden. Wir spiegeln uns immer in den Augen der anderen."

Wie viel man über Augen sprach. Das Wort *Auge* ließ mich immer wieder aufhorchen.

„Der Wichtigtuer ist nur er selbst, er ist sich einer Spiegelung seines Bildes, das er in den Augen der anderen lesen könnte, nicht bewusst. Er marschiert wie ein unreifer Bub einfach allein los. Ich habe sie alle gesehen, die komischen Tölpel. Heute war ein besonderer Tag.

In meinen Augen spiegelt sich nichts mehr. Mir fehlen die Bilder und die Spielformen, die damit verbunden sind. Aber es gibt andere. Heute ist mir das klar geworden.
Der Wichtigtuer hat mir meine Spielformen zurückgegeben. Ich sage ja: er ist ein Freund, weil er mir Geschenke macht."
„Geschenke?"
„Ja. Er gibt mir das Witzige zurück.
Aber es fehlt trotzdem etwas: die Bilder, die besonders beim Wichtigtuer auf wunderbar groteske Weise mit den Worten korrespondierten. Es fällt jetzt die Beziehung zwischen sehen und sprechen weg und ich muss mit dem Einen auskommen. Das ist ein Verlust, Notburg. Jedenfalls habe ich das in den letzten Jahren so empfunden. Es ist ja gerade die Stimmigkeit beider Elemente, die es so witzig gemacht hat. Dass ich mir die Bilder – entsprechend dem, was ich höre – jetzt selbst vorstellen muss, verleiht dem Ereignis nur einen Bruchteil des Vergnügens. Und Sie haben ja heute miterlebt, wie falsch ich mit meinen Vorstellungen offensichtlich liege. Dabei hatte ich heute zum ersten Mal ein anderes Gefühl, das Gefühl, dass es auch so geht. Ohne beides."
„Tut es auch. Sie sind der lebende Beweis dafür."
„Hören Sie auf, mich zu beschwichtigen und mich wie einen Kranken zu behandeln! Die Leidenschaft fordert alles! Alles! Oder haben Sie schon mal von einer Ekstase gehört, in der einem nur das Hören vergeht? Hören und Sehen sollen einem vergehen, verdammt noch mal! Hören und Sehen!"
„Bitte mäßigen Sie sich, Kulp. Bitte!"
„Ich mäßige mich viel zu sehr! Das ist es ja gerade." Ich sprach wieder leise. „Ich lebe mit zwei Sichtweisen: mit der einen, die keine ist, und der anderen, die ihr Sehen ausschließlich aus der Erinnerung speist. Gegenwart und Vergangenheit spielen sich gegeneinander aus, und ich zerreiße mich mit der Frage, was davon die Wahrheit ist. Entspricht sie dem, wie ich die Welt früher gesehen habe, oder dem, wie es meine Vorstellung heute fassen kann?

Wenn meine Wahrnehmung damals schon falsch war oder auch gegenwärtig nur meine Erinnerung falsch ist – ich dieses „falsche Material“ in Form eines Unblicks mit meinen derzeitigen Vorstellungen vermische – dann löst sich jede Art von Gewissheit einfach auf! Es ist, als würden meine Augen in zwei verschiedene Richtungen schauen.
Mein Blick wird von den berühmten zwei Seelen gespalten, bei denen die eine Schluss machen wollte und immer noch will, und die andere Vollendung verlangte und auch das immer noch will. Mein unsicherer Gang mit dem Stock entspricht dem meiner geistigen Verfassung: ständiges Tappen im Dunkeln, ständiges Fragen, und jede Gewissheit entspricht genau einer Schrittlänge.“

15

Mit der Blindheit wurde es laut: Es gab nur noch die Stimme, die für Heimlichkeiten kaum ausreichte. Hätte ich die Wahl gehabt, ich hätte mich immer für den verstohlenen Blick entschieden, nicht für das verhaltene Wort. Das Geheimnis lag im Blick, nicht im Flüstern. Nur: Mein Auge erzählte nichts mehr.

Trotzdem musste der jetzt stumme Blick erhaben bleiben. Der Kopf durfte sich nicht senken, denn obwohl ich nichts sah, wusste ich, wie sehr ich beobachtet wurde. Ich wurde mehr betrachtet als jeder andere.
Wie Zecken hefteten sich fremde, gierige Blicke an mein Gesicht, ich spürte sie körperlich.
Das Material, aus dem ich meine Selbstsicht speiste, holte ich aus dem Inneren, aus Gefühl und Einschätzung, aus Vermutung und Hoffnung. Das Auge half nicht, meine Ahnungen zu bestätigen oder ihnen zu widersprechen. Das, was die anderen sehen sollten, entsprach einem Anspruch, keinem Bild. Es entsprach dem Anspruch eines Mannes mit geradem Rücken, mit Würde, mit Überblick und Weitsicht.
Den Anspruch formulierte ich selbst.

Notburg sagte, ob blind oder nicht: es sei bei allen Menschen so. Man zeige das Bild von sich, das man zu zeigen bereit sei.
„Ja, aber die anderen wissen mehr von mir als ich selbst. Sie sehen mich, wie ich bin. Ich sehe mich, wie ich sein will."
„Die anderen sehen Sie, wie Sie erscheinen, nicht, wie Sie sind. Auch das gilt für uns alle. Hören Sie endlich auf, sich außerhalb der Gesellschaft zu stellen. Die Mechanismen sind immer dieselben."
„Welche?"
„Psychische, soziale, physische Handlungsweisen und Zusammenhänge. Die haben mit der Eigenschaft Mensch zu tun. Da ist ein Blinder nicht ausgenommen."
Ich sollte also – nach Notburgs Empfehlung und nach dem Zwischenfall mit dem Foto – in mich gehen, auf mein Inneres horchen und es überprüfen. Es muss da etwas geben.

Ja, ich hatte verstanden und lauschte.
Es war nicht schwer. Ich wusste es ja. Es lag lange zurück und war doch so klar, dass es mir Übelkeit verursachte, wenn sich meine Erinnerungen immer breiter machten.
Geschickt hatte ich lange daran gearbeitet, mich davon zu entfernen und die Umstände hatten ihr Übriges getan, hatten mir den Rücken freigehalten, damit ich ungestört meine Blindheit ausleben konnte und die Alpträume endlich verschwanden.
Jetzt sorgte jemand dafür, dass sie wieder aufflammten und das innere Feuer mir den Schlaf nahm.

Dass ich für mich selbst unsichtbar geworden war, machte mir zu schaffen. Ich hatte das Gefühl verloren für das, was unbewusst zum Ausdruck kam und sich nach außen stülpte in Haltung, Körperlichkeit und Mimik. Wie verräterisch sind Mundwinkel und Stirnfalten, wie sehr geben sie Auskunft über Gelebtes, wie sehr belegen sie das eigene Tun? Verbitterung, Trauer, Wut, Schuld. Das alles bildete sich ab im Gesicht eines Menschen und jeder, der genau hinsah, konnte es ablesen. Es gab Dinge, die man nicht im Griff hatte, und dann zog der eine seine Mundwinkel nach unten und der andere seine Schlüsse daraus.

Für mich hatte es seine Richtigkeit, dass ich mich nicht zeigte, nachts durch das Dorf ging wie ein Geist aus einer anderen Welt. Ich *war* aus einer anderen Welt.
Ich überließ mich niemandem für Vermutungen, Unterstellungen, Deutungen.
„Was für Vermutungen?", fragte Notburg.
Der einzige Mensch, mit dem ich regelmäßig sprach, forderte ein. Deshalb, genau deshalb lebte ich allein, in der Nacht, unsichtbar für die anderen und mich selbst. Unsichtbar, so gut es ging.

Aber jetzt war die Ruhe vorbei. Irgendjemand griff ein. Irgendjemand wollte etwas von mir.

16
Das falsche Pferd.
Notburg sprach nur noch schlecht über seine Frau.
„Haben Sie sich unterdrücken lassen?", fragte ich ihn beim nächtlichen Essen, als sein Ton gegenüber der Toten nach jedem Glas Rotwein rauer wurde.
„Sie hat mich verachtet. Ich weiß es. Ich war ja auch ein Stümper. Das hat sie mich bei jeder Gelegenheit spüren lassen. Leider stimmte es. Ich wusste es immer, aber ich wollte es nicht hören. Wer hält das schon aus?"
„Werden Sie nicht weinerlich, Notburg."
„Ich war kein Verlagsmann, ich war kein Schriftsteller. Ich war nichts weiter als ihr stümperhafter Ehemann, dem jeglicher Entdeckerinstinkt fehlte, so hat sie das immer gesagt."
„Entdeckerinstinkt für neue Autoren?"
„Ja. Sie hat die Talente entdeckt. Sie allein. Ich habe nur Korrektur gelesen und das Layout verantwortet."

„Sie wollte einen Unseld."
„Natürlich wollte sie das. Ihr Vater war es nicht, aber er ging in diese Richtung. Von ihm hat sie alles gelernt, von mir nichts."
„Aber wären Sie Unseld gewesen, hätte sie weniger zu sagen gehabt. Das hätte ihr sicher nicht gepasst. Insofern war sie wahrscheinlich ganz zufrieden mit der Situation."
„Das weiß ich nicht. Sie hätte sicher gern jemanden gehabt, den sie bewundern konnte. Dafür hätte sie vielleicht auf manch anderes verzichtet."
„Und was bringen Ihnen all diese Überlegungen?"
„Sie musste alles machen, weil ich es nicht konnte und dafür hasste sie mich."
„Nun bleiben Sie mal auf dem Teppich. Hass ist ein sehr großes Wort."
„Nicht Teppich, Fußabtreter. Das war ich für sie."
„Ich glaube, Sie übertreiben."
„Vielleicht. Karrieregeil war sie schon."
„Na, also."
„Ja, aber um erfolgreicher zu sein, hätte sie einen entsprechenden Mann an ihrer Seite gebraucht."
„Hören Sie auf damit. Es spielt doch jetzt keine Rolle mehr."

Ein paar Tage später war der Rotwein nicht mehr nötig, um sich über seine Frau und die gemeinsame Zeit aufs Bitterste zu beklagen. Notburg kam immer wieder auf sie zu sprechen.
„Ich glaube, sie schämte sich meinetwegen."
„Warum sollte sie das?"
„Weil ich ihr Anhängsel war."
„Das reden Sie sich ein, im Nachhinein."
„Sie haben keine Ahnung. Warum spreche ich überhaupt mit Ihnen darüber."
„Weil Sie Ihr Selbstmitleid nicht im Griff haben."
„Das müssen Sie mir nicht sagen. Selbstmitleid ist eigentlich Ihre Stärke."

„Auch da gibt es Kategorien. Bedauernswert sind Dinge, die man nicht ändern kann. Eine unglückliche Verbindung kann man auflösen", sagte ich und war verärgert.
„Auflösen, auflösen! Ich sage ja: Sie haben keine Ahnung."
Damit war das Gespräch beendet.

17

„Ich glaube, ich werde wahnsinnig", sagte ich später zu Notburg.
„Wegen der Blindheit?"
„Nein, weil jemand will, dass ich etwas sehe …"
„Was Sie nicht sehen wollen."
„Ich weiß nicht. Ich will es und ich will es nicht."
„Anscheinend fordert er Ihre anderen Sinne heraus, will, dass Sie etwas ertasten, riechen, hören …"

Was war mir das Haus? Heimat. Elternhaus. Mordhaus. Letzteres mehr als alles andere.
Schon früher schien es mir so, als hielte mich jemand fest, jemand, dem ich verpflichtet war. Ich erinnere mich nicht an ein Versprechen, das ich gegeben oder einen Eid, den ich geschworen hätte, und wenn ich darüber nachdenke, bin ich sicher: es gab ihn nicht.
Trotzdem hatte ich das Gefühl, dass jemand etwas wollte, das nur ich besaß. Dieser jemand war jetzt in meinem Haus. Er griff nach mir, wie die Fratze es damals tat, nach dem Mord, bevor die blinden Augen sie endlich vertrieben hatten und ich dachte, dass ich nur noch schwarz sah.
Ich sah aber nicht schwarz.
Das Schwarz war ein schönes Bild und ich war ihm aufgesessen. Einem Bild, das funktionierte, weil es viel mehr einer Idee entsprach als der Wirklichkeit.

18

Notburg stand am Zaun und wartete. Noch ehe wir losgegangen waren, fing er an zu sprechen.

„Ich hatte keine gute Ehe."
„Bitte fangen Sie nicht schon wieder damit an, Notburg."
„Doch. Ich muss es Ihnen sagen. Es ist mir ganz klar geworden: ich hatte keine gute Ehe."
„Warum?"
„Wir passten nicht zusammen. Überhaupt nicht passten wir zusammen."
„Woran machen Sie das heute fest?"
„Sie nannte mich ‚Rohrkrepierer'. Ich habe es gehört, als sie mit einer Freundin am Telefon sprach. Rohrkrepierer! In ihren Augen habe ich es nicht gebracht. So einfach war das."
„Sehr bildhaft."
„Ja. Das fand sie wohl auch. Ich habe sie einmal dazu befragt und sie hat nicht bestritten, dieses Wort benutzt zu haben. Sie fand es sogar belustigend."
„War sie enttäuscht?"
„Was weiß ich ... Sie dachte, ich würde ein großer Autor oder ich würde den Verlag im Sinne ihres Vaters leiten. Habe ich aber nicht."
„Konnten Sie nicht oder wollten Sie nicht?"
„Haben Sie mich das nicht schon einmal gefragt?"
„Kann sein. Die Frage ist berechtigt."
„Ich glaube, ich wollte nicht, weil ich wusste, dass ich es nicht konnte. Zu Anfang hatte ich es anders eingeschätzt. Ich dachte nicht, dass es so schwierig werden würde, auch mit diesem familiären Erbe im Rücken."
„Sie wären nicht der Einzige, der an dieser Konstellation gescheitert ist."
„Ja. Das Scheitern hat sie mir übel genommen. Sie war darauf nicht eingerichtet, hatte mit einer anderen Entwicklung gerechnet, die Arme."
Eine Weile gingen wir stumm nebeneinander her.
Dann sagte Notburg unvermittelt: „Sie war eine unsympathische Frau."
„Ihre Frau?"

„Irene."
„Aber Sie hatten sie trotzdem geheiratet."
„Ich dachte, ich sei verliebt, fand das Unsympathische originell am Anfang. Dann nicht mehr; als ich merkte, dass es ihr Wesen war."
„Warum haben Sie sich denn nicht getrennt?"
„Ich war verflochten. Das können Sie nicht verstehen. Der Schwiegervater, der Verlag, das Geld. Und sie hatte auch etwas. Etwas, das mich immer wieder neu für sie eingenommen hat."
„Das würden nicht viele von ihrem Partner sagen."
„Sie hatte etwas Sprunghaftes, Unkalkulierbares. Und Charme. Wenn sie ihn einsetzte, weil er ihr nutzte, war sie großartig!"
„Wie lange waren Sie verheiratet?"
„Zwölf Jahre. Zwölf Jahre harte Arbeit. Charme hin oder her: ich hatte einen Fehler gemacht."
„Hatten Sie zwischendurch das Gefühl, sie verlassen zu müssen?"
„Ja das hatte ich. Aber ich war feige, sie war dominant. So waren unsere Rollen."
„Sie waren abhängig."
„Was hätte ich machen sollen?"
„Und in Gedanken? Waren Sie in Gedanken mutig?"
„Manchmal. Ich hatte Ideen …"
„Welche?"
Ich blieb stehen. Das Gespräch fing an, mir zu gefallen.
„Ideen eben. Irgendwelche Fantasien. Vom einfachen Wegfahren ohne wiederzukommen bis zur Kellertreppe."
„Kellertreppe?"
„Ein Schubs. Einfach so. Ein Schubs eben."
„Aber Sie waren feige."
„Ich wollte nicht. Natürlich wollte ich nicht."
„Sind Sie sicher?"
„Wie meinen Sie das?"
„Ich weiß nicht. Ich dachte …"
„Sie denken zu viel. Das ist ungut."

Notburg schien zornig und ich hörte mit Bedacht gesetzte Schritte, die sich langsam von mir entfernten. Ich stand da und hatte plötzlich das Gefühl, alleine zu sein.
„Das ist ungut, Notburg! Das ist ungut! Wo zum Teufel sind Sie?“
Ich weiß nicht, warum ich plötzlich so erschrocken war, Notburg jedenfalls antwortete nicht, vielleicht war ich es deshalb.
Ich drehte mich im Kreis. „Sind Sie verrückt geworden? Was machen Sie? Kommen Sie zurück, ich brauche Sie! … Ist es das, was Sie hören wollen?“ Von Panik erfasst schrie ich: „Ich habe mich auf Sie verlassen, verdammt noch mal!“
Notburg kam zurück. „Nehmen Sie meinen Arm.“
„Scheiße!“ Ich weiß nicht, wann ich das letzte Mal so wütend war. Schließlich sagte ich, nachdem wie eine Weile stumm nebeneinanderher gegangen waren: „Ich gehe davon aus, dass Ihr spontanes Machtgehabe mir gegenüber ein Ergebnis unserer gerade geführten Unterhaltung ist.“
„Sie sind ja ein ganz großer Psychologe, ein ganz großer.“
„Man nennt es Übersprungshandlung. Aber das ist Ihnen sicher bekannt.“
„Danke ja. Ich kenne den Begriff.“
Der nächtliche Spaziergang war lang geworden, der kleine Park gab das nicht her. Deshalb umkreisten wir nun schon das dritte Mal den Teich. Uns beiden war klar, dass unser Gespräch noch nicht zu Ende war. Ich fing also wieder an: „Wie haben Sie und Ihre Frau die Zeit zusammen verbracht?“
„Gearbeitet, meistens jedenfalls, oder irgendetwas gemacht, was mit dem Verlag zu tun hatte. Lesen, Korrigieren, Telefonieren, oder wir haben uns mit Leuten getroffen.“
Es verwunderte mich, wie offen Notburg meine Fragen beantwortete und ich verstand den Zwischenfall mit dem plötzlichen Verschwinden nicht. Wenn es Ausdruck seines Unwillens war, dieses Gespräch mit mir zu führen, passte seine Bereitschaft, mir Auskunft zu geben, jetzt nicht. Es schien fast so, als habe Notburg lange darauf gewartet, endlich mit jemandem zu sprechen, der seine Frau nicht kannte und

der kein Interesse daran hatte, sie bei allem Schlechten, das er über sie sagte, zu verurteilen.
Was mich dazu trieb, derart tief in die Geschichte dieses Ehepaares einzudringen, verstand ich selbst nicht. Aber im Laufe der Unterhaltung begann sich für mich ein Bild zusammenzufügen, es entstand ein Gedanke, der mich fesselte und dem ich auf den Grund gehen wollte. Ich fühlte mich beinahe dazu gezwungen, den Gedanken zu verfolgen, bis ich eine Antwort hatte, die nur Notburg mir geben konnte. Ich fragte also weiter, und Notburg antwortete weiter.
„Wollte Ihre Frau, dass Sie schreiben, oder wollten Sie es selbst?"
„Ich wollte es selbst und habe es auch versucht, bis heute versuche ich es, immer wieder. Aber ich glaube, ich bin unbegabt. Das war sie übrigens auch. Vollkommen unbegabt war sie. Aber streng, wie eine Oberlehrerin. Und in der Begutachtung anderer absolut humorlos, manchmal beleidigend. Sie las meine Texte und lachte, lachte mich aus."
„Als Verlegerin."
„Als Verlegerin und als Ehefrau. Sie war hart und boshaft."
„Und Sie kamen da nicht raus."
„Ich habe sie geliebt. Das war das Problem. Sie war unmöglich, aber ich habe sie geliebt."
„Dachten Sie."
„Ja, das habe ich geglaubt und damit musste ich leben."
„Und als sie starb?"
„Was meinen Sie?"
„Waren Sie erleichtert, als sie tot war?"
„Ja, ich war erleichtert. Ich war auch schockiert, ich war traurig, ich war verloren, ich war frei. Später pflanzte ich Rosen als bekennendes Zeichen. Oh, ich pflanzte viele Rosen! Als hätte ich unsere Geschichte im Nachhinein zu der machen wollen, die sie nie war."
„Wie alt war Ihre Frau?"
„Zweiundfünfzig."
„Hatte sie Herzprobleme?"

„Sie war nie krank. Dass sie mit dem Herzen etwas hatte, glaube ich nicht. Sie ist jeden Morgen fünf Kilometer gelaufen."
„Und trotzdem starb sie an Herzversagen."
„Ja. So hatte es Dr. Schauer damals festgestellt."
„Dr. Schauer."
„Ja, er war unser Hausarzt und ist immer noch meiner."
„Meiner auch. Hatte er die Polizei verständigt?"
„Warum sollte er? Er war sich bei der Todesursache sicher."
„Und Sie?"
„Ich? Wieso ich?"
Inzwischen saßen Notburg und ich auf der Bank am Teich.
Es begann zu regnen und wir blieben sitzen, als warteten wir auf etwas. Ein Gedanke lag in der Luft. Eine fixe Idee. Sie war im Laufe unseres Gespräches immer drängender geworden und in mir hochgekrochen wie eine Schlange. Dann musste sie raus:
„Haben Sie Ihre Frau umgebracht?" fragte ich.
Der Regen wurde stärker. Nach einer Weile erhob sich Notburg wortlos von der Bank. Ich griff nach seinem Mantel und hielt ihn fest. „Warten Sie, Notburg! Ich muss mit!" Widerwillig blieb er stehen. Er reichte mir den Arm und ich folgte ihm, wie ich es immer tat. Er machte kleinere Schritte als sonst und wir gingen langsam. Dann fragte ich noch einmal.
„Haben Sie Ihre Frau getötet?"
„Sie sind ungeheuerlich!"
„Wenn Sie nicht wollen, müssen Sie mir nicht antworten."
Notburg riss ungehalten an meinem Arm, um mich zum Stehen zu bringen. Der Regen prasselte auf die Bäume, ich hörte kaum, was er sagte. Warum sprach er nicht einfach lauter?
„Ich hatte das erste Mal schon nicht auf diese Frage geantwortet, wenn Sie sich bitte erinnern wollen. Jetzt tun Sie nicht so, als hätte Ihnen das genügt. Ich antworte also mit einer Gegenfrage: Welche Hybris gestattet es Ihnen, mir eine solche Frage zu stellen? Wie, um Himmels willen, kommen Sie darauf? Vertrauen gegen Misstrauen oder was? Ist das Ihr Verständnis von Freundschaft?"

„Ich frage Sie. Das ist alles."
„Das ist alles? Sie fragen mich, ob ich meine Frau getötet habe, und das ist alles? Hören Sie auf damit! Im Übrigen: Wenn jeder Tote gleich ein Mordopfer ist, sind Sie dann der Mörder Ihres Vaters?"

Ich fragte ihn, er fragte mich und jedem von uns stand es frei, zu antworten. Aber es steht niemandem jemals etwas frei.

19

Ich fuhr nach Graz. Schultz stieg in Frankfurt dazu. Wir hatten uns lange nicht gesehen.
„Bei mir ist jemand im Haus."
„Wie meinen Sie das?"
„Es macht sich jemand in meinem Haus zu schaffen und ich weiß nicht, wer es ist."
„Waren Sie bei der Polizei?"
„Nein."
„Das ist doch das Erste, was man tut."
„Ich will die nicht in meinem Haus haben."
„Dann lieber jemanden, den Sie nicht kennen, oder was?"
„Genau."
„Was macht die Person?"
„Es werden Dinge im Haus verändert. Sachen werden rausgenommen, andere werden hineingelegt."
„Das hört sich ja grauenhaft an. Dann doch lieber ein klarer Diebstahl. Was für Dinge?"
„Das würde jetzt zu weit führen …"
„Nun sagen Sie schon. Was für Dinge?"
„Dinge aus dem Alltag. Nichts Wertvolles. Nebensächlichkeiten, keine Ahnung …"
„Gebrauchsgegenstände?"
„Ja. Man kann es so nennen."
„Neue Sachen oder alte?"
„Alte Sachen. Dinge von früher."

„Von früher? Wie von früher?"
„Sachen, die wir früher einmal besessen haben. Alte Dinge aus einer anderen Zeit eben."
„Wir? Wer ist wir?"
„Meine Eltern, um genau zu sein."
„Dann muss es doch jemand sein, den Sie kennen?"
„Möglicherweise."
„Wer? Wer will Ihnen etwas sagen?"
„Lassen wir das."
„Sind Sie der Person noch nicht begegnet?"
„Nein, bis jetzt nicht."
„Aber Sie ahnen etwas?"
„Ja. Ich weiß, wer es ist."

Beim Abschied sagte Schultz, dass er heiraten würde.
„Eine Französin. Wir gehen nach Paris. Ich werde unsere Reisen vermissen. Ich habe einen Freund, der Sie auf Ihren Reisen in Zukunft begleiten könnte."
„Das ist sehr nett von Ihnen, aber es wird nicht nötig sein. Ich werde nicht mehr fahren."
„Warum?"

20

Später sah ich Marina.
Wie gewohnt gingen wir am Abend ins Kino.
„Siehst du Lichter oder Bewegung?", fragte sie später.
„Ich sehe Lichter. Aber sie sind in meinem Kopf. Alles, was ich sehe, spielt sich in meinem Kopf ab."
„Also bist du nicht blind." Sie lachte.
„Ich bin blind. Aber ich sehe anders, ich sehe auf meine Art."
„Wie?"
„Atmosphärisch. Es sind Schwingungen, die nicht nur durch die Augen bedient werden. Alle Sinne sind beteiligt."
„Ja, das sagt man immer so bei Blinden."

„Das ist so. Und diese Erfahrung haben wir euch voraus."
„Blinde sehen also mehr."
„Sie erfahren mehr. Da bin ich sicher."
„Das müssen sie ja."
„Für viele sind die Blinden nur blind. Dabei vergesse ich die meiste Zeit, dass ich blind bin. Das Unglück der Erblindung ist vor allem ein Unglück aus der Sicht der anderen."
„Eine Geschichte."
„Ja, die Geschichte eine Mannes, der damit leben muss, dass er anders ist, blind, behindert, was auch immer. Es gibt die Zeit vor der Erblindung und danach. Lange habe ich mich so gefühlt, als sei ich zwischen zwei Wänden eingeklemmt. Der Raum für ein Leben war sehr eng. Es gab ihn praktisch nicht."
„Ist es immer noch so?"
„Nein. Ich sehe durch mein Denken. Die Augen sind nicht mehr so wichtig. Ich nehme anders wahr."
„Aber du versteckst dich."
„Heute nicht mehr. Heute ist es mein ganz normales Leben. Das Leben eines Einsiedlers. Die ursprüngliche Absicht ist verschwunden. Das ist in Ordnung."
„Die Absicht?"
„Ich habe sie vergessen."
„Ist das nicht auch traurig?"
„Ich glaube, es ist meine Rettung."
„Rettung vor was?"
„Vor dem, was ich sonst hätte leben müssen. Ich bin sicher, ich wäre gescheitert."
„Woran?"
„An der Angst davor. Die Erblindung hat mich aus diesen Überlegungen herausgerissen und in ein anderes Leben gezerrt. Meine Frau ermöglicht mir, so zu leben, wie ich es tue. Ich habe, was ich brauche und muss nicht arbeiten, nur daran, das Scheitern abzuwenden und die Würde zu behalten."
„Ich dachte, ihr wäret geschieden."

„Das sind wir auch. Aber ich bin durch sie abgesichert. Sie ist großzügig."
„Siehst du sie noch?"
„Nein."

Später im Hotel saß sie neben mir auf dem Bett. Sie hatte den Arm um mich gelegt und ihren Kopf auf meine Schulter. Dann flüsterte sie: „Willst du nicht bei mir bleiben?"
Ich antwortete nicht. Am Morgen stellte sie die gleiche Frage wieder.
„Mein Leben ist zu klein für zwei. Es geht nicht, Marina. Der einzige Ort, den ich kenne, ist das Haus. Ich kann es nicht verlassen. Ich muss bleiben bis zum Schluss."
„Bis zum Schluss?"

Marina blieb zwei Tage, wie jedes Mal. Wir sprachen nicht mehr über eine Zukunft. Die Frage: *Willst du nicht bei mir bleiben?* war das Ende unserer gemeinsamen Zeit. Das wussten sowohl ich als auch sie in dem Augenblick, in dem sie mich gefragt hatte.
Wir trennten uns und würden uns nie wiedersehen.
Marina weinte.

21

Eines Morgens klopfte es an die Tür. Es klopfte laut und ich ließ es klopfen. Dann ertönte laut eine Stimme.
„Herr Kulp! Herr Kulp, sind Sie da? Hier ist die Polizei. Geht es Ihnen gut? Dürfen wir reinkommen?"
Nach ein paar Minuten öffnete ich die Haustür.
„Was ist los? Wer sind Sie?"
„Entschuldigen Sie, Herr Kulp. Ich bin Wachtmeister Schubert. Mein Vater kannte Sie. Er ist im Ruhestand."
„Das freut mich für ihn. Sagen Sie ihm das bitte. Und jetzt?"
„Wir haben Grund zu der Annahme, dass Sie Hilfe brauchen."
„Wer sagt das?"

„Wir haben gehört, Sie wurden belästigt und werden es immer noch."
„Sie sind umsonst gekommen. Wer auch immer dieser Jemand war, und ich denke, ich weiß, wer es war: Er hat sich geirrt."
„Dürfen wir reinkommen?"
„Bitte sehr. Kommen Sie."
Kulp trat zur Seite.
„Wieviele von Ihnen sind es denn?"
„Wir sind zu dritt."
„Zu dritt kommen Sie hierher? Aufgrund einer Vermutung ohne tatsächlichen Zwischenfall? Na, da haben Sie ja wenigstens mal was Aufregendes zu tun."
„Es wird nicht lange dauern. Wir sehen uns kurz um."
Nach zehn Minuten verabschiedeten sie sich. Sie hatten nichts gefunden, nichts, das ihnen verdächtig erschien.
„Man hatte uns gesagt, Sie würden belästigt?"
„Wie Sie sehen, stehe ich hier vor Ihnen. Mit ging es nicht gut. Vielleicht hatte ich etwas Falsches gegessen."
„Werden Sie belästigt?"
„Ich habe viel Fantasie. Das ist die einzige Belästigung, mit der ich zu kämpfen habe."
„Bitte rufen Sie uns an, wenn Ihnen etwas auffällt. Wir hatten gehört …"
„Bitte vergessen Sie, was man Ihnen gesagt hat. Das war die Sorge um den alleinlebenden Freund."
„Rufen Sie uns an."
Der Polizist gab mir seine Nummer und dann war ich wieder allein.

22

Agata wurde ein bisschen nachlässig. Wahrscheinlich dachte sie, ich würde es nicht merken. Aber wenn sie da war, lagen die Dinge nicht mehr am bekannten Ort. Ich musste suchen.
Notburg sagte, er sei sowieso verwundert. Er habe sich mit einer Blinden unterhalten, die von ihrem Mann eine manische Ordnung

einforderte. Sie würde sonst nichts wiederfinden. Er musste also alles immer genau an die vereinbarte Stelle legen, sonst würde sie hysterisch.
„Wenn ich etwas nicht finde, muss ich nicht verrückt werden. Ich suche es, genauso wie Sie Dinge suchen. Und irgendwann findet man sie, es sei denn, man hat sie tatsächlich verloren. Auch ein Blinder weiß, wo und wie er suchen muss. Die Frau scheint ihren Mann nicht zu mögen, weiter nichts."

Was ist los mit Ihnen, Agata? Haben Sie Probleme? Kann ich was tun? Lassen Sie mich nicht hängen, ich brauche Sie.
Den Zettel legte ich ihr auf den Tisch. Sie würde morgen Mittag kommen.
Abends, nach dem Aufstehen, fand ich einen Apfelkuchen in der Küche.

23

„Ich werde meinen Alltag wieder mehr in den Tag verlegen", sagte Notburg.
„Entziehen Sie sich unseren nächtlichen Treffen?"
„Nein, aber wir müssen es in Zukunft anders regeln. Ich möchte, dass Sie das auch tun."
„Den Tag wieder zum Tag machen?"
„Ja."
„Warum? Nur weil Sie sich wieder anpassen wollen, verlangen Sie das bitte nicht von mir."
„Ich muss wieder mehr am Tagesgeschehen teilnehmen. Wenn Sie das ‚Anpassung' nennen …"
„Seien Sie nicht gleich beleidigt. Wir leben unter vollkommen verschiedenen Bedingungen."
„Eben. Aber wollen Sie Ihre Emigration nicht mal verlassen?"
„Der Mensch ist ein Augentier. Und ich habe keine Augen. So einfach ist das."
„Sie sind ja nicht der Einzige, der mit einer Blindheit zurechtkommen muss."

„Allein das Wort ‚zurechtkommen' widerstrebt mir bereits, Notburg. Es passt überhaupt nicht zu mir. Nie ist es mir um Zurechtkommen gegangen."
„Ja, Sie setzen sich ab. Ich weiß."
„Sie dürfen mich für borniert halten, wenn Ihnen das hilft. Aber ich habe etwas gegen alles Einbindende, gegen alle Sozialität. Das Wort ‚zurechtkommen' fällt in diese Kategorie."
„Was haben Sie gegen eine Gemeinschaft? Allein funktioniert es nicht, mein Lieber."
„Alle Gemeinschaft endet in der Asozialität, das heißt in der Nichtvorzeigbarkeit ihrer Teilnehmer."
„Sie meinen anderer Menschen?"
„Ja, natürlich. Der Inbegriff des sozial eingebundenen Bürgers ist derjenige, der im Trainingsanzug den Mülleimer zur Abfallentsorgungseinheit des Hauses bringt, den Eimer nach der Leerung voller Vertrauen auf den eingeübten Konsens neben der Mülltonnenbatterie auf den Bürgersteig stellt und dann zweihundert Meter die Straße entlang zum Wasserhäuschen schlurft, um Zigaretten zu holen."
„Sie sind ja wirklich borniert, Kulp!", rief Notburg amüsiert.
„Und es ist vollkommen klar, dass er derselbe ist, der im Urlaub am Strand *fern der Heimat* Sandburgen baut, aber er macht eben überhaupt alle schrecklichen Dinge, die nur möglich sind, wenn eine Übereinstimmung hergestellt ist."
„Sie müssen dieses Bild nicht bedienen. Was also sollen diese Szenarien?"
„Ich sage Ihnen: Wer sich in die Gemeinschaft einfügt, bewegt nichts, benimmt sich vielmehr am Ende wie ein Schwein. Das ist übrigens das Problem jeder Familie. Je mehr Einbindung in eine Gruppe, in *die Gesellschaft*, desto leichter lassen die Mechanismen, die zum Überleben der Menschheit geführt haben, die Mechanismen der Individuation vergessen. Einzig die Verbindung von Einzelnen zu einer zeitlich begrenzten Überlebensgemeinschaft von Individuen führte am Ende zum Erfolg des Überwindens von einzelnen unüberwindlichen Hindernissen."

„Die Familie ist eine zeitlich begrenzte Überlebensgemeinschaft. Sie widersprechen sich, Kulp, und ich sage noch mal: es geht nicht allein."

„Aber ich vermeide es, diesen Gemeinschaftsmenschen zu begegnen, denn er, der in der Gemeinschaft Aufgenommene, darf sich Fehler gestatten, darf sich gehen lassen."

„Und was steht dem entgegen? Haben Sie dafür auch eine gescheite Lösung?"

„Der Individualist. Der Alleinstehende. Der selbstständig Denkende greift nicht auf vorgefertigte Meinungen und Methoden zurück."

„Das ist nicht notwendigerweise so."

„Meistens schon. Er interessiert sich auch nicht für bereits Durchlebtes, genannt *Erfahrungen*."

„Sie meinen, alltägliche Erfahrungen?"

„Ja, ich meine aktuell Erfahrenes. In diesem Sinne verstanden, ist der Individualist ein schlechter Betrachter von Bildern, ein schlechter Leser von Büchern, ein unaufmerksamer Hörer von Musik. Er wittert überall die Gegenwart, und wo er sie nicht spürt, weil sie zu stark in historischen Dosen verpackt ist, wittert er Gefahr. Für ihn ist alles Vergangene, alles in der Vergangenheit Geschaffene: Material, Inspiration, Grund zum Aufbruch, und das ist der Unterschied zu dem, der sich in alltäglicher Gemeinschaft in Sicherheit wiegt."

„Sie sind unbelehrbar. Vor allem führen Ihre Thesen dazu, dass Sie sich im normalen Leben gar nicht mehr aufhalten könnten."

„Eben. Deshalb bin ich blind. Und damit darf ich machen, was ich will. Entsprechend lebe ich nachts." Ich musste jetzt lachen und rieb mir die Hände.

„Wir werden also unsere Tagesrhythmen – so sie denn in Zukunft unterschiedlich sind – nicht mehr angleichen, sondern miteinander vereinbaren müssen", sagte Notburg.

„Womit wir selbst der lebende Beweis dafür wären, dass wir in einer Gemeinschaft leben und uns anpassen müssen. Ob es Ihnen nun passt oder nicht."

Jetzt lachte Notburg und ich hörte, wie der Freund sich die Hände rieb, als hätte er mir ein Schnippchen geschlagen.

24

Wie seltsam, dass ich vergessen hatte, das Radio abzuschalten!
Das war mir noch nie passiert!
Wann hatte ich es überhaupt angemacht?
Ich hörte immer um neun Uhr Nachrichten, bevor ich ins Bett ging.
Gestern hatte ich es danach, wie immer, abgeschaltet.
Oder nicht?
Ich ging in die Küche.
Die Stimme kam nicht von hier.
Von draußen?
Irritiert lief ich durch die Räume und stellte fest, das Plappern kam aus dem Wohnzimmer. Hier stand normalerweise kein Radio.
Der Klang kam klar von rechts. Ein bisschen oberhalb musste es stehen. Auf dem Schrank.
Die Blindheit funktionierte nur, solange niemand in mein System eindrang. Jetzt kam etwas von außen. Zum zweiten Mal.
Ich setzte mich auf den Sessel an der Tür und wartete, bis die Uhr acht Mal schlug. Zwanzig Uhr, Nachrichten.
Der Klang kam von der Schrankseite her. Jemand hatte es dort platziert. Jemand war in der Wohnung, war vielleicht immer noch da.
Die Radiostimme plapperte im Hintergrund. Keinem einzigen Wort konnte ich folgen. Ich dachte nach und begann zu schwitzen.
Ich war nicht mehr allein.
Erst die Batterie, jetzt das Radio. Das Parfum der Mutter …
Ein Einbrecher.
Ein Einbrecher, der nicht nur in mein Haus, sondern vor allem in mein Leben einbrach. Wenn er ein gewöhnlicher Dieb wäre, würde es um profane Dinge gehen, um Geld, um Möbel, was auch immer.
Er würde sie nehmen und sie würden fehlen.
Die Batterie hat gefehlt. Aber darum war es nicht gegangen.

Hier ging es um Störungen. Jemand wollte eingreifen in das, was ich mir geschaffen hatte: meine Ruhe, meine Selbstbestimmtheit. Wo war das Radio?

„Hallo?"
Ich schrie: „Hallo!"
Ich würde mich auseinandersetzen müssen.
„Was wollen Sie von mir?", schrie ich laut durch den Raum.
„Wer sind Sie, verdammt noch mal!"
Das Radio brachte jetzt Musik.
Ich saß nach wie vor auf dem Sessel und dachte an früher.
Immer war es gelaufen, das Radio, immer.
Musik, Nachrichten, Kommentare, Musik, Literatur, Nachrichten, Kommentare. Als der Vater einen Fernseher gekauft hatte, löste der das Radio ab. Aber Stille durfte nicht sein, ein brabbelndes Grundrauschen, auf das man nur auf Zuruf achtete, mal mehr, mal weniger. Meine Mutter hatte es manchmal abgeschaltet, dann machte der Vater das Gerät wieder an. Ewiger Kampf. Er folgte keinem konkreten Interesse oder Zweck. Es ging nur um einen Geräuschpegel, der zu halten war, immer zu halten, ganz gleich, wer da was an Klang produzierte, alles war recht, wenn es nur Töne hervorbrachte.
Jetzt gab es schon wieder Nachrichten. Eine Stunde war vergangen.
Die Uhr schlug neun Mal. Dann wieder.
Ich stand auf und holte mir einen Besen. Dann ging ich ins Wohnzimmer zurück und wedelte im wahrsten Sinne des Wortes blindlings mit dem Besen in Richtung Schrank. Ich holte mir einen Stuhl und wedelte wieder. Erwischt. Das Radio flog zu Boden und verstummte.

Um zwei Uhr stand Notburg an der Gartentür.
„Jemand ist im Haus. Vielleicht ist er immer noch drin."
„War die Polizei bei Ihnen?"
„Ja. Vielen Dank! Das war sehr fürsorglich von Ihnen, aber was dachten Sie, würden Sie finden? Es ist bisher nichts passiert. Wenn

ich erstochen auf dem Boden liege, können Sie noch einmal anrufen. Bis jetzt hat niemand etwas gestohlen, außer der Batterie."
„Vielleicht haben Sie sich vertan."
„Wie vertan? Es steht irgendwo im Wohnzimmer ein Radio, das ich da nicht hingestellt habe. Mit *vertan* ist da also nichts."
Nach dem gemeinsamen Essen begleitete mich Notburg ins Haus.
„Das Radio muss hier irgendwo liegen. Ich habe es zerschlagen. Vielleicht sind die Einzelteile verstreut. Keine Ahnung."
Notburg fand ein kleines, kaputtes Radio aus den Siebzigerjahren. Es lag vor der Speisekammertür und war nur an einer Ecke abgebrochen.
„Das gehört mir nicht. So etwas besitze ich nicht. Früher einmal, ja."
„Früher?"
„Früher. Mein Vater hatte so ein Ding."
Er hatte ein Transistorradio, hellbraun, mit Lederüberzug.
„Es hat einen hellbraunen Lederbezug", sagte Notburg.

25

Ich lag im Bett.
Ich ahnte, dass dieser zerstörerische Eingriff in mein Leben bald ein Ende haben würde. Es würde etwas geschehen, und dies konnte nur der unangenehme Höhepunkt eines unangenehmen Lebensabschnitts werden, den ein anderer übernommen hatte.
Wie hoch würde der Höhepunkt sein, wann der Zeitpunkt?
Ich wusste, es war um Gefügigkeit gegangen: Ich sollte meinen Kopf frei machen von Gegenwart und Alltag, sollte zu einer mentalen Marionette werden, indem jemand die Hirnstränge zog und, wie in einen Gulli, immer wieder aufs Neue diesen familiären Erinnerungsdreck hineinspülte.

Ich sah wieder alles vor mir. Die Ruhe verlangte, sich an Bilder zu erinnern, die ich jahrelang nicht gesehen hatte. Es saßen alle am Küchentisch: mein Vater, die Mutter, die Schwester und ich. Alle waren beisammen, aber am eindrucksvollsten sah ich den Vater.

Es war dessen Haltung, mit der sich sein Monolog ankündigte, dem ein karges Gespräch folgte, das wir fast wortgleich immer und immer wieder zu führen hatten, damals, als es aus dem Vater herausbrach und er sein Sterbebett beschrieb und seinen Zustand, in dem er dort liegen würde, irgendwann in nicht allzu ferner Zukunft. Der Vater saß vornübergebeugt, beide Hände waren auf den Tisch gestützt und vor dem Mund zusammengefaltet, wodurch man seine Worte kaum verstehen konnte. Wenn er so saß, wussten alle, was geschehen würde, und es kam. Der Vater hob an und sprach über die letzten Minuten seines Lebens. Er sprach über sein Sterbebett, und auch wenn die Mutter die makabre Einbildung ihres Mannes nicht hören mochte, so ließ er sich rücksichtslos fallen in ein Szenario, in dem er sich endgültig als Verlassenen wähnte, der flach und kurzatmig, in weißgrauer Wäsche, den Tod allein erwartete ganz ohne tröstendes Wort.

Nicht etwa der Abschied, nicht die letzten Gedanken über eigene Verfehlungen, Versäumnisse, Wünsche, nicht die gelungenen Dinge in seinem Leben, nicht erfüllte Momente, nicht die Menschen, die ihm begegnet und wert waren, nicht das innere Befinden so kurz vor dem Aus, nicht die Bilanz, die Abrechnung und die Gnade gingen ihm durch den Kopf, wenn er sich den Moment des Todes vergegenwärtigte. All das nicht … Nur: Wer würde bei ihm sein im letzten Augenblick, der ihm noch blieb.

Er sagte, er sähe es so in seinen Träumen.

Mit allen Feinheiten, die Worte in der Lage waren zu beschreiben, malte er den Geruch des Holzes im Zimmer, das Licht, das die sterbenden Augen noch als milchiges Schimmern erkannten, er malte sein gelbliches Gesicht, die rot unterlaufenen Augen gen Himmel gerichtet, das weiße Hemd verschmutzt mit Stockflecken, Flecken der Verwesung nannte er sie, und sie bildeten auf dem Nachthemd nach, was sich am Körper längst in offenen Wunden zeigte.

Und wieder: Wer würde bei ihm sein? Die Antwort kam von ihm selbst: Niemand.

Meine Mutter lächelte bitter, hatte sie ihm doch immer beigestanden und würde es weiterhin tun, wenn sie nicht vor ihm stürbe, aber damit rechnete der Vater nicht, das dürfe sie nicht, müsse doch zumindest seinen Tod abwickeln und alles, was damit zu tun hatte, wenn er gegangen war.
Sie würde noch da sein, ja, aber nicht bei ihm – sollte sie ihm doch seine letzte Enttäuschung nicht vermasseln, mit der er so fest rechnete. Und auch der Sohn müsste seiner Rolle gerecht werden und *nicht* kommen, unbedingt *nicht* kommen, ihn erwartungsgemäß im Stich lassen.
Im entscheidenden Moment des Ablebens mussten Frau und Sohn ein letztes Mal aufs Bitterste versagen, damit die Familie auch im Angesicht des Todes das blieb, was sie für den Vater immer war: eine einzige Enttäuschung.
Dabei hatte er sich die größte Enttäuschung seines Lebens selbst zu verdanken.
Vor vielen Jahren, bei einem der nächtlichen Trinkgelage mit den Nachbarn, hatte er es mit schwerem Herzen und noch schwererer Zunge der Runde gestanden: Seine Verletzung und die vorzeitige Rückkehr aus dem Krieg hatte er sich nie verziehen. Als übles Versagen hatte er es bezeichnet.
Redselig sprach er vor gleicher Runde vom Sterbebett, das erste und einzige Mal außerhalb der Familie: War es nicht das Allertraurigste, von der eigenen Familie verschmäht zu sein, und war dieses Unglück nicht ungleich großer als die eigene Fehlleistung, die ihn bis dahin doch schon so sehr gequält hatte. Niemand würde nach ihm sehen, so prophezeite er, niemand sich seiner annehmen. Er würde allein auf dem Sterbebett liegen und Namen lallen, den Namen seiner Frau und *Er* würde er rufen. *Er! Er* war sein Sohn ohne Namen. *Er* war ich.

Die Tochter kam nicht vor.

Würde es das Sterbebett schaffen, die verschmähte Liebe von Frau und Kindern, dem eigenen Versagen im Krieg den Rang abzulaufen?

Einmal, ein einziges Mal war es anders gelaufen. Einmal war die Mutter über sich hinausgewachsen. „Ich lasse mich nicht von dir missbrauchen!“, hatte sie kühl und unaufgeregt in verblüffter Runde gesagt und ihr Alkoholrausch schien vollständig verschwunden. Da holte der Vater aus und schlug seiner Frau fest ins Gesicht. Die Nachbarn, die zum Trinken gekommen waren, wirbelten herum und schrien.
Die Bewunderung meiner Mutter gegenüber hielt nur kurze Zeit, denn von diesem Ereignis an schwieg sie endgültig.

26

An meiner Wand hatte das Bild meiner Schwester gehangen.
Warum?
Tagelang verbrachte ich im Bett, konnte mich kaum bewegen, der Magen gab alles her, was er hatte, die Glieder schmerzten und der Körper wurde abwechselnd heiß und kalt.
Später kotzte ich in das Wartezimmer der Praxis meines Arztes und die Patienten schrien, die Sprechstundenhilfe auch und der Arzt sprach von Stress.
„Was für ein Stress? Was soll das heißen?“
„Das können nur Sie selbst beantworten.“
„Ich werde auch Arzt. Das ist ja wunderbar.“
„Diese Art von Stress kann leider vieles heißen. Auch, dass Sie vor etwas davonlaufen.“
Ernüchternd, dass selbst ein Fachmann zu keiner tiefgründigeren Erkenntnis kam als zu dieser schlichten Schlussfolgerung.
Das ganze Leben ist zum Davonlaufen! Und dass ich einen derart unappetitlichen Auftritt im Wartezimmer vollzogen hatte, von dem ich das Ausmaß nicht sehen und ich auch zur Beseitigung der Folgen nichts beitragen konnte, war mir unangenehm.
Anscheinend gab es Jemanden, der mich daran erinnern wollte, dass das Leben schwer ist.
Das Schlimmste aber war, dass ich mich in meinem Haus nicht mehr sicher fühlte.

Der Arzt sagte, er würde an meiner Stelle das Haus, in dem ich wohnte, auf Dauer verlassen. Es sei belastet, wie er es nannte. Hatte er nicht vorher gesagt, es ginge um Davonlaufen? Und jetzt riet er mir selbst dazu, abzuhauen?
In der Nacht kotzte ich wieder.

27

Notburg geizte plötzlich mit der Zeit. Er habe viel zu tun und Termine.
Später rückte er mit dem wahren Grund heraus. Es gab eine Frau. Er ärgerte sich über meine Frage, wer die Holde sei, und verbat sich jeden despektierlichen Ton.
„Tauschen Sie Ihren Humor nicht gegen eine Frau ein", sagte ich.
Er scharrte verärgert mit den Füßen.
„Wo haben Sie sich kennengelernt?"
„Sie stand neulich in meinem Rosengarten, als ich nach Hause kam. Sie fühlte sich ertappt, aber wir unterhielten uns.
Sie sagte, den Mann, der ihr einen derartigen Rosengarten pflanzen würde, würde sie sofort heiraten. Ich sagte, sie könne alle Rosen haben und sie freute sich über den Heiratsantrag."
„Und, wann ist so weit?", fragte ich.

28

Ich hatte mich tagsüber auf den Weg in die Stadt gemacht. Seit vielen Jahren kaufte ich in Frankfurt bei Möller und Schaar meine Garderobe. In der Goethestraße stieg ich aus dem Taxi und betrat das Geschäft. Ich war dort bekannt. Frau Möller selbst bediente mich. Sie kam gleich auf mich zu. Erfreut fragte sie mich nach meinen Wünschen.
„Oh, ich habe viele Wünsche. Heute brauche ich erst mal einen Mantel."
„Blau, nehme ich an. Oder haben Sie inzwischen gewechselt?"
„Nein. Ich bleibe dabei. Natürlich. Blau. Ein Mantel für den Übergang. Lang soll er sein. Flanell oder Kaschmir."

„Lang werden Sie im Moment nicht finden. Aber ich sehe nach.“

In der Zwischenzeit ging ich zu den Pullovern und hielt meinen Farbscanner an einzelne Teile. Die Stimme gab Auskunft: hellblau, orange, dunkelblau.

Neben mir standen zwei Herren, die ihre Unterhaltung unterbrachen, weil sie die maschinelle Stimme irritierte, die Farben sprach.

„Reden Sie ruhig weiter“, sagte ich. „Meine Mutter gibt mir nur durch, welche Farben ich nicht nehmen soll.“

Die Herren sprachen wieder, jetzt im Flüsterton.

Ich prüfte das Material des dunkelblauen Pullovers und legte ihn beiseite. Dann gab die Stimme wieder Auskunft: gelb, hellblau, mittelblau, dunkelrot, hellrot, dunkelblau.

Frau Möller kam zurück.

„Dunkelblau?“

„Ja. Sehr dunkel. Sehr edel.“

„Das ist ein kurzer Mantel.“

„Er geht bis zu den Knien, ja.“

„Der Stoff ist schön. Er ist gerade geschnitten.“

„Ja, er ist gerade geschnitten. Das Material ist ein Gemisch aus Kaschmir und Seide.“

„Könnten Sie den Gürtel und die Schlaufen entfernen?“

„Natürlich. Das können wir gleich machen.“

Ich zog den Mantel an. Er saß gut.

„Wie sieht er aus?“

„Er sieht fabelhaft gut aus.“

„Aber er ist zu kurz. Haben Sie keinen längeren Mantel dieser Art?“

„Das Lange wird im Moment nicht getragen.“

„Von mir schon. Mir ist die Mode egal.“

„Ich müsste im Lager nachsehen. Haben Sie etwas Zeit?“

Ich wandte mich wieder den Pullovern zu. Schließlich hatte ich sieben dunkelblaue gefunden, prüfte das Material, fühlte und rieb sie zwischen den Fingern, hielt sie an die Wange und roch daran. Manchmal rochen sie nach Holz. Warum überhaupt?

Ich war empfindlich. Vieles kratzte oder fusselte, war zu dick oder dünn, zu sperrig, labberig oder flauschig.
Auch beim Schnitt gab es einiges zu bemängeln, die Pullover saßen spack oder waren zu weit, hatten unsinnige Taschen an blödsinniger Stelle, einen Kragen oder Knöpfe am Hals oder zu weite Arme.
Schließlich hatte ich mir vier Pullover ausgesucht, davon einen mit Rollkragen, außerdem sechs Paar Socken und zwei Flanellhosen.
Alles war dunkelblau.
„Sie wissen, blau ist nicht blau."
„Ja, ich weiß. Die verschiedenen Blautöne harmonieren. Seien Sie versichert. Sie passen zusammen."
Inzwischen saß ich auf einem Sessel und trank Kaffee. Ich hörte, wie sich andere Kunden beraten ließen oder auch nicht, und ich stellte fest, wie selten die Leute nach den Materialien fragten.
Schließlich kam Frau Möller mit einem langen dunkelblauen Mantel, den ich zusammen mit den anderen Sachen bezahlte. Das ganze Paket ließ ich mir nach Hause schicken.
Nach der Erblindung hatte ich eine seltsame Eitelkeit entwickelt. Ganz bewusst hatte ich mich entschieden, mein Äußeres durch eine makellose Garderobe und Gepflegtheit in gutes Licht zu rücken, auch wenn ich mich selbst in diesem Licht nie sah.
Ich dachte, dies hätte etwas mit Würde zu tun, die ich unbedingt bewahren musste. Es ging darum, mir keine Blöße zu geben, vor allem nicht mir selbst gegenüber.

29

Als ich zu Hause ankam, stand Frau Litzinger am Gartenzaun.
„Lieber Herr Kulp, was suchen die bei Ihnen?"
Die Polizei war um das Haus geschlichen, erzählte sie. Es waren zwei und einer sei hineingegangen.
„Sie waren in meinem Haus?"
Sie sagte, die Männer seien etwa zehn Minuten drin gewesen. Dann weinte sie, wollte nicht aufhören und hing an meinem Arm.

30

Als ich erwachte, hörte ich Geräusche. Ich hörte neuerdings immer Geräusche. Klopfen. Leise. Rhythmisch. Dann lauter. Ich saß im Bett und lauschte. Was ging hier vor?
Ich versuchte das Klopfen zu orten. Kam es aus der Wand? Aus dem Schrank? Zwei Mal stand ich auf, um zu horchen. Dann legte ich mich wieder ins Bett, aber ich fand keinen Schlaf. Dann doch. Nach zwei Stunden stand ich auf. Es war vor meiner Zeit. Die Wanduhr schlug fünf.

Am nächsten Morgen rief ich den Schlüsseldienst an, der aus Gelnhausen anreisen musste. Die Eingangstür des Hauses wurde durch ein neues Schlosssystem verriegelt. Nur noch Agata würde einen Schlüssel bekommen.
Als der Handwerker fertig war, bat ich ihn, noch einmal durch das Haus zu gehen und nachzusehen, ob sich noch jemand im Haus befand.
„Können Sie denn noch allein wohnen?", fragte der Mann.
„Danke. Ich bin blind, aber nicht krank. Ich komme zurecht. Bitte sehen Sie trotzdem nach. Sie dürfen alle Türen öffnen, auch in die Schränke dürfen Sie hineinsehen. Schreiben Sie die Zeit auf die Rechnung, aber machen Sie es gründlich."
Der Mann war gewissenhaft. Nach einer Viertelstunde sagte er, er habe nichts Auffälliges gefunden. Nur im Bad habe eine kaputte Parfumflasche auf dem Boden gelegen. Ob er mir helfen solle, bei der Beseitigung der Scherben.
Wir gingen gemeinsam nach oben und schon auf der Treppe huschte meine Mutter vorbei. Ich roch schon wieder ihr Parfum.
„Die Flasche ist nicht von mir!", sagte ich leise.
„Nicht von Ihnen? Aber Sie wohnen doch allein hier!"
„Ja, aber die Flasche gehört mir nicht. Ich weiß nicht, wer sie hier hat fallen lassen."
„Waren Sie denn heute noch nicht im Bad? Haben Sie den Aufprall der Flasche denn nicht gehört? Das muss doch laut gewesen sein!"

Der Mann kehrte und wischte und zum Abschied fragte er, ob ich nicht doch einen Arzt anrufen wolle oder die Polizei.

Das ganze Haus roch nach Lanvin. Stechend, einer Verletzung gleich. Als ich mich schlafen legte, es war inzwischen Mittag, schien es, als läge meine Mutter neben mir.

Die Gesichter der Frauen in meiner Familie erschienen nur noch schemenhaft in meiner Vorstellung. Ihre Stimmen waren verschwunden, als hätten sie nie gesprochen, Mutter wie Schwester. Beide lächelten nur. Die Schwester hatte es von der Mutter übernommen.

Vera?
Ich schreckte hoch. Es war, als hätte ich ein Geräusch gehört. Immer hörte ich jetzt Geräusche.

Die Hinterlassenschaften des stummen Feindes zerstörten etwas, auf das ich mich immer verlassen hatte, weil sie nur mir gehörte, weil sie meinem eigenen Handeln entsprach, meinen Wünschen und Angewohnheiten, weil sie der Nährboden eigenen Wachsens war: die Intimität.
Jemand versuchte sie auszulöschen und damit alles, was damit verbunden war: das Haus, meine Zimmer, meine Möbel, meine Gegenstände. Überall war bereits irgendjemand mit seinen schmutzigen Schuhen umhergegangen, hatte mit seinen Händen die Oberflächen berührt, sie entweiht, hatte Ausdünstungen und Spuren hinterlassen, dort wo bisher mein Ort war, mein Zuhause, mein Rückzug.
Auf nichts war mehr Verlass.
Immer wieder ging ich suchend durch jedes Zimmer, suchte etwas Fremdes, ein Köfferchen, eine Haarbürste. Mit dem Stock ging ich umher und tastete jeden Gegenstand ab.
Weil ich nichts fand, setzte ich mich unten an den Glastisch im Wohnzimmer. Der Rosenstrauß, der dort immer gestanden hatte,

war auch verschwunden. Seit Jahren war er dort, inzwischen ganz sicher als bizarre, verstaubte Figur, selbst Agata musste damit zurechtkommen. Einen Staubfänger hatte sie ihn genannt. Jetzt war er weg.
Ich war nicht mehr allein und das Haus nicht mehr meins.

Agata … Irgendetwas stimmte nicht.
Ihr traute ich auch nicht mehr. Ihr nicht, Notburg vielleicht. Ich hatte wenige Menschen um mich. Und irgendjemand, der sich mir nicht zu erkennen gab, irgendein Jemand, machte sich breit und verteilte kleine Minen im Haus, die mich aus der Ruhe bringen sollten, aufschrecken, entsetzen.

Aber vorher sollte ich mich erinnern.

Die Rosen waren Zeichen vergangener Liebe. Von Sehnsucht. So wie Notburgs Rosen auch von Sehnsucht sprachen – ich hatte es ihm gesagt. Aber ihre Zeit war längst vorbei, sie dufteten nicht mehr, weil sie vertrocknet waren und etwas anderem endlich weichen mussten. Aber wer wollte das so?

Ich sollte verstehen, sollte an Mutter, Vater, Schwester denken.
Die Schwester, die ich nicht gesehen hatte, nie mehr gesehen hatte – und die als Einzige noch lebte.

Was wusste ich überhaupt?

31

Ich konnte nicht schlafen. Es war zwei Uhr Mittags und ich beschloss, aufzustehen und spazieren zu gehen. Geradezu kühn schien mir dieses Vorhaben. Seit Langem hatte ich mich tagsüber nicht im Dorf sehen lassen.
Das Wetter war gut, ich würde in das neue Café gehen, in dem ich mit Notburg schon einmal gesessen hatte.

Der hatte um die gleiche Zeit eine Verabredung mit seiner Holden, deren Namen ich nicht kenne und die ich nicht *Holde* nennen darf. Seltsam, wie albern ernst es ihm damit plötzlich war.
Ich hatte Kopfschmerzen. Vielleicht noch zur Apotheke …
Ich nahm meinen Langstock und verließ das Haus.

Ich ging die lange Straße hinunter bis zum Park, die Sonne warm im Gesicht, fühlte ich nach wenigen Minuten keine Schmerzen mehr. Ich nahm den Rasen weich unter den Sohlen wahr, der Boden gab ein bisschen nach und fügte sich meinen Schritten.
Jetzt lief ich an einer Platanenreihe vorbei, einer Allee, die ich schon als Kind kannte. Die Baumreihe drückte sanft an meine Seite, obwohl ich sie nicht berührte. Ich ahnte, dass es viele Bäume waren, an denen ich vorbeiging. Es war nur ein kurzes Stück, und dann hörte die Reihe auf. Jetzt standen die Bäume vereinzelt und an einem Baum blieb ich stehen. Es war der höchste und breiteste Baum im Park und ich spürte die Kraft, die von ihm ausging. Mit der Hand berührte ich die Rinde. Ich machte das immer. Wie warm sie war. Seit Langem hatte ich sie nicht mehr berührt.
Jeder Baum strömte Luft aus, jeder Stein hatte seinen Nimbus.
Als Blinder musste ich nicht alle Gegenstände begreifen, um sie zu verstehen. Ich vernahm ihren Atem, fühlte, wo und in welcher Entfernung sie standen.
Spätestens jetzt hätte ich als Sehender auch die Augen geschlossen wie beim Küssen. Ich lachte über das Bild, das ich Notburg vor Kurzem noch angetragen hatte.

Das Café war klein. Es lag gegenüber von Frau Schellings Laden. Vier Tische standen draußen, und ich setzte mich mit dem Gesicht zur Straße. Kurz darauf stand eine Frau vor mir. Ich war sicher, dass ich sie kannte, wusste es sofort.
„Siegrid?“
„Edgar! Wir haben uns ja lange nicht gesehen! Das freut mich aber! Du, ich habe von deinem Unglück gehört …!“

Das Unglück war immer das Erste, was die Leute mit mir verbanden. Früher war es das Unglück des ermordeten Vaters, jetzt das Unglück der Erblindung.
„Ja, sicher hast du es gehört. Seit wann bist du denn wieder hier?"
„Seit zwei Monaten wohne ich im Haus meiner Mutter. Sie ist letztes Jahr gestorben. Ich werde bleiben."
„Das mit deiner Mutter tut mir leid. Ich wusste es nicht."
„Du lebst ja auch sehr zurückgezogen, habe ich gehört."
„Was man so alles hört. Aber ja. Ich lebe zurückgezogen. Heute ist der erste Tag seit Langem, an dem ich hier herumspaziere."
Ich fühlte mich schuldig.
„Naja, ich war ja auch weg. Zurückgezogen, wenn du so willst."
„Ist dein Mann auch da?"
„Ich bin geschieden. Seit sechs Monaten, Gott sei Dank."
„Oh, dann bist du also frei?"
„Ja, ich bin frei. Und du bist immer noch ein Draufgänger?"
„Nein. Das kann man nicht sagen. Was machst du jetzt hier?"
„Das ist mein Café!"
Später sprach sie von Gabriele. Nein, die hatte nicht geheiratet. Es war ihr nicht gut gegangen, sie war in Behandlung. Es war damals alles sehr belastend für sie. Aber immer wieder wollte sie mich sehen, hatte anscheinend immer wieder Anläufe gemacht.
„Anläufe gemacht?"
„Ja."
Ich war plötzlich aufgesprungen. „Welche Anläufe denn? Und warum ist sie nicht gekommen?"
„In dieses Haus? In dein Haus? Was denkst du dir? Wir alle haben ihr davon abgeraten."
„Welcher Art sollen denn diese Anläufe gewesen sein? Ich verstehe kein Wort."
„Ich kann es dir nicht sagen, weil ich es nicht weiß."
„Weil es keine Anläufe gab! Oder glaubst du im Ernst, sie wollte mit einem Blinden ihr Leben verbringen? Das glaube ich nicht. Und deshalb blieb es bei der nebligen Formulierung irgend-

welcher Anläufe, von denen ich nie, aber auch nie irgendetwas bemerkt habe."

„Bitte, Edgar, beruhige dich!"

„Ich beruhige mich nicht! Überhaupt nicht beruhige ich mich! Diese Scheißblindheit beruhigt mich doch schon genug, sie domestiziert mich geradezu, aber belügen lasse ich mich deshalb nicht! Das lasse ich nicht zu! Das lasse ich nicht zu!"

„Entschuldige."

„Warum entschuldigst du dich? Weil du mich belogen hast? Weil ihr alle mich belogen habt? Weil ihr mir sagen wollt, ich sei so grausam zu Gabriele gewesen, dass sie, obwohl sie es wollte, nicht zu mir zurückkehren konnte? Ist es das, wofür du dich entschuldigst?"

Ich war unangemessen laut geworden und merkte, wie ich es genoss, mal wieder aus der Haut gefahren zu sein. Aus meiner Haut heraus, wie herrlich, wie wunderbar … raus aus mir, außer mir!

„Sie hätte mir schreiben und wir hätten uns treffen können irgendwo. Es wäre ganz einfach gewesen, ganz einfach. Und das weißt du so gut wie ich."

„Ja, aber auch du hättest dich bei ihr melden können."

„Du vergisst, dass sie mich verlassen hat. Sie ist gegangen."

„Ich weiß, Edgar, und ich habe erlebt, wie schlecht es ihr danach gegangen ist."

Es war interessant, wie sich Siegrids Stimme plötzlich veränderte. Sie schnitt scharf in meine Schuld.

Siegrid war Gabrieles Freundin und es sprach jetzt ein Unglück.

Wie oft hatte ich an Gabriele gedacht.

Vielleicht hätten wir das Haus doch anzünden sollen.

„Ich hasse dieses Haus."

„Aber warum gehst du nicht weg? Warum wohnst du immer noch da?"

„Ich kann nur in diesem Haus leben."

„Du bist immer noch so stur."

„Nur in diesem Haus. So ist das eben."

„Ich glaube, das ist eine fixe Idee von dir."

Dann kamen Gäste und sie kümmerte sich.
Ich trank meinen Kaffee und nach ein paar Minuten kam sie zurück.
„Kommst du zurecht?“, fragte sie.
„Ich komme nicht zurecht. Ich lebe.“
Sollte sie zum Abschied gewunken haben, war es vergeblich.

32

Ich erwachte am Morgen und wieder hörte ich Geräusche unten im Haus. Ich richtete mich im Bett auf und horchte, schlich aus dem Zimmer und versuchte, mir ein Bild zu machen, von dem, was unten geschah. Es kam aus der Küche. Agata konnte es nicht sein: es war nicht ihr Tag.
Ein Rascheln, dann ein Schieben von Gegenständen auf dem Boden. Jemand räumte um. Dann Wasser.
Jemandem ausgeliefert zu sein, den ich nicht kannte, den ich nicht sah und gegen den ich mich deshalb nicht wehren konnte, machte mich wütend, und ich stieß einen Schrei aus. Ich schrie laut, und ich glaubte, noch nie in meinem Leben einen derart lauten Schrei gehört zu haben. Das war meine Stimme.
Unten wurde es still. Der Jemand hatte mich wahrgenommen.
Ich würde mich wehren. Ich würde mich so sehr wehren, dass dem Jemand jede Grundlage seines Feldzuges gegen mich entzogen würde. „Der Feldherr bin ich! Hören Sie! Der Feldherr bin ich!“ Das schrie ich so laut ich konnte. Und dann lachte ich, weil ich lächerlich war.

33

„Hat sie keinen Namen?“
„Luise.“
„Luise“, wiederholte ich. „Luise.“
„Ja, Luise.“
„Wohnt sie im Ort?“
„Nein. Sie wohnt etwa zweihundert Kilometer von hier. Sie recherchiert hier für eine Arbeit.“

„Eine Arbeit?“
„Ja, sie ist Journalistin.“
„Was für eine Arbeit soll das sein?“
„Seltsam, wie Sie fragen.“
„Was meinen Sie?“
„Es klingt, als würden Sie ihr nicht glauben. Die Frage müsste lauten: Was für eine Arbeit ist das? Aber Sie fragen: Was soll das für eine Arbeit sein?“
„Sie sind empfindlich.“
„Wir beherrschen doch beide unsere Sprache, Kulp.“
„Und, wie ist die Antwort? Welche Arbeit macht sie nun?“
„Sie schreibt über ein Kinderheim, das es hier mal gegeben hat.“
„In den Siebzigern wurde es geschlossen, ich weiß.“
„Sie befragt Leute, die da gelebt haben. Kinder von damals. Es gab wohl ein Drama.“
„Stimmt. Ich war dreizehn. Wir durften wochenlang nicht mehr alleine aus dem Haus. Bei welcher Zeitung arbeitet sie denn?“
„Sie ist freiberuflich. Im Übrigen spricht sie nicht viel.“
„Schmallippig.“
„Verschwiegen.“
Wie alt sie sei, fragte ich.
„Mein Gott, Kulp, ich habe sie nicht gefragt. So wie wir ungefähr.“

Und ich wusste, sie hat einen Leberfleck am Hals.

34

Mit seiner Fürsorge hatte Notburg abermals die Polizei ins Haus geholt.
Zwei Männer kamen. Den Einen kannte ich schon. Er war derselbe, der neulich schon bei mir war.
„Kommen Sie zurecht?“, fragte er mich.
„Warum fragen Sie?“
„Wir haben gehört, es hält Sie hier im Haus jemand auf Trab. Jemand, den Sie nicht eingeladen haben.“

„Woher wissen Sie das?"
„Seifert, der Mann vom Schlüsseldienst, ist mein Cousin. Schließen Sie Ihr Haus immer noch nicht ab?"
„Nein."
„Warum haben Sie dann ein neues Schloss einbauen lassen?"
„Auf Anraten eines Freundes dachte ich, etwas unternehmen zu müssen. Zwei Tage lang habe ich es ausgehalten. Dann war es mir zuwider. Soll kommen, wer will; soll passieren, was will."
„Nach wie vor also kann jeder rein."
„Ja, auch Sie, obwohl Sie damit meine Nachbarin erschrecken. Was haben Sie neulich gesucht?"
„Wir wollten nachsehen, ob sich jemand unbefugt in Ihrem Haus aufhält."
„Machen Sie das bei all Ihren Schäfchen so?"
„Nein. Aber wenn Sie belästigt werden …"
„Es geht nicht um Belästigung."
„Sondern?"
„Ich bitte Sie, wenn ich Hilfe brauche, melde ich mich. Wenn Sie jetzt freundlicherweise wieder gehen würden."
„Ich werde vorher noch mal einen Gang durchs Haus machen, wenn Sie nichts dagegen haben."
Der, den ich kannte, ging nach oben, ohne dass ich geantwortet hatte. Der andere sah sich inzwischen unten um.
Zwei Männer, die Erkenntnisse sammelten, und ich wusste nicht, welche.
Notburg, dieser Idiot.

35

Ich stand im Bad, strich mir mit dem Kamm über den Kopf und hielt Haare in der Hand. Es waren viele.
Vorsichtig griff ich auf meinen Kopf und wieder hatte ich die Hand voll mit Haaren. Ich verlor sie, ich verlor sie ganz.
Ich setzte mich auf die Badewanne und strich mit beiden Händen solange über den Kopf, bis ich eine Glatze hatte. So war es. Ich hatte

eine Glatze! Ich verbarg mein Gesicht in den Händen, wollte von der Welt verschwinden: Augenbrauen, Wimpern, Bartwuchs … alles war weg. Ich war nackt und kahl wie ein Arsch.
Gott sei Dank, ich sah mich nicht.
Wie konnten einem Menschen über Nacht alle Haare ausfallen?
Vielleicht hatte ich Krebs.
Am nächsten Tag ging ich zum Arzt.
„Was haben Sie denn gemacht?"
Es gab eine Untersuchung, das Blut wurde abgenommen und nach drei Tagen sollte ich wiederkommen.

Ich schlief schlecht und dachte über die Bilanz meines Daseins nach. Schade, dass ich es zu nichts weiter als zu einem Klischee gebracht hatte.
Temperiertes Leben. Man lebt über fünfzig Jahre und es macht nichts, wenn die Zeit zu Ende ist. Genug Jahre, genug Zeit.
Was für ein Scheißende, ohne einen wie auch immer gearteten Abschluss.
Ich weiß, den gibt es nie. Das hat der Tod so an sich, dass er einen nicht abschließen lässt. Was ist überhaupt ein abgeschlossenes Leben, was wird als Abschluss anerkannt von irgendeiner Instanz, die ja doch nur jeder für sich selbst ist. Und für wen muss man abschließen, für sich, für die Nachwelt, für Gott? Ich ärgerte mich über meine wehleidigen Gedanken und saß im Bett.
Morgen wollte ich Notburg bitten, mir meine veröffentlichten Bücher zu geben, wollte sie lesen, das erste Mal. Dann könnte ich darüber befinden, ob diese Machwerke eines Abschlusses würdig sind, ob sie für die Nachwelt irgendeinen Wert darstellen. Sollte das nicht der Fall sein, würde nichts bleiben. Zweiundfünfzig Jahre gefressen, geschlafen, geträumt, gefickt, geschrieben, gelitten und dann fallen die Haare aus und läuten das sichere Ende ein.

Gute Nacht. Sie war nicht gut und würde nie mehr gut werden.

36

Seltsame Dinge geschahen im Haus und alle waren wieder da. Sie schwirrten in meinem Kopf umher als sei es ihrer. Auch die Fratze. Tags, nachts, immer wieder erinnerte irgendetwas an sie.

Hatte ich dafür nicht mein Augenlicht geopfert?
Vielleicht kamen sie gerade deshalb.
Mit der Fratze würde es niemals Ruhe geben.
Sie war Ausdruck von etwas, war Wirkung, nicht Ursache.
Körper- und seelenlos würde sie ihrer einzigen Bestimmung folgen durch das, was sie war: erinnernd grausames Zeichen für etwas, das ich getan hatte und das nicht gut war.
Erinnere dich!, schrie sie. *Erinnere dich!*
Ich erinnerte mich und ich sah den Vater.
Er zeigte sich, wenn ich schwach war oder entspannt, wenn ich schlief, träumte, wartete; manchmal süßlich lächelnd, verzerrt lieblich, schmierig werbend, feixend, kichernd, zornig, böse. Er war immer da. Selbst wollte er nichts, nur Spiegel sein, wollte, dass ich hineinsah: Aber so sah ich nicht aus! Nein … ich nicht, aber meine Seele.
Aus meiner Selbstsicht formte die Fratze ihr eigenes wackelndes Gebilde, in dem sich nichts mehr fügte. Kurz vor dem Einsturz verschwand sie, und ich wog mich in Sicherheit.
Dann kam sie wieder, meist wenn es für die anderen dunkel war und ich allein. Ich sollte nicht aufhören, sie zu sehen. Sollte wissen: sie war da und zeigte mir mein wahres Gesicht.
Der fratzenhafte Vater als Dauerbrenner in meinem Hirn, er entfachte das Feuer immer neu, und ich schreckte hoch im Schlaf, riss die Augen auf, schrie und löschte den zerebralen Brand, so wie damals, vor der Erblindung. Dann blieb ich wach bis zum Morgen, saß im Sessel über Stunden, damit die Fratze nicht wiederkam, die Fratze, die nicht sprach und trotzdem sagte: Sieh mich an, das bist du! Mit der Zunge leckte sie sich die Lippen, leckte die Erinnerung, damit ich nicht vergaß, niemals vergaß.
Ich saß im Bett und schrie und der Vater war tot.

37

Der Polizist war wiedergekommen. Diesmal allein.

„Ich wollte nachsehen, wie es Ihnen geht. Sie tragen jetzt eine Mütze?"

„Ja. Kommen Sie rein."

„Warum tragen sie die Mütze im Haus?"

„Mir ist kalt, ganz einfach."

„Soll ich kurz durchs Haus gehen und gucken, ob alles in Ordnung ist?"

„Gut. Ich warte in der Küche auf Sie."

Nach ein paar Minuten kam er zurück. Es sei ihm nichts aufgefallen, sagte er.

„Das Haus riecht immer noch stark nach Parfum. Achim hat mir von der zerschellten Flasche im Bad erzählt."

„Ihr Cousin?"

„Ja. Der Vorfall hatte ihn sehr beeindruckt. Man könnte sagen: verwirrt. Haben Sie eine Idee, wer die Flasche so unsanft auf Ihrem Badezimmerboden platziert haben könnte?"

„Ich ahne es."

„Aber Sie wissen es nicht."

„Nein. Ich weiß es nicht, weil sie mit mir nicht spricht."

„Sie."

„Ja."

„Sie, die sich nicht zu erkennen gibt."

„Ja. Wenn es so ist, wie ich annehme."

„Sind Sie beunruhigt?"

„Ich mag es nicht, wenn man sich heimlich in meinem Haus aufhält. Vielleicht geht Ihnen das ähnlich."

„Nun, so heimlich agiert sie ja nicht. Sie setzt deutliche Signale."

„Das stimmt."

„Warum ist Ihre Schwester zurückgekommen?"

Bei dieser Frage hob ich den Kopf und blickte in seine Richtung. Einen Augenblick lang hatte ich den Eindruck, ihn sehen zu können. Dann fing ich an zu schwitzen, wie immer, wenn es mir unangenehm wurde.

„Ich habe mir Ihren Fall in den letzten Tagen genau angesehen. Ihre Schwester ist nach dem Mord an Ihrem Vater weggezogen und wurde nie wieder im Dorf gesehen. Hatten Sie sich zerstritten?"
„Nein. Getrennt."
„Geschwister trennen sich nicht, sie verlieren sich aus den Augen."
„Ich habe alles aus den Augen verloren."
Fast war ich der Erblindung dankbar für die Möglichkeit, immer wieder derart theatralische Aussagen machen zu können. Sie waren so kraftvoll, dass sie nach wie vor Bestürzung bei meinen Gesprächspartnern hervorriefen. Ich bemerkte ratlose Pausen.
Dennoch ließ sich der Polizist nicht davon abbringen, mich weiter zu befragen. Der Begriff *Verhör* traf es besser. Es war mir recht. Es war mir alles recht.
„Was glauben Sie, will sie von Ihnen?"
„Die Geschichte von Brüderlein und Schwesterlein."
„Will sie Sie zurück?"
Nichts wollte ich zurückhalten, alles sagen, alles, alles sagen.
„Ja. Ich denke, wie früher möchte sie alles dem Bruder überlassen, der immer für zwei gefühlt und für zwei gehandelt hatte."
„Für Sie beide? Warum sollte ihr das gefallen? Das würde heißen, sie will ihr Leben nicht selbst gestalten."
„Vielleicht hat sie es versucht, aber nicht geschafft. Und jetzt denkt sie wie damals: Der große Bruder muss es machen. Hat er ja immer."
„Sie wirken verbittert."
„Bin ich nicht. Aber ich glaube, *sie* ist es."
„Sie könnten es ja mal mit Reden versuchen."
„Sie spricht nicht mit mir."
„Vielleicht ist es doch nicht Ihre Schwester."
Warum mich dieser Gedanke verwunderte, weiß ich nicht. Er überraschte mich geradezu.
„Und dann?", fragte er.
„Wie, und dann?"

„Na, wenn es nicht Ihre Schwester ist, dann macht sich eine fremde Person in Ihrem Haus zu schaffen. Wer könnte das sein? Wer will etwas von Ihnen? Eine alte Rechnung …“
Die Gedankenwelt eines Kriminalisten, dachte ich.
„Ich rechne mit gar nichts, nur, dass es irgendwann vorbei ist.“
„Sie warten ab.“
„Ja, so könnte man es nennen.“
„Warum lassen Sie sich nicht helfen?“
„Welche Art von Hilfe schwebt Ihnen vor? Wollen Sie der Person bei mir auflauern und sich dann auf sie stürzen? Es geht um *meine* Familiengeschichte. Nichts weiter.“
„Nichts weiter ist gut. Sie wissen doch selbst, in der Familie …“
„Sich helfen lassen heißt außerdem, abhängig zu sein“, sagte ich.
„Sie ziehen Angst und Schrecken im eigenen Haus der Abhängigkeit vor.“
„Ich wähle die Ungewissheit. Da weiß ich, was ich habe.“
„Sie sind ein Philosoph. Ein Philosoph mit Familiengeschichte.“

Er verabschiedete sich. Ein eifriger Mann, dieser Polizist, der ankündigte, wieder vorbeizuschauen, wenn es mich nicht störte.
Wieder allein, ließ ich kaltes Wasser über mein Gesicht laufen.
Er hatte mich gelockt und ich, der Philosoph, sollte ihm meine Geschichte preisgeben. Er hatte mich gelockt und würde es wieder tun.

Und wenn es doch nicht Vera war?
Plötzlich dachte ich, wie wenig es überhaupt um Vera ging und wie sehr um mich.

38

Manchmal sprach ich jetzt zu Gott. Das hatte ich nie getan. Jetzt erst fing ich damit an. Wenn es Gott gab, war er der einzige, der alles wusste. Dieser Typ wusste Bescheid.
Wenn es Gott gab, war er auch für meine Erblindung verantwortlich.

Nach so vielen Jahren fügten sich die Dinge plötzlich.
Oder nicht plötzlich.
Vielleicht war der Weg lange schon vorgezeichnet. Von Gott bestimmt. Folgerichtig, so sagt man.
Man spricht von Prüfungen. Dafür sei man auf der Welt.

Ich hatte Gott in der Kirche getroffen.
Da saß ich seit einiger Zeit nachts auf der Holzbank. Natürlich nachts. Die Kirche im Dorf war nie geschlossen.
Vor ein paar Wochen hatte ich den Griff der schweren Tür das erste Mal nach unten gedrückt und war eingetreten. Seit Jahren war ich nicht mehr hier gewesen, das letzte Mal bei der Beerdigung meiner Mutter.
Da war ich zwanzig.
Guten Tag, Gott.
Die Höhe des Raumes spürte ich im Rücken. Ich richtete mich auf, als forderte Gott ein gerades Kreuz.
Ich atmete durch, lief den mittleren Gang nach vorn, bis ich mit den Fußspitzen an die erste Stufe stieß. Dort blieb ich eine Weile stehen ohne mich zu bekreuzigen.
Ich tastete mich in eine der vorderen Reihen, befühlte das Holz, es war dasselbe wie damals, uneben und ein bisschen rauh. Ich roch daran – seit ich blind war, roch ich an allem.
Ich sah sie vor mir: die Familie damals in der ersten Reihe. Mutter, Vater, daneben die Schwester, die wie immer mitgetrabt war, sich mitschleifen ließ in allem, den Blick nach unten, als hätte sie keinen. Sie lebte nur in Gefolgschaft.

Immer hatte die ganze Familie vorne gesessen, ganz vorne, direkt vor der Kanzel, damit Gott ihr Kommen auch hatte würdigen können. Das war die Absicht, über die niemand sprach.
Auch ich war Sonntag für Sonntag mitgegangen wie die Schwester, und dann standen wir da und sangen.

Mutter sagte: Edgar war immer schon ein großer Junge. Und dann habe ich Luft geholt und meinen Brustkorb vollgepumpt, ganz voll, hatte mitgesungen und laut meine Stimme erhoben, so laut es mir nur möglich war. Ich wollte laut sein und gehört werden, unbedingt gehört werden. Es machte Spaß, der ganze Körper bebte und ich brüllte mir die unfromme Seele aus dem Leib.
Ich spürte das Volumen meines Atems, es bildete einen riesigen Klangkörper, der die Töne formte, und aus der Tiefe meiner bebenden Brust klang meine Stimme voll und laut und tief und schwer, als Kind, als Junge, als Mann.
Mein Ton riss alle Gedanken fort und ich dachte an nichts, nur an das Geräusch, das ich Kraft meiner Stimme zu verursachen in der Lage war, das als Ausdruck meiner Macht gehört werden wollte und nebenbei noch Huldigung Gottes war.
Wie eine Welle sollte meine Stimmgewalt über alle hinweg schwappen und jedes gesungene Wort schien dröhnendes Bekenntnis. Meine Töne füllten den Raum ganz und gar und ich war allein in diesen Momenten, sah und hörte niemanden um mich herum, gab mich der eigenen Stimme ganz hin, bis der Vater mich in die Seite stieß:
„Was ist in Ihn gefahren?"
Dann brach der Sohn sein Singen ab, erwachte aus der Umklammerung der eigenen Möglichkeiten und gab Ruhe. Ein bisschen enttäuscht teilte ich den Kirchenraum wieder mit den anderen, deren Stimmen ich nun wahrnahm, in diesem Augenblick, da ich selbst nicht mehr sang, weil der Vater den großen Atem des Sohnes gestoppt hatte in der Befürchtung, er könne alle verschlucken.

Erst jetzt nahm ich die hohe Stimme meiner Schwester wahr, die über den Köpfen der anderen schwebte, auch wie ein Zeichen, aber anders als das, das ich gesetzt hatte. Den Kopf hatte die Schwester für diesen einen Moment gehoben und dann sang sie mit heller, reiner Stimme. „Das, mein Kind, gefällt Gott", flüsterte die Mutter ihr zu, ich hörte das Zischen, und die Stimme des Engels brach ab, als habe er sich den Flügel verletzt.

Du singst für Gott und die Schwester senkte den Blick zu Boden: welchen Gott, Mutter? Sie selbst, im verknitterten Kleid, sang laut und schräg. Als müsse sie die Zweifel der Tochter zersingen, sang sie falsch und die Töne fanden keinen Ort.
Hier durfte die Mutter laut danebenliegen, hier, im spärlichen Licht, sah sie niemand, das Gesicht geradeaus, den Blick nach innen gerichtet, war man mit sich selbst befasst und ganz mit sich im Reinen, und es vergaßen die, die den Glauben behaupteten, dass der eine Fromme den anderen Frommen sehr wohl sah und hörte.
Zu Hause gab der Vater wie gewohnt den rechten Ton an, in der Kirche bewegte er nur den Mund, sprach mit fester Stimme den Text. Das Singen war ihm nichts, aber zeigen wollte er sich doch, wollte mit denen sein, die sich hier versammelt hatten, um im Glauben gemeinsam beieinander zu stehen.
Welch falscher Einigkeit waren sie aufgesessen, dachte ich.
Nie wurde der zu laute Eifer belohnt, vielleicht hörte Gott ihn nicht wegen der anderen, vielleicht hörte er nur die helle Stimme der Schwester, und ich nahm mir vor, am nächsten Sonntag lauter zu singen. Der Vater aber würde nur wieder ein „Was ist in Ihn gefahren?“ hervorbringen, während die Schwester ihre abgebrochenen Flügel vom Boden würde aufsammeln müssen, Sonntag für Sonntag, Messe für Messe, Lied für Lied.

Was waren das für Tage.

39

Notburg stand am Zaun und wartete. „Warum diese Mütze?“
Mit einem Ruck riss ich sie vom Kopf.
„Wie sehen Sie aus, Sie haben überhaupt keine Haare mehr am Kopf, nicht ein einziges!“
Notburg war erschüttert. Ich sah es an der Stimme.
„Danke für den gütigen Hinweis. Ich weiß es selbst. Haare kann man fühlen oder eben nicht. Morgen gehe ich zum Arzt, um die Laborwerte zu erfragen, ich hoffe, es ist kein Krebs.“

„Wir gehen nicht vom Schlimmsten aus. Dann müssen Sie bei den Werbeaufnahmen eben auch Mütze oder Hut tragen."
„Welche Werbeaufnahmen?"
„Hatte ich das nicht gesagt? Ich habe einen Fotografen bestellt, er wird Bilder von Ihnen machen."
„Niemand wird von mir Bilder machen. Und schon gar nicht jetzt, wo ich so aussehe, ob mit oder ohne Hut: Es wird keine Bilder von mir geben."
„Die Leute wollen wissen, wie Sie aussehen, wer Sie sind."
„Wie ich aussehe oder wer ich bin? Das ist ein Unterschied."
„Herrgott, nun zieren Sie sich doch nicht so, die Leser wollen es wissen!"
„Mein lieber Freund, Sie werden demnächst Ihre Werbetrommel rühren können, mehr als Ihnen lieb ist."
„Es muss nicht Krebs sein, es kann eine Allergie oder sonst etwas sein, ich bitte Sie."
In meinem Beisein rief Notburg bei einem Bekannten an, dessen Frau auch unter plötzlichem Haarausfall gelitten hatte. Das Telefonat dauerte zwei Minuten. Der Mann war jetzt Witwer und ich lag später im Bett und konnte wie immer nicht schlafen.

Am Morgen ging ich zum Arzt.
„Sie haben nichts im Blut. Die Werte sind gut. Wie ich vermutet habe, ist es Stress. Das kann passieren. Die Haare werden wieder wachsen, wenn Sie sich beruhigt haben, aber Sie müssen herausfinden, wie Sie Ihr Leben ändern können. Ich muss Ihnen den Zusammenhang zwischen Körper und Seele sicher nicht erklären."

40

In der Erinnerung sah ich vor allem den Vater, immer den Vater. Er, der erschlagen wurde und nie richtig tot war für mich, weil ich das Bild des blutenden, leblosen Körpers nicht aus dem Sinn bekam. Der Vater konnte keine Ruhe finden und so sollte sie auch dem Sohn nicht vergönnt sein.

Ich erinnerte ihn als strengen Mann, der das Leben pragmatisch nahm. Genügsam ließ er es geschehen und manchmal gab er seinem Sohn den väterlichen Rat: „Lass' *Er* sich nichts gefallen!"
Dieser Satz kam unvermittelt und immer unpassend, als sei er ihm gerade wieder eingefallen und müsste nun heraus, in diesem, genau diesem Augenblick, ohne Aufschub.
Für ihn war alles anders gekommen, als er sich das gedacht hatte. Alle waren froh, dass er wieder da war, nur er selbst nicht.
„Lass' *Er* sich nichts gefallen!" Vielleicht kam dieser Satz aus dieser Zeit. Das dachte ich manchmal, wenn ich ihn hörte.
Nein, Vater, dachte ich dann. Ich lasse mir nichts gefallen.
Aber das Leben, das Leben muss ich mir gefallen lassen. Das muss ich doch!

Das Haus meiner Eltern hätte mein Grab werden sollen, aber hier würde ich nicht sterben. Mein ganzes Leben habe ich an diesem Ort verbracht. Ich bin 52 Jahre alt und aus diesem Haus nie herausgekommen.
Die Schuld kam dazwischen, als mein Vater ermordet wurde.
Ich erinnere mich. Mutter war damals auch im Haus. Oben im Bett hatte sie gelegen und nichts gehört. Was hätte sie hören sollen: den Schrei des Mannes, ihres, oder den des Fremden?
Da war nichts. Keine Stimmen, keine Schritte, kein Schlag. Die Schlaftablette war stark. Ja, die nahm sie immer.
Der Polizist stellte Fragen. Er war aus dem Dorf. Früher kam er oft in dieses Haus zu meinen Eltern.

Vera und ich waren gleich hinuntergestürzt. Wir hatten den Schrei in unseren Zimmern gehört, vielleicht war es der Vater. Wie sollten wir das wissen, früher hatte er nie geschrien und jetzt so fremd und laut. Wir waren ins Wohnzimmer gerannt, und Vera hatte einen Mann über die Brüstung der Terrasse springen sehen, und dann fanden wir unseren Vater auf dem Teppich, mit zertrümmertem Kopf lag er am Boden.

Der Mann war weg. Der Vater auch. Vera weinte laut und ich hielt sie im Arm.
Ich weiß nicht, was ich gesehen hatte, war nur stumm oder das Entsetzen hatte alles geschluckt.
„Sein Kopf ist zertrümmert. Eine Axt oder ein Beil." Der Polizist schrieb auf seinen Block. Dann sah er mich an. „Es tut mir leid, Edgar", und ich hob den Kopf und sagte: „Eine Axt war es."
„Woher willst du das wissen?"
Vera stand plötzlich zwischen uns beiden. „Es sieht doch nach einer Axt aus, oder?", sagte sie.
„Habt ihr so etwas im Haus?"
„Früher haben wir damit Holz gehackt. Vielleicht noch im Keller."
Sie ging mit dem Polizisten nach unten. Der Mann schrieb, dass sie keine Axt oder Ähnliches gefunden hatten. Fingerabdrücke wurden genommen.
„Es tut mir leid", sagte der Polizist noch einmal beim Abschied und ich lächelte. Vera weinte nicht mehr.

Ein paar Tage lang kam der Bekannte meiner Eltern als Polizist und stellte Fragen. Er hieß Gerhard und brachte am Anfang zwei junge Kollegen mit. Sie suchten nach Spuren in Zimmer und Garten und auf der Terrasse.
Dann kam er nur noch allein. Er blieb kurz, als sei ihm das Fragen unangenehm. Ich erinnere mich.

Wie oft sie früher hier zusammen waren, hatten im Garten gegrillt und gefeiert, er und seine Frau. Aber auch mit glasigem Blick wurden die Blumen nicht bunter. Es gab ja nur diese beiden Tulpenreihen, die als gerade Streifen den Weg vom Rasen trennten und wie eine Magistrale in das Dunkel des Gartens führten.
„Eine grausige Verheißung", hatte Gerhard das damals genannt und seine Frau wetterte über so viel *Untalent*. Das hatte ich gehört, als sie sich im Suff darüber lustig machten. Aber so war das bei uns: Nicht die Lust, sondern die schuftende Hand gab die Leidenschaft

und die Natur musste sich fügen. Vier eifrig einige Hände richteten es aus. So war das bei uns.
Dort haben wir gespielt, dort, auf dem einzigen Rasen der Welt, den man barfuß nicht begehen konnte.
Und dann wollte es niemand gewesen sein:
„Der Garten ist Luises Sache, damit habe ich nichts zu tun."
„Karl kümmert sich um den Garten, es ist seine Domäne." Ich erinnerte diese Sätze, weil den Garten keiner haben wollte.
Sehr gerade und hochgewachsen streckten die Blumen ihre dauerverdorrten Köpfchen gen Himmel. Erhört wurden sie nicht und nirgendwo zeigten sich vergebliche Mühen so sehr wie an diesem Ort, an dem selbst der umsorgte Rasen kratzig blieb.
Aber gelacht haben sie hier und getrunken. Das konnte man gut mit Karl und Luise, die immer am meisten trank. Das konnte man gut, sagte Gerhard und griff ihr an den Po.

Ein paar Jahre später, als sie nicht mehr nachts zusammen tranken und der Polizist das erste Mal wieder hier war, weil Karl erschlagen worden war, sah er aus dem Fenster. Vielleicht erinnerte er sich und dachte über die Zeit nach und über den Garten, der endlich aufgeblüht war und wild und zerzaust seine Freiheit genoss. Nur manchmal wuchs eine Blume zwischen dem Gestrüpp. Die Magistrale war ganz verschwunden.

Der Polizist notierte alles. Er war sorgfältig, aber: „Es fehlt die Kontur", sagte er. Der Mörder blieb immer nur der Fremde mit der Axt: Ein Mann ohne Gründe, ohne Hände, ohne Spuren, ohne Beute.
„Wir werden ihn jagen", sagte der Polizist mit hängenden Schultern. Er und sein junger Kollege; wie sollte das gehen?

Wenige Tage nach dem Mord an ihrem Mann Karl starb auch Luise. Herz tot. „Aus Gram", hatte der Doktor gesagt. So wie der Polizist Gerhard kam auch er aus dem Dorf, hatte auch er früher hier gesessen und sich im unwirtlichen Garten neben trockenen Tulpenreihen mit Karl und Luise besoffen.

Karl war jetzt tot.
Am Morgen nach der Tat war Luise noch ein Mal heruntergekommen.
Mit Vera und mir saß sie stumm ein paar Minuten am Küchentisch; eine entrückte Gemeinschaft, die nicht wusste, welchem der Gefühle sie mehr trauen sollten, der Trauer, dem Entsetzen, der Enttäuschung …
Die Mutter blickte nach unten. Sie wirkte entspannt, fast erleichtert, aber auch verwirrt, so als ob sie etwas verloren hatte, von dem sie nicht wusste, was es war.
Sie lüpfte ihren Morgenmantel, das weiße Nachthemd blitzte hervor und es waren Blutspritzer darauf. Auf Veras Geheiß zog die Mutter ein frisches Hemd an. Sie hatte es kaum gewechselt, da starb sie; einfach so. In reinlich blauem Hemd, dem Himmel nah.

Mit einem einzigen Schlag war die erträumte Freiheit verwirkt.
Und alle waren dabei. Vera auch.
Immer wieder sah ich sie jetzt vor mir.

Weißt du nicht, dass ich dein Foto nicht sehen konnte?

41

Es klopfte an der Haustür und ich bat den Polizisten, hereinzukommen.
Die Uhr schlug acht, es war schon dunkel und ich gerade aufgestanden.
„Soll ich?“, fragte er.
Dann ging er durchs Haus und kam nicht zurück. Ich hatte Kaffee gekocht und saß am Küchentisch. Als es zu lang dauerte, ging ich zur Tür, und plötzlich stand er vor mir.
„Haben Sie sich Fotos angesehen?“
„Machen Sie Witze? Wie sollte ich?“

„Ich habe diese Fotos oben auf dem Tisch in Ihrem Schlafzimmer gefunden."
Er gab mir einen Packen lose Fotos in die Hand, die ich sofort fallen ließ. Er sammelte sie auf und breitete sie auf dem Tisch aus. Es waren etwa zwanzig Fotos, schwarz-weiß, wie er mir sagte.
„Ich kenne diese Bilder nicht. Was ist darauf zu sehen?"
„Ein karger Garten, zwei Kinder, ich nehme an, das sind Sie und Ihre Schwester. Ihre Eltern, manchmal nur der Vater, manchmal nur die Mutter, manchmal zu viert. Alle Fotos sind draußen aufgenommen. Niemand lacht. Nicht eine einzige Person lacht. Das fällt auf."
„Alte Fotos?"
„Alt, ja. Wenn es Ihre Schwester war, die sie hingelegt hat, weiß sie nicht, dass Sie blind sind."
„Ah, jetzt wird der Polizist aktiv."
„Nein. Ich denke nach, das ist alles. Auf der Rückseite steht nur die Jahreszahl 1983. Ist das nicht das Todesjahr Ihres Vaters?"
Der Polizist saß mit mir am Tisch und machte sich am Zucker zu schaffen. Dann rührte er minutenlang in der Tasse.
„Ja."
Ich wurde plötzlich müde, konnte fühlen, wie meine Energie aus dem Körper gezogen wurde.
„Mein Vater hat damals den Fall untersucht."
„Ich erinnere mich. Er war ein Freund meiner Eltern."
„Ich war ein elfjähriger Junge und in der Nacht, als er nach Hause kam, hörte ich ihn unten in der Küche weinen, das erste und einzige Mal, dass ich ihn so sah. Es war, als hätte ich ihn zum ersten Mal nackt gesehen."
Ich folgte dem Impuls wegzulaufen und stand auf. Ich stellte mich vor das Fenster, so, als könne ich hinaussehen.
„Haben Sie Hunger?"
„Meine Mutter hat dann eine Flasche Grappa aus dem Schrank geholt, und es wurde eine laute, lange Nacht. Ich saß die ganze Zeit auf der Treppe und hörte ihrem Klagelied zu."

„Ich könnte Spaghetti machen."
„Mein Vater hatte seine ganz eigene Theorie dazu."
Weil ich befürchtete, er würde ausführlicher werden, fragte ich ihn noch einmal, ob ich kochen sollte.
Ich fing an Zwiebeln zu schneiden und der Polizist trank die dritte Tasse Kaffee. Ich fragte ihn, ob er ein Glas Wein haben wollte, aber er trinke keinen Alkohol, sagte er. Ein Erbe der Familie.
Obwohl der Vater Polizist war, habe er zu viel getrunken.
„Und wodurch schützen Sie sich?", fragte der Polizist plötzlich.
„Früher brauchte ich Bücher, um mich sicher zu fühlen."
„Sich sicher zu fühlen?"
„Es ist klar, dass Sie auf diese Formulierung anspringen."
„Heute nicht mehr?"
„Nein."
„Und was brauchen Sie heute für Ihre Sicherheit?"
„Ruhe."
„Man sagt, Sie leben unterm Berg."
„Unterm Berg? Und was soll es heißen?"
„Sie sind nicht da."
„Stimmt. Ich lebe vorwiegend in der Nacht, falls Sie das meinen."
„Die Leute sagen, Sie hätten genug von uns, deshalb seien Sie *abgetaucht*."
„Ein seltsames Wort. Und was denken Sie?"
„Ich kenne Sie ja kaum. Aber mein Vater kannte Sie ja ganz gut."
„Mich weniger. Eher meine Eltern."
„Er mochte Sie. Ihre Eigensinnigkeit. Das hat ihm imponiert. Er hat Sie immer in Schutz genommen. Später noch, bis zu seinem Tod."
„In Schutz genommen? Vor wem?"
„Es wurde viel über Sie geredet. Sie seien abgetaucht wie ein Krimineller, haben die Leute gesagt."
„Wie ein Krimineller?"
„Ja, wie einer, der sich verstecken muss."
„Ich hatte nur keine Lust."

„Auf uns.“
„Ja.“
„Das hat mein Vater auch gesagt: Man würde ja sehen, selbst wenn man sich zurückzöge, würde man Opfer von Gequatsche. Das sei genau das, was Sie vermeiden wollten, hat er gesagt.“
„Und was denken Sie?“
„Was ist dagegen zu sagen, dass man quatscht? Das ist doch normal.“
Er lachte und es fiel mir auf, dass ich seinen Namen nicht kannte.
„Benno“, sagte er.
Ich deckte den Tisch und Benno sagte, man würde nicht merken, dass ich blind sei, so wie ich mich in der Küche bewegte.
Auch eine Lebensleistung, dachte ich.
„Warum sind Sie nie von hier weggegangen?“
„Weglaufen ging nicht.“
„Ihre Schwester hat es versucht.“
„Ja, und jetzt kommt sie zurück. Auf Knien angekrochen. Dreißig Jahre lang hat sie sich täuschen lassen von der Idee, ein neuer Ort könne die Familienbande endlich zerschneiden. Es hat nicht geholfen und sie ist das geblieben, was sie immer war.“
„Nämlich?“
„Nämlich ein Mädchen, das ohne den großen Bruder nicht leben kann. Das Einzige, was sie heute von damals unterscheidet, ist die Wahl ihrer Mittel.“
„Sie gehen hart mit ihr ins Gericht.“
„Sie wird mit mir ins Gericht gehen. Deshalb ist sie gekommen.“
„Wie lautet die Anklage?“
„Die anderen haben es Größenwahn genannt.“
„Und Sie, wie nennen Sie es?“
„Ich habe dafür keinen Namen. Ich würde sagen: Ich habe gehandelt, die anderen haben zugesehen. Dann kam die Strafe.“
„Die Erblindung?“
„Ja. Sie hat mir Vernunft aufgezwungen.“
„Hat das Schicksal den anderen in die Karten gespielt?“
„Inwiefern?“

„Nun, wenn Ihre Erblindung eine Strafe für Ihr Handeln war, dann kam sie von oben. Es war ein Schicksalsschlag. Das Schicksal hat übernommen und niemand sonst musste gegen Sie die Hand erheben. Das meine ich."

„Von Gottes Gnaden, meinen Sie? Früher habe ich das nie gedacht. Heute rede ich manchmal zu Gott. Aber es war nicht der Schlag, sondern die zu große Geste. Die Strafe war entsprechend. Sie pfiff mich zurück und die Gesten konnten kleiner nicht werden."

„Welchen Schlag meinen Sie?"

„Den Schlag des Schicksals. Das hatten *Sie* doch so gesagt."

„Und der Größenwahn, ist er trotzdem geblieben?"

„Vielleicht. Aber, wie das Wort es schon sagt: große Gesten gehören dazu."

„Der Größenwahn muss raus."

„Unbedingt. Es ist eine psychische Disposition, aber zu bedauern bin ich nicht."

„Und schuldig?"

„Menschen, die etwas tun, sind immer schuldig."

„So einfach ist es nicht, glaube ich. Es hat doch immer auch damit zu tun, *wie* man handelt und was das Handeln auslöst. Auch mit Nichtstun machen sich Menschen schuldig. Insofern würde ich Sie gern noch einmal fragen."

„Ob ich schuldig bin?"

„Ja. Und kommen Sie mir nicht mit der Erbsünde."

Ich antwortete nicht.

42

„Es ist Stress. Es ist die Person, die sich in meiner Wohnung zu schaffen macht, während ich weg bin."

„Ist die immer noch da? Ich denke, Sie haben ein neues Schloss einbauen lassen", sagte Notburg.

„Ja, aber ich schließe nicht ab. Und einen Tag davor lag in meinem Badezimmer eine Parfumflasche zerplatzt auf dem Boden."

„Von Ihnen?"

„Nicht von mir. Es war das Parfum meiner Mutter."
„Ihrer Mutter? Und es gehörte nicht Ihnen?"
„Nein, natürlich nicht. Warum sollte ich eine Parfumflasche meiner toten Mutter aufbewahren!"
„Sagen Sie mal, sind Sie naiv oder verweigern Sie sich den Tatsachen?"
„Ich verweigere mich! Deshalb bin ich blind geworden."
„Das eine hat mit dem anderen nichts zu tun."
„Könnten Sie mir meine fünf Bücher mitgeben? Ich will sie lesen."
„Jetzt?"
„Ja, jetzt. Ich will sie lesen, will wissen, was ich geschrieben habe. Was ist daran so bedeutungsvoll, so besonders für Sie?"
„Nichts. Und besonders ist nicht, dass Sie sie jetzt lesen wollen, sondern, dass Sie bisher abgelehnt haben, sie zu lesen."
Notburg war grimmig und packte die Bücher in eine Tüte.
„Haben Sie mit Luise über mich gesprochen?", fragte ich ihn.
„Mit Luise? Wie kommen Sie jetzt auf Luise?"
„Warum nicht. Es interessiert mich."
„Ja, ich habe von Ihnen gesprochen."
„Warum?"
„Warum denn nicht? Das ist doch ganz normal, dass man sich nach den Freunden derjenigen erkundigt, mit dem man Zeit verbringt."
„Desjenigen, in den man verliebt ist."
„Nennen Sie es, wie Sie wollen, Kulp!"
„Ich nenne es, wie es ist, nicht wie ich es will."
„Meinetwegen. Jedenfalls habe ich mit Verlaub über Sie gesprochen. Schließlich sehen wir uns täglich und da fragt man schon mal nach."
„Sie hat nachgefragt?"
„Mein Gott, Kulp, was ist denn so Besonderes daran. Sie hat nach Ihnen gefragt, ja! Und ich habe von Ihnen gesprochen."
Ich musste mich setzen. Früher hätte ich gesagt: Mir wurde schwarz vor Augen. „Warum sind Sie denn so ungehalten, Notburg?"

„Wenn Sie es genau wissen wollen: wir haben etwa fünf Minuten lang über Sie gesprochen. Fünf Minuten!"
Notburg verhielt sich so, als habe er etwas falsch gemacht, und ich versuchte ihn zu beruhigen. Am Ende wurde er versöhnlicher.
„Sie hat Ihre Bücher gesehen."
„Gesehen oder gelesen?"
„Sie sagt: Wenn sie sie liest, fällt sie hinein. Ein seltsamer Satz. Was kann sie damit gemeint haben?"
„Woher soll ich das wissen, Notburg? Vielleicht haben Sie zu viel Schlechtes über mich erzählt."
„Seien Sie nicht kindisch, Kulp."
„Glauben Sie, dass sie die Bücher lesen wird?"
„Nein. Ich glaube nicht. Einen kurzen Moment lang dachte ich, sie hat Angst vor den Büchern."
„Vor meinen?"
„Ja, vor Ihren. Aber das ist natürlich Unsinn. Es muss etwas anderes sein."
„Vielleicht kann sie mit Büchern nichts anfangen."
„Oh, nein! Sie ist sehr bewandert. Vor allem gestalterisch und technisch. Sie kennt sich aus."
„Also interessiert sie die Form, nicht der Inhalt."
„Sie weiß viel über die Herstellungsart von Büchern. Sie ist Buchbinderin."
„Buchbinderin?"
„Ja. Buchbinderin. Aber, wenn es Sie beruhigt: sie liest auch."
„Ist sie zartbesaitet?"
„Nachdenklich, würde ich sagen. Traurig passt auch."

Zu Hause angekommen legte ich die Bücherkiste im Regal ab.
Insgesamt waren es mit den Belegexemplaren etwa zwanzig.
Für wen, Notburg, für wen?
Ich lese sie nicht, dachte ich. Sie würden mir eine falsche Wahrheit zeigen.

Was für ein beschissenes Interview hatte ich Notburg gegeben: Die Geschichte eines Blinden, der froh ist, blind zu sein, weil er nichts mehr fürchtete als Langeweile und Sicherheit. Lächerlich geradezu.
Ich saß im Glashaus.
Das gab es zum Thema Sicherheit zu sagen.

43

Ich saß nachts in der Kirche auf der Holzbank in der zweiten Reihe.
Es war kalt und es roch nach Weihrauch und Stein.
Ich suche nichts, Gott.
Ich rief laut in die Stille: Ich suche nichts!
Seit einiger Zeit kam ich jede Nacht.
Ich blieb eine, manchmal zwei Stunden und dachte nach.
Es hat nicht gereicht, Gott, oder? Es hat nicht gereicht. Der Gesang damals hat nicht geholfen.
Hast du uns nicht gehört?
Und mich? Hast du mich nicht gehört?
Vielleicht hast du es damals schon gewusst. Hast dem Vater das Sterbebett entzogen, auf dem er sich so gerne liegen sah. Erpresserisch hat er uns allen jahrelang wieder und wieder vor Augen geführt, wie vereinsamt und vernachlässigt er dort liegen würde, weil die Familie ihm die verdiente Zuwendung nicht würde geben wollen. Hätte es dieses Sterbebett tatsächlich gegeben, ich hätte ihm gerne draufgepisst, das kann ich dir sagen.
Der Vater hatte damit die fehlende Liebe angemahnt und uns zu Schuldigen gemacht. Aber getan hat er selbst nichts und blieb ewig schuldlos. Hat seine Frau nicht angesehen, nicht einen ihrer Wünsche erahnen wollen, und auch uns kaum eines Blickes gewürdigt. Das hast du doch gesehen, Gott. Da war nichts Böses, nein, nur Gleichgültigkeit und Zuweisungen, Unausgesprochenes und eben doch Böses, so wie in den meisten Familien. Aneinander vorbei und auf Gedeih und Verderb zusammen, bis zum Sterbebett, für das keiner was konnte.

Und immer ist es um Anstrengung gegangen. Immer nur um Anstrengung. Um Bemühen und Dienen und Rechtschaffenheit.
So blind kann ich gar nicht sein, wie sie es damals alle waren.
Ich habe es doch gesehen, Gott. Ich schon! Aber mir hast du die Augen genommen. Erst hast du mich als Werkzeug benutzt und mich dann mit Blindheit bestraft. Hat sie die Schuld ersetzt, Gott? Nimmt sie die Schuld von mir?
Die Unruhe in mir ist so nie wiedergekommen. Die Unzufriedenheit von damals, als ich jung war, das unerfüllte Begehren nach etwas Fernem, Weitem, Großem. Sie ist nicht zurückgekehrt. Mit einem Schlag war sie weg, die innere Unruhe, das Aufbegehren, der Wille, Gott, der Wille zur Macht, der Wille, ebenbürtig zu sein mit dir. Wie laut musste ich singen in deiner Kirche, damit du mich hörst? Du solltest mich hören und dann hast du geantwortet mit einem einzigen Schlag.
Meine Verteidigung: Alle sprechen in die Erde, nicht zum Himmel. Ist es nicht so, Gott?

44

Etwa zwei Wochen lang hatten meine Bücher bei mir im Regal gestanden, als ich mich entschloss, sie doch endlich selbst zu lesen. Ich dachte, ich müsse mir Gewissheit verschaffen, über das, was ich war oder eben nicht.
Ich hatte mir Tee gekocht und den kleinen Tisch freigeräumt, um mich mit Lesegerät und den Büchern – es waren fünf – dort zurückzuziehen. Ganz in Ruhe wollte ich sein, noch nicht einmal das Fenster öffnete ich, um vom Vogelgezwitscher nicht gestört zu werden.
Ich holte den Bücherkarton aus dem Regal im Wohnzimmer, stellte ihn auf den Tisch und nahm auf einem Holzstuhl Platz, der heute als Anklagebank fungierte. Denn heute tagte das Selbstgericht, das darüber zu urteilen hatte, wie sehr meine schriftstellerischen Fähigkeiten als solche zu werten waren.
Seltsamerweise war ich nervös, womit ich nicht gerechnet hatte. Natürlich war ich nervös!

Jetzt würde ich es wissen, jetzt würde ich erfahren, ob ich ein Scharlatan, ein Stümper, ein Unbegabter oder eben ein Schriftsteller war. Jetzt würde es zutage kommen, jetzt, in diesem Moment der Wahrheit, die nur ich kannte, denn in diesem einen Fall gilt nur die eigene. Nicht umsonst hatte ich mich ihr jahrelang nicht gestellt. Ich war ein Feigling.

Also zitterten meine Hände ein bisschen und ich holte das erste Buch heraus. Ich strich über den Umschlag, es war Leinen und ich wog es in der Hand. Es war das zweite Buch, das von mir erschienen war, ich erkannte es am Format, denn es war etwas größer als die anderen und sehr schmal. Ich blätterte darin, und als ich an den Fingerkuppen brennende Schmerzen spürte, legte ich das Buch beiseite und versuchte die Art des Schmerzes zu erfassen.

Konnte die Tatsache, dass dieses Buch den Namen „Glassplitter" trug, mich dazu bringen, auf den Fingern Glassplitter zu fühlen? Ich nahm das Buch wieder, um es auf das Lesegerät zu legen, aber der Schmerz wurde stärker und ging auf die Hände über.

Wenn ich sehen könnte, würde mir die Rötung der Haut Auskunft darüber geben, ob ich einer Einbildung erlegen war oder nicht. Aber ich sah meine Hände nicht, merkte nur, dass sie weh taten, besonders die Fingerkuppen.

Ich ging ins Bad und wusch mir die Hände, aber die Splitter, oder was auch immer es war, hatten sich in meine Haut gekrallt. Ich rieb die Finger jetzt heftig aneinander, nahm die Bürste, schrubbte und ließ heißes Wasser über meine Hände laufen. Allmählich lösten sich die kleinen Teilchen.

Zurück in meinem Zimmer war ich kurz erleichtert.

Dann nicht mehr. War es die Berührung des Umschlags oder die der Seiten? Vielleicht war es gar nicht das Buch, sondern eine allergische Reaktion auf den Pappkarton, in dem die Bücher gelegen hatten.

Ich ließ die *Glassplitter* liegen und nahm ein anderes, kleineres Format aus der Kiste. Es war auch ein Leinenumschlag, dick, knubbelig fast, und Notburgs Lieblingsbuch. Das Leinen war grob und es roch nach Heu, was ich sehr mochte. Ich öffnete das Buch und

ließ das Papier durch meine Finger gleiten, bis ich wieder Splitter bemerkte.
Ich riss die Kiste auf, nahm ein Buch nach dem anderen heraus und je mehr Bücher ich anfasste, umso mehr schmerzten meine Hände.
„Scheiße!", schrie ich und mit einem großgestischen Wisch schlug ich Karton, Bücher und Geschirr zu Boden. Sollten sie schwimmen, die Bücher, sollten sie in Tee und Dreck schwimmen!
Ich war ein Schriftsteller, der beim Berühren der eigenen Texte allergische Reaktionen an den Händen zeigte.
Was für eine lächerliche Figur ich war; hockte auf dem Boden und weinte.

Notburg kam am Abend an den Zaun und ich bat ihn, kurz nach oben zu kommen.
„Bitte nehmen Sie ein Buch aus der Kiste."
Ich hörte ihn hantieren. Nach einer Weile sagte er: „Die Bücher sind untauglich."
„Was soll das heißen, *untauglich?*"
„Ganz einfach: man kann sie nicht anfassen. Sie greifen die Haut an. Mehr kann ich Ihnen dazu nicht sagen."
„Ist das bei Ihren Belegexemplaren auch so?"
„Nein, warum … ach, Sie meinen, weil ich sie Ihnen gegeben habe? Nein. Bei mir ist nicht *ein* Buch so. Vielleicht hat sie jemand behandelt."
„Behandelt …"
Nach intensiver Händewaschung nahmen wir andere Bücher aus dem Regal, die unversehrt waren.
„Das ist eine Verletzung, die Ihnen gilt. Ein Anschlag auf das, was Sie geschrieben haben!", rief Notburg.
Ich sagte, er übertreibe, aber nachts kotzte ich in mein Bett.

46

Das anfängliche Gefängnis, mein Elternhaus, hatte sich im Laufe der Jahre für mich zu einer behaglichen Höhle herausgebildet.

Von jeglichen Einflüssen abgeschirmt, lebte ich bis vor Kurzem hier ohne Störung und Ablenkung. Selbst das Telefon läutete nicht, es gab keine Klingel und nur wenige Menschen hatten den Drang, mich aufsuchen zu wollen. Auf diese Weise musste ich mich weder erklären noch rechtfertigen, ich war mein alleiniger Maßstab, und es lebte sich damit einsam, aber friedvoll.
Jetzt wurde die Höhle unterlaufen. Es kroch jemand herum.
Ein Dieb, der Dinge in das Objekt seiner Begierde hineinlegte, anstatt sie zu nehmen. Begierde? Oder eher das Gegenteil …
Jemand setzte Zeichen, legte Spuren wie ein Tier, und ich sollte verstehen. Seit dieser Unterwanderung im Haus blieb die Fratze in meinen Träumen weg, als hätten sie sich abgesprochen: *Jetzt bist du dran!,* und dann kam der Spurenleger, das Tier, das durch die Höhle stapfte und mich bekämpfte.
Was wollte es?
Ein Tier hat Hunger oder Angst, ein Tier hat Augen und sieht einen an, es will etwas und man muss verstehen, man gibt mehr oder weniger, entfernt sich, nähert sich, wendet sich ab, versteckt sich, wartet und das Tier tut dasselbe. Das Tier: ein Gegner.
Im Kampf entwickelt man gemeinsam Fertigkeiten, beäugt einander, wägt ab, urteilt, steigert sich, handelt gezielt, und irgendwann nimmt man die Axt und erschlägt es mit der stumpfen Seite, damit nichts spritzt. Oder das allesfressende Tier stürzt sich endlich auf einen und dann ist Ruhe.
Aber so war das nicht.
Das Tier hier legte Fährten und wollte damit etwas sagen.
Ansonsten blieb es feige im Hintergrund. Ein Dreckstier war das!

In meiner Vorstellung – und auch die kann sich ändern – spürte ich zunächst nur Augen, die mich anstarrten.
Ich wusste nicht, aus welcher Richtung sie glotzten, zu welcher Zeit und mit welcher Absicht. Am Anfang fühlte ich mich durch sie belächelt, dann bewertet, an den Pranger gestellt und schließlich für schuldig befunden.

Und ich stolperte in den Hinterlassenschaften des stummen Feindes umher, der – und damit konnte ich inzwischen rechnen – in regelmäßigen Abständen Ereignisse platzierte: aus seinem heimlichen Nest ließ er Dinge fallen, die ich aus meinem früheren Leben kannte und die langsam Macht über meine Gedanken ergriffen.
So rief das Parfum der Mutter Erinnerungen hervor, und wie damals roch es im Zimmer nach dem strengen Duft. Dann sah ich sie wieder vor mir. Mit der Decke auf dem Schoß saß sie im großen Zimmer auf dem Sofa.
Ich sah den Vater mit zerschossenem Bein durch den Flur humpeln. Vor der Garderobe bückte er sich, hatte Mühe dabei und stellte seinen einen Schuh auf den Boden.
Ich hörte ihn wieder umhergehen, auch nachts, hörte das rhythmische Klacken des Stocks, Klack, Klack, Klack, so wie damals. Meine Schwester und ich waren mit diesem Geräusch aufgewachsen, wussten immer, wann und wo der Vater sich im Haus befand, der Stock war seine Stimme und damit hatte er zwei.
Die Mutter auch. Sie hatte das Schweigen, das neben den ruhig gesprochenen Worten schrie.
Tagsüber wurde wenig gesprochen.
Der Mutter tat die Seele weh. Sie sagte nichts, beklagte sich nachts, heimlich, wenn es nur der Vater hörte, sonst schwieg sie, auch wenn sie unglücklich war oder gerade dann.
Dem Vater tat die Seele weh.
Er kam aus dem Krieg zurück. Zu früh. Zu früh kam er zurück und hatte doch noch so vieles ausrichten wollen und jetzt war er ein Krüppel. Es war alles anders als vorher, das hatte die Großmutter erzählt. Der Krieg hatte ihn verändert.
Das Wort *versehrt* hatte er für sich benutzt, jetzt benutzte ich es für mich.
Die Eltern blieben immer allein. Wir Kinder sprachen über ihr Leid, über meine Mutter, die so wenig von dem hatte, was sie sich wahrscheinlich wünschte und wovon wir alle nicht wussten, was es hätte sein können.

Und der Vater, der mit dem Leben an sich haderte und das Sterbebett ersehnte.
Manchmal weinte Vera. „Mich siehst du auch nicht“, sagte sie.
„Aber natürlich, meine Kleine, natürlich sehe ich dich“, hatte ich ihr geantwortet. Sie lächelte wieder und ich war zufrieden.

47

Ich saß an meinem Schreibtisch. Es war ausnahmsweise nachmittags. Die Wanduhr in der Küche schlug gerade 16 Uhr.
Notburg hatte mich um eine Kurzgeschichte gebeten, die er in einer Anthologie mit anderen Autoren demnächst herausbringen wollte.
Ich hatte ihm gesagt, dass ich zu einer Geschichte nicht in der Lage sei und er ließ mir die Entscheidung offen, nicht ohne Enttäuschung zu zeigen.
Über den Inhalt hatte ich freie Hand, und so wollte ich den Nachmittag nutzen, einen Versuch zu unternehmen, von dem Notburg nichts wusste.

Eine Geschichte. Früher, immer hatte ich nach einer Geschichte gesucht, einer echten Geschichte, die zu erzählen lohnend und für andere lesenswert gewesen wäre. Eine Geschichte mit Anfang und Ende, was auch immer das bedeutete oder was ich darunter verstand: ich wollte etwas erzählen, früher schon.
Geradezu besessen hatte ich mich schreibend der Suche nach einer Geschichte gewidmet, und: ich hatte nichts gefunden.
So saß ich seit Langem mal wieder am Rechner und die Stimme sprach mir vor und nach, was ich gerade geschrieben hatte.
Starrte ich nicht immer auf mich selbst, wenn ich schrieb, egal, was ich schrieb?
Themen hätte es gegeben. Immer wieder schlich ich gedanklich um sie herum, auch jetzt wieder schrieb ich manche Anfangszeile, manch ersten Absatz, prüfte Sinn und Glaubwürdigkeit und verwarf am Ende jeden erzählerischen Einfall, weil er nichts weiter war als erzählerischer Einfall.

Ich war gefangen und schrieb weiter: ein erster Satz, ein zweiter, dann aber flüchtete ich aus vermeintlicher Handlung in das Schildern von Ziel und Absicht, über meine körperliche Verfassung, über äußere Bedingungen wie örtliche und zeitliche Disposition, die mir, die dem Schreiben zu- oder abträglich waren, über die Gründe, überhaupt Texte verfassen zu wollen, vielleicht zu müssen. Ich kam über das Darstellen des Schreibens nicht hinaus, ich klebte am Phänomen und kein einziger Gedanke hielt den Annahmen und Theorien stand. Ich dachte an Notburg und seine Schreibversuche, ich prüfte, und dann zerlegte ich jede mögliche Idee in Grund und Boden.
Jeder Mensch braucht eine Geschichte.
Jeder Mensch hat eine Geschichte.
Und während ich diesen Satz schrieb: *Ich selbst bin die Geschichte,* spürte ich, dass jemand im Zimmer war. *Das,* dachte ich, ist meine Scheißgeschichte.

Ein Lufthauch stiftete Unruhe.
Ich sprang vom Stuhl und horchte, aber es war still. Mit einem Mal war auch das Zwitschern der Vögel verstummt.
„Wo sind Sie?"
Innerhalb von Sekunden lief mir der Schweiß die Stirn herunter und ich stand immer noch an meinem Tisch. Es war nicht mehr still. Jemand ging unbekümmert im Zimmer umher, der Boden knarrte und ich konnte verfolgen, wo er sich aufhielt.
„Raus hier! Verschwinden Sie aus meinen Räumen, verschwinden Sie sofort!" Ich war ein zuckender Mensch mit verzerrtem Gesicht und leerem Blick, stand in Aufregung und konnte nichts weiter, als aufgeregt sein.
Dann hörte ich, wie eine Kiste ausgepackt und Gegenstände auf den Tisch gestellt wurden. Jetzt wurde er verschoben. Ich hörte ein Sprühgeräusch, als würde jemand Haarspray benutzen, aber es roch anders, giftig. Es müsste blau sein, dachte ich. Das blaue Gift, davon hatte ich meiner Schwester erzählt, früher, lange war das her. Das

blaue Gift, das nur blaue Farbe war, die erst durch die Behauptung, Gift zu sein, zur Geschichte wurde.
Ich schwitzte immer noch.
Dann riss ich Bücher aus dem Regal und schmiss sie in Richtung des großen Tisches. Eins, zwei, drei.
Eine Minute, zwei vielleicht war es still.

Sie saß auf dem Sofa. Ich hörte das leise Quietschen.
Ich warf ein weiteres Buch in ihre Richtung.
„Vera? Warum sprichst du nicht? Ich weiß, dass du hier bist. Ich weiß es!"
Dann hörte ich wieder Schritte. Sie ging zum Fenster und öffnete es. Sie bewegte sich ungezwungen in meinen Räumen, ging umher, packte aus, machte ihre Dinge in aller Selbstverständlichkeit, als sei ich unsichtbar.
Wie seltsam. Das hatte sie immer von sich gesagt: Ich bin unsichtbar, hatte sie gesagt.
Ich tastete mich zu dem großen Tisch, an dem sie sich zu schaffen gemacht hatte, und plötzlich war ich sehr unsicher auf den Beinen, meine Raumorientierung war gestört. Dann erreichte ich ihn, berührte die dicke Platte, fuhr mit der flachen Hand darüber, um die Gegenstände herunterzuwerfen, aber sie war leer. Anscheinend hatte Vera mich getäuscht und die Sachen gleich wieder eingepackt. Das war mir entgangen. Eine Kiste konnte ich auch nicht finden. Wie leicht es war, mich zu täuschen.
Und was hätte ich überhaupt machen sollen? Was erwartete Vera von mir? Die Blindheit machte meine Beine zu Holzklötzen, ich war unbeweglich und stapfte tumb wie ein Riese durch meine Räume, die mir entrissen waren, meine Wohn- und Denkräume, mein Haus; ich war Veras Tun ausgeliefert und sie konnte über mich verfügen, mich zu einem unbeholfenen Tanzbären machen, der nach etwas suchte, was am Ende nicht da war. Ein Scheiß-Kinderspiel.

„Vera! Sprich mit mir! Lass uns reden!"

Ich fuchtelte mit den Armen in der Luft herum, denn ich hatte den Eindruck, dass sie jetzt direkt vor mir stand. Wahrscheinlich starrte sie mich an, sah einen greisen Glatzkopf ohne Augen. Sicher war sie schockiert.
Es hatte mit einem Mal kurz anders gerochen, ein Lufthauch hatte den Geruch zu mir getragen, einen Geruch, den ich von früher kannte, er war direkt in meine Nase gestiegen und ich sah sie vor mir.
Ich tat einen Schritt nach vorne, dann zur Seite und als sie nichts, kein einziges Wort sagte, nichts, nichts sagte, schrie ich plötzlich so laut ich konnte, ich brüllte einen einzigen Schrei, einen einzigen … und dann ging die Tür.

48

Benno hatte erkannt, dass er am Abend kommen musste, um mich anzutreffen, und suchte im Haus nach neuen Zeichen des Eindringlings.
Sein eifriges Interesse beunruhigte mich. Vielleicht war es auch Ehrgeiz oder der Vater war der Grabesstille überdrüssig und flüsterte dem Sohn dunkle Gedanken ein, die er sich selbst damals nicht zugestanden hatte.

Als er wieder nach unten kam – diesmal hatte er nichts gefunden –, setzten wir uns in die Küche. Verhör' mich, dachte ich. Verhör' mich. Wir sprachen über unser Dorf, das Dorf im Vogelsberg, in dem wir beide seit unserer Kindheit lebten.
Ich wunderte mich über meine Redseligkeit. Irgendetwas spornte mich an. Ich fühlte mich wie jemand, der mit dünnrädrigem Fahrrad über steiniges Gelände fuhr. Lange schon hatte ich mich nicht mehr so hinreißen lassen. Es begann wie früher unternehmungslustig, dann aber nahm die Tour an halsbrecherischer Fahrt auf.
Und so sprach ich über die Menschen im Dorf, die da in grünromantischer Landschaft lebten und mir immer fremd geblieben waren. Benno ging es nicht so. Er fühlte sich hier wohl, sagte er, wollte nie weg.

Sein Einwand ließ mich unbeeindruckt und ich sprach weiter, als müsse ich irgendein verdammtes Ziel erreichen.
„Bis heute wetteifert jedes Dorf in der Umgebung darum, das Schönste zu sein. Blumen werden gepflanzt, jede Mauer damit geschmückt, jeder Parkplatz, jeder Treppenaufgang, ob privat oder offiziell. Das war früher so und es ist – so hat Notburg es mir bestätigt – heute immer noch so. Die Blumenkübel wachsen aus dem Boden wie Unkraut."
Ich fing an, das Dorf und die Umstände, in denen wir unsere Kindheit verlebt hatten, zu beschreiben. Manchmal ging Benno vorsichtig dazwischen, aber meine Worte rollten nur so über uns hinweg; ich konnte sie nicht aufhalten: „So wie heute sollten die Blumen den Boden heilig machen, und die Menschen zu ordnungsliebenden Eiferern, deren Hang zur Verschönerung – vor allem ihres eigenen häuslichen Vorplatzes – nicht darüber hinwegtäuschte, dass sie sich im Grunde ihres Herzens weder für die Natur noch für sich selbst, geschweige denn für andere Menschen interessierten. Die Blumen waren Zeichen für Fleiß und Rechtschaffenheit und natürlich für Wohlstand, deren abgestumpfte Angepasstheit sich im zwanghaften Pflanzen von Hortensien und dem entsprechend sinnhaften Zurechtzimmern der Pflanzenkübel zeigte."
Benno lachte jetzt, amüsierte sich geradezu.
„Das Dorf war immer das Dorf und ich war immer ich."
Immer noch feixte Benno vor sich hin. Er hatte keine Ahnung und ich ärgerte mich plötzlich.
„Das Dorf als Gruppe. Das Dorf und seine Bewohner und ich."
„Sie gehörten nicht dazu?"
„Nein. Mutter, Vater und meine Schwester. Wie Insassen einer Anstalt, die sich gegenseitig beäugten."
„Beäugten?"
„Natürlich beäugten. Alle taten das."
„Und was genau soll das heißen?"
„Das Urteil ist schneller als der Blick. Und obwohl das Wort *beäugen* von Auge kommt, sahen sie nichts, nur sich selbst: ihren kleinen

Teppich, auf dem ihr kleiner Tisch stand, auf dem das kleine Essen serviert wurde, das fette Fleisch, das in Soße schwamm, immer sonntags. In der Woche dann die bescheidenen Würstchen."
„Sie sind arrogant", hörte ich Benno sagen, dem plötzlich nicht mehr zum Lachen war. Ich sprach weiter.
„Und abends sah man Derrick und holte sich das Dunkle ins Zimmer, das Dunkle, das doch viel heller war als das sparsame Licht, das man selbst zu sein hatte, denn das war der Auftrag: ein rechtes Leben zu führen. Zuerst urteilte man, ob der Held der Geschichte ein rechtes Leben führte, dann hoffte man, dass der bescheidene Derrick Unrechtes wieder in Ordnung brachte, und das tat er. Und immer war man sich einig.
Das Richtige wurde weitergegeben an Sohn und Tochter, auch der Glaube, den man selbst nicht hatte. Deshalb auch kam die Mutter vor dem Schlafen noch mal ins Zimmer und sprach das Nachtgebet und bat Gottvater: *Lass die Augen dein über meinem Bette sein. Hab ich Unrecht heut getan, sieh es, lieber Gott, nicht an.* Man wusste ja nie … wenn es ihn doch gab, hatte man mit dem Bitten vorgesorgt. Dabei ging es nicht um Sorge. Das Kümmern wurde in die Zukunft verlagert und verdrängte das, was in der Gegenwart leider nicht zu beklagen war. Und mit diesem Blick auf das, was möglicherweise passieren könnte, wenn man dem lieben Gott zu wenig Beachtung schenkte, schickte man sicherheitshalber ein paar Worte in den Himmel, die man Gebet nannte.
Gott also sollte die Augen über dem Bette haben und wenn der Vater im Himmel nichts sah, war da auch nichts, kein Unrecht, so hatte es die Mutter gesagt. Aber Mutter, sieht denn der liebe Gott nicht alles? Schlaf jetzt, mein Junge, sagte die Mutter und rückte die Bettdecke zurecht. Schlaf jetzt. Und nachts träumten wir heimlich, tags dachten wir heimlich und der liebe Gott war zufrieden, weil er nicht sehen musste, was ihm nicht gefiel und weil er gut war und man weiter an das Gute glauben wollte, an das Gute, das es nicht gab. Und dann bat die Mutter den Vater im Himmel, er möge den Mond die *stille Welt* besehen lassen.

Aber die Welt war nicht still, und das Wort ‚besehen' hatte Gott nicht verstanden und deshalb beäugte er, so wie die anderen nur beäugten."
Benno saß mir am Tisch gegenüber und rührte in der Teetasse.
„Ich weiß, was Sie meinen", sagte er plötzlich.
„Ach, ja?"
„Ja, natürlich weiß ich, was Sie meinen. Denken Sie, nur Sie haben eine Familiengeschichte, die auf der Idee von etwas aufgebaut ist? Glauben Sie, nur Sie waren und sind von Irrtümern und Abgründen umgeben?"
Es war, als würde ein anderer Mensch zu mir sprechen. „Ihr Nachtgebet mit Ihrer Mutter, der Sie Unehrlichkeit vorwerfen – dass ich nicht lache! Mein Vater kam nachts auch in mein Zimmer, das kann ich Ihnen sagen. Da hat er nicht gebetet. Da hat er gewimmert, gesäuselt und gestunken. Mein Vater war ein Polizist und ein Säufer und niemand, niemand durfte es erfahren. Dieses Versprechen hatten wir ihm gegeben. Es klebte mit der Liebe zusammen. Verstehen Sie das?
Wir haben auch Derrick gesehen abends, ich saß auf dem Sofa mit zusammengepressten Schenkeln, weil ich Angst hatte, ich würde meinen Vater im Nebenzimmer umfallen hören, während er sich die Kante gab und während Derrick meiner Mutter und mir zeigte, wie ein ehrlicher, guter Polizist eigentlich zu sein hatte. Und dann kam der Knall aus dem Nebenzimmer, und danach das Geschrei. Jeden Abend, jeden verdammten Abend!"
Dann brach Benno plötzlich ab. Seine Stimme war laut geworden und rau. Ein paar Minuten lang waren wir still, dann hörte ich, wie er zum Fenster ging und es öffnete.
Ich saß am Tisch und dachte über das nach, was ich gerade erlebt hatte und sonst nur aus der Perspektive Bennos kannte.
Seine Worte waren so unvermittelt und ungebremst gekommen, so unbeherrscht und dringlich, dass ich jetzt lächelte. Ich war auf seltsame Weise überrascht, denn ich erkannte mich selbst, ich erkannte einen Mann, der schrie, weil er plötzlich einen Einfall hatte, der ihm in diesem einen Moment wichtig erschien und der nicht aufzuhalten war.

Wissen Sie eigentlich, wie ähnlich wir uns sind? Hätte ich gern gesagt. Aber ich sagte es nicht.
„Entschuldigen Sie diesen Ausbruch eben. Ich weiß nicht, warum ich mich habe so hinreißen lassen."
Mir schoss der erste Satz aus einem Buch von Heimito von Doderer in den Kopf. „Jeder bekommt seine Kindheit über den Kopf gestülpt wie einen Eimer."
Als Benno sich verabschiedete, gab er mir die Hand.

48

„Sie müssen sie kennenlernen."
„Luise?"
„Ja. Ich möchte, dass Sie sich ein Bild von ihr machen."
„Sie verlangen zu viel von mir."
„Sie wissen, wie ich das meine. Ich möchte, dass Sie sich mal unterhalten."
„Will sie das auch?"
„Das weiß ich nicht. Sie ist schüchtern. Ich kann es Ihnen nicht sagen. Aber ich denke, Sie werden sich mögen. Sie haben durchaus Gemeinsamkeiten."
„Gemeinsamkeiten?"
„Sie haben beide eine Begabung zur Verschrobenheit."
„Eine Begabung zur Verschrobenheit … Sie sollten *doch* schreiben, Notburg."
„Im Ernst. Ich möchte, dass Sie zum Abendessen kommen. Ich werde kochen."
„Eine offizielle Einladung, Notburg. Das ist ja Jahre her! Ich weiß nicht, ob ich das schaffe …"
„Ich bitte Sie darum."

49

Die letzten Tage waren ruhiger und ich erfreute mich an neuem Haarflaum auf dem Kopf und der ersten Bartrasur seit vier Wochen.

Das Wetter wurde frühlingshaft, die Nächte weniger kalt und ich war erleichtert, weil ich Notburg gestanden hatte, dass ich den Krimi nicht schreiben würde.
Das allerdings war für den Verleger ein harter Rückschlag, weil er die hoffnungsvolle Neuerscheinung schon in Presse und Werbung angekündigt hatte und jetzt Verschiebung argumentieren musste.
Noch nicht einmal die würde es geben, hatte ich gesagt.
Notburg sprach von Verpflichtung und Vertrag und der Erwartung, das bisher Verfasste wenigstens überlassen zu bekommen, was ich ihm zugestand, indem ich ihm das bis dahin Geschriebene zum Lesen mitgab.
Jetzt fühlte ich mich frei von dieser Belastung, einen großen zusammenhängenden Text schreiben zu müssen, überzeugt, dieser Aufgabe nicht und niemals gewachsen zu sein. Ich konnte nur Strohfeuer, kurze Abschnitte, kleine Episoden. Ein längerer Text entsprach nicht meinem Interesse, die Dramaturgie einer Gesamtheit forderte mich zu sehr heraus, und dies ging auf Kosten originärer spontaner Eingebungen. Ja, die lagen mir mehr, sagte ich mir.

50

„Vera?"

Ich ging in den Flur, ging leise, versuchte zu hören, ob mir jemand folgte, Schritte oder Atem, irgendetwas musste die Person, so es sie gab, verraten.
Und dann? Was würde geschehen?
Würde ich mich wie James Bond mannhaft auf das Subjekt stürzen und ihm auf die Birne hauen, es zur Rede stellen, fesseln – was auch immer?
Nichts dergleichen würde ich tun, weil ich nicht sah, wo die Person sich gerade befand. Vielleicht stand sie direkt hinter mir und selbst wenn ich sie zu fassen bekäme: sie würde mir ein Messer in die Rippen rammen oder eine Kugel durch den Leib jagen.

Mit ruhigen Schritten ging ich zur Tür, nahm Mantel und Stock und verließ das Haus. Es musste etwas geschehen. Etwas Grundsätzliches.
Die Luft war lau, es regnete nicht und ich setzte mich im Park auf eine Bank. In etwa zwei Stunden würde die Sonne aufgehen.

51

Ich wollte Notburg holen. Vielleicht würde er etwas sehen, etwas, das für mich nicht wahrnehmbar war, so wie das große Foto von Vera. Meine Welt war zu klein, sie reichte so weit, wie ich den Arm strecken und meine Hand einen Gegenstand berühren konnte.
Notburg kam am späten Nachmittag. Ich war kurz vorher aufgestanden und hatte in der Küche Kaffee gekocht.
„Sie haben mir die Polizei geschickt und jetzt kommt dieser Mann andauernd bei mir vorbei."
Notburg lachte dumm und ich sagte, dass der Polizist klug sei, ich aber nicht wisse, welche Absicht er verfolge.
„Was für eine Absicht sollte er haben, Kulp? Er will Ihnen zur Seite stehen. Schließlich werden Sie von irgendjemandem behelligt, vielleicht bedroht."
„Er will mehr wissen."
„Von was?"
„Von damals. Immer wieder spricht er davon. Sein Vater untersuchte damals den Fall. Es ist sehr aufreibend für mich und ich verbitte mir demnächst solche Art von Einmischungen, Notburg. Das müssen Sie mir versprechen."
„Ich hatte ja keine Ahnung. Es tut mir aufrichtig leid, glauben Sie mir."
„Ist ja gut, Notburg. Nur haben Sie mir damit einen echten Bärendienst erwiesen."
„Ja, haben Sie denn etwas zu befürchten?"
„Jetzt fangen Sie nicht auch noch an, ich bitte Sie. Aber als Ausgleich können Sie mir einen Gefallen tun."
„Aha."

„Geben Sie mir Ihre Augen und sagen Sie, was Sie sehen, Notburg. Beschreiben Sie jeden Raum hier im Haus, jedes Möbelstück, beschreiben Sie mir genau, wo die einzelnen Sachen stehen, ich will alles sehen, jeden Gegenstand."
„In jedem Raum?"
„Ja."
„Das kann Stunden dauern."
„Haben Sie noch was vor?"
„Nein. Also gut, fangen wir an."
Wir gingen von Raum zu Raum, wie vor ein paar Monaten, als Notburg zum ersten Mal in diesem Haus war.

„Nehmen Sie ein Buch", sagte ich schließlich, als wir nach zwei Stunden am Bücherregal standen. „Welches haben Sie genommen?"
„Ich habe nicht ausgewählt. Schuld und Sühne. Eine schöne Ausgabe haben Sie da. Aber …"
„Was aber?"
„Was haben Sie damit gemacht? Das Buch lässt sich nicht öffnen."
„Es lässt sich nicht öffnen?"
„Es ist verklebt. Zugeklebt. Warten Sie, ich nehme ein anderes Buch. Auch das ist zugeklebt. Ein fester Block, ein Klumpen. Man kann nicht blättern, aber es ist das Originalbuch."
„Sind Sie wahnsinnig? Nehmen Sie andere heraus, Notburg, ich bitte Sie."
„Egal, welche Bücher ich nehme … es tut mir leid."
„Das kann doch nicht sein! Erst werden meine Bücher mit irgendeiner Säure bestrichen und jetzt zu unnützen Papierklumpen gemacht. Das ist Zerstörung! Die pure Zerstörung!" Ich zitterte und musste mich setzen.
„Und wahrscheinlich war ich dabei, als sie das gemacht hat!"
„Wer ist *sie*?"
„Sie war hier! Sie hat sich hier in diesem Zimmer betätigt und mich vorgeführt, weil ich nichts sehen und nichts dagegen machen konnte. Das ist doch Wahnsinn! Was für ein ausgeklügeltes,

verdammtes Spiel ist denn das!" Ich sprang auf und trat gegen den Tisch, gegen das Sofa, gegen alles, was ich erwischen konnte. Notburg kam auf mich zu gestürzt und drückte mich auf einen Sessel.

„Sie müssen sich beruhigen, Kulp. So hat das doch alles keinen Sinn." Ich atmete schwer und hörte, dass auch Notburg nach Luft schnappte.

„Ich fühle mich wie ein alter Mann, Notburg."

„Wer *sie*, Kulp?"

„Keine Ahnung, verdammt noch mal!"

„Hinter jeder Aktion steht eine Botschaft. Diese heißt: *Du sollst nicht lesen!*", sagte Notburg, um Beruhigung bemüht.

„Sehr witzig. Ich kann nicht lesen."

„Doch, das können Sie. Mit dem Lesegerät. Aber Sie sollen es nicht. Wer verbietet Ihnen das? Überlegen Sie!"

„Ich weiß nicht, wer ein Interesse daran hat, dass ich nicht mehr lese. In jedem Fall ist meine Intimität zerstört. Und das alles kann nur geschehen, weil ich blind bin."

„Mensch, Kulp, hören Sie auf, sich selbst zu bemitleiden. Irgendetwas muss vorgefallen sein. Das gibt es doch gar nicht, dass Sie überhaupt keine Ahnung haben, wer das sein könnte. Sie haben eben von *sie* gesprochen. Warum *sie*?"

„Habe ich *sie* gesagt? Eine Person eben. Eine Person. Das kann doch alles nicht wahr sein!"

„Was kann dahinterstecken? Überlegen wir: Was passiert, wenn Sie nicht lesen?"

„Wenn ich nicht lese, muss ich selbst denken."

„Eben. Jemand will, dass Sie selbst denken. Anscheinend hat dieser Jemand den Eindruck, dass Denken nicht Ihre Stärke ist." Er lachte jetzt.

„Sie haben recht. Darüber kann man nur lachen!"

„Nicht nur. Sie sollen über etwas Bestimmtes nachdenken, darum geht es, Kulp!"

„Es geht nicht um Nachdenken, es geht um Erinnern. Ich weiß es doch längst!"

„Aber dann tun Sie doch endlich etwas, Kulp!“

Das Haus war jahrelang Segen und Fluch für mich. Es hatte mir Abgeschirmtheit und Einengung, Einsamkeit und Unabhängigkeit beschert.
Jetzt waren die Wände plötzlich dünn, die Türen nicht mehr geschlossen, weil ich nicht mehr der Einzige war, der sie öffnete. Vera, die ich vergessen hatte, forderte Erinnerung ein und ich erinnerte mich. Ich sah alles, wusste alles, verstand alles.
Dann wurde ich ohnmächtig.

52

Als ich aufwachte, war eine Schwester bei mir. Ich hatte Fieber, sagte sie und dass ich geweint hätte. Meine Brust zog sich zusammen. Wie es mir ginge, wollte die Schwester wissen. Sie war freundlich, und wie seltsam, dass ich das erste Mal bei dieser Frage nicht das Gefühl von Betulichkeit hatte. Ich wollte antworten, aber jeder Ton blieb in der Brust, in mir.
Nach weiteren zwei Tagen saß die Schwester wieder am Bett. Sie sagte, es würde wieder werden. Ein Nervenzusammenbruch sei das gewesen. Ich solle mich schonen und dann kämen die Erinnerungen wieder.
Wollte ich das überhaupt?

Vera wäre vom Eiffelturm gesprungen, wenn ich gesagt hätte, es sei nicht gefährlich. Vieles hatte sie von mir gelernt. Mutter sagte: „Den Eifer, sieh dir den Eifer deines Bruders an.“ Sie nahm ihn auf ihre Weise: verdeckt. Verdeckter Eifer – Sprengstoff in ihrer Seele. Manchmal wollte er raus.
Auch bei mir: Irgendetwas wollte immer raus.
Der Eifer gehörte ganz mir. Manisches Interesse an Informationen, so hatte ich es im Interview gesagt. Es war Maßlosigkeit. Auch Blindwütigkeit – wie passend dieses Wort damals schon war! Vielleicht Gier. Alles wollte ich haben, alles besitzen, musste mich

schützen. Mich und uns. Ich nahm alles und gab alles. Die kleine Schwester klammerte sich an mich und ließ mich fallen und ich tat dasselbe mit ihr. Sie liebte diese Unbedingtheit. Gabriele auch. Sie sagte: lebensnah, todesnah.
Dann schlief ich ein im Fieber.

„Du nimmst alles wichtig", hast du gesagt. Ja, aber man muss doch bestehen, muss unbedingt bestehen, darum geht es doch, und du, ihr, ihr alle habt genommen, habt gierig geschluckt, was ich euch zu fressen gegeben habe, alles genommen! Und ich habe geliefert, ich habe für mich geliefert, aber auch immer für euch, ganz besonders für euch, so war es doch, so und nur so ist es doch gewesen, Vera! Alles warf ich dir hin: Sprache, Bücher, Musik, Thesen, Liebe. Ich war großzügig und gab viel, das weiß ich, ich gab viel. Und alles war gleichermaßen interessant wie langweilig; alles Abenteuer wie Gewohnheit; alles klug wie dumm. Aber wir suchten und fanden uns darin, egal was es war, wir fanden *uns* darin! Es gab so viel zu entdecken, ich zeigte dir Musikstücke, die ich dir vorspielte, weißt du noch, weißt du das noch? War das alles nichts? War das nichts? Ich sang selbst mit, ich kannte alle Texte, alle musikalischen Feinheiten, die unterschiedlichen Interpretationen unterschiedlicher Dirigenten und Sänger, weißt du noch, ich verglich, bejubelte und beanstandete – ja, ich kannte mich aus, liebte die Musik und ich brachte sie dir nahe, damit du sie auch liebtest. Es ist doch immer nur um die Liebe gegangen, die Liebe zum Schlechten wie zum Guten, die Liebe zu sehen, die Liebe zu fühlen, zu leben, die Liebe zu denken. Darum, Vera, darum ist es gegangen und jetzt: Was ist jetzt? Sage es mir! Hast du gewonnen oder verloren, hast du die Liebe behalten, die Liebe zum Denken, zum Fragen, zum Entdecken, zum Schimpfen, zum Verurteilen, die Liebe zum Leben? Hast du sie noch? Ich habe sie noch. Ich habe sie wieder, obwohl ich nicht mehr sehe. Wo bist du, Vera, wo bist du? Was ist passiert, mit dir passiert? Ich kann meine Bücher nicht mehr berühren, sie verletzen meine Hände, die anderen sind nur noch Klumpen, keine Bücher mehr, nur noch Klumpen ohne Seiten, nie wieder zu öffnen, ich bin nicht mehr sicher in meinem Haus, jemand trachtet mir nach meinem Leben, nicht im Sinne des Todes, im Sinne des Zerstörens, Vera, warum?

Weißt du noch, immer wieder nahm ich ein Buch, das ich gefunden hatte, und hielt es dir hin. Alt war es oder neu, hatte wenig gekostet oder viel, und ich erzählte dir, dass ich es auf dem Flohmarkt gekauft hatte oder irgendwo, und mich dabei lange mit dem Händler unterhalten hatte, um das Buch dann endlich selbst zu besitzen und mit nach Hause zu nehmen. Ein richtiger Glückstreffer war das, die Freude war groß und ich teilte sie mit dir, so wie ich alles teilte, alles immer teilte. Wir blätterten in so vielen Glückstreffern, blätterten vor und zurück, ich zeigte sie dir, zeigte dir, was besonders daran war, und wir bewunderten die Gestaltung oder verachteten sie, das Format, den ausgefeilten oder nachlässigen Satz, die feine oder grobe Schrift, wir berührten das Papier, es war ein bisschen dünn, sinnlich fragil, weich und an den Rändern leicht vergilbt, nichts entging uns und Gutes wie Schlechtes wurde von uns bemerkt. Dann sprach ich über den Inhalt, die Einteilung der Kapitel, den Prolog, den wichtigen ersten Satz, und ich las eine Textpassage und noch eine, und hier: noch eine, die war auch interessant, die Worte gekonnt unbeholfen, siehst du das, Vera, hör doch mal! … und immer der Schluss des Buches, das Ende: wo führte es uns hin? Und wenn der Text übersetzt worden war, haben wir die Übersetzungen unterschiedlicher Ausgaben miteinander verglichen. Der letzte Satz des Spielers von Dostojevskij, in dieser alten Ausgabe: *Morgen, ja morgen, wird alles ein Ende nehmen!* Oder so, Vera, hör dir das an: *Morgen, morgen ist alles anders!* Wie kann man das so schreiben? So schroff und ohne Melodie, ein abgebrochener Satz ohne Bild, das ist doch vollkommen unmöglich! Aber hier, hier heißt es: *Morgen, morgen wird alles zum guten Ende kommen!* Das glaube ich kaum! Ich weiß, dass Dostojevskij das niemals so geschrieben hat, ganz ausgeschlossen! Das Ende wird eben nicht kommen, es wird immer und ewig so weiterlaufen, das

Wort *kommen* ist hier ganz falsch! Und dann, wie wunderbar der erlösende Satz: *Morgen, morgen wird alles ein Ende haben!* Man sieht daran, dass es möglich ist, hoffnungsvolle Worte zu sprechen und gleichzeitig ein Bild der Sehnsucht zu erzeugen, ein trauriges Bild ewiger Unerfülltheit, das den Worten widerspricht und die Selbsttäuschung entlarvt. Der, der diesen einen Satz spricht, fällt mit erhobenem Kopf, Vera, das ist das Großartige an diesen Worten, das Fallen mit erhobenem Kopf! Und dann der Klang allein, nur der Klang: Siehst du den Unterschied, wie schwach und arhythmisch die anderen Übersetzungen klingen, im Vergleich zu dieser hier: *Morgen, morgen wird alles ein Ende haben.* Alles bleibt traurig offen, dieses leise verzweifelte Pathos, denn wir wissen ja: Nichts wird ein Ende haben, der arme Junge, er macht sich was vor, und es wird für ihn weitergehen, immer so weitergehen, auch wenn er vom Ende spricht, er wird niemals dort herauskommen, im Gegenteil. Es wird schrecklich und noch schrecklicher werden, wir beide wissen das, weil dieser Satz es uns erzählt, ohne es auszusprechen, wie wunderbar die Sprache … und du hast mir zugehört und alles, alles genommen, alles genommen, was ich dir gegeben habe. Wir waren doch glücklich, glücklich, Vera!
Und wenn ich weg war, in der Schule oder woanders, du hast doch immer gewartet auf mich, immer auf mich gewartet, mein zartes Pflänzchen, noch unbeschrieben und unerkannt. Was sollte es denken? Und dann kam ich wieder und stürzte zu dir ins Zimmer. Vielleicht waren es übermächtige Gedankenstürme, gegen die du nicht ankommen konntest, aber dann rissen sie dich wieder mit und du fühltest dich von mir herrlich und schaurig über die Wellen getragen. War es nicht so, Vera, war es nicht so? Aber du hattest auch eigene Gedanken, du hattest sie. Habe ich sie dir genommen? Sag mir, habe ich dir deine Gedanken genommen?

Am Ende bist du gegangen, nicht ich.
Und dann?
Anwesenheit macht Liebe.

Abwesenheit macht Enttäuschungen, Anwandlungen, Verbitterung, Widerwillen, Einsichten.
Ist es das, Vera? Sag mir, ist es das?

Ich schlief und weinte im Fieber.
Nach zwei Wochen war ich wiederhergestellt, wie die Ärztin sich ausdrückte, aber ich war nicht mehr derselbe.

53
Notburg war nervös.
Er erwartete seine Gäste, Luise und mich, am Abend zu gesitteter Zeit um 19 Uhr in seinem Haus.
Ich war nervös.
Ich erwartete einen Abend, von dem ich ahnte, er würde für uns alle unangenehm werden.
Notburg hatte Fisch gemacht und schimpfte, weil das Haus danach roch. Er riss alle Fenster auf und sprühte aufgeregt Lavendel, was die Sache nur schlimmer machte.
Dann warteten wir.
Eine halbe Stunde, eine weitere halbe Stunde und wieder eine halbe Stunde. Notburg sagte permanent die Zeit an wie ein Automat.
Mürrisch suchte er nach Erklärungen.

Luischen hatte uns einen Streich gespielt.
Ich war seltsam ausgelaugt.
Das, was heute nicht passiert war, würde ein anderes Mal geschehen.
Schließlich waren wir beide müde, der Fisch verkocht, weil Notburg, immer noch auf ein gemeinsames Abendessen hoffend, ihn nicht serviert hatte.
„Vielleicht hätte ich im Krieg ein besseres Leben gehabt“, sagte ich aus einer Anwandlung heraus.
„Besser?“
„Im Sinne von sinnvoll. Im Sinne einer Aufgabe.“

„Sind Sie verrückt? Irgendeine beschissene Anforderung ist noch lange keine sinnvolle Aufgabe. Diese kleine Verwechslung hat uns beide Weltkriege beschert!“

„Ist ja gut, Notburg. Ist ja gut. Denken Sie, ich wüsste das nicht selbst?“

„Nein, ich glaube nicht, dass Sie das wirklich wissen. Die Vorstellung, dass Sie auch zu denen gehört hätten, die ernsthaft annahmen, dem vermeintlichen Feind mit einem Gewehr den Kopf zu zerschießen, sei eine sinnvolle Aufgabe, erschüttert mich geradezu, das muss ich schon sagen. Und was heißt denn das überhaupt? Was für eine Aufgabe denn?

Wollen Sie Beschäftigung? Dann kümmern Sie sich um irgendjemanden, der es nötig hat oder …“ Er wurde plötzlich leidenschaftlich.

„Es geht um ein Zeichen“, sagte ich lahm.

„Ja, ich weiß!“ Notburg ließ nicht locker, dachte, er müsse mich zu einem Pfad zurückführen, den ich nie verlassen hatte.

„Und schönen Dank auch! Viele dieser Zeichen werden wir nie wieder los. Sie sind untilgbar, immer noch zu sehen, überall.“

„Hören Sie auf! Halten Sie mich für so dumm?“

„Nein, nicht dumm. Sie sind borniert, das ist alles. Ein borniertes Bürschchen, verwöhnt und satt. Eigentlich müssten Sie entsprechend fettleibig sein, so gut, wie es Ihnen geht. Und schieben Sie bitte nicht wieder Ihre Blindheit vor, die hat damit nichts zu tun.“

„Ich bitte Sie, Notburg. Ihre Antwort macht mich zu einem Jammerlappen.“

„Jetzt sind Sie auch noch eitel.“

„Es geht mir nicht um einen wie auch immer gearteten Auftritt, schon gar nicht ums Drauflosballern. Im Übrigen auch nicht um Bedürftige, die meine Hilfe brauchen könnten.

Es geht mir um etwas, das außerhalb all dessen liegt. Um etwas, das alles ins Wanken bringt. Im Guten wie im schlechten Sinne durchaus.“

„Lassen wir’s einfach. Lassen wir’s! Sie kommen da nicht mehr raus. Dieses Wanken, Wackeln, Wabern von allem und nichts, ich bitte

Sie, das sind doch unausgegorene Wünsche eines unausgefüllten Geistes. Die große Idee, Ihre große Idee wird Ihnen und uns ein ewiges Geheimnis bleiben und ich fürchte, dafür müssen wir dankbar sein. Verschonen Sie uns, um Gottes Willen, mit irgendeinem Tatendrang, der diese wabernde Idee zum Leben erwecken soll."
Er hat mich erkannt, dachte ich. Er hat mich erkannt und mein Magen krampfte sich zusammen, als hätte ich Zitronen geschluckt.

54

Dann klingelte es.
„Halb zehn!", rief Notburg. „Halb zehn!"
„Nun gehen Sie schon. Sonst haut sie wieder ab."
„Ich denke nicht, dass sie …"
Gleich würden sie ins Zimmer zurückkommen. Ich dachte auch kurz an Benno. Vielleicht war es Benno.
Ich saß auf einem harten Stuhl am Esstisch, und sank jetzt tief, tief in den Sitzboden des Holzes, als wollte ich darin verschwinden. Ich fühlte mich eingezwängt und unbeweglich, schwächlich und in keiner Weise ausgestattet für eine Begegnung, die seit Monaten anstand.
Ihre Stimme war tiefer geworden. Sie entschuldigte sich mit wenigen Worten. Dann standen sie vor mir.
Ich schälte mich aus der möblierten Umklammerung und gab ihr die Hand.
„Bleiben wir beim Vornamen", sagte sie, als Notburg feststellte, dass er ihren vollständigen Namen nicht kannte.
Sie sah mir ins Gesicht. Natürlich tat sie das!
Ich nicht. Ich sah sie nicht an. Ich sah nichts und ein Gefühl, das ich lange vergessen hatte, war zurückgekommen: das Gefühl, den Augenblick verloren zu haben.
„Luise", sagte sie.
„Edgar."
Trotz des Handschuhs spürte ich, dass ihre Hand kalt war.

Notburg war in die Küche gestürzt, der Fisch nicht mehr zu retten. Es gab Salat, Brot und Fleischwurst, die niemand aß, und Rotwein, den niemand vertrug.
Eine ganze Weile mümmelten wir vor uns hin, Notburg versuchte ein Gespräch und fragte sie aus, wollte, dass ich sie kennenlernte. Immer noch siezten sie sich.
Sie sprach von ihrer Kindheit, und ich verlangte nach Wasser. Nein, dieser Kelch musste jetzt wohl ausgetrunken werden, da half auch der Schwindel nicht, der sich einstellte und manche Sätze, die sie sprach, aus meinem Ohr drängte, als wollten sie nicht gehört werden. Sie hallten irgendwo in der Ferne …

Dass Notburg uns diese Art der Veranstaltung zugemutet hatte, in der wir alle auf einer Bühne zu sitzen schienen wie die Darsteller eines Theaters, nahm ich ihm übel.
Der Schwindel hörte nicht auf.
Es gab ein Gespräch zwischen der Frau, die sich Luise nannte, und Notburg. Über ihre Arbeit, über das, was damals geschehen war. Sie antwortete kurz auf Notburgs Fragen und sie sprach über allgemeine Phänomene wie über den freien Willen.
„Sie müssen sich nicht verteidigen“, sagte sie.
„Ich verteidige mich nicht. Warum sollte ich?“, fragte Notburg. Er klang fast beleidigt. „Aber den freien Willen haben wir innerhalb unserer jeweiligen Lebenskonstrukte. Darin aber sind wir gebunden.“
Dass die Worte *Leben* und *Konstrukt* nicht zusammenpassten, war Teil des Problems, dachte ich.
„Sie binden uns, aber sie zwingen uns nicht.“ Selbstgerecht war sie.
„Doch!“, sagte Notburg ein bisschen zu laut. Irgendetwas hatte ihn getroffen. „Sie binden uns.“
Ich sah das Unheil kommen.
„Das sind Ausreden. Lebenslügen. Selbsttäuschungen. Wir alle sitzen ihnen auf, und wir alle müssen uns ihnen stellen.“
„Mag sein“, sagte Notburg jetzt und war bereits eingeknickt.

Das Gespräch wurde von ihr geführt und es diente einem Zweck, so durchschaubar wie unangenehm.

„Und Sie?"

Die Frage hing in der Luft. Ich antwortete nicht und es blieb eine Weile still.

„Und Sie?"

War die Frage an mich gerichtet?

„Was ist mit Ihnen, Edgar?"

Ich zuckte zusammen.

„Ich habe nicht zugehört, es tut mir leid."

„Nun, wir sprachen über Lebenslügen, und dass wir alle welche haben. Sie auch?"

Ein bisschen rau war ihre Stimme geworden, aber der Tonfall, der Klang der Worte, ich erkannte ihn wieder, melodisch war er, ich hatte ihn immer gemocht. Jeder Ton ruhte auf den Vokalen aus, verharrte zu lange darauf, gab ihnen Volumen und Zeit. Eine seltsame Art der Sorgfalt lag in der Aussprache. Ihre Stimme schien zu singen, selbst wenn sie sprach.

„Nein, keine Lebenslüge."

„Nein?"

Dieses „Nein" verriet, dass sie es anders sah.

„Eher eine Selbsttäuschung."

„Also haben Sie doch zugehört."

Rechthaberin. Sie war eine Rechthaberin und ich wurde unternehmungslustig.

„Es war eher Selbstüberlistung oder das Sichwegbewegen."

„Von der Lebenslüge?"

„Von der Täuschung."

„Täuschung oder Vertuschung?"

„Die Reihenfolge war andersherum. Erst die Vertuschung, dann die Täuschung."

„Natürlich. Und vorher die Tat, also das, was vertuscht werden sollte."

„Von welcher Tat reden Sie?", mischte sich Notburg ein. „Welche Tat?"

„Die Tat an sich. Jede Tat. So ist eben der Ablauf", entgegnete ich, um dann direkt die Frage an sie zu richten. Aber wo stand sie nur? Ich sprach in irgendeine Richtung.
„Und was ist Ihre Lebenslüge, Vera?"
„Vera?" Notburg wiederholte ihren Namen. Dann stand er auf.
„Vera Luise", sagte sie kühl.
„Was spielen Sie für ein perfides Spiel?", schrie Notburg jetzt und ich wusste, das zarte Band oder was immer es bis dahin zwischen ihnen gewesen war, war in diesem Moment zerrissen. Sie sprach kein erlösendes, kein entschuldigendes Wort. Sie ging über ihn hinweg und antwortete auf meine Frage.
„Es gab keine Lebenslüge. Es gab einen Irrtum."
„Welchen?"
„Die Familie war mein Lebensirrtum. So wie bei allen."
„Bei mir war es die Liebe", sagte Notburg fast patzig. Er hatte sich neben das Fenster gesetzt, ab vom Schuss.

Als sie davon sprach, vor wenigen Tagen auf alte Briefe gestoßen zu sein, wurde mir heiß.
Zuerst dachte ich, sie bediene sich eines literarischen Kunstgriffs: Alte Briefe wurden immer dann gefunden, wenn dem Autor nichts Besseres einfiel. Sie hatten den Vorteil, bisher ungesagte Wahrheiten zutage zu fördern, ohne die Handlung zu sehr durcheinander zu bringen. Kunstgriff hin oder her, die Wahrheiten kamen tatsächlich und ich wischte mir den Schweiß von der Stirn.
„Familiengeschichten", hörte ich sie sagen.
Nicht zu wissen, wann und ob sie mich ansah, verunsicherte mich. Auch, dass ich ihre Reaktionen nicht sehen konnte, bereitete mir Unbehagen. Mein Schwitzen würde sie sicher wahrgenommen haben, aber ich sah nicht, ob es sie verwunderte, anwiderte, ärgerte oder belustigte. Sie konnte in meinem Gesicht lesen, ich nicht in ihrem.
„Briefe meiner Großmutter", sagte sie jetzt.
Wieder fuhr ich zusammen.

Hatte es jemand gesehen?
Zum ersten Mal seit langer Zeit bemerkte ich, wie sehr ich in Vermutungen lebte, seit ich blind war; Vermutungen mein Gegenüber betreffend. Die Stimme stand immer für sich allein. Wenn ich die nicht zu deuten in der Lage war, musste ich mit der Unsicherheit leben, die Vermutungen zu eigen sind.

„Mein Großvater, der Vater meines Vaters, hatte 14 Tage tot im Schlafzimmer gelegen, bis ihn sein Sohn gefunden hatte. Der war damals acht."
„Ihr Vater?"
„Ja. Es war wohl mein Vater."
Meine Hände begannen zu zittern. Erst ein bisschen, dann mehr. Ich verbarg sie unter dem Tisch.
„Sie dachten alle, Opa sei auf Montage. Tatsächlich war er unbemerkt gestorben, allein im Bett."
„Hatte ihn denn niemand vermisst?", fragte Notburg, der sich wieder beruhigt hatte.
„Nein, alle dachten, er sei einfach nicht zu Hause."
Meine Hände zitterten stärker. Ich stand auf und ging aus dem Zimmer. Obwohl es ein für mich fremder Raum war, stieß ich nirgendwo an. Ich verließ ihn mit dem Instinkt eines fliehenden Katers. Als ich an Luises Platz vorbeikam, roch ich das Parfum meiner Mutter. Auf dem Flur schnappte ich nach Luft.
Es war merkwürdig, dass Notburg nicht hinterhergerannt kam.
Das Zittern der Hände war jetzt so stark, dass ich die Zimmertür kaum öffnen konnte, von der ich nicht wusste, wohin sie führte.
Dann schloss ich sie von innen und tastete mich zu einem Stuhl, der in der Ecke neben einer Kommode stand. Da blieb ich sitzen.
Ich brauchte Zeit, weil ich weinte.

Was für eine Scheißgeschichte war das?
Was für ein Leben hat der Mann denn um Gottes Willen geführt?
Nichts hat er je erzählt, seiner Frau nicht, seinen Kindern nicht,

nichts preisgegeben, immer nur sinnloses Zeug gefordert von seiner Frau und uns, und immer wieder vom Sterbebett hat er gequatscht, das gar nicht seins war, sondern das meines Großvaters, wie ich jetzt weiß.
Der hatte sich am Morgen ganz normal verabschiedet, aber anscheinend nie das Haus verlassen.
Erst als es wahrscheinlich im Haus angefangen hatte zu riechen und die Großmutter sich ahnungsvoll beklagte, hatte sich der Junge, der mein Vater war, ein Herz genommen und die Tür von Papas Zimmer aufgemacht. Tot war der, und keiner hat's gewusst.

Immer haben wir falsche Worte benutzt: Mein Vater sprach über Angst und meinte *Schuld,* meine Mutter sprach über Liebe und meinte *Schuld,* Vera sprach über die Tat und meinte *Schuld.*
Und auch Notburg … Er hat gefragt: *Welche Tat?* und gedacht hat er: *Du hast Schuld.* Und auf seine Frage: *Sind Sie schuldig?* hatte Benno sicher längst eine Antwort.

Ich lag im Familiengrab meiner eigenen Gedanken und weinte um meinen Vater, als hätte ich zum ersten Mal in meinem Leben davon erfahren, dass ich selbst ihn getötet hatte.

Eine Stunde war vergangen, vielleicht zwei. Notburg kam ins Zimmer, leise, als wollte er nicht stören.
„Sie ist gegangen", sagte er. Ich hörte ihm die Enttäuschung an.
Er nahm sich einen Stuhl und eine Weile saß er stumm in der einen Ecke des Raumes, ich in der anderen.
Schließlich stand ich auf und er bat mich, noch nicht nach Hause zu gehen.
„Es ist alles so verdammt klar jetzt, Kulp."
Schließlich fragte er: „Hatten Sie denn alles vergessen?"
„Ich denke, ich hatte einiges aufgeboten: Alpträume, Erblindung … aber das Unterbewusstsein hat sich nach Kräften gewehrt."
„Vielleicht können Sie jetzt mal durchatmen."

„Ja. vielleicht“, sagte ich und tatsächlich kam, seit Notburg im Zimmer war, ein Anflug von Erleichterung auf.
„Was ist eigentlich damals mit Ihrer Mutter passiert?“
„Sie hatte es gesehen, denke ich.“
„Aber Sie wissen es nicht.“
„Doch.“
„Und?“
„Sie hat sich in ihr Bett gelegt und ist gestorben.“

55
Weil wir Sirenen hörten, öffnete Notburg das Fenster.
Es war gegen Mitternacht. Draußen war es dunkel, Notburg sagte: *schwarz*. Die Feuerwehr, es waren mehrere Wagen, fuhr am Haus vorbei und Notburg sah Flammen. Von der anderen Seite des Teichs kam es hell aus einer Richtung und es brannte ein Haus.
„Ich glaube, es ist Ihrs!“, schrie Notburg. Er kam zu mir gerannt, zerrte mich an beiden Händen nach oben und ich roch seinen Schweiß. Ein paar Minuten später stolperten wir durch den Park zum Haus, Notburg schrie die ganze Zeit, als könne er dadurch etwas ändern. Es war wie fluchendes Weinen.
Schließlich wies uns jemand zurecht, weil wir zu dicht davor standen.

Das Abfackeln des Hauses: nicht mehr als Geräusch und Gestank. Die Feuerwehr löschte den Brand und nach zwei Stunden lag alles in Schutt und Asche.
So sollte es auch sein. Nicht mehr als Geräusch und Gestank.
52 Jahre meines Lebens an diesem Ort und jetzt war er weg.
Notburg stand neben mir: „Ich hatte gehofft … Das Feuer ist so riesig und alles weg!“
Notburg übersetzte mir die Offensichtlichkeit in Verzweiflung und seine Gefühle zeigten sich in brennender Entladung, so wie das Feuer selbst.
Dann brach der Dachstuhl ein.

Es war so laut, dass ich mir die Ohren zuhielt und mit einem Schrei auf den Kampf zwischen Feuer und Wasser antworten musste. Wir sollten weiter zurücktreten, hieß es, weiter zurück. Notburg zerrte an mir, als müsse er mich retten.
Natürlich musste das Feuer sich beeilen. Wenn es alles fressen wollte, weil es in Wasser getränktes Zeug nicht mochte, musste es schnell gehen und die zwei Naturgewalten schrien sich an. Das Feuer hatte sich viel vorgenommen und das Wasser hielt dagegen. Dabei hatten beide dasselbe Ziel: beide waren auf Zerstörung aus und jeder tat es mit seinen Mitteln.

Dass ich nicht sah, wie weit der Brand schon vorangeschritten war, dass ich mir nur durch Notburgs Verfassung, durch das Geschrei der anderen und den Krach vorstellen konnte, wie rasend schnell der riesige Feuerschlund das Haus verschlang – ich hörte ihn, ich hörte ihn brüllen –, dass ich den Grad der Zerstörung, den ganzen Umstand, die Gefahr nicht beurteilen konnte – der Lärm des Feuerkampfes, das Zusammenkrachen des Gebälks, das wehrhafte Strömen des Wassers, der stechende Brandgeruch, die schreienden Menschen …
Jemand, nicht Notburg, zerrte mich am Arm ein paar Meter nach rechts. Es war Benno. „Es tut mir leid, was hier passiert, Herr Kulp, sehr leid." Ich antwortete nicht.
„Wissen Sie", sagte er dann, „Wissen Sie, was mein Vater damals gesagt hat?" Ich hatte Mühe ihn zu verstehen, denn er flüsterte, flüsterte laut in mein Ohr: „Mein Vater hat gesagt: Der Junge hat den Vater …"
Meine Knie wurden weich.

„Diesem Mann bleibt auch nichts erspart", hörte ich eine Frau sagen, als ich im Krankenwagen lag.

Später saßen wir in Notburgs Wohnzimmer; ich sei bleich, sagte er mit zerdrückter Stimme. Wie es mir ginge, wollte er wissen, aber ich antwortete nicht, fühlte mich bis aufs Innerste ausgebrannt, wie mein Haus.

Notburg ging nach draußen und kam mit Wein zurück.
„Haben Sie heiße Milch mit Honig?“
Er verschwand wieder.
Als er zurückkam, setzte er sich neben mich und sprach leise, als dürfe das, was er jetzt sagte, niemand hören: „Das Haus ist vollkommen zerstört, bis auf die Grundmauern. Sie hat ganze Arbeit geleistet, ganze Arbeit.“

Später brachte er mich in das Zimmer, in dem ich schlafen konnte. Er war verstört, gab mir zwei Handtücher und schloss hinter sich die Tür, ohne ein weiteres Wort zu sagen.
Ich saß eine ganze Weile regungslos auf dem Bett und hatte den beißenden Geruch des Rauches in der Nase.

Das Dorf war immer das Dorf und ich war immer ich.

Wie oft hatten mich Leute nach dem Haus gefragt, hatten sich gewundert, warum ich immer noch dort wohnte, häufig fiel das Wort: abbrennen.
Ich sah das Feuer vor mir und wieder fiel mir das Wort ein, das Gabriele immer gesagt hatte, wenn ich mich ihrer Meinung nach mit zu großen Schritten von ihr fortbewegt hatte: Größenwahn.
Ich stellte mir den feuchten Aschehaufen vor, der da jetzt lag und stank. Schwarz, so schwarz wie das, was ich nicht sah.
Immer noch saß ich regungslos, die Tränen flossen und ich weinte ohne Stimme.

Was hast du getan?

Nach einer Weile zog ich mich aus, legte mich hin.
Sie hatte nie eine Wahl.
Früher nicht, später auch nicht.
Sie hatte keine Wahl, weil sie nichts bot. Keine Ansichten, keine Eigenschaften, keine Reibungen. Und wer nichts bietet, den schiebt

man, wohin man ihn haben möchte, dahin, wo man ihn braucht, in eine Rolle, die einem nützt: die liebende Schwester, die Zeugin des Vatermords – da nimmt sie auch ein Stück der Schuld.
Die, die nichts bietet, fordert nichts.
Über all die Jahre … Rollen, die ich ihr zugewiesen hatte.

Aber wollte sie nicht auch liebende Schwester sein? Hat sie nicht um meine Liebe gebuhlt, sich klein gemacht für meine Größe? Klein geblieben, belehrbar als eifrig Zuhörende, der Rolle gemäß gelehrig, aber nie gelehrt? Wollte sie nicht meine Liebe? Wollte sie nicht?
Am Ende zeigte sich: sie wollte nicht. Nicht so. Nicht bedingungslos, wie das die Liebe fordert.
Also doch keine Liebe. Nur Heldenverehrung. Ein Held für sie.
Ein Held, der für sie dachte und sprach. Ein Held, der für sie handelte, weil sie nichts tat … weil niemand etwas tat.

Es gibt die, die gucken, und die, die tun.
Es gibt die, die schuldhaft schweigen und die, die schuldhaft handeln.
Es gibt die, die fliehen und die, die bleiben.
Es gibt die, die leiden und die, die leiden.
Es gibt die, die schuldig sind.

Mein Leben war das eines Schachspielers. Immer hatte es sich zwischen Eröffnung und Variante bewegt. So blieben die Lebensdinge in der Vorbereitung stecken, wie der Kauf eines Buches, das Verhandeln des Preises, das In-der-Hand-Wiegen, das Blättern, das Kommentieren, das Einschätzen, das Sich-darauf-Freuen.
Aber all diese Handlungen ersetzten das Lesen nicht, und das Vorbereiten nicht das Leben. Es blieb bei der Eröffnung, blieb beim Nachdenken und Abwägen über den eigenen Weg und den der anderen. Ich erdachte diesen Weg und bin ihn nie gegangen.

56

Ich schlief fünf Stunden am Stück.

Am Morgen klopfte Notburg.

„Ich bin fast frei", habe ich zu ihm gesagt, als er fragte, wie ich geschlafen hatte.
„*Fast* frei?"
„Ja, nur *eine* Sache muss noch geklärt werden. Eine Sache. Es wird nicht einfach für Sie, Notburg. Aber bleiben Sie mir trotzdem gewogen."
„Soll das ein Abschied werden? Was heißt hier: *Bleiben Sie mir gewogen*. Das klingt dramatisch."
„Das Drama war vorher", sagte ich.
Notburg stand immer noch in der Tür.
„Unten ist jemand, der Sie sprechen möchte."
„Gut, ich komme."
„Ist das alles, was Sie dazu sagen?"
„Ja, ich komme."
Vielleicht wunderte er sich, dass ich nicht überrascht war.
Er sah nicht, wie sehr ich plötzlich schwitzte.
„Sagen Sie mir bitte noch, Kulp, von welchem Drama haben Sie eben gesprochen, *das Drama war vorher,* was meinten Sie damit, welches Drama und was heißt *vorher?*"
Ich war nervös und fasste mich an die feuchte Stirn.
„Wie sehe ich aus? Meine Haare …? Haben Sie einen Kamm?"
„Warten Sie … hier. Welches Drama haben Sie gemeint, das Drama, das schon gewesen sei …?"
Ich hatte plötzlich das Bedürfnis, der Person da unten *richtig* zu begegnen. Richtig, im Sinne von: stark.
„Geht das so? Und jetzt die Kleidung. Bitte gucken Sie mal."
„Es ist alles gut, Kulp. Alles prima. Nun sagen Sie schon!"
„Ich bitte Sie, Notburg, nicht jetzt."
„Ich möchte es verstehen, Kulp, bitte … welches Drama?"
„Das Drama jahrelanger Verzögerung. Rieche ich nach Rauch?"
„Nein, mein Gott! Warum sollten Sie! Sie waren im Bad, tragen andere Kleidung."

„Ich habe das Gefühl, ich rieche nach Rauch."
„Sie riechen nicht nach Rauch. Aber *Das Drama jahrelanger Verzögerung* haben Sie gesagt. Was soll das heißen?"
„Die Verzögerung unterbricht eine vermeintliche Dynamik."
„Ja, und?"
„Nerven Sie mich nicht, Notburg."
„*Die vermeintliche Dynamik.* Welche?"
„Die vermeintliche Dynamik ist vielleicht die Dynamik selbst, wenn sie zur Besinnung verhilft und nicht bremst." Ich wischte mir gereizt über das Gesicht.
„*Die Verzögerung als Dynamik …*" Notburg sprach jede Silbe einzeln, als wolle er sie auswendig lernen.
„Ja, ich muss runter jetzt. Von wegen Verzögerung."
„Und nun hat diese Verzögerung zur Besinnung geführt?"

57

Ich hatte nach dem Brand Kleidung von Notburg bekommen. Das erste Mal in meinem Leben trug ich einen roten Pullover. Wir gingen zusammen die Treppe hinunter, meine Hand lag auf Notburgs Schulter. Ich hatte Mühe, nicht zu stolpern.
Ich zerfalle in tausend winzige Einzelteilchen, in Staub, in Schutt und Asche, wie mein Haus, wie unser Haus.
Notburg blieb stehen.
„Sie ist verschwunden."
„Sie?"
„Ja, sie. Was dachten Sie denn?"
„Benno vielleicht", sagte ich.
„Benno, der Polizist?"
Oder? Was dachte ich? Wen hatte ich erwartet, wen erhofft?
„Aber wo ist sie denn? Das kann doch nicht sein, eben war sie doch noch hier! Warten Sie, warten Sie hier, Kulp!"
Notburg rannte in den Flur und riss die Haustüre auf.
Dann rief er meinen Namen.

Sie ist nicht gekommen, damit es weitergeht, dachte ich plötzlich.
Wegen des Endes ist sie gekommen, wegen des Endes.
Ich lief zur Haustür. Erst jetzt bemerkte ich, dass ich meinen Stock vergessen hatte.
Notburg reichte mir die Hand.
„Sie sitzt im Wagen."
„Danke, mein Freund. Ich gehe allein. Danke für alles."
Ich stieg ins Auto und sie fuhr los.

Es war alles zu Ende und ich atmete durch.
Als Sehender hätte ich jetzt die Augen geschlossen.
Das musste ich nicht. Ich sah ein schwarzes Bild.
Oder war es weiß?
Im Bild enthalten: das Nichts und das Alles.
Das Alles gehörte jetzt uns.

Ende

Das Alles gehörte jetzt uns.